SF

海軍士官クリス・ロングナイフ

辺境星区司令官、着任！

マイク・シェパード

中原尚哉訳

早川書房

7240

KRIS LONGKNIFE: RESOLUTE

by

Mike Shepherd

Translated by
Naoya Nakahara
First published 2013 in Japan by
HAYAKAWA PUBLISHING, INC.
This book is published in Japan by
arrangement with
DONALD MAASS LITERARY AGENCY
through OWLS AGENCY, INC., TOKYO.

辺境星区司令官、着任！

1

クリス・ロングナイフ大尉の足音が宇宙ステーションの壁のあいだで反響した。

ハイチャンス・ステーションへの到着にあたっては混雑を予想していた。ところがそこは、がらんとした鉄の箱だった。洗ってすすいで、近くのリサイクル箱に捨てる寸前の缶詰のようだ。

クリスの新しい任地、第四十一海軍管区の歓迎団は……見あたらない。歓迎団どころか、ひとっこひとりいない。

「独立した部隊とは聞いてたけど……」クリスはなかば独り言のように言った。

「孤立しているとは聞いてませんね」

背後で応じる声。クリスは振り返った。

ついてきているのはペニー・パスリー＝リェン大尉。チャンス星までの船内ではずっと無口だった。ペニーは最近花嫁になり、直後に未亡人になった。そんなペニーの言葉だけに、冗談なのか本気なのかはかりかねた。どちらともとれる。
「とりあえず攻撃の兆候はないようです」
これはジャック・モントーヤ中尉。防弾アーマーをフル装備し、病的なほどの警戒モード
だ。元ウォードヘブン検察局警護班長。現在は王立知性連合軍海兵隊員。その所属変更の経
緯をクリスはあまり思い出したくなかった。ジャックがこうして軍服姿で同行しているのは、
クリスの曾祖父のトラブルが百歳を過ぎてなお厄介《トラブル》であることの証左だ。
ジャックはM－6アサルトライフルの銃口を空っぽのステーションのあちこちにむけた。
入隊まもない海兵隊員は結論づけた。
「それどころか生命の兆候もない」
しかしクリスは人間の目を信用しない。
「ネリー、ステーションのセキュリティシステムにアクセスして」
ネリーはクリスの秘書コンピュータだ。自己組織化回路で構成され、重さは〇・五キログ
ラム。クリスの両肩を包むように装着されている。前回のアップグレードでクリスの脳に繊
細かつ直接に接続された。この軌道ステーションの建設費の半分くらいの費用がかかってい
る。無人にひとしい現在のステーションの不動産価値とくらべるならネリーのほうが上かも
しれない。
「できません、クリス」悲しげな返事。
「どうしてできないの？」

「だれかがこのステーションのスイッチを切ってるからですよ」

短い言葉で先に答えたのは、ベニ兵曹長だった。ネリーは詳細な解説ののちにおなじ結論を述べたが、ベニに大きく後れをとって後半はむっとした口調だった。クリスはすでに確信していた。天才的電子技術者のベニと驚異的電子技術コンピュータのネリーは、おたがいをライバル視している。やれやれ。

クリスは最近の三カ月間を訓練隊ですごしたが、そこではベニのハイテク知識がとても役に立った。この第四十一海軍管区ではさらに必要になるだろう。なにしろ……だれもいないのだ。優秀な人材はますます貴重だ。

そしてネリーなしでは一日も暮らせない。

ジレンマはひとまず脇において、当面の問題に目をむけた。

「そのスイッチはどこにあるの？」

「あっちです」

ベニとネリーは異口同音に答えた。兵曹長のほうがワンテンポ遅れたのは、ジャックに着せられた全身アーマー付き宇宙服の腕を上げて指ささなくてはならなかったからだ。ネリーはただフラッシュライトを点灯し、テイクアウト専門の中華料理店〈龍后飯店〉の脇からはいる細い通路をしめした。ステーション中心部のレストラン街だが、どこも営業していない。

クリスはチームを率いてステーションの第一デッキからその通路にはいった。カーペットはよくある灰色。ところが周囲の装飾が独特だ。壁にびっしりと絵が描かれている。ステーション全体を美術館にしたようだ。あるいは製作スタジオか。原始美術から印象派まで絵画の歴史を俯瞰《ふかん》するかのように、あらゆる種類の絵がある。クリスの母親なら何枚か買ったかもしれない。

クリスは三人の仲間を連れて薄暗い通路を進みながら、動物園での野外アート展の日にでも来た気分になっていた。

ジャックは部下といえるかどうか微妙だ。海兵隊中尉のくせに海軍大尉のクリスにああしろこうしろと命令する時点で、部下という自覚がない。さらにベニは兵曹長だ。クリスは士官学校時代にこの階級の訓練教官を神のごとくあがめる思考回路を植えつけられている。ただしこの神は少々情けなかった。トリスタン星では爆弾を発見できず、ケイリア星では発見したものの、あわやというところだった。この二度の暗殺未遂事件でクリスは無傷だったが、訓練隊では、はた迷惑な隊員だったことはまちがいない。

今回の第四十一海軍管区がもっと平穏だといいのだが。

エレベータホールは無機質な灰色の空間で、生ゴミの匂いがうっすら残っていた。ジャックはまず自分がエレベータに乗って安全確認したいという顔だ。しかしクリスは先にボタンを押し、開いたドアから真っ先に乗ると、つまみ出されないように一番奥にはいった。ジャックは、クリスを肩にかついでプライド・オブ・セントピーターズバーグ号へ連れ帰りたいような目つき。しかしベニが三階のボタンを押したので断念した。ネリーは三階に司令部があると告げた。

エレベータは動きだした。ペニーは隅に無言で立っている。トムの隣で神父にむかって笑顔で「はい」と答えたときの彼女より、体がひとまわり縮んだように見える。

エレベータの動きはなにやら断続的だった。海兵隊員がいわんこっちゃないという顔で警護対象をにらむ。クリスは最近の癖で天井をしげしげと観察した。やがてエレベータは停止した。ドアは半分だけ開いて動かなくなった。

クリスは男たちの頭ごしに外をのぞいた。照明が一灯のみまたたく、広く薄暗い空間。あちこちへ通路が伸びている。ある通路は薄暗く、その他は真っ暗。すべて海軍標準の灰色だ。そのなかに例外があった。奥の壁に、なにかのしみがある。

海兵隊中尉が緊迫した声で言った。

「血痕らしいぞ。ベニ、武器を構えろ」

「海軍は退がって」

「はい」兵曹長は支給品のオートマチック銃を抜いた。

海兵隊中尉のジャックは海軍大尉たちに命じた。二人の女性大尉はその肩ごしにエレベータの外を見る。

「ベニ、掩護を」

ジャックは完全な突入モードでドアのあいだを抜けていった。

士官学校では、ジャックの訓練は大幅にはしょられ、訓練教官は海兵隊の風紀を乱さない軍服の着用法を教えただけだった。警察特殊部隊《SWAT》の訓練は検察局で最初にやらされている。

たしかにプロフェッショナルな動きだ。

クリスは海兵隊員の指示に従うことにして、腰のうしろからオートマチック銃を抜いた。外観は海軍標準支給品だが、クリスもロングナイフ家のはしくれ。弾倉は四ミリ・ダート弾を三倍装填できる仕様に換装されている。

ペニーもおなじ外観のオートマチック銃を抜いた。じつはクリスが結婚祝いとして贈ったものだ。ペニーとトムの暮らしが、ロングナイフ家のそばで正常《セイン》とはいかなくても、せめて安全《セーフ》であってほしいとの願いからだった。しかし結局、それでは不足だった。戦艦を吹き飛ばせる口径のものを包むべきだったのだ。生き残った者がくりかえし襲われる後悔の念を、今回も飲みこんだ。

ペニーは壁のしみから目を離さずに、オートマチックの安全装置をはずした。

「鉄板の錆に見えるのは気のせいかしら」

「海軍は退がれと言ったはずだ」

ジャックは背後をたしなめながら、周囲の安全確認に余念がない。M-6をあちこちにむけ、すべての方向を同時に見ようとしている。

ベニ兵曹長はたるみ気味の腹で苦労しながら、ひっかかったドアのあいだを抜けた。訓練隊の食事がよほど気にいったようだ。オートマチックの構え方はさまになっている……それなりに。壁のまだらのしみをじっと見て眉をひそめた。海兵隊員の制止を聞かずにつかつかと歩み寄る。問題の赤いものに小指をつけ、匂いをかいで、なめてみて、顔を上げた。

「やっぱり。水分と錆ですね」

「見たままね」ペニーは淡々と言った。「トムなら一目でわかったはずよ。そういうことは得意だったから」

クリスはペニーの肩にやさしく手をおいた。

「ええ、そうね」

ジャックはわざと大きな声でつぶやいた。

「やれやれ、さいわいにもメンテナンス不足の結果にすぎなかったようです。出てきてかまいませんよ、大尉、プリンセス、あるいは隊長。いつも無視される警護官としては、出番がないのはいい日和です」

ジャックは彼女の安全のために指図するのが任務であり、クリスはそれに従うことが規則で求められている。しかしその指図だか命令だか助言だかにいちいち従っていたら、ウォードヘブン星のヌー・ハウスの寝室から一歩も出られない。それでは海軍士官はつとまらない。

曾祖父のトラブルや知性連合の王であるレイは、クリスが警護官の命令を半分無視していても孫娘に危険はないと理解している。ところがジャックは警護対象の身辺にわずかな隙も許さない。そして奇策を弄して、とうとう軍内でも指図できる立場にきてしまった。

トラブルおじいさまは本当に厄介《トラブル》だわと、クリスは思った。レイおじいさまに劣らず。

クリスは身長百八十センチの体ですっくと立ち、威厳をただよわせてオートマチックを控え銃《つつ》に構えた。王族らしい言葉遣いと微笑みで申し渡す。

「そなたの気づかいをうれしく思う。今後とも王侯貴族の安全のために邁進してくれることを期待する」

ジャックは不愉快そうに歯がみした。苛立ちを言葉にあらわさず、銃身を指先でこつこつと叩くのみ。最近の癖だ。

「あれが司令センターへのドアです」

ベニとネリーがほぼ同時に言った。どちらが先だったかはコンピュータ判定が必要だろう。しかしネリーに尋ねる気にはなれない。コンピュータは嘘をつかないはずだが、いまのネリーがその原則に従っているかどうかはいささか疑問があった。兵曹長はいうにおよばず。

きちんと閉じているとはいいがたいそのドアの左側にジャックはまわりこんだ。ベニには右へ行けと指示する。クリスとペニーには左右に分かれるように手で合図。

クリスは最近三カ月間に起きた二回の爆弾事件を思い出して、アーマーを装備したジャックの広い肩のうしろが好位置だと考え、そこに隠れた。ペニーはベニの背後に移動した。

「開けろ、兵曹長」

ベニは、〝なんでぼくが〟という抗議の表情。技術兵の特技は蛮勇ではない。それでも指示に従った。

ドアは蝶番《ちょうつがい》をきしませ、半分より少し開いて止まった。室内は暗い。ベニは、電子技術オタクの自分がいつからこんな武勇をしめす役になったのかと言いたげな目をして、体を壁につけて右手だけを部屋にいれ、内側の壁を探った。カチリと音がして、またたきながら明かりがつく。

クリスはジャックの背後から顔をのぞかせて室内を見た。たいしたものはない。電源の落ちたワークステーションが並んでいる。天井の照明はしばらくまたたいた末に、一部が点灯し、残りは消えた。

「ドカンとはこなかったわね」

ベニーが全員の考えを代弁した。ジャックはベニに指示した。

「兵曹長、お得意のガジェットでこの部屋にペーパーウェイトより危険な品物があるか調べろ。肉眼でわからないことがわかったら報告を」

司令官交代式は延期されたようだが、今日のクリスはそのつもりで白の礼装軍服姿だった。それでも生存本能にしたがって、この礼装用の帽子にも（というより、持っている帽子はすべて）ネリー用の特殊アンテナが仕込まれている。半径数マイル以内にコップの水より活発な物体があればすぐにわかる。

（ネリー、どうなの？）

（この部屋で活動しているのは天井の十七灯の照明器具だけです。いえ、十六灯ですね）

クリスの脳内でコンピュータの返事が聞こえてから丸一秒遅れて、ベニ兵曹長がおなじことを言った。

「チクタクなし、チクタクなしです、海兵隊員殿」

ベニはもとから折り目正しい海軍軍人ではなかったが、訓練隊でクリスと一癖ある仲間たちとともに小型艇で星から星へ飛びまわるうちに、さらに悪い影響に染まったようだ。いつか説教しておこう。あるいは士官に昇進させて、訓練教官に鍛えなおしてもらうか。

ジャックは兵曹長の助言に安心せず、慎重な足どりで司令センターに踏みこんだ。クリスはベニの説教と昇進案をひとまずおいて、当面の問題にもどった。自分たちがいるここは、いったいどうなっているのか。

ジャックとベニはセンター内部を手早く調べはじめた。クリスとペニーはオートマチックの銃口を無機質な天井にむけつつ、エレベータから各方面へ伸びる通路を警戒した。通路でまたたく影は不気味だが、照明が不安定なせいで実体はない。

「なにかありますよ」ベニが報告した。

「なにが？」三人同時に問い返した。

「手紙です」

「手紙？」とクリス。

「ええ、紙に書かれた」

「トラップはないか？」ジャックが訊く。

「仕掛け線などはついていません。文字は最低限の静電気で紙にくっついているだけ。ただのメモです。宛先は後任の司令官殿。そもそも各ページは並べて広げられているので、手をふれなくても読めます」

「なんて書いてあるの？」クリスは室内に顔をつっこんで訊いた。

「それは……ご自分でお読みになられたほうがいいと思います」

ベニの返事はどういうわけか遠慮がちだ。

クリスは眉を上げてペニーを見た。ベニが女性のいる場でためらう猥褻なジョークなのか。第四十一海軍管区の後任司令官にあてた引き継ぎメッセージを、この若者が音読できないとはどういうことか。

クリスはだれもいない司令センターに踏みこんだ。自分の司令センターだ。空気はステーション全体とおなじくカビ臭い。換気システムの低いうなりが聞こえず、人の汗の匂いはない。ここは半径数パーセクの人類宇宙を守備する司令センターのはずだ。なのに無人。守備していない。

人類協会からの命令書が人類宇宙を牛耳っていた五年前ならともかく、いまこの無防備さはありえない。砲艦外交が幅をきかせる時代なのだ。惑星をどんな危機が襲うかもしれない。

ジャックはクリスの身辺にある危機を看過しない。優秀な警護官らしく、司令センターの三カ所の入り口を同時に見渡せる位置に退がった。

曾祖父のトラブルが、クリスの指揮する予定の部隊に警護班を設けてはどうかと提案したときは、いいアイデアに思えた。クリスは一も二もなく同意した。それが失敗だった。事務手続きがすみ、奥の部屋から連れてこられた赤と青の軍服姿の男は、仏頂面からたちまち笑顔に変わったジャックだった。階級章は中尉をしめす銀の一本線。クリスの一つ下だ。トラブルはジャックの配属を勝手に操作したらしい。王族が従軍する場合に適用される規則も新設したのだろう。対象になりそうな王族はクリス一人なのに。

しかもこの警護班長は、下の階級のくせに上官に命令する。クリスにあしろこうしろと指示する。任地までの道のりは苛立ちの連続だった。赴任後も苛立ちは続きそうだ。

そんなふうに頭を抱えているところに、プライド・オブ・セントピーターズバーグ号、通称セントピート号の船長が、ハイチャンス・ステーションが呼びかけに対して自動応答しかよこさないと知らせてきた。応答は機械音声、内容は基本情報のみだという。

ベニとネリーが電子的に調査してみると、ステーションで動いているのは基幹システムだけらしかった。太陽電池はバックアップ電源分しか給電していない。反応炉は停止中。ほとんど休眠状態だ。

セントピート号の船長はこのような状態のハイチャンス・ステーションにドッキングすることをためらった。クリスは輸送契約をたてに決断を迫った。ドッキングできるならすみやかにドッキングせよ。さもなければ怒れるロングナイフ家の訴状の雨があなたの会社に降るだろう。船長は憤慨しながら船をステーションに近づけた。すると、あにはからんや、自動システムが作動して係留装置をつかみ、船をドックに固定した。下船まぎわに聞いた話では、ステーションのタンクから反応材の補給も受けられそうだという。料金も提示された。

機能すべきところは機能している。見返りがあればどんな無理も通る。海軍人事局のように。

海軍の勤務地は腐るほどある。えり好みはできないが、海軍は規模拡大中なので空席にはことかかない。しかし父親がウォードヘブン星首相で、曾祖父が王（のようなもの）として百の惑星からなる連合を率いているとなると、話は変わる。

「タイフーン号で起きた状況を忘れるわけにいかない」

ウォードヘブン軍統合参謀本部議長のマック・マクモリソン大将は面会時にそう言った。

〝状況〟とはずいぶん婉曲だ。もっと具体的で不愉快な表現があるだろう。〝反乱〟だ。

クリスはある友人の冗談半分の提案にしたがって広告代理店を雇い、タイフーン号での出来事をあらわすのにふさわしい表現を探させたことがあった。数回の長い調査のあとに届いた報告書は、冗談の種にさえならなかった。クリス自身が笑える気分ではなかったからかもしれない。ウォードヘブンの戦いで多くの友人を失った直後だったのだ。とにかく、今後ともクリスの海軍生活一年目を語るときは〝タイフーン号〟と〝反乱〟がつきまとうだろう。

「わたしを受けいれてくれる艦長が、今回もなかなかみつからないのでしょうか？」

「残念ながら、な。マンダンティ代将は第八小艦隊におけるきみの働きを高く評価する推薦文を書いている。しかしマンダンティを信頼する友人たちは、本人と同様に多くが隠居生活にはいっている。そしてたとえ推薦文があったとしても、たいていの艦長はきみがいつ従順な部下であるのをやめて、突発的行動に出るかという不安をぬぐえない」

クリスは肩をすくめた。

「訓練隊では問題ありませんでした」

「しかし高速パトロール艦隊が防衛任務にあたるのに適した中規模の惑星は、きみの安全確保が難しいところばかりだ。レイ・ロングナイフやビリー・ロングナイフに、孫娘あるいは娘が当直中に殉職した理由を説明させられるのは、だれでもごめんこうむりたい。だから今回もプリンセスの任地探しは困難をきわめている」

「サンディ・サンチャゴの近況はどうなのでしょう？」

クリスは期待をこめて訊いた。その親しげな呼び方をマックは修正した。

「サンチャゴ大佐だ。あの六隻の海賊戦艦がやってきた騒動の後始末にあたらせている」

「海賊ですって？　冗談じゃない」クリスは吐き捨てるように言った。

「では、グリーンフェルド連盟と交戦したことにしたいのか？」

「……いいえ」クリスは認めた。

ウォードヘブンが率いる知性連合とグリーンフェルド連盟は勢力が拮抗している。全面戦争に突入すれば悲惨な泥沼の戦いになるのは目に見えている。だからグリーンフェルド星はウォードヘブン星をべつの方面と戦わせ、そのあいだに自分たちの黒と赤の旗のもとにより多くの惑星を引きこもうとしている。おたがいの境界での小競り合いは日常茶飯事だが。

「とにかく、サンチャゴ大佐は現在、艦を指揮していらっしゃらないのですね」

大尉という下級将校であるクリスはまだ艦上勤務を続けたかった。へなちょこ陸上勤務者にはなりたくない。

マックは数枚の書類をめくった。そのうちの一枚はクリスの辞表だ。これまでの面会で彼女の辞表が統合参謀本部議長の手もとに用意されていなかったためしがない。

「艦上勤務にこだわりがあるのか？　独立した部隊を率いるつもりはないか？」

「先日のお話では、大尉が独立した部隊を率いることはありえないとのことでしたが」

「わたしの誤りだったようだ。階級章に星のついた将官にも誤りはときどきある。なんならきみのおじいさま方に尋ねてみればどうだ」

この面会は、トラブルがジャックを入隊させた暴挙の直後で、クリスはどちらの曾祖父とも絶交中だった。表情を消したまま質問した。

「大尉が率いる独立した部隊とはどのようなものでしょうか」

「海軍管区などはどうだ？」

クリスは眉をひそめた。冗談にもほどがある。

「少将クラスのポストだと思いますが」

つとめて口調を抑えた。一介の大尉が大将の発言をたしなめるわけにはいかない。たとえ王女である大尉でも。いや、王女の大尉だからこそ。

「一週間前ならわたしもそう言っただろう。ところが、第四十一海軍管区司令官の大尉から人事局に退役の知らせが届いたのだ」

クリスはつっこみどころに迷った。第四十一海軍管区の？　司令官の？　大尉？　そんな海軍管区は聞いたことがない。しかしおもてに出さず、マックの話を聞くことにした。なにしろ相手は四つ星の海軍大将だ。部下をからかってもいい立場にある。

「第四十一海軍管区は人類協会の崩壊時に委譲された。地球は最小限の予算を毎年拠出しつつ、ろくに管理していなかった。駐屯しているのも地元採用の予備役ばかりだ。司令官の大尉以外は」

けっきょく質問するのをがまんできなくなった。

「大尉が海軍管区の司令官に就くなどということがありえるのですか？」

「じつはこの大尉は臨時の代役なのだ。第四十一海軍管区司令官に任命された大佐は、移動中に急死した」マックは書類の束を振った。「後任はましな任地を強引に確保して去った。するともう他に任命できる者はいなくなった。そしてこの男も二十年目にして退役届を提出した」マックは顔を上げた。「……というわけだ」

「二十年間大尉のままで退役？」クリスはつぶやいた。

「養鶏場の経営に専念するため、と届けにある」

「そこへわたしを押しこんで、また二十年間干《ほ》そうと？」

マックはクリスの辞表を書類束の先頭に持ってくる。

「命令をお受けします」クリスは言った。

「モントーヤ中尉の他に連れていきたい者はいるか？」

「パスリー＝リエン大尉を情報担当として」

大将は眉を上げた。

「まだ傷が癒えていないだろう」

体の傷はほぼ完治している。夫の命と引き換えに生き残ったという精神的な傷は、癒えるのに長くかかるはずだ。

「訓練隊での働きに問題はありませんでした。勤務こそ良薬だと思います」

ロングナイフ家のために傷ついた者を捨てておけないという考えもある。大将はうなずいた。クリスは続けた。

「サンチャゴ大佐はベニを配下に復帰させたがっているでしょうか」

「むしろおまえが一人前に育てるのを期待しているそうだ。その点で進歩はあるか？」

「道は長いかと。それでも兵曹長への昇進が適当です」

「早すぎないかな」

マックはそう言いながら、書類仕事が一枚増えたことで舌打ちした。

「抜擢になりますが、その資格はあります」

そんなやりとりがあった故郷の星から数百光年離れた場所で、クリスはオートマチック銃の安全装置をかけてホルスターにもどし、机に広げられた自分あての手紙を見た。まだ見ぬ書き手とおなじ運命を自分もたどるかもしれない。

第四十一海軍管区へ就任予定の司令官殿へ

第四十一海軍管区の退役見込みの司令官より

司令官交代式について

右記の式典はない。申しわけないが、やれるうちに手を打たせてもらった。部下の予備役たちは本官のために想定外の長時間労働をしてくれた。退役する資格は充分にある。書類には本官がサインした。

彼らの存在を知ったロングナイフ家が、その身勝手な考えから彼らを宇宙のあちこちへ飛ばすことは認められない。ウォードヘブンも地球も長らくここを無視してきた。本官が退役届を出し、貴官がここへ来た以上、本官は姿を消したほうがいい。たかが大尉に海軍管区司令官としての権限を行使できるわけがないと思っていただろうか。ごらんのとおりだ。

(ネリー、予備役の退役願いを承認する権限がわたしにある?)

(現行規定によれば、制度上の要件を満たした予備役志願兵からの退役願いは、あなたが承認する立場にあります。なにしろ海軍管区司令官ですから)ネリーは答えた。

大尉がそんなことをするとだれが思うだろうか。しかしただの大尉も、将官の仕事を十五年も任されていれば、普通の下級士官が持ちあわせない選択肢を知るものだ。

(そもそも彼は退役ずみです。処分しようがありません)

クリスの背後から忍び笑いが聞こえた。ベニ兵曹長とペニーが肩ごしにのぞきこんでいるのだ。ジャックは、手紙のどこがそんなにおもしろいのか見たいのをこらえているようすで、見張りを続けている。

クリスはジャックに教えてやった。

「司令官交代式はないわ。そして前司令官は予備役を全員退役させたみたいね」

「常勤の兵は？」ジャックは顔をしかめて訊いた。

「一人もいないんですよ」ペニは笑い出しそうな声で言った。

「静かに」クリスはうなり声を出した。

ジャックはまばたきしてすこし考え、それから首を振った。

「指揮する部隊がない。司令官の仕事がない。簡単な理屈です」

子どもに言いふくめるように断言する。しかしクリスはロングナイフ家の決然たる口調で述べた。

「わたしは第四十一海軍管区の司令官よ」

「ずいぶん寂しい海軍管区ですけど」

ペニーは周囲を見まわして、テーブル脇の椅子に腰かけた。

クリスは否定的な意見をこれ以上聞きたくなかった。

「兵曹長、このステーションのスイッチをいれなさい。まずはそこからよ」

「全部ですか？　この太陽電池パネルでは無理じゃないかな」

ネリーが言った。

「兵曹長があのメインスイッチをいれたら、セキュリティシステムとその他のサブシステムを起動する準備をしましょう。それによってステーションが安全かどうかわかります」

　ベニはクリスの首のあたりをにらんだ。そしてネリーから指示されたところへ行って、スイッチをいれたりボタンを押したり、ステーションの起動手順を踏んでいった。

「中央発電設備はまだ起動しないでください」とネリー。

「やらないわけにいかないだろう」ベニは反論した。

　クリスはたしなめた。

「ネリー、兵曹長、喧嘩はよそでやりなさい。ペニー、ジャック、このステーションが本当に無人なのか、危険はないのか確認して」

　ジャックが即答した。

「危険はあります。乗ってきた船にもどって、ただちにこのステーションから離れるべきだ。ブレンナーパス星の政府が倒されたいま、ここからピーターウォルド家の支配宙域までジャンプ二回の距離でしかない。クリス、このステーションはあなたにとって安全ではない。こんな状態では」

　ペニーは椅子ごとテーブルから離れて反対むきになり、ワークステーションを起動してセキュリティシステム画面を立ち上げた。すべて異状なしの表示。ペニーは時間をかけて詳細を調べていき、最後はステーションの外側の数カ所を映像で観察した。

「電源が落とされたのはたぶん……三週間以上前。以後とくに異常はないようです」

　ジャックは肩ごしにのぞきこんだ。自分なりに確認しながら、しだいに口をへの字に曲げる。

「安全といえば安全かもしれないな。起動時にパスワード入力を要求しないようなセキュリティシステムを信用できるなら」不機嫌な声で言って、クリスにむきなおる。「まあ、人食い人種が廊下にひそんであなたを焼いて食おうとしていないことはわかりました。それでもクリス、いいえ、プリンセス、船から砲撃し放題のこんな場所にあなたをおいておくわけにはいかない」

一理ある。いつものようにいい指摘だ。しかしジャックの一理ある指摘は、クリスにとって耳を貸したくない指摘だ。精いっぱい楽観的な笑みをむけた。

「〝乗りかけた船を捨てるな〟という海軍の古きよき伝統があるわ」

「ここは宇宙ステーションですよ。関係ないことでしょうけど」

ベニが顔を上げて親切に指摘した。いまはネリーとステーションの給電能力について議論中らしい。

クリスはそのベニを見た。顎の下のほうが震えている。いや、まんなかのあたりもだ。この兵曹長はいざとなれば充分に勇敢に行動できることを証明ずみだが、けして危険を好む性格ではない。

クリスはテーブルの席に腰を落ち着けた。良質の合板製だ。しっかりしていて広い。ジャックに力ずくで抑えられる心配はない。その場合は事前にわかる。クリスは沈黙を引き延ばした。ペニーが最初に気づいた。椅子をワークステーションからもどし、テーブルにつく。

ベニとネリーは押し問答をやめて静かになり、兵曹長はテーブルの席についた。クリスの肩にのったネリーも耳を傾けている気配だ。最後にジャックがアサルトライフルの安全装置を二度点検してテーブルにおき、ペニーの隣の席に腰を下ろした。

「参謀会議をお望みのようですね、プリンセス。助言を求めるためですか？　それともいつものように、これからわれわれを巻きこむ大騒動を告知するため？」

「いつものように、のほうよ」

クリスは現時点でできるかぎり強気の笑みを見せた。ジャックは納得しない。指先でライフルをこつこつと叩きつづける。

「わたしたちは海軍管区を守らなくてはいけない」クリスは言った。

「守るべきものが？」ペニーが質問した。

しばし沈黙。

「あるわよ。どこが疑問？」

「だって、これですよ」

ペニーは椅子をゆっくりとまわして周囲をしめした。最近のペニーは口数少ない。内省的だ。しかしトムのプロポーズにイエスと答えた彼女は愚かではない。情報将校は続けた。

「放置されていて問題はなかった。地球もウォードヘブンもなんら防衛努力をしていなかったけど、だれも乗りこんでこなかった」肩をすくめて、「クリス、あなたの命令に反発するつもりはありません。でも、ここを守備する？　もっと冷静になるべきでは」

クリスは椅子にすわりなおした。やはりペニーは愚かではない。クリスの性格をよく知っている。しかし考えまでは読めないはずだ。あるいはネリーの考えは。

秘書コンピュータは脳内で言った。

(新しいジャンプポイントのむこうを調べさせてください。そうすればチャンス星に興味を持つべきかどうかわかります)

(そうね。でもまだ異星人を調べにはいけないわ)

(そうですね)

ネリーは素直に引いた。今回は。

ネリーと会話していることを表情からさとられないように気をつけた。ゆっくりとジャックとペニ兵曹長を見る。どちらもペニーと同意見らしい。親しくなりすぎた仲間はこんなときに困る。ごまかそうとしても見透かされる。

たしかにクリスは司令官として部隊を指揮したい。たとえそこが退屈な第四十一海軍管区でも。ため息を漏らした。

「いいわ、あらためて説明する。第四十一海軍管区はなにもない場所だけど、それでもわたしの任地よ。隅から隅まで。ここで自分の腕をふるってみたい。これが本音よ」

ジャックが訊いた。

「もしもイティーチ族の駆逐艦が五、六隻、近くのジャンプポイントから出てきたら?」

「地上に退避する。地元民を率いてゲリラ戦をやる。深い洞窟の奥に隠れて」

「賛成です」ベニが言って、空想のビールのマグで乾杯してみせた。

ジャックは首を振った。

「反対です、クリス」百万回目のセリフだ。

「反対するのがあなたの仕事だから、ジャック」クリスは百万と一回目の返答をした。「ここで標的になって敵を待つと？」

クリスはロングナイフ家一流の笑みを浮かべた。

「いいえ。わたしはどんな場所でも待ったりしない。ここには維持管理が必要なブイがある。探険すべき場所がある」

（賛成です）ネリーがいたずらっぽい笑みを思わせる口調で反応した。（新しいジャンプポイントがどこに通じているか調べましょう）

（静かに。あとでね）

ペニーが指摘した。

「といっても船がありませんよ、クリス。いえ、あるにはあるけど、まさかあの軽巡を？ただの飾り物です」

パットン号なら見た。イティーチ戦争時代の古い軽巡洋艦。セントピート号がステーションにアプローチするときに係留されているのを確認した。深刻な緊急事態をのぞいてこの艦を運用してはならないと命令書にある。深刻な緊急事態とはどんなものか、それは書かれていない。しかしこのポンコツの反応炉を始動しようと試みるのはよほど切羽詰まった状況だろうと、艦の報告書をざっと見ただけでわかった。このステーションまで回送してきた下請け業者のチームは宇宙服のまま艦内で寝起きしたらしい。与圧維持もままならないからだ。無事に到着できてさぞよろこんだだろう。回送中は故障箇所をひたすらリストアップしたという。探すまでもなく無数に出てきたはずだ。クリスはリストに目を通そうとしたが、四十万項目を超えているのに気づいてやめた。

こういう不穏な時代には、空の上に軍艦が浮いていると惑星住民は安心するはずだと、海軍本部のお利口な参謀たちが考えた。他の星にはましなものが配られたはずだが、チャンス星には最低の残り物があてがわれていた。

とにかく、パットン号はクリスが求める移動手段にならない。

そもそもジャンプポイントの航路ブイの点検や付近の探索のために、本格的な軍艦は不要だ。もっと小さい船のほうが使いやすい。

「ブイ設置用の設標船がほしいわね。こぢんまりしたのが」

ペニーは首を振った。

「第四十一海軍管区に設標船を保有する予算はないと思います。常備か一時的かを問わず。調べても設標船がここに立ち寄った記録は過去五年間に一回もなし。それより昔は調べていません。海軍に頼んでも融通してくれないでしょう」

クリスはペニーに笑顔をむけた。

「海軍には頼まないわ。船を借りた経験はある？」

なおった。

「ああよかった。盗んでこいと命じられなくて」ペニーは背中を椅子にあずけた。

「そんなことを命じるわけがない」ジャックが真顔で言った。「船を盗むときは、彼女は自分で盗む」

クリスはジャックをにらんだ。しかし海兵隊中尉はにっこり笑顔。クリスはペニーにむきなおった。

「小型の民間船で充分よ。交換用のブイを五、六基積める船倉があれば。もちろんジャンプ能力は必要。PF艦よりは大きくて、タイフーン号のようなコルベット艦より小さいくらいで」

ペニーはうなずきながら眉間の皺を深くしている。

「用船契約を結んでこいというわけですね。費用は？」

「ネリー、わたしの口座からクレジットで支払えるようにして」

ペニーが首を振った。

「クリス、海軍からあれだけ叱責されてまだ懲りないんですか。まず公務に私用のコンピュータを使わないでください。いちいち言わないのはあなたが聞く耳を持たないからです。なんでもかんでもネリーに頼って」

「そのとおりです」ネリーが割りこんだ。

「さらに海軍の業務のために、自腹で船を借りるなんて」

「黙ってればいいのよ。知らなければ文句は出ない」

「知らぬが仏」ジャックがため息とともに。

「そういうことよ」

「セントピート号の次の寄港先はロルナドゥ星でしたっけ」ペニーはしばらく考え、「なにかしら調達できると思います」

「六カ月のウェットリース契約。乗員付きで。たぶん必要になるわ」

「目的はブイの設置でいいですね」

「および借り主の指示によるその他の業務」

「ロングナイフの名は出さないほうがいい。引き受け手がなくなる」ジャックが皮肉っぽく助言した。

「そんなことは……」ペニーは言いかけてから考えなおし、うなずいた。「それもそうね。依頼主の正体は伏せておくわ」

「彼女を単身で？」

ジャックが小声でクリスに訊いた。当然の心配だ。いまのペニーに一人での長旅は無理だ。

クリスはペニーに言った。

「アビーを同行させるわ。あなたが苦労しないように。とりあえずメイドがいなくても大丈夫。ここには着付けが必要な舞踏会はないわ。なにしろ退屈な星だから」

「いまのところは」ペニが指摘した。

「いつまで続くかしら」とペニー。

「せいぜい五分から十分」とジャック。チャンス星で事件なんて起きようがない。だからこそわたしはこの第四十一海軍管区に送られたんだから」

「ここは辺境なのよ、みんな。

「そのとおり」

三人の部下は口をそろえた。

プライド・オブ・セントピーターズバーグ号が軌道から加速離脱していくようすを、クリスはステーションのスクリーンで見守った。アビーはクリス付きとして母親に雇われているメイドだが、素直にペニーに同行していった。クリスはもうアビーがなにをしても、あるいはしなくても驚かなくなっていた。

「例の自走式トランクをアビーは今回何個持ってきてるんでしょうかね」ジャックが訊くともなくつぶやいた。

「セントピート号に載せたのは十二個よ。下船時に何個下ろすか確認するつもりでかぞえたわ」

どういうわけかアビーは旅先でクリスが巻きこまれる厄介事の大小を予測できるのだ。トランクの数は、クリスが騒動から脱出するために必要とする小道具の数といつも一致している……不気味なほどに。

アビーとはいつかじっくり話をしなくてはいけないと思っていた。これまでは落ち着いた機会がなかった。第四十一海軍管区が本当に平穏なところなら、今度こそ女どうし腹を割った話しあいができるだろう。

クリスはスクリーンから離れ、揉み手をした。笑顔で、いつになく楽観的な気分だ。

「さあ、このステーションを調べるわよ」

六時間後、楽観的な気分はあらかた吹き飛んでいた。

まずパットン号を調べた。といっても調べられるのは〝開けるな、低圧危険〟と書かれたドアの手前まで。船の大半の区画は立ち入り不可。ブリッジに立ってクリスは首を振った。

「パリ星系にパットン号と第五十四偵察艦隊が来てくれたときは本当にうれしかった。当時この艦を動かした予備役たちは英雄的な仕事をしたのね」

「あのときパットン号に助けられたのですか？」

ジャックは事件の真相を知っているごく少数の一人だ。ウォードヘブンと地球の艦隊はパリ星系で一触即発になったあと、権限委譲の合意にサインした。それによって人類協会は正式に解体され……開戦は回避された。当時のクリスの行動は、内情を知る人々のあいだでいまも物議をかもしている。

「そうよ。じつはトラブルおじいさまもパットン号に乗ったことがある。大昔の話だけど。ルースおばあさまとの新婚旅行もこの船で」

ジャックは眉を上げた。

「当時はしっかりした船だったのでしょうね」

「おじいさまの話からするとそうでもなかったらしいわ。なにしろ海賊船に襲われて、艦長が一斉射撃を命じたら、艦はその場で宙返りをはじめたって。電子制御システムの基盤が逆に挿さっていたのよ」

ジャックは首を振った。

「現状とあまり変わらなそうだ。しかし巡洋艦を指揮するのであれば、いっきに中佐に昇進ですね」

ジャックは問いかけるように眉を上げる。そんなに出世欲が強いと思われているのだろうか。

「大尉のままのほうが長生きできるわよ」

「めずらしく同感です」

ネリーがパットン号のセンサーの電源をいれるように求めた。サンタマリア星の山から採取された石のかけらのデータによると、星系の外に未使用のジャンプポイントがあるはずだという。それを確認したいのだ。やってみると、たしかにあった。ただしほとんどのナビゲーション機器において赤い旗つきで表示される。故障中の意味だ。

（べつの機会に詳しく調べましょう）

ネリーは納得しない。

（本当に故障しているのか、それともジャンプポイントの存在は探知できても、データを読めないのか）

(落ち着きなさい。この船は機関停止してるのよ。ステーションも仮眠状態に近い。いずれ希望どおりにするから辛抱しなさい)

(辛抱なんかクソくらえです!)

ネリーは無作法な返事をした。クリスは唇を噛んで笑いをこらえた。

「なにかおもしろいことでも?」ジャックが訊いた。

「反抗期のコンピュータとのやりとりよ。ネリーが下品なことを言ったの」

ジャックはあからさまに疑わしげな顔をした。

ステーションの他のところも整理整頓されたもぬけの殻だった。クリスは自動砲を点検した。手作業で固定され、弾薬帯は抜き取られている。ステーション防衛のためにはこれらを再稼働させなくてはならない。射撃管制の人員もいる。近距離防空レーザー砲もあるが、電力がたりない。当面の設備は太陽電池で動くが、ステーションを本格稼働させるには核融合炉の運転が必須だ。しかしたった三人では炉を始動できない。訓練されていても人数がたりないし、もちろん訓練はされていない。

「わたしはできます。やれと言われれば」ネリーが主張した。

クリスが提案を却下すると、ジャックもベニもほっとした。

クリスの寝室は、第四十一海軍管区司令官という札のかかった部屋だった。アビーはセントピート号へトンボ返りするまえに、自走式トランクをその部屋にいれていた。一個だけで、中身はクリスの軍服と私物。

ジャックのトランクも部屋にいれてあった。クリスの部屋から廊下をはさんでむかいの副司令官室で、過去に使われた形跡はない。トランクの上にはベニのダッフルバッグも重ねられていた。兵曹長はジャックの隣の部屋を使うことにした。VIP用の豪華客室だ。

ジャックとベニは廊下に充分な安全対策をほどこし、夜間の見張りを不要にした。クリスは廊下を二人にまかせ、ネリーに監視を命じて、自分はぐっすりと眠った。

翌朝は早く目覚めた。ステーションはなにごともなくチャンス星の軌道をまわっている。空気は呼吸できるし、人食い人種に爪先をかじられた跡はない。

クリスはトランクから新しい作業服を出して、シャワーを浴びて着替えた。そして空腹を満たす場所を探しに出た。セントピート号での最後の食事は豪華客船らしい量があったが、さすがにあれから時間がたった。

食堂は百人分の広さがあり、厨房もその人数に対応できる規模だった。そこに携行糧食が山積みになり、埃をかぶっていた。パッケージの一つが開いている。兵曹長だろう。育ち盛りの空きっ腹をかかえて昨夜ここへ来たらしい。

クリスが小さなポットでコーヒーを淹れていると、隣にジャックがやってきた。シャワーを浴びて髭を剃り、略装軍服になっている。緑のズボン、カーキ色のシャツ、スカーフだ。

クリスの朝食に眉をひそめた。

「携行糧食を食べて死んだ者はいないわよ」

クリスは言った。そこまで安全規則で口出しされたら餓死してしまう。

「というよりこんなものは食事のうちにはいりません」ジャックはクリスが淹れたポットから自分のマグにコーヒーをついだ。「ふむ、プリンセス、お湯は沸かせるようですね」

「乗組員に反乱を教唆し、軍艦を乗っ取り、お湯も沸かせる。立派な履歴書が書けるわ」

「ここだけの話ですが、こんなことをいったいいつまで?」

率直な質問には率直に答えねばなるまい。火にかけたスクランブルエッグを放置して、自分のマグをつかみ、警護班長のむかいの席についた。あいだにテーブルをはさむのは癖だ。いまジャックが王女を肩にかついで安全圏に連れ去ろうと考えても、そもそも安全圏がない。それでも用心にしくはないので、クリスはいつもどおりにした。

「さあね。じつをいえば、わたしも昨日は茫然としていたのよ」

「つまり即興で動いているだけだと」ジャックはうなずいた。

「まさかこんな……」

クリスは昨日の言いわけをしようとして、やめた。今日のほうが重要だ。これに対処しなくてはならない。

ジャックはその考えを読んだようだ。あるいは長年そばにいるせいでクリスの問題解決のパターンがわかっているのか。

「で、今日はどうします?」

「まず、飯を食いましょうよ」ドアのところからベニ兵曹長が言った。無精髭で、胸に〝海軍に入隊しよう〟と書かれたしわくちゃのスウェットをまだ着ている。「それが飯といえるなら。ねえ、プリンセス、ぼくが海軍にはいったのは飯がうまいからですよ」温めている携行糧食をしかめ面で見て、「なにが悲しくて歩兵用の保存食なんか」

「他にないんだからしかたないじゃない」

ベニは自分のコーヒーをついで腰を下ろした。

「このステーションにはレストランが十二軒もあるのに。ニュー・シカゴ・ピザから、昔ながらの広東料理までそろってる」

「みんな閉まってる」ジャックが指摘した。

「そうよ。どうすればいいかしら」とクリス。

「飯があれば人が集まるんじゃ……」ベニは言った。

「逆だ。仕事があれば人が集まり、飯を食う」ジャックは言った。

「なぜここではだれも仕事してないんですか？」

「こっちが訊きたいわよ、司令官として」

クリスは、スクランブルエッグができた頃あいだというネリーの指摘を受けて立ち上がった。三人は食べ、残り物を生ゴミ容器に捨てた。生ゴミは早めに処理する必要がありそうだ。しかし問題の解決にはすこしも近づかない。とうとうクリスは言った。

「質問に答えてくれる人がここにいないなら、いるところへ行くしかないわ。三百キロ下には人がたくさん住んでる。話してくれるはずよ、地元の事情を」

「それにはちょっと問題が」ベニが言った。

「シャトルはあるわ。孤立しないようにネリーが確認した」

「ええ、シャトルはあります。十機以上」

「反応材もあるな」とジャック。

「あります。値段をふっかけられたのでセントピート号は補給を断りましたけどね。ロルナドゥ星でいれるって」

「なにが問題なの?」

「シャトルのエンジンで反応材を加熱する反物質燃料が、着陸分しかないんです」ベニは苦笑いした。「地上で補給できなければ、下りたら最後、上がってこられませんよ」

クリスはしばらく考えてから、ジャックを見た。

「スティーブ・コバールという大尉にぜひとも会いたいわね。こんなすばらしい任地を引き渡してくれたことに心から、お礼を言いたいわ」

2

一時間後、三人はボーイング社製の小型シャトルに乗りこんだ。機体はステーションからの電源供給で反物質閉じ込め容器を作動させたまま、スタンバイモードで駐機されていた。

クリスが調べると、軌道を離れてラストチャンス郊外の空港になんとか滑空降下できる燃料量だ。座標をナビゲーションコンピュータに入力して、クリスは不敵な笑みを浮かべた。

「苦もなく着陸させてみせるわ」

ジャックが副操縦席に滑りこみ、ラストチャンス周辺の航空情報を呼び出した。

「降下中に渋滞に遭遇するかもしれませんよ」

「離着陸の予定欄はこれからまる一時間空白よ」

二人のあいだに立ったベニが言った。

「黙って飛ぶやつばかりかもしれない。フライトプラン未提出で飛んだら、普通はこっぴどく叱られるんだけど」

「そうよ。でもこちらの到着予定を教えてやるのはおもしろくない。歓迎準備なんかさせてやらない」

ジャックが低く言った。

「せめて防空システムの警戒対象からはずさせるべきでしょう。本気で寝込みを襲うつもりですか？」

規則はクリスもわかっている。しかし今回の旅は驚かされてばかりでうんざりしていた。そろそろ仕返しをしたい。スキップフレーサーのクリスの腕をもってすればこのシャトルを降ろすのはわけない。ラストチャンス空港のまわりには空き地が充分ある。危険度を検討した結果、ジャックの考えはともかく、クリス自身は安全にやれると判断した。パネルを見まわす。すべてグリーン。

「ベルト着用しなさい、兵曹長。降下するわよ」

「いち抜けたと言うには手遅れですか？」

「この女性の配下で勤務するかと問われて、はいと返事した時点でなにもかも手遅れさ」

ジャックはそう教えて、シートベルトをきつく締めた。

十五分後、シャトルは最終アプローチにはいった。空港からの呼びかけはなかったが、クリスはいちおう名乗っておくことにした。

「ラストチャンス空域、こちらは海軍シャトル四十一号。090番滑走路でエンジン停止着陸を試みるべく最終アプローチにはいっている。注意すべき航空機があるか？」

「海軍シャトル四十一号、着陸復行する推力はあるか？」

「ない」

「では他の航空機を近づけないようにしよう。昼食後の暇な時間帯で幸運だった。貨物機に針路変更を指示するので一分待て」

「ありがとう、ラストチャンス空域」

きっかり一分後に管制官の声がもどり、風、温度、気圧の情報を伝えた。クリスは機器のデータを修正しながら言った。

「自動観測所から送信されるデータとは異なるようだけど」

「観測所が停止しているのはここの常識だ。独自に修正したデータをみんな使っている。ご存じないのは海軍さんだけかな」

クリスの隣でジャックが天を仰いだ。頭上によい知恵が書いてあるわけでもないだろうに。ベニは小声でプリンセスの耳にふさわしくないような悪態をついている。しかし経験豊富な海軍士官のプリンセスは、腹のなかでもっと汚い悪態をついていた。

「最新情報をありがとう。二分後に着陸する」

「牽引車を手配する。料金がかかるのでクレジットカードの用意を」

今度こそクリスは、プリンセスらしからぬ悪態を口に出した。

シャトルはきれいに着陸させた。ブレーキの効きが不均等だったが、派手な黄色の牽引車の脇を若干通過したあたりで停止した。止まったところでクリスは窓を開け、牽引車のほうに手を振った。牽引車はシャトルのまえまで移動した。しかしあとの動きがない。クリスはしばらく待った。電源とトーバーはいっこうに接続されない。さらに一分待ったが、なにもない。

「あのー、支払いを待ってるんじゃ」ベニが小声で言った。

クリスは憤然としてシートベルトをはずし、後部ハッチへむかった。ジャックがあとを追う。プリンセスの身を守るため……あるいは牽引車の乗員の安全のためか。クリスはハッチを蹴り開けた。すこしだけ胸がすっとした。まばゆい午後の日差しを浴びて足早に歩く。牽引車の運転席と助手席でくつろぐ二人の男はそれを眺めて楽しんでいるようだ。クリスは強い口調で訊いた。

「滑走路のどまんなかにいつまで駐機させておくつもり？」

若いほうの作業員は、長身痩軀にぼさぼさの青い髪ですりきれた作業服姿。すぐにでも逃げ出したいような構えだ。もう一人は、はげ頭とむさ苦しい白髭。デブとはいかなくても肥満気味の体形だ。ステアリングをしっかりと握って言い返した。

「クレジットカードを端末に通すまでは一ミリも動かさないぞ。ただし海軍のカードはお断り。海軍の未払い伝票が山になってるって、空港長から言われているんでね」

「海軍の放置ぶりもここまでとは」ジャックが小声で言った。

クリスはおんぼろの牽引車をあらためて見た。塗装なおしの時期をかなりすぎている。滑走路のコンクリート舗装を爪先でこすってみた。強度はまだあるが、こちらも再舗装が必要だ。ここは第四十一海軍管区。ウォードヘブンじゃないのよ、ロングナイフ大尉。

再評価を終えると、クリスは財布を開いた。本来なら第四十一海軍管区名義の公用クレジットカードを使うべきだが、それを避けて自分のカードを抜いた。クリスは海軍のカードにサインしたときに利用限度額を質問してみた。管区の予算割り当てしだいというのが、調達課の三等兵曹の返事だった。クリスとネリーは具体的な数字を探したがみつからなかった。

クリスは自分のIDとともにクレジットカードを牽引車の運転手に渡した。運転手はカードを見もせずに備え付けの端末にいれた。料金収納を告げる明るいビープ音が鳴ってカードが吐き出されたところで、ようやく表の名義を読んだ。

「クリス・ロングナイフっていうのかい？」

「そうよ。民間の身分では」

「ボス、有名人ですよ。レースやフットボール以外の番組を観たことないんですか？」

「おれは観るべきものしか観ねえんだ」運転手は助手を肘で押しやった。「さあ、ぐずぐずすんな。供用中の滑走路からこいつをどけるぞ」

「でも……でも……この人……」長身の若者は急にどもり症になったようだ。

「どこにでもいる飛行機乗りだろ」

シャトルを牽引車に接続すると、二人はそれぞれの座席にもどった。

「乗員用の迎えのトラックは来るの？」クリスは訊いた。

「まさか」

「じゃあ乗せてもらえるかしら」

「あいにく満席だ」

ベニが、遠いターミナルまで歩きたくないという顔で訊いた。

「うしろのバンパーに兵曹長が一人くらい腰かけてもかまわねえだろう？」

「好きにしな。士官さんたちも体裁を気にしないならいっしょにバンパーに乗っかったらどうだい。それがいやなら歩きだ」

ジャックはクリスがバンパーに上がりやすいように手をさしのべた。身長百八十センチのクリスに補助は無用だが、紳士の作法としてだ。クリスは自分がプリンセスであり、また第四十一海軍管区司令官であることを思い出した。牽引車の運転手にわめくのは体裁が悪い。まして暴力は地元の反発をかうだろう。

駐機場まではなにごともなかった。ターミナルから遠く離れたスポットにシャトルは駐められた。固定の確認が終わると、牽引車の運転手は三人をオペレーションセンターまで乗せていった。薄汚れたビルだ。茶色く変色した芝生の中央で大きな吹き流しが力なく垂れている。

「空港長に挨拶しておいたほうがいいぜ」

運転手は三人を降ろしながら助言した。

建物のなかはハエが飛び、天井扇がものうげにまわっている。カウンターのむこうに中年の女が一人。クリスはそこへ行き、女が旧式のコンピュータで遊んでいるソリテアが一段落つくのを辛抱強く待った。女は顔を上げずに言った。

「ロングナイフ家の者が送りこまれてきたようね」

「若いほうでおあいにくさま」

「それでもロングナイフはロングナイフよ。老いたロングナイフは人をだます。若いロングナイフは、人をだませるようになることをめざす。あなたはどちら？」

女は顔を上げ、クリスを見つめた。凡庸な外見は人目をあざむく仮面らしい。青い瞳はナイフのように鋭く、氷のように冷たい。クリスをミリグラム単位で計量し……とりあえず見つづける価値があると判断したようだ。クリスに視線をむけたままコンピュータから体を起こす。

海軍大尉は言った。

「わたしはクリス・ロングナイフ。ウォードヘブンで辞令を受けたわ」

女はゆっくりとうなずいた。

「そのようね」その一言を暑い夏の空気のなかにしばらくただよわせ、続けた。「わたしはマルタ・トーン。なんの因果でこの辺鄙な星へ？」

返事は何種類も浮かんだが、この女の視線に勝てるものはなさそうだ。

「他に適当な任地がなかったからよ。ここで干しておけば、退屈してやがて辞表を書くと思われているわけ」

女は鼻を鳴らした。

「それが真実らしいわね。嘘っぽく聞こえるけど。普通はだれも信じない」

クリスは肩をすくめた。

「ビリー・ロングナイフに逆らったことがあれば真実だとわかるわ」

「子の宿命ね。ママもパパもけして満足しない。親の思惑どおりの子になって初めて満足する。かわいそうに子どもはあきらめてママとパパの支配に甘んじてしまう」

「両親に聞かせてやりたいわ」

女は笑った。胸の奥から低くはじまった笑いは、やがて目尻にも笑い皺をつくった。

「わが子の訴えを聞かない親が、他人の話を聞くわけがないでしょう」

「話といえば……というより話がないという話だけど……わたしは第四十一海軍管区の新任司令官として赴任してきたのに、ようすがおかしいわ。スティーブ・コバールと会って話をするにはどこへ行けばいいかしら」

女はコンピュータのキーを叩いた。

「そろそろ来るころだけど。火曜午後はいつもタクシーをころがしてるから」

「養鶏場経営ではなかったの？」

「そうよ。タクシーは兼業。わけは本人から聞いて。ほら、噂をすれば影」

オペレーションセンターの正面ドアが開き、ジーンズとネルシャツ姿の小柄な男がはいってきた。赤毛は伸ばし放題で髭も長い。やぶからぼうに訊く。

「荷物は？」

「日帰りだからないわ。下りてすぐ上がる」クリスはマルタのほうにむいて、「シャトルの補給をお願いできるかしら」

「このカードなら問題なし」空港長は答えた。スティーブが眉を上げたのを見て、説明する。「個人のカードよ。海軍のツケは引き受けない」

スティーブは陰気に首を振って、ドアへむかった。海軍の一行はあわてて追いかける。

タクシーは、いちおう四枚ドアだった。ボディの前半部は。後半部は荷台。つまりピックアップトラックだ。ここはリム星域。だれもが労働者だ。

クリスは助手席におさまった。ジャックとベニは後部座席に並んですわった。第四十一海軍管区の元司令官はトラックタクシーを出発させた。畑の風景をしめしながら観光客むけの解説をはじめる。

「ここから輸出されてるシングルモルト・ウィスキーは、地球のスコットランドにも負けない。あるいはニュー・スコットランド星にも。ワインも高評価だ。燃料用や製薬産業むけの組み換え作物も栽培してる。チャンス星の貿易収支は健全だ。輸入しているのは成長産業用に不可欠な資源だけ。二十の大都市のうち十五は核融合炉をそなえ、その他の都市は天然の水力発電を利用している」

「概要は来る途中で読んだわ」

「概要は実感をともなわない。労働者の誇りは伝わらない」スティーブは指摘した。「見てくれ」

クリスは外を眺めた。タクシーはちょうど小高いところにいた。眼下には穀物畑が広がる。二本の長い滑走路と管制塔はそのなかにまぎれそうだ。前方の浅い盆地に太いアンキ川が流れ、両岸に首都ラストチャンスの市街が広がる。それなりに高いビルもある。クリスの故郷のウォードヘブンシティほどではないが、地方都市くらいの規模はある。

「立派な町並みね。でも、〝最後の賭け《ラストチャンス》〟という地名のいわれは？」

「わざとだよ。地球のグリーンランドとか、ピーターウォルド家のグリーンフェルド星なんて地名は入植者をあざむくものだ。快適な居住地を期待させる。ラストチャンスの人々はそんな入植者を求めていない。求めるのはあえて困難に立ちむかう人々だ。惑星と戦って未来を切り開く人々だ。人口は一億人強。失業率はほぼゼロ。いい星だ」

クリスが目を通した概要にそんな説明はなかった。数字は並んでいる。しかし人々の気性までは書かれていない。なるほど聞く価値のある話だ。

「わたしのステーションはどうだった？」

司令官の誇りを残した元大尉の問い。引き継ぎもやらなかったくせに。

「整理整頓されて清潔だったわ。そして無人だった」

スティーブは笑った。

「そのはずだ」

「だれでも簡単に占領できる状態だった。ブレンナーパス星がグリーンフェルド連盟に無理やり加盟させられて以後、ここはピーターウォルド家の支配宙域からジャンプ二回分しか離れていないのよ」

「しかしだれも占領しなかった。きみが来るまで」

「ウォードヘブンの管轄地なのだから当然よ」

「おやそうかい。なら、わたしの海軍カードの支払いをウォードヘブンがどれだけ渋っているか、さっきのマルタ・トーンに尋ねてみるといい。やむにやまれずわたしが物資を詐取したようすを、ここの民間業者に尋ねてみるといい」

言葉にはまだ怒りがくすぶっている。

クリスは答えずに道路を見た。住宅地区にはいって往復四車線に広がった。それでも交通量をさばききれず、拡張が必要なようすだ。しばらくして訊いた。

「どこへむかっているの？」

「市長のオフィスだ。市長はロン・トーン。さっきの空港長の息子だ。きみの扱いは市長にまかせる。ここに惑星政府はない。都市ごとに市長が自治をしている。古代ギリシア時代のように」

ギリシア時代については知っている。

「当時の都市国家はペルシア帝国が侵入してきたときに対抗できなかったわ」

「しかしそれまではうまくやっていた。この星に軍事的価値はないし、どの帝国主義者からも狙われていない。とうぶんはこのままやっていけるはずだ。すくなくともロングナイフ家の子女がお出ましになるまでは、なんら問題はなかった」

皮肉っぽい笑みで言葉のとげをやわらげた。とても小さな笑みだが。

後部座席からジャックが言った。

「ようするにここの防衛方針は、道路の側溝に落ちた轢《れき》死体のふりをして、ハゲタカの興味を惹かないことをひたすら祈るということかな」

スティーブは振り返った。

「海兵隊の表現はやはり上品だな。一口に言えばそのとおりだ」

「うまくいくわけないわ」クリスは言った。

「そう思うなら市長に言ってみるといい。会談をお楽しみに。母親以上にロングナイフ家を信用しない人物だ」

迂遠な言い方をクリスが考えていると、車は幹線道路からはずれて、コンクリートとガラスの高いビルの正面につけた。長身の男が出迎える。スラックスに長袖の白シャツとウールのベスト。母親とおなじ青い瞳は、クリスの話などなに一つ信用しないように見える。典型的な野党政治家の顔。来客の車のドアを開けようともしない。クリスは全員が車外に出たところで握手を求めた。市長は言った。

「ようこそ。ラストチャンス市長のロン・トーンです」

クリスは同行者たちを紹介した。市長は尋ねた。

「お食事は？」

ベニが割りこんだ。

「お願いしますよ。朝飯は残り物の携行糧食だけで。まえの晩も」

「だれも調理できないのか？」スティーブが話題に加わった。

「ピーナツバターなら上手にトーストに塗れます」ベニが答えた。ジャックが首を振った。

「わたしはお湯を沸かすのがうまいとほめられたわ」クリスも言った。

スティーブは後任者たちの技能レベルに落胆したようすだ。

「兵曹長をキャンプ用品店に案内してやろう。旅行用の非常食が並んでいる。陸軍支給品より三倍ましだ」

「ぜひ」ベニは両腕を広げた。

「生卵を頼む。スクランブルエッグくらいはつくれる」ジャックが注文した。

「コーヒー粉も。それからパンとハム。サンドイッチをつくるわ」クリスも言った。

買い物リストが伸びるとベニは懐が寂しそうだ。クリスは秘書コンピュータに指示した。

「ネリー、兵曹長にクレジット券を発行してやって」

ベニはやっと明るい顔になった。スティーブはあきれた顔をしたが、金持ち子女の窮余の策を批判する者はいなかった。プリンセスのすることだ。

クリスとジャックはロンに続いてオフィスビルにはいった。玄関ホールは広い。黒い大理石の床と灰色の花崗岩の壁に高級感がある。

「すてきな市庁舎ね」クリスは言った。

「間借りですよ。ワンフロアもない。チャンス星は大きな政府が大嫌いなんです。嫌いなものはなるべく小さく、おとなしいほうがいい。〝重要なことは政府にまかせない〟という精神です」

クリスはエレベータに乗りこんだ。

「あなたは無為な仕事に満足するタイプには見えないけど」

「わが家は被害者なんです。曾祖父はイティーチ戦争の最後の戦いでチャンス星の軍隊を率いた。以後はトーン家の出身者が政治を担当している。というより丸投げされている」

クリスは防衛問題を話題にするきっかけをつかめず、しばらく棚上げすることにした。コバール元大尉にいきなり苦言を呈しても無駄だった。むしろ社交的なおしゃべりから糸口をつかめるかもしれない。

市長室は十三階だ。

「不運な数字のおかげで賃料が格安だったので」

「階数をつけるときに飛ばせばいいのに」

「政府の住所が十三からはじまるのが愉快だと思われたらしい」

ロンはドアを開けてクリスを招きいれた。小さな待合室にはコンピュータのまえにすわった女性秘書が一人。椅子が並び、リーダーがいくつもおかれたテーブルがある。市長は奥の市長室にクリスとジャックを案内した。

そこは角部屋で、眺望はすばらしかった。しめされた椅子に腰かけながら、クリスは言った。

「こんな眺めを用意される政府が、市民から大切にされていないはずがないわ」

ロンはジャックにもべつの椅子をしめした。

「企業経営者たちがみずからの存在感をしめしたいだけだと、わたしは思ってますけどね。これを見よ、そして威圧されろ、というわけです。あなたはどう思いますか？」

青い瞳がふたたびクリスにむく。今度は目尻にかすかな笑みがある。クリスへの微笑みか、会話の皮肉っぽさをあらわす笑みか。判然としない。

「一定の税収はあるでしょう」

クリスはビリー・ロングナイフの娘らしい話題を振った。これなら偏らない話をできる。この星について話させたい。クリスについてではなく。まだそちらは避けたい。

「ええ、輸入品にかける低率の関税があります。輸出は非課税ですけどね。惑星の外からものを買うとわずかながら市政を肥え太らせてしまう。自給自足精神の証です」

クリスは市街を眺め、この規模の都市生活をささえるのに必要なコストを見積もった。

「公共サービスを維持するのにそれだけではたりないはずよ」

「消防隊は大半がボランティアです。専従職員はごく一部。警察も同様です。そもそも犯罪発生率が低い。失業率が低くて、みんな仕事に忙しいので、隣人から盗んでいる暇がない。フルタイムの警察職員はごく少なく、大半は老人たちです。にらみをきかせ、説教を一言二言すれば近所のいさかいをおさめられるおじいさん、おばあさんが主力です」

ロンはクリスから市街へ目を移した。

「大都市に見えても、小さな町とおなじ生き方をしています。子どもが警察のご厄介になるのは恥ずかしい。おばあさんたちにとってはなおさらです」クリスにむかってウインクして、肩をすくめた。「チャンス星にはいいところがたくさんあります。靴がすり減るほど歩いてみれば、その魅力にとりつかれるはずです」

クリスは真新しい自分の靴を見下ろした。

「コバール大尉もそうなったと？」

「本人から聞いていないのですか？」

「その話にならなかったのよ。べつのことを話していて」

ロンはそれを聞いて眉を上げた。考えるような目尻の皺だ。

「わたしが彼について話すべきではないかもしれない。しかし、彼についてはわたしの母が、本人以上によく知っている」

しばらく沈黙した。クリスは口をはさまなかった。

「母によると、赴任当初の彼はとても仕事熱心でした。士官は自分と大佐しかいないことを知ってもあわてなかった。その大佐が退役して後任がやってくるまで、海軍管区の代理司令官という立場をとても楽しんでいたそうです」もの問いたげなクリスの目に気づいたように、ロンは続けた。「いいえ、威張りちらしていたという意味ではありません。スティーブはまじめで、権威をかさに着るような人間ではない。いい仕事をしようと熱心でした。それこそ心臓発作で倒れそうなほど。ところが次の司令官が文字どおりそうなった。長旅の最後の行程で心臓発作を起こし、担架に乗せられて船から降りたと思うと、車椅子でふたたび乗りこんで帰ってしまった。回復を待つために司令官不在の状態が六カ月から九カ月ほど続きましたね。ようやく新しい司令官が決まったと思ったら、彼は移動中に新しい辞令を手にいれて結局ここへは来なかった。こうなるとすっかりジンクスです。すくなくともチャンス星の外の人から見れば。地球は他のことで忙しくて、それっきり新しい司令官を任命しなくなった。原因はコンピュータの不具合か。わかりません」

「それからいままでコバール大尉はここで安閑と？」

一年や三年ならともかく、十五年も。

「まあ、女性はいましたよ。かわいい子がね。母の末の妹で、彼女のおかげで辺境生活もいくらか耐えやすくなったようです」

青い瞳がクリスにむかって微笑む。穏やかな目尻の小皺。豊かな唇。クリスの辺境生活も耐えやすくしようという提案か。海軍キャリアに次々とあらわれる障害に苦労ばかりしているのは無益ではないか……。その疑問に急いで答えを出す必要はない。時間だけはたっぷりある。とはいえ解決できる疑問は解決してしまったほうがいい。

（ネリー、ロンは既婚なの？）

（チャンス星の中央記録バンクによれば、未婚です。ただしファイル全体を見て気づくことですが、婚姻情報が最後に入力されたのは一年以上前です。出生と死亡情報は昨日のぶんまで入力されていますが、その他のデータは不定期にまとめて入力されているようです）

なるほど。それもボランティアだのみというわけだ。

会話が途切れてしまった。話が続かないと思われたくない。話題を探して口を開いた。

「第四十一海軍管区に現役勤務の兵が配属されないことを、彼は不愉快に思っていなかったの？」

「それは兵曹長に訊いたほうがいいでしょう。兵曹長？」

ロンが呼ぶと、すぐにドアが開いた。待合室でコンピュータのまえにすわっていた女だ。

「大声でなんの用、トーン市長？」

「スティーブが予備役しかいない部隊をどう考えていたか、こちらの海軍さんが疑問に思っていらっしゃるんだ。ステーションの人事課に長く勤めた元兵曹長のきみから説明してほしい。その生意気な態度を彼がどうがまんしていたかもふくめて」

女の身長はクリスよりやや低い。中年太りで寸胴の体形だ。女は首を振って答えた。

「がまん？　市長にがまんしてるのはだれだと思ってるの？」

口答えしながらはいってきた。ジャックはすぐに立って席を空けた。兵曹長は海兵隊員を壁ぎわに立たせ、悠然とそこに腰を下ろした。片足をテーブルに上げ、パンツスーツの反対の足をその上にのせ、背中を倒してくつろいだ姿勢になる。ロンもおなじポーズだ。

クリスも真似しようとしたが、椅子がうしろにひっくり返りそうになった。

「おっと失礼。その椅子は脚がぐらぐらで」ロンが言った。

クリスは姿勢をもどして王族らしくまっすぐに着座した。ロンが快適な椅子をだれにすすめ……だれにすすめなかったかを憶えておくことにした。

兵曹長は説明をはじめた。

「大尉は海軍人事局のやり口がわかってなかったわね、最初のうちは。彼のあとに常勤の現役兵の隊が何度か送られてきたわ。交代で一部の隊が帰還する。そのうち帰る隊ばかりでだれも来なくなった。予算は予備役の日数分で、現役兵の分は減らされた。常勤の兵が彼と四人だけになった二年目に、わたしと彼の二人でこれはどういうことかを長い時間かけて話したわ。豚の耳からシルクの財布はつくれない。そもそも豚がいないのに」

「大尉はなんて?」

「非常勤の予備役だけで広い宙域をどうやって守備しろというのかと愚痴ってたわね」

クリスでも愚痴るだろう。しかし今朝話したタクシー運転手のスティーブはけして愚痴っぽくなかった。十年たって変わったのか。あるいはあきらめたのか。

「それで、どうしたの?」

「残った非常勤のわたしたちががんばるしかないでしょう。常勤の四人もやがてまとめて帰ったわ。クソいまいましい……いえ、最悪だったのは、新しい予備役の召集が認められなかったこと。すくなくとも最初は。仕事は増えるのに人手は変わらず。まず訓練時間を削ったわ。あらゆる手段を使った。弟や妹がいる者は連れてきて手伝わせた。それこそ見よう見まねで六インチ・レーザー・レーザー砲の操作まで」

素人訓練のレーザー砲手に惑星防衛をやらせていたのか。しかし正規の訓練を受けた兵が補充されないのではしかたない。

「〝最初は〟と言ったわね。状況は変わったの?」

「ええ。あなたたち知性連合と地球が袂《たもと》を分かったころよ。どちらの陣営も参加大歓迎という態度だったけど、わたしたちはそのころにはなにもかも疑いの目で見ていた。そもそもあちこちに火の手が上がる気配だった。知ってるわよね。ニュースによるとあなたは現場にいたようだから」

クリスは、そしらぬ顔でうなずいた。兵曹長は続けた。

「わたしは妹に、陣営に参加していまの仕事で給料をもらおうなんて考えるなと言ったわ。そんなことを希望したら、腕を引きちぎってその血まみれの切り口で頭を殴ってやるって」天井を見上げる。「他の者も似たようなことを弟や妹へ通告したようよ。そしてわたしはみんなのまえで演説したの。全員そろって退役しようって」

「それを実行したわけね」

「ほぼ全員が同調したわ。長い平和のあいだに、わたしたちは戦う目的での入隊はしないと決めてたのよ。わたしたちは友好のために入隊し、友人として除隊した」

「志願兵も友好が目的だと?」

どこまで博愛的な人々だろうか。

兵曹長とロンは目を見かわした。泥棒仲間が深夜にビールを飲みながらかわす目配せのようだ。ロンが言った。

「兄弟姉妹の助けあいのような友好ですよ。スティーブはそんな彼らへの報酬もこっそり確保した」

兵曹長はにんまりと笑った。

「大尉は毎朝地上でシャトルの反応材を満タンにしてから軌道へ上がったわ。そして夜は帰り道に必要な分を残してハイチャンス側に移した。みんなそうしてた。そして寄港する船にプレミア価格で反応材を売りつけた。その利益が志願兵への給与になったわけ。いい商売だった」

クリスはあきれた。

「会計士に気づかれなかったの？」

「司令部から帳簿を調べに来る人間なんていなかったわ」兵曹長は低く言った。

「あなたから見ると好ましい方法ではないでしょうね、殿下」ロンが王族扱いを復活させた。「最近、プリンセスは難民救援ミッションで私的な資金を使って問題になったと聞いています。こういう解決法にいい顔をしない人はかならずいる」

「それは同感よ」

「しかし、母はあなたのシャトルを満タンにすると返事したはずです。軌道に上がったら余剰分をかならずステーション側のタンクに移してください。ハイチャンス福祉助成基金への寄付名義で。チャンス星の公認慈善団体です」

「合法なの？」クリスはネリーの意見を求めるまえにあえて尋ねた。

「知性連合法典第一八篇八五二五条において、防衛任務にあたる者は公認慈善団体への寄付が認められています。いざとなればわたしは法廷でそのように証言します。そして母は当の慈善団体の理事を兼任しています」

青い瞳の目尻に小皺ができた。もうまちがいない。この小皺は駆け引きの表情だ。

（ネリー、ロンは弁護士資格を持っているの？）

（ネット大学の法学部を出ています）

ネットで取得した学位などだれも信用しないが、法廷では地球の伝説的なハーバード大学の学位と同等の扱いになる。担当弁護士として雇う気にはなれなくても、証人としては立派に通用する。

「ネリー、わたしと部下と、ハイチャンス福祉助成基金のあいだを法的障壁で遮断しておいて」

「設定中です、クリス」

「それが噂に聞く、あなたのもう一つの頭ですね」ロンが言った。

「こういうときには役に立つわ」

「ところで、さきほどの兵曹長なみに空腹でいらっしゃいますか？」

「粗末な朝食だったわね」

「量も少なかった」ジャックも言った。

全員が立ち上がった。

「いいステーキのディナーを出す店にご案内しましょう。ステーキ以外のメニューもあります。市民劇場ではギルバート・アンド・サリバン物のリバイバル上演をしています。今月の演目はたしか『戦艦ピナフォア』。こなれたユーモアをほめる舞台評を読みましたよ。ごいっしょしませんか。チケットは三枚あります」

まるでクリスたちの到着を予想していたかのようだ。飛行計画は提出していないのに。

ディナーでは、チャンス星産の牛肉がウォードヘブンはもちろん、どの星の産品にも劣らないことがわかった。ロンは地元産ワインも注文したが、クリスは水しか口にしなかった。かわりにジャックがその出来を称賛した。

ディナーを終えても劇場の時間までは間があった。開演時間は早めなのだが。

「ここではみんな早寝早起きなんですよ」

うめあわせに、生演奏のダンスフロアがこの時間から開いていた。

「デスクワークの人々に運動する場が必要ですから」

ロンは立ってクリスの手を握り、ダンスに誘った。クリスは応じた。後悔することにはならなかった。ロンの踊りは上手で、これまで公式行事で〝パートナー〟になった多くの男性とちがってクリスの爪先を踏まなかった。二曲踊ると、流れるような動作でクリスをジャックに譲った。あまりに自然な動きだったので、クリスは相手が海兵隊員に変わったことにしばらく気づかなかったほどだ。

「地元民と交流しなくては意味ないわ」クリスは二曲目にはいりながら言った。

「今回は衆人環視で公的な場ですね。しかも前回の服装よりはるかに慎みがある」

クリスは眉をひそめた。トゥランティック星での救出ミッションでクリスは夜の女を演じ、ジャックはその客のふりをしたのだ。返事はいくつかの候補から選んだ。

「昼の仕事だから」

「ロングナイフの仕事が昼だけですめば」

曲が終わるとロンがもどってきた。

「二人でどんなお話を？」

「機密事項よ」クリスはわざと秘密めかした。

ロンはクリスを腕のなかに引き寄せながら言った。

「なるほど。聞いた者は生かしておけないと」

「いいえ、入隊《ドラフト》してもらうわ」クリスは笑った。

「チャンス星の主権都市国家ラストチャンスの市民は、あなたがたの法律に縛られませんよ。きっと抜け道《ドラフト》がある」

「でも時事問題には縛られるのね」

「なにごともリスクはつきものです。毎朝ベッドから出るだけでもね、ロングナイフ」クリスの体を一回転させて腕の先まで離し、すぐに引きもどす。「わたしのリスクについては視点が異なります。今夜の議論はよしましょう」

もう一曲踊って、クリスはジャックの腕に返された。

「市長との話の内容をうかがってもよろしいですか？　機密事項ですか？　ちなみに自分は入隊ずみです」

クリスはジャックの爪先を誤って踏みつけ、輝く海兵隊の靴にしみをつけた。あとは無言で踊った。地元市長と警護班長をとりかえながら三十分近くダンスを続けた。ロンが劇場へむかう時間だと告げたときも、クリスの足は無事だった。

ステージに立っているのは素人劇団だった。しかしセットの出来はよく、主役級はいい喉をしている。古めかしい喜劇を上手に解釈していた。

提督は玄関の把手を磨く小僧から立身出世したというくだりで、ロンが肘でクリスの脇をつついてきた。クリスは驚きもせず、つつき返した。小さな契約《パートナーシップ》のほかには船《シップ》を知らないというくだりを素通りされたのは、むしろ意外だった。ロンはクリスについてよく下調べをしているようだ。艦上勤務していることを知らないようなら膝を蹴り飛ばしてやろうと思っていたのだ。議会ではなにも考えずに投票するというくだりをロンが強調したときには、あえて反論しなかった。ロングナイフ家の影からの自立の苦労や、家名とそれにまつわる伝統とおりあいをつけるためにあえて抵抗を控えていることは、オペラの途中に小声で説明できることではない。

幕間にはいると、親の決めた結婚に抵抗する娘の境遇にクリスは思いをめぐらせた。そして娘にうるさく口出しする船長と自分の母親を比較した。なるほど大昔の喜劇が現代でも成立するわけだ。一人の娘がおかれた環境はいまも昔も変わらない。

ロンは幕間に飲み物を提案した。ジャックは二歩うしろをついてきながら三百六十度を警戒する。軍服の観客はクリスとジャックだけだ。土埃の大地では目立たないカーキ色が、華やかなスーツとドレスのあいだでは目立ってしかたない。着飾っていくような劇場だとはロンから聞かされなかった。

飲み物を求める列で待ち伏せ攻撃にあった。ジャックに防げる種類の攻撃ではない。列の後端に並んだとたん、三人の老人に包囲されたのだ。襟にイティーチ戦争の勲章を誇らしげにつけ、杖をついている。よたよたと早足に近づいてくる彼らを、クリスは早期警戒対象にしていた。クリスの父親は最近、党の退役軍人グループへの対応を娘にまかせていた。首相にとっては支援団体の一つだが、いまの緊迫した情勢で自身が対応するのは難しいのだ。

クリスは笑顔をむけた。しかしその笑みが凍りつくようなことを、右側の白髪の女は尋ねてきた。

「うちの宇宙ステーションにぶらさがってるあのポンコツ船。どんなふうに活用するおつもり?」

すると左側のはげ頭の男がたしなめた。痩せた体より二サイズも大きなスーツで正装している。

「こらこら、マベル、そんな訊き方じゃだめだ。返答を引き出したければ」

中央の男はもっと体格がよく、二本の杖をついていた。しかし左右の助けはいらないらしく、二人とも肘で押しのけた。

「どちらも黙れ」目を細めてクリスを見て、杖によりかかる。「大尉だね」

「そうです」

「ハイチャンスにはイティーチ戦争時代の古いジェネラル級軽巡洋艦が係留されているはずだ」

　そこで口をつぐむ。しかしうるんだ目はクリスをじっと見ている。クリスは答えた。

「はい。パットン号はイティーチ戦争の三期すべてと統一戦争にも参加した歴戦の艦です。統一戦争後の海賊討伐にも活躍したと聞いています」

「優秀な艦よ」女がつぶやいた。

「ダメな艦じゃ。与圧が抜ける」左の男が反論した。

　クリスはすぐに指摘した。

「艦内にはいってみました。与圧は抜けていません……一部の区画は」

「戦闘艦の匂いはするかな」二本杖が訊く。

　予期せぬ問いだった。クリスは黙ってパットン号の匂いを思い出した。現役の軍艦にただようオゾンとエアコンと機械油と人間の汗の匂いとを比較する。クリスは首を振った。

「やはりな。あれは死んでいる。魂を失っている」左の男が悲しげに言った。

「乗組員の魂が長らくはいっていないからよ。あたしたちが若いころ以来」女が指摘した。

「あの艦を戦わせる予定はないのかね？」二本杖が訊いた。

　ロンはクリスを残して列とともに注文カウンターのほうへ進んでいる。ジャックは背後にとどまり、今夜の担当ちがいの危険からクリスを守りつつ、老人たちの質問に苦笑している。

質問のあとの沈黙が長すぎたようだ。白髪の女がかわりに言った。

「この娘さんがあの艦を戦闘に使うのは無理よ。第二反応炉はうちの亭主みたいに完全に死んでる。主推進系は七基のエンジンのうち二基が不調。レーザー砲のキャパシタは蓄電能力がないはずよ。そもそも乗組員がいないわ」

惑星に軍艦を配って軌道につないでおけば地上の住民が安心するというのは、やはり海軍本部のあさはかな机上論だったようだ。

「そういう実情はご内密に」クリスはささやいた。

二本杖が鼻を鳴らした。

「昨日今日生まれたようなひよっこはだまされるだろうさ。しかしわれら古参の軍艦整備工の目はごまかせん」

「平和が長かったですからね」

クリスは話の行方が見えず、あたりさわりのない返事をした。するとすかさず白髪の女が言った。

「そのことも心配なのよ。子どもたちはあたしたちが戦った戦争を学校で学んでない」

「最近はろくなことを教えん」左の男も言う。

中央の二本杖も穏やかに続けた。

「われわれは老い先長くない。曾孫たちに教えてやりたいんだ。イティーチ族の死の太陽との戦いがどんなだったか。艦隊の半分は生きて帰れないと知りつつ、燃える恒星に接近するのがどんな気持ちだったか」

「孫たちが見てる、最近はやりのビデオみたいなのじゃなくて」

「べたべたキスしたり、ドンパチ撃ちあったりじゃなくて」白髪の女が言った。

「それは同意します」

クリスが言ったとたん、三人は同時にまくしたてた。

「そうか。ではあの軽巡をわれわれに整備させてくれるんだな」「大丈夫よ、壊したりしないから」「あれ以上壊しようがない」

さらに続く。

「孫が高校を卒業するのに、市民の義務を学ぶ体験授業で単位をとらなくてはいけないんだ。われわれを題材にしてくれればいい。体験談を話してやる」

「ただのボロ船を戦える軍艦にするところを見せてやる」

「孫の友人が機械科で動力システムの勉強をしてるのよ。あのポンコツに載ってる反応炉を修理したがるはずよ。いいレポートが書ける」

「と、マベルはいつもけしかけてるけどな」

「月まで往復できる程度にはあのポンコツを修理できるわ。かならず」

クリスは手を上げて、とめどないおしゃべりを制した。この老兵たちはステーションの軍艦を遊覧船かなにかに仕立てたいらしい。それはだめだ。

「パットン号を博物館にするつもりですか！」

「そうじゃ」「そのとおりよ」「やっとわかってくれたか、大尉」と返事が。

背後のジャックがクリスにささやく。

「あれを整備して再就役させようと計画していたのは、どこのどなたでしたっけ」

「それは秘密事項でしょう」クリスはささやき返す。

三人の老兵たちは満面の笑みだ。

「あなたの艦を整備したがっているのはこの三人だけじゃないんだ」二本杖の男は、意識的に〝あなたの〟という表現を使った。「おなじような老兵が五、六十人は集まる。あの歴史の証人を、さらにいえば、われらが青春の一部をきれいにしてやりたいという連中がね。若者の手伝いは孫ばかりじゃない。いくつかの高校が名乗りを上げている。ラストチャンス以外の都市からも問い合わせがきてる。できるとも」

白髪の女は夢みる笑みになった。

「あれに乗ってもう一度戦いたいわ。老朽艦になっても戦士の魂は衰えていないはずよ」

二本杖がたしなめる。

「マベル、大尉を困らせることを言うんじゃない。失礼、大尉。われわれは老人だが耄碌《もうろく》はしてはいない。古い艦を整備したい。それだけなんだ」

クリスはうなずいたが、言質をとられないように黙していた。この老人たちがパットン号のペンキを塗りなおして電気の配線を張り替えたいというなら、それはそれで悪くないと思った。しかしマベルの言葉でいやな記憶が蘇った。しばらくまえに意欲満々の志願者たちを率いて戦艦隊に立ちむかったことだ。楽天的な彼らは、少なからぬ割合で命を落とした。

だめだ。よぼよぼの老兵とそのかわいい曾孫たちに、軍事的張りぼて製作をやらせるわけにはいかない。試運転で艦体がへし折れるだろう。まあ、体よく断る方法はあるはずだ。

「ネリー、第四十一海軍管区司令官のわたしには、職務遂行のために民間から労働力と機材の寄付を受けることが許されているかしら」

できないの一言で話は終わる。

「はい、殿下。許されています」ネリーは即答した。

「ちょっ……！」クリスはあわてた。（ネリー、そういう返事じゃ困るのよ）

（それは失礼しました。まえもって知らせておいてほしかったですね。ジャックの入隊についても、まえもって知らせていただきたかった。口出しは許されないにせよ）

ネリーは音声に変えて続けた。

「王族の一員である殿下は、領地防衛のために労働力と産物の寄付を受ける歴史的な権利があります。この方々のご提案は詳細が不明ですが、知性連合法典第一〇篇二一二五条の項目に該当するのはたしかです」

クリスの背後からジャックが言った。

「最近できた条項だろう」

「ウォードヘブン襲撃事件後に発布されました。寄付された機材の一部が、善意とはいえ違法に入手されていたからです」

戦闘直前の三日間にクリスが船をかき集めた方法が、海賊行為に相当するらしい。

ロンがもどってきた。クリスと自分とジャックの分の清涼飲料を運んでいる。タイミングからすると老兵たちの最終的な提案は耳にはいったはずだ。最近の事件についてのネリーの見解も。目尻と口の端が不気味に笑っている。クリスにコップを渡しながら言った。

「有名なネリーについて噂は聞いていましたが、半信半疑でした。数年後には一般に普及するでしょうか」

「トゥルーおばさんに頼んで再起動すればその心配はないわ」とクリス。

ネリーはすましたようすだ。

「いつもの脅し文句です。実行はしません。トゥルーと彼女の秘書コンピュータはわたしに好感を持っています。クリスがわたしを害することを許さないでしょう」

「試しにトゥルー自身にあなたを一週間ほど装着させるといいわ。そうしたらそんな太平楽を並べられなくなる」

「わたしなしでは日常生活もままならないくせに」

ロンが割りこんだ。

「それはともかく、提案がなされたようです。有志の人々がチャンス星軌道上の軍艦を修理整備するために資材と労働力を無償提供すると申し出ておられる。チャンス星防衛に熱心でいらっしゃるロングナイフ大尉は、その強化のために提案を歓迎されるべきではないでしょうか。いかがですか？　ご英断を」

「ロン、パットン号は軍艦ではないのよ。飾り物の廃船。惑星防衛の役には立たない」

「ならばなおのこと博物館に」二本杖が迫った。

ロンが冷静に指摘した。

「星々の世界の危険性をここの住民に自覚させたいとおっしゃっていましたね。退役軍人が若い世代にその体験をじかに語り伝えるのはいい機会では？」

クリスは人から指図されるのが嫌いだ。父親からも指図された。母親からも指図された。トラブルからも巧妙にやられた。クリスはこの連中の首根っこをつかんで、そんな考えは日のあたらない場所にしまって二度と出してくるなと言ってやりたかった。

二本杖が追い打ちをかけた。

「われわれがステーション上でパットン号の作業をするとしたら、食事やその他の需要が出てくる。そうなったらトニー・チャンはニュー・シカゴ・ピザ・アンド・チャイニーズ・ワッフル店を再開してもいいと言っている。あんたがたも携行糧食にあきあきしてると聞いたが」

「どこからその話が？」クリスはロンをにらんだ。

白髪の女が教えた。

「キャンプ用品店でお仲間の兵曹長に会ったのよ」

ロングナイフ家の人間にとって降伏は容易な決断ではない。しかし今回は退路を断たれたようだ。ならば早く白旗をかかげたほうがいい。

「わたしたちは――」王族の複数形を使った。「――みなさんの寄付をよろこんで受けいれます。この惑星の青少年教育に資するために」

教育のためだ。惑星防衛ではない。あの艦は絶対に戦場に出さない。

幕間のあとの舞台はすみやかに進行した。男は女を手にいれた。あるいは逆か。ロンは夜更けの空港にクリスとジャックを送った。滑走路の照明灯をつけ、クリスにおやすみのキスこそしなかったものの、驚く事実をあきらかにした。

「ハンク・ピーターウォルドだったら、民衆が軍艦をいじることなど絶対に許さないでしょうね。そもそも老朽艦一隻でうろうろするはずありませんが」

「もしかしてハンクをご存じ？」

「奨学生としてグリーンフェルド星のピーターウォルド大学を卒業しました。彼とは授業でいっしょでした。あなたのお噂もそのとき」

（どういうこと、ネリー？）

（尋ねられませんでしたから。あなたは忙しかったし、わたしがよけいな口をはさむと不愉快でしょう）

シャトルで軌道へ上がり、無事ドッキングした。買い出しした物資の片付けは男性陣にまかせて、自分は部屋にもどった。部屋にはいったとたんに震えはじめた。ハンクの旧友と一日いっしょにいたのか。この惑星はどうなっているのか。こんなときに身を守る船一隻もないなんて。

3

翌朝、クリスはベーコンと卵の香りで目を覚ました。シャワーを浴びて手早く着替え、芳香のもとをたどった。広い厨房の一角をジャックが使用可能にしていた。いい音をたてる鉄板が香りの発生源だ。

「料理はできないんじゃなかったの？」自分のマグにコーヒーをつぎながら訊いた。

「スクランブルエッグのつくり方とベーコンの焼き方を自分のコンピュータに問いあわせてみたんですよ。すると意外や意外、レシピが出てきた」

ネリーが鼻を鳴らした。

「当然です。どのコンピュータも基本食材の調理法くらい知っています。質問があれば教えてさしあげるのに。レシピどおりにつくる自信がないからでしょう」

「やっぱりトゥルーおばさんのところへ行く？」クリスは陰険な声でささやいた。

「朝から元気っすね」

食堂の入り口に立ったベニ兵曹長が眠そうな目で言った。バスローブにつっかけサンダル。寝不足らしい。

「よく眠れなかったの？」クリスはコーヒーを飲みながら訊いた。

「ということは、本当に熟睡なさっていたようだ」

ジャックが言った。こちらはいつものようにシャワーを浴びて髭を剃り、きっちりと軍服を着こんでいる。靴の爪先の光沢も復活している。しかしよく見ると目の下に隈。

「なにかあったの？」

「博物館化計画の整備工第一陣がステーション時間の午前二時に到着したんですよ。セキュリティの警報が聞こえませんでしたか？」

「いいえ。ネリー、どういうこと？」

「シャトルの接近を探知したので、その出発地をたどって搭乗口の監視カメラ映像を調べ、乗客全員のIDと照合しました。全員がこの星の歴史協会のメンバーで、さらにクリスが昨夜話した退役軍人三人がその設立者だとわかったので、危険はないと判断しました。その旨をステーションのセキュリティシステムに伝達しようとしたのですが、なんと、システムはこちらの入力を拒否したのです。起床中の男性二人に判断させると言って。クリスの安全判断はわたしがまかされているので睡眠をさまたげませんでした。お二人の判断権限もこちらであずかりましょうか」

ベニがジャックに訊いた。

「このコンピュータを信用しますか？」

海兵隊中尉は鉄板の卵をすくって三枚の皿に移しながら答えた。

「それで睡眠時間が守られるならな。きっとこれからシャトルは昼も夜もなく飛ぶぞ。二十四時間休日なしの当直をしたいか？」

「いやです」

ジャックは朝食のプレートを全員のまえに並べていった。

「ただしジャンプポイントの監視基準はべつだ」

「ロルナドゥ星からのジャンプポイントとピーターウォルド宙域からのジャンプポイントは、どちらも一Gで二日以上の距離にあるわ。ネリー、これらからなにか出てきたら就寝中でも知らせなさい」

スクランブルエッグを猛然とかきこみはじめたベニを見ながら、クリスは言った。

「もちろんそのつもりです」ネリーは答えた。

「これでいいわね。ネリーを警備チームの一員とみなし、ステーションの当直を二十四時間休日なしで担当させる」

「入室制限は厳重に」

ジャックはフォークを上げてクリスを、というよりネリーをしめして言った。

「もちろんです。わたしは盗まれたくありませんから」

クリスは苦笑した。ネリーはますます自己保存欲が強くなっている。

朝食の終わりにジャックが言った。

「ステーションの警備態勢を整理する必要があるので、クリス、ネリーをこちらのコンピュータに接続させてください。連携の必要があります」

「ネリー、そうして」クリスは考えこみながら続けた。「わたしは、パットン号のボランティア整備工たちを一日見てまわるわ。危険なことをしていないか……艦に、あるいは本人たちに。兵曹長、いっしょに来る？」

ベニはバスローブの下でぼりぼりと体をかいてから、うなずいた。

「シャワーを浴びたら一日お伴しますよ」

パットン号の作業状況は興味深かった。彼らは誇り高き老兵団《プラウド・オールド・ファーツ》、略してPOFと自称していた。リーダーはいないが、必要ないらしい。手分けして現況評価をしている。

作業服の老女がクリスに言った。

「ひどいもんだね。レポートを読んできたけど、見ると聞くとじゃ大ちがいだよ。おねえちゃん、このフネはあたしにくらべりゃ若いはずなのに、中身はボロッボロだ」

「あんたみたいに愛情そそいでくれるやつがいなかったのさ」隣の老人がまぜっかえした。

会話はどこでもこんな調子だった。老人たちにとってクリスは大尉でもプリンセスでもない。ただの〝おねえちゃん〟だ。レイとともに戦った経験者からは、〝レイ大将んとこのチビ〟と呼ばれる。続けて、「こんなかわいい曾孫娘ができるまで、あの命知らずが長生きするとはね」というつぶやきがお約束のように聞こえる。

無礼講には慣れているクリスだが、二言目には頰をつねって猫かわいがりしそうなおじいちゃんおばあちゃんの流儀には、さすがにめんくらった。階級の上下《かみしも》を思い出させるべきかと考えたが……やめた。海軍の地位などここでは相手にされない。無価値以下だ。老人たちの処世を受けいれるか、さもなければ無視される。

大目に見るべき理由は他にもあった。老兵たちがいるおかげでニュー・シカゴ・ピザが昼までにオープンしたのだ。このすばらしい利益と引き換えなら、おねえちゃんと呼ばれても頰をつねられてもいい。ベニが巨大なペパロニ・ピザをむさぼるのを見て、この取り引きをご破算にしたら兵曹長は反乱を起こすにちがいないと思った。ジャックさえそちらにつくかもしれない。

店を出るまえに経営者のトニー・チャンに挨拶して、オープン用の電源をどうやって確保しているのか尋ねた。

「ああ、われわれ基地内従業員は補助電源装置を持っているんです。反物質燃料のを。燃料ポッドをシャトルから降ろして店内に持ちこんで、営業が終わったらはずしてシャトルに持って帰ります。そして地上で補給。簡単です」

「使っていないときは貸してほしいものだわ」

「スティーブはおなじものをステーションの反応炉のバックアップ電源として設置していたはずです。調べてみるといいですよ」

初耳だ。まだ食事中の育ち盛りの若者を呼んだ。

「兵曹長」

「はい、ボス」

「あのタクシー運転手のスティーブに電話して、ステーションの反物質燃料バックアップ電源について質問して」

「バックアップ電源なんてあるんですか?」

ベニは手にしたピザを空中待機状態にして口をあんぐりと開けた。

「このミスター・チャンが存在を証言してるのよ。調べなさい」

ステーションの見取り図は昨日、有無を確認しただけで、詳細には見ていない。あらためてネリーに調べさせると、クリスたちが到着するほんの三週間前に更新されたものがあった。

「建設時のA級ステーション標準設計図を呼び出して、比較して」

クリスは命じた。ネリーが口笛を吹いた。

「あちこち、ちがいますよ、ボス」

兵曹長を同類嫌悪しているくせに、言葉遣いは伝染している。宇宙にはびこる悪影響からネリーを隔離しつづけるのは不可能だ。

二枚の図面が重ねて表示された。クリスは……自分の関心があるところから先に見た。初日に確認した自動砲だ。どれも原設計の位置から移動している。

「ネリー、四インチ・レーザー砲を強調表示」

これも移設されている。そればかりか、中央ネットワーク室は工作室に変わっている。ネットワーク機器は司令センターの隣に移されている。

「興味深い改修ね」クリスはつぶやいた。

「同感です」ベニは最後のピザを咀嚼《そしゃく》しながら言った。

「バックアップ電源を探しておいて。わたしはパットン号の作業を見てくるから」

午後シフトのグループが到着しはじめていた。午前組の整備工たちが白髪やごま塩やはげ頭だったのに対して、午後のグループはひょろひょろと痩せた体つきばかりだ。わいわいがやがやとさわがしい。髪はさまざまな色に染めているし、興奮すると声が裏返る。

クリスは年長でリーダー格らしい者をみつけて訊いた。

「万一怪我をしても海軍の責任を問わないという同意書にはサインしたんでしょうね」

「司令官のコンピュータから書面が送られてきました。シャトルに乗るまえにサインして、コピーを全員の親に送付しました。保護者同意書はまとめてそちらのコンピュータにはいってるはずです」

ネリーが脳内で言う。

(わたしの仕事は警備だけではありません。彼らが来ることがわかった時点で法的対策を万全にしました)

(ネリー、あなたはすばらしいわ)……ときには。

(その言葉をお忘れなく)

(ええ)クリスは若者たちに言った。「必要な法律上の手続きはすんでいるようね」

あとは彼らの仕事ぶりを見てまわった。下級士官にふさわしい仕事だ。ただし助言の必要はほとんどない。どの作業班もバランスがよかった。緑の船内服の若者二、三人ごとに青の船内服の老人が一人ついている。

一方で困惑もさせられた。POFのおじいちゃん流儀が苦笑いだったとすれば、十代の若者たちの英雄崇拝には辟易《へきえき》させられた。クリスが通ると背後で、「戦艦隊」とか「大艦隊戦」とかのささやき声がする。振りむくと若者たちは急に黙ったりうまく話せなくなったりする。

立ち去ろうとすると、今度は年長者の声が聞こえてくる。「あの人だっておまえらとおなじようにパンツ穿いてるんだ。ビビるな」

不公平だ。ビビらせようとはしていない。そちらの妄想だ。ロングナイフ家の伝説に勝手にビビっているだけだ。

ベニ兵曹長はバックアップ電源の起動に成功した。パットン号の工事とステーション本体の電力事情はかなり楽になった。レーザー砲を起動してみると、無事に充電できた。しかしそんなことをしている反物質燃料ポッドは減りが早い。ラストチャンスへの最初の訪問から四日後には二度目の訪問が必要になり、その旨の飛行計画を提出した。買い物リストは反物質燃料、卵、ベーコン、牛乳、コーヒー、電源ヒューズ、ピーナツバターその他と長くなった。ジャックはうしろの座席に乗りこんだ。ベニは希望により〝自分の船の自分の乗組員〟たちと残った。

ロン・トーンはもちろん面会予定リストにはいっていた。ネリーが若者たちに書かせた免責同意書の効力について、弁護士でもある市長の公式見解を聞いておかねばならない。

「問題ありません。この星のどの法廷でも通用します。こういうものを一筆書かせておけば大船に乗った気分でいい。〝自分たちは好きでやっているので、怪我しても自分のせいです〟というわけだ。ウォードヘブンではないんですよ、クリス。ここはリム星域だ。弁護士が幅をきかせる社会じゃない」

クリスは笑顔で応じた。

「あら不思議ね。父からもよく似たフレーズを聞くわ。ウォードヘブンはリム星域だと」

ロンの目尻と唇が大きく微笑みの形になった。笑い出す寸前かもしれない。

「なるほど。しかし辺境と辺境《リム》星域は似て非なるものです。真の辺境にいるわれわれからは、ウォードヘブンは地球とおなじく融通のきかない社会に見える」

辛辣な批判はやりすごした。

「とにかく、ウォードヘブンの防衛予算が訴訟で底をつく心配はしないですみそうね。では次の質問。ステーションの内部設計が大幅に手をいれられている理由をあなたの口から教えてもらえるかしら。それともタクシー運転手のスティーブに訊くべき？　人手不足に嘆いていた彼らが、レーザー砲を移設できたとは思えないんだけど」

「無理でしょうね。彼と予備役たちだけでは。兵曹長、ご登壇をお願いできるかな」

「待ちかねたわ」

第四十一海軍管区の元兵曹長がロンのオフィスにはいってきた。クリスはこの展開を予想ずみで、いちばんいい椅子を空けておいた。ジャックは最初から壁ぎわに退がっている。

「まず頭にいれて。あなたたちウォードヘブンの人間にとってここは数ある海軍管区の四十一番目にすぎないかもしれない。でもチャンス星の住民にとっては、わたしたちの海軍管区なのよ」例によって背中を倒し、両脚を机に上げてくつろぐ。「そんなわたしたちから見れば問題点は五分でわかる。あなたたちのA級ステーションの標準設計図を手にしただれかがここに攻めこんできたら、わたしたちは吹き飛ばされて壁のしみになる。若い身空でそんな無残な姿になりたくないわ」

自分の冗談に自分で笑う兵曹長に、クリスはうなずいた。兵曹長は続けた。

「でも人手不足のわたしたちに自動砲は動かせない。さてどうする？」

修辞疑問だ。クリスは眉だけを上げた。

「チャンス星の地上には高校生がいる。ボランティア学習の単位をとる必要があり、機械加工と整備の授業を受けている生徒たちが。そのなかで成績優秀な子たちを選んで、ステーションの自動防空システムを自分たちの手で再構成するチャンスを提案する。生徒と引率の教師のために無料のシャトルを用意する。特別な娯楽もあるし、ピザは食べ放題。最高の職場体験プログラムよ」

「砲台とコンピュータが移設されてるのは、そういうわけね」

「それだけじゃないわ。図面をよく見て。たくさんの驚きが隠されているから」

ロンも解説に加わった。

「参加したのは理系の生徒ばかりではないんですよ。ステーションの壁は美術科の生徒にとって絶好のキャンバスになった」

壁ぎわからジャックが言った。

「芸術家の卵たちが軌道に上がって、自分たちの惑星を新しい視点から見たわけだ」

「地上の画廊では、この宇宙体験に触発された素晴らしい作品をいくつも見ることができますよ」ロンは誇らしげだ。

「惑星全体があのステーションを、これまで以上に自分たちのステーションとして見るようになったわ」兵曹長はまとめた。

クリスは尋ねた。

「そういうステーションにロングナイフ家の子女が乗りこんできたことを、惑星の人々はどう受けとめているのかしら」長い沈黙。答えはそれで充分だ。「なるほど、問題の所在がわかってきたわ。わたしの問題、みなさんの問題が」

「おおむねそういうことね」

兵曹長は答えて席を立った。ロンがクリスを見た。

「飛行計画の滞在予定は午後の遅い時間までとなっていますね。ミスター・モントーヤとごいっしょにまたディナーと観劇はいかがですか？　市民劇場の演目も変わりましたし」

「わたしと連れ立って歩くところを人に見られていいのかしら？」

クリスとしてもハンクの旧友のそばにいることに不安がなくはない。

「あなたへの大衆の感情はたしかにあります。でもわたしは先入観にとらわれたくない」

「新しい演目というのは？」ジャックが訊いた。

「『ペンザンスの海賊』です」

いかにもだ。

ディナーはすばらしかった。ダンスも……楽しめた。ジャックはダンスフロアで女性をリードする方法をよく心得ていた。混雑した危険な場所から女を引っぱり出す技術と共通するのかもしれない。いいことだ。もちろんロンのダンス技術に非の打ちどころはない。

演劇も楽しめた。少将が長々と自慢話をする場面が終わると、ロンはクリスをつついた。

「現代の海軍大尉に通じますね。あなたならセリフが二十行くらい増えそうだ」

どういう皮肉かわからないので、クリスは強気で答えておいた。

「三十七行以上よ。息もつけない長ゼリフで」

幕間では二人連れの客の快活な話し声が聞こえてきた。〝わたしたちのステーション〟でおばあちゃんが元気に働き、息子や娘もふさわしい職業訓練をしているという。

クリスはロンをつついた。

「ほら、〝わたしたちのステーション〟よ。ロングナイフのとはだれも言っていないわ」

「そう聞こえますか？」ロンはあいまいに答えた。

老婦人が近づいてきてクリスの手をとった。孫たちが戦艦の修復作業にあたっているのはすばらしいことだと話しだした。

「最近は静かで平和でも、昔はそうじゃなかったと教えるいい機会だわ」意外にも、その襟に退役軍人会のバッジはなかった。老婦人はさらに身を乗り出す。「一人目の夫は戦死したの。マイ第五惑星であなたの曾祖父のトラブルといっしょに戦って。いい人だった。そのあとおなじようにいい人とめぐりあえたのは幸運だったわ。そうでなかったらさみしくて死んでいた」

クリスは老婦人を抱きしめた。そうすることがふさわしかった。

『ペンザンスの海賊』の結末は憶えているとおりだった。大団円で幕。

「そんなに簡単に話がつけば苦労しないわ。本物の海賊や悪党が攻めてきたら」

ロンは苦笑した。

「たしかにそうですね、ロングナイフ。でも反論はこれまでどおりです。だれが攻めてくるのか。八十年だれも見むきもしなかった。次の八十年もおなじでしょう。ハンクはそう考えています」

クリスはハンクへの言及を無視した。

「ウォードヘブンも長年平和だったわ。でもつい四カ月前には死闘をくりひろげるはめになった」

「そうですね。でも大尉、あなたやお父上やご一族が住む星は標的としての価値が高いといえるでしょう。貧しいわたしたちとは比較にならない」

まわりに人だかりができていた。劇場からすぐには帰らず、二人の会話に耳を傾けている。彼らはロンの意見に首肯している。

クリスは聴衆を意識しながら、最後の切り札を使った。

「ウォードヘブンは重要すぎて攻撃対象にならないだろうと考える人々が一部にいました。でも実際に攻められてあわてた。寄せ集めの戦力でつぎはぎの防衛線を築くしかなかった。よく知っています。このわたしが指揮したんです。そしてたくさんの葬儀に出席する結果になった。わたしとともに最前線に立ち、不運にも斃《たお》れた男女が大勢いた」きびしい表情でまわりの人々を見た。「普段から備えていなければ、いざというときに手遅れになります」

うなずく者も一部にいた。ロンへの同意とクリスへの同意。同数ではなにも決まらない。

クリスは声を荒らげたかったが、無益であることもわかっている。うながすロンの腕に手をかけた。

うしろのほうでだれかが、「こういう議論を今後もやるべきだ」と言った。顔は見えなかった。人ごみは解散し、ざわめきながら三々五々出口へむかった。

ロンが言った。

「ここの人々の考えがわかったでしょう、クリス。あなたがこの二、三年で経験したようなことを、彼らの大半はようやく考えはじめたところだ。太平の眠りから目覚めるには時間がかかる。あなたはどれくらいかかりましたか?」

「五秒よ。ある農場のおばあさんの体験談を聞いたとき。殴られ、レイプされ、夫が目のまえで殺されたという話を」

ロンは青ざめた。しかしなにも言わなかった。

クリスは思い出してため息をついた。

「でも当時の副隊長は、それを聞いてもまだわからなかった。その日の遅く、敵に本気で応射する必要に迫られて、ようやくだった」

「彼はいまなにを？」

「ウォードヘブンの戦いで戦死したわ」

「お気の毒です」

クリスは肩を震わせた。

「残念よ。とてもつらかった」

「シャトルまでお送りしましょうか？」

「途中で食料品店に寄ってちょうだい。ジャック、買い物リストはある？」

リストはネリーが持っていた。追加注文もあった。その一つがキャンディだ。ベニといっしょに働いている若者たちが希望しているというが、実際にはどうか。

追加の反物質ポッドを二個買って、十一時前にステーションにもどった。パットン号ではまだ働いている作業班があった。チャンス星の裏側から来て時間帯がずれているのか。クリスはベッドに直行した。

それから二日間はステーションの設計変更の確認についやした。船をチャーターしにいったペニーの帰りが遅いと心配になりはじめた。ペニーもおなじ気持ちだったらしく、ジャンプポイント・アルファを離脱してきた船は、一言、「帰りました」と短いメッセージを発して、一・五G加速でステーションへもどってきた。

設標船レゾリュート号の到着をクリスとジャックは桟橋で迎えた。たいした船ではない。大きな船倉を中心に乗員と船の機械設備がくっついた三千トンの船体。外側にはコンテナ用の固定ベース。要ペンキという姿だ。傷だらけの接岸装備からすると、普段はもっと手荒な操船をされているらしい。

クリスたちがエスカレータで数十メートル下のドッキングエリアへ行くと、ちょうどアビーが十個の自走式トランクを率いてエレベータへむかっていた。ジャックはトランクをかぞえ、数が変わらないのでけげんな顔をした。クリスの今回の旅は本当に平穏無事なのか。それともアビーの水晶玉もすべてを見通しているわけではないのか。しかしアビーのトランクが十二個のときに大変な苦労をしたこともあるのでまだわからない。

「これらを片付けてきます」アビーはすれちがいながら言った。

「わたしの隣があなたの部屋よ」

しばらくして、ペニーがブレット・ドラゴ船長を案内してきた。灰色のスラックスにシルクの赤い開襟シャツ、長く垂れた口髭という芝居じみた恰好をしている。自分の船の溶接一カ所、電子チップ一枚まで知りつくしたような自信たっぷりの笑みで歩いてきた。しかしペニーが今回の依頼人として海軍管区司令官の若い大尉を紹介すると、その笑みが消えた。

「どこかで見た顔だ。以前にお会いしましたかな？」

「いいえ」

「おれは美女を見たら忘れない。あんたはこれまで見たなかで五本の指にはいる美女だ。海軍管区司令官の若い大尉でないときには、いかなる名前で世間を歩いているのかお教え願いたい」

ジャックはやれやれという顔をした。クリスはペニーを見た。情報将校は肩をすくめた。

「ネリーから預かったのは持ち株会社発行のクレジットカードでした。名義欄空白の。身許をたどられないためでしょうね」

「そのとおりです」クリスの鎖骨のあたりから声がした。

「ほう、声を二つお持ちだ。おれは口のあるほうの声が好きだが」船長は言った。

ジャックは皮肉っぽく紹介した。

「クリス・ロングナイフ大尉をご存じかな？」

「まさか、あのロングナイフ家の？」

口髭がさらに垂れた。太い眉毛も。

クリスは踵《かかと》をあわせて気をつけの姿勢をとり、笑顔で宣言した。

「知性連合海軍大尉、クリスティン・アン・ロングナイフ王女です。以後お見知りおきを、船長」

ドラゴ船長は黒い双眸をけわしくしてペニーにむけた。

「単純な契約だと言ってたじゃないか。ジャンプポイント用ブイを運ぶだけだと。ドンパチやるとは聞いてない」

クリスはエスカレータのほうへ歩きながら約束した。

「ドンパチなどしないわ。ブイをいくつか点検して、充電や交換をする。そして星系内の調査を少々。なんら危険はない」

「ロングナイフの話など信用できるか」ドラゴ船長は髭を噛んだ。

「信用してほしいわね」

二人のうしろからジャックが言った。

「ロングナイフの裏書きはどこの銀行でも通用するぞ」

「金の話ならな。しかしいったん危険な事態になったら？」

「そうなったら退路を断って戦う。そうなるまえに退路を断つのはまずいでしょう」クリスは言った。

「ヤバい契約ってのはこうやってひっかかるもんだって、お袋から言われてたんだよ」

ニュー・シカゴ・ピザは出前もやっていた。クリスは士官室へ配達を頼み、アビーが荷ほどきをしているあいだに、グリークサラダを食べながらペニーの報告を聞いた。

「レゾリュート号はたまたま港にいた船です。乗組員の経歴調査も合格でした」

「よかったわ。それをパスしてないと、ジャックは自分で再調査するまでわたしが船に乗りこむのを禁止するはずだから」

「こちらの調査はあらためて」ジャックは主張した。

「早くステーションの外に出たいのよ、ジャック。彼らがブイの点検に行くときにはわたしも同乗する。船に乗りたい。宇宙を飛びたい」

「経歴調査が先です」

「ペニーが集めた資料で確認すればいいでしょう。不足があるならそう説明して。明確な理由とともに」

ペニーはその場で資料を転送した。ジャックは夕食の後半、自分のリーダーに没頭した。

クリスはペニーに、老兵たちがパットン号を博物館に改造している話と、ステーションの設計が大幅にカスタマイズされている話を説明した。そして惑星全体の市民感情も。ペニーは最後の話で首を振りながら言った。

「現実を直視しない臆病者だわ」

「それが三、四世代も続いている。そうなる理由もわからなくはないけど」クリスはなぜか彼らを弁護していた。

「そのロンという市長はずいぶん美形なんですか？」

「ダンスはうまいわ。今度地上で紹介するわよ。あなたがついてきてくれればジャック抜きで地上へ下りられるかも。どう、ジャック？」

「彼とピーターウォルド家の関係を把握するまではだめです」

ジャックは経歴調査から顔も上げずに断言した。それからだいぶたって顔を上げると、結論を述べた。

「この乗組員たちと宇宙《スペース》に出ることを許可しましょう。地上を再訪して浮《スペー》かれた《シー》気分になるよりましですから」

クリスはペニーとすまし顔で視線をかわした。ペニーは笑いをかみころしている。やはりこの世で賢いのは女のほうらしい。

4

　レゾリュート号には与圧可能な広い船倉があった。クリスはステーションのハブ付近に古びたジャンプポイント用のブイが一ダースほどしまわれているのをみつけた。レゾリュート号の乗組員たちはその半分を慣れた作業で船に積みこんだ。ステーションの指揮はペニーにまかせ、昼前にさっさと出発した。

　ジャックは断固として同行した。なぜかアビーも。ジャックが警戒する理由にはそれもあるらしい。出港まぎわにベニ兵曹長も跳び乗ってきた。

「ソフトウェアを再起動したり、古いコードを調べたりできる助手が必要でしょう」

と、もっともらしいことを言っているが、じつはレゾリュート号のコックの腕前を噂に聞いたのが動機らしい。

　かくしてクリスと好奇心旺盛なネリーがブリッジに立ち、レゾリュート号はジャンプポイント・ベータへむかった。

　このブイは無線経由の診断に応答していなかった。ここからジャンプ二回で、もうピーターウォルド家の新たな拠点となったブレンナーパス星なのだ。そのためクリスはまずここに懸念を持っていた。

ネリーの興味の対象はちがった。目と耳とコンピュータが持つあらゆる認知能力を使って、ナビゲーション・システムの出力を監視していた。

(あった！　わたしが探しているジャンプポイントがありました！　思ったとおり、あのガス惑星のまわりをまわっているようです。そのせいでこれまで気づかれなかったのでしょうか)

クリスは航法士のコンソールを注視した。目のまえのものに集中するためだ。頭のなかで興奮して跳びはねるコンピュータは……厄介だ。幼かった弟のエディを思い出させる。六歳の誕生パーティではとても興奮して、足に紐をつけておかないと空に飛び上がってしまうと、クリスが冗談でたしなめたほどだった。かわいそうな、いまは亡きエディ。

追憶を脇へ押しやった。かつてクリスが悼む死者はエディだけだった。いまは多くのなかの一人だ。トラブルが言っていた。「生きていれば悼むべき死者は増える。増えなくなるのは、自分がむこうに加わったときだ。彼らはおまえが来るのを待っている。本当だ、いつも待っている」

クリスは目のまえのことに集中しようとした。しかし興奮したコンピュータが騒々しい。

(たしかにあるわね、ネリー……正体不明だけど)

(わたしのジャンプポイントにちがいありません)

(ジャンプポイントのように見えないけど)

（たしかに見た目は異なります。でもこれはジャンプポイントです）

クリスはナビゲーション画面をさりげなく見た。レゾリュート号の航法士席は船長の左側にある。スルワン・カンは小人のように小柄な黒髪の女だ。クリスは、チャンス星系で三番目のジャンプポイントかもしれないものをよく確認してから、退がって航法士席とブリッジ全体に等分に目を配った。

レイアウトは標準的だ。航法士、船長、操舵手の席がある。兵器管制席や防衛管制席はない。船体も普通の構造で、スマートメタルのような高価な材料は使われていない。レーザーから身を守る氷装甲もない。

当然よ、クリス。民間船なんだから。

十八名という乗組員数は三当直をまわす最低限の人員だ。ドラゴ船長はジャンプポイント・ベータに針路をさだめ、きつめの一・五Gで飛んでいる。

「さっさと仕事して契約を終わらせるぜ、大尉。あんたのまわりでドンパチがはじまるまえにな」

「ペニーは六カ月契約を結んだはずだけど」

「そうだ。でも仕事が早めに片付いたら早期契約解除にしてくれよ。無駄金使わずにさ」

「商売気のない考え方ね」

「まったくだ。しかしロングナイフの仕事なんかにひっかかったら商売気は命とりだ」

「そのとおりよ」

航法士が同意した。しかしクリスは彼女のべつのようすにも気づいていた。ジャンプポイント・ベータに主たる注意を払いながら、巨大ガス惑星をめぐる軌道上のもやもやした影にもときおり目を走らせているのだ。

(わたしのジャンプポイントに気づいている!)

(そのようね。でもネリー、彼女は口をつぐんでいる。こちらも無言が得策よ。秘密にしましょう)

(調査に行くならいずれ話さなくてはいけませんよ)

(ええ。でも実際に行くまで伏せておくのよ)

(わかりましたよ、奴隷使いのプリンセス)

(ネリー。わたしはボスよ)

高G加速中の一日は長い。クリスはドラゴ船長と高級船員たちとの交流を試みた。彼らは気安く会話をした。しかし……最近の仕事については口が重かった。ジャックは昼食の席でクリスにけわしい表情をむけ、契約資料に最近の仕事先としてロルナドゥ星の名が書かれていると指摘しようとした。しかしアビーが話に割りこみ、チャンス星での用途にあわせてフォーマル以外の服を増やしたいと希望を述べた。

「帰ったら婦人服の仕立屋に寄っていただけますか?」

「かまわないわよ」

クリスは同意した。ふと見ると、ドラゴ船長が食堂から出ていくところだった。

ステーションを出てから十五時間後、レゾリュート号はブイの脇で停止した。ジャンプポイントから位置が大きくずれていた。光学ビーコンがなければ発見できなかっただろう。無線は完全に沈黙している。

二人の作業員が確保して船内に運びこんだ。ざっと見ただけでひどい状態だ。船員の一人が燃料タンクにあいた穴に指をつっこんでみせた。

「ここからはいって第二タンクも貫通してる。両方だめだ」

ジャックは近くから観察した。

「宇宙塵の衝突ですね。レーザーでやられた跡はない。タンクをステーションに持ち帰ればより詳細に調査できます」

ベニ兵曹長は別意見だ。

「まるごと持って帰るしかないっすよ。バッテリーは充電不能になってるし、太陽電池は半分死んでる。光学ビーコンが働いてたのが不思議なくらいだ」

「交換のブイを出して」

クリスは命じた。その命令は二度出すはめになった。最初の交換ブイが起動しなかったからだ。二番目のブイは太陽電池パネルを最初のものとつけかえて、ようやく起動した。

二時間後、そのブイを所定の位置において稼働させると、ジャンプポイントを通過させた。むこう側のブイを逆にこちらへ送らせる命令を乗せている。むこうにジャンプ待ちの船がないかどうか確認するための手順だ。しかし帰ってきたのはもとのブイだった。

「むこう側のブイがないらしい」

ドラゴ船長が言って、レゾリュート号を慎重にジャンプポイントへ進めた。秒速数キロメートルで、側方スタビライザーをがっちり効かせている。ジャンプポイントへの進入速度が高すぎると、意図しない出口に抜けてしまうことがある。船体にスピンがかかっていると、どこにも抜けられずに永遠に迷子になったりする。レゾリュート号の航法士は石橋を叩いて渡るように用心深かった。

「ビーコン反応なし」船長の報告は驚くにあたらない。「次の予備ブイを起動して設置しよう」

「でも、もとのブイはどこに?」

クリスの疑問に、ドラゴは肩をすくめた。その白い歯と笑みを見ても、クリスは知らずにすます気にはなれなかった。

「ベニ、ブリッジに来て。船長、この船はどんなスキャンセンサーをそなえてるの?」

「見てのとおりだよ」

「原子レベルまで分解されたという前提でスキャンしたいのよ」

スルワンがあきれたようすで言った。

「どこかへ漂流していったんでしょう。太陽電池を全部失えば、光学ビーコンも働かないんだから」

「かもね。でも胸騒ぎがするのよ。いちおうやらせて」

ベニと通信長が協力してレゾリュート号のセンサー群の感度を増強した。交換ブイを船外に出したころに、ようやくスキャン結果が出た。ベニが眉をひそめる。

「このへんはあんまり真空じゃないですね。そして散乱してる原子の構成比は、ブイを原子レベルまで分解したと考えた場合に一致します」

「分解された時期は？」ジャックが訊いた。

「だいたい一ヵ月前」

「つい最近だ。もどりましょう」

「充分昔よ。いかなる船も去ったと考えられる」クリスは反論した。

「かもしれない、というだけです」

「この星系内に船影は？」

クリスはスルワンに尋ねた。航法士は唇を結んでセンサー画面を見る。

「なにもいないわね。おびえたあたしたちと……消えたブイの蒸気だけ」

クリスはドラゴ船長のほうをむいた。

「チャンス星の太平の眠りを覚ますには具体的な証拠がいるわ。画面で見るかぎり、この星系のジャンプポイント・ベータにはブイがない。ブレンナーパス星までわずかジャンプ二回の場所よ。早急に再設置しなくてはいけない。ここのベータへ行くのにどれくらい急げる？」

「がんばれば二G加速で」船長は認めた。

「では、もし厄介な相手があらわれた場合に、どんな隠し砲台を出せる？」

ドラゴ船長はむっとした顔になった。

「大尉、おれは正直者の民間人の船長だ。レゾリュート号は軍艦じゃない」

「そうね。わたしはウォードヘブンで多くの民間船と正直者の船長たちを率いたわ。彼らはいざとなればみんな凶暴な装備を出して戦った。この船の万一の備えは？」

船長はブリッジの天井を長いことにらんだ。そしてスルワンを横目で見る。航法士は肩をすくめた。

「ロングナイフの仕事ですよ。こういう話になるのはわかってたでしょう」

「にしたって、もっとずっとあとのつもりだったんだが」しばらく黙りこんでから、早口に答えた。「十四インチ・パルスレーザー砲が二門。キャパシタは通常状態で再充電に五分。通常状態ってのは船が正常に運用され、反応炉が被弾してなければってことだ」

「わかったわ、船長。ないよりましよ。砲手は？」

「海軍出身者が三人。レーザー砲については一から十まで知ってる」

「心強いわね。では船長、最大出力で次のジャンプポイントへむかって。ベニ兵曹長、このブイは、反対のブイから反応があったらすぐにジャンプポイントを通ってチャンス星に報告するように、ソフトウェアを設定しておいて」

「その設定はもうはいってます。ウォードヘブンの戦い以後の標準仕様なんで」

「教訓が生かされているのを知ってうれしいわ」

ドラゴ船長が丁重な態度になった。

「依頼主殿、本船の耐G設備は海軍の軍艦ほど立派じゃない。とくにお手洗いが粗末だ。メイドさんといっしょに部屋にそなえつけのを使ってくれ。殿方もそれぞれの部屋のを。これから最大速度を出す」

「ありがとう、船長。ジャック、ベニ、ついてきて」

ジャックは通路に出るやいなや、ぶつぶつ言った。

「羊の皮をかぶった海賊どもの船に乗ってるんですよ。ついてくるなと言われてもついていきます」

「わかってるわよ」

お決まりの説教がはじまりそうなのをさえぎった。今回ばかりは異論はないのだ。

「ジャック、ベニ、それぞれの耐G座席を持ってわたしの部屋に来なさい。アビーとわたしは着替えるから十分待って、それからはいってきて」

「ぼくはどこで着替えるんですか？」兵曹長は訊いた。

「わたしは目をつぶってるから」

「アビーもな」ジャックが言った。

十五分後には高Gで丸一日飛ぶ準備ができた。クリスの特別室で、ジャックは銃を手にドアに正対する位置に陣取った。クリスも同様の射界を確保した。

アビーは四人のあいだにテーブルゲームのホログラフィを投影した。チェスからはじめたが、全員こてんぱんにやられた。ジャックもかなわない。アビーはポーカーによる勝負を提案した。クリスもジャックも危険な誘いにのる愚かな楽天家ではない。ベニがカモにされるのを全力で止めた。結局ブリッジに落ち着いた。賭け率は一ポイント一ペニーだ。午後のなかばには一ポイント四分の一ペニーに下げたが、それでもベニはアビーに二カ月分の給料をもっていかれた。

「カードってのは運のゲームのはずでしょう？　まるで手を読まれてるみたいだ。思考を読まれてるのかも」

休憩にはいると、クリスは交代での睡眠を指示した。先に男性陣、次が女性陣だ。

「ドアにむかって警戒をおこたらないでください」

ジャックは、明かりを消そうとするクリスに言ってから目を閉じた。

（ネリー、外の廊下を歩く音は聞こえる？）

（わたしたちが部屋にはいったときからずっと聞き耳を立てています。一人通過しましたが、それだけです）

（またなれか来たら起こしなさい）

結局、ジャックから揺り起こされた。

「そうよ。コンピュータに見張らせていたんですか？」

「コンピュータ……」

「いいえ。みなさんの眠りをさまたげる状況はありませんでした」

クリスは船内連絡用の通信リンクを叩いた。

「ドラゴ船長、ジャンプポイント・ベータまであとどれくらい?」

「五分後にエンジン停止する。シャワーを浴びるまで待つかい?」

「ゼロGになってからにするわ」

十分後、ベニ兵曹長はこのジャンプポイントにブイがあった証拠を探しはじめた。証拠はみつかった。冷えていく原子として。最初から冷えてはいなかったようだ。

「一度火の玉になってますね。最近です。ごく最近」

クリスは同乗の依頼主という立場にふさわしい口調で言った。

「船長、ジャンプポイントをゆっくり通過してもらえるかしら」

「まずブイを設置して、それに偵察させたほうがいいんじゃないかな」

「船長」クリスは険悪な口調に変わった。

ドラゴ船長は船内放送で呼びかけた。

「こちら船長だ。まもなくジャンプする。生きのびて後悔できることを期待しろ。元海軍の乗組員は、本船にないはずの飛び道具を確認しろ。使用準備よしの報告がはいったら前進する」

クリスは操舵手の隣の耐ジャンプ座席にすわってベルトを締めた。ジャックは船長の隣の補助席。ベニは航法士とそのセンサー計器のそばにすわった。船内のどこかから三人の声が、ないはずの飛び道具の使用準備ができたと報告した。

ジャンプポイントは短時間で通過し、めまいからすぐに回復した。

「ブイなし」スルワンが報告する。

「プラズマあり。とても熱い」ベニが続けた。

「犯人はわかりそうよ。食い逃げしたうえに店の什器まで壊したやつ。あれよ」

クリスはしめした。五十キロメートル弱のところに一隻の船が浮いている。ぴかぴかの新造船。レゾリュート号のゆうに倍はある。輝く外板の下にどんな兵器を隠しているのか。保護されたチャンネルに陽気な声がはいってきた。

「やあ、いらっしゃい。この星系になんのご用かな？」

クリスは状況を判断した。爆破されたブイ。チャンス星とピーターウォルド支配宙域を結ぶ最短ルート付近にいすわる船。芝居がかった呼びかけ。筋道立った説明はできないが、クリスは結論を出した。数分以内にだれかが死ぬ。それが自分や部下たちであってはならない。

クリスは操舵手の手をやや乱暴にこづいた。レゾリュート号は右に横転し、全員の背中が座席に押しつけられた。加速はすぐに止まって、船はゆっくりと漂流しはじめた。回転は続いている。

「どうした、操舵手？」

ドラゴ船長が訊いた。公開チャンネルのマイクのボタンを押したままだ。機転が利く男だ。

クリスは操舵手がわめくまえに代わって答えた。

「わかりません。また例の故障です。再発したようです」

また操舵手の手を押す。船は短く前進し、さらに回転した。

「船長、今度は側方スタビライザーにも重大故障が発生」

「なんとか抑えろ」ドラゴ船長は強い口調で言った。

「やってます」

クリスはさらに船に不規則な動きをさせた。

むこうの船から声がかかった。

「なにかお困りのようだな。スタビが故障したままジャンプしたら、どこに出るかわからんぞ」

ドラゴ船長は垂れた口髭を嚙んだ。下唇の一部も嚙んでいる。そしてさまざまな意味と感情をこめた目でクリスをにらむと、ふたたび通信リンクにむかった。純真な子どものように言う。

「こちらはロルナドゥ星から来た民間船レゾリュート号のブレット・ドラゴ船長だ。うちの機関員では修理できない。そちらにスタビライザーに詳しい技術者はいないか？　原因はスラスタか、ただのコンピュータのバグかわからないが」

相手は友好的な大きな笑みで答えた。

「ワイルドグース号のアルナンド・ジンクス船長だ。本船には優秀な人間がそろっている。そちらは機関を完全に停止し、こちらから乗り移るというのはどうだ？」

そこでクリスは言った。

「船長、回転は抑えられそうです。静止して漂流できます」そして操舵手にむかって口だけを動かして、〝やれ〟と伝えた。操舵手は従った。「むこうの船とハッチを接続して乗り移ってもらうのが楽かもしれません。工具を運ぶのに往復する手間がはぶけます」

ドラゴ船長は爪先を小刻みに動かしていまにも爆発しそうだ。しかし顔は愛想よくして、むこうの船長を見た。

「船は停止させた。姿勢は維持できそうだ。エアロック連絡チューブを送出するが、接続できるかな」

「こちらの修理班には好都合だ。エアロックをいちいち開閉しなくていい。うちの機関員は優秀だが、船外に出ると宇宙酔いしやすいやつがいるからな」

「了解した。こちらは機関停止。速度をあわせてくれ。ドラゴ船長から以上だ」

通信リンクを切った。表示が緑からスタンバイ状態の赤に変わるのを確認すると、ボタンを力いっぱい押してその赤も消した。スルワンに手で合図。航法士はコンソールのあるスイッチを倒した。

「これでこっちは墓石なみに沈黙してます」

「いつ本物の墓石になるかわからんぞ。おい、ロングナイフ。おれと船と大事な乗組員たちをよくもこんな状況に追いこんでくれたな」

「あの親切な敵はおそらくブイを爆破した犯人よ。そんな相手と撃ちあいたいの？」

「それはごめんだ」

ドラゴ船長はしぶしぶ認めた。しかしクリスの意見を認めるくらいなら、腐った魚を丸飲みするほうがましという表情だ。

「この船と有能な乗組員たちは敵に移乗された経験くらい過去にあるはずよ。不利な状況で。さあ、武器庫はどこ？ ファイザー社製の高性能催眠ダート弾が一定量あるでしょう」

「だとしたらどうなんだ」

「機先を制する。尋問はあとまわし」

「おれたちを海賊かなにかだと思ってるのか？」

ジャックが脇から言った。

「もちろんそう期待してるのさ。敵の海賊ではなく、味方の海賊として。このお姫さまは海賊と相性がいい。自分で船を乗っ取るときもある」

「とにかく、この船を無茶苦茶なことに巻きこまんでくれ。おれの許可なしに」

クリスは批判されて考えた。ドラゴが怒っているのはクリスの行動か、それとも事前連絡の有無か。たぶん彼の不満は手順であって内容ではないだろうと結論づけた。

「悪いけど、船長、参謀会議で選択肢を議論している暇はないわ。砲撃戦になったら結果は悲惨よ。敵が隠しているレーザー砲の種類はわからないんだから」

「そうだが」ドラゴは吐き捨てた。

「でもこの作戦がうまくいけば、むこうが開けたハッチから突入してブリッジを制圧できる。こちらがやられるより先に」

　ドラゴは鼻を鳴らしてしばらく考えた。そしてクリスに指をつきつけた。

「悪くない。でもいいかい、お嬢さん、次からは勝手にこんな騒動を起こさんでくれ」

「誓うわ」クリスはつとめて誠実な顔で約束した。

　ジャックが首を振った。

「無理だ。ありえない。彼女の家系は遺伝的にそれができない」

　ジャックと船長は目をあわせた。男同士が理解しあい、生涯にわたる絆を結ぶ瞬間だ。こういうときにかならず女が悪者にされるのはどうしてだろうとクリスは思った。

　とにかく話は決まった。うまくいけばワイルドグース号の乗組員に軽い頭痛をあたえるだけで、むこうの船を乗っ取れるだろう。うまくいけば。

　そのときブリッジのハッチからアビーが顔を出し、陰気な声で指摘した。

「移乗してくる修理班を海軍の軍服で迎えるつもりですか？」

　クリスはあわてて座席のベルトをはずし、そのハッチへ跳んでいった。

「船長、乗組員に隠し武器を配ったら、親切な修理班が斬りこみ隊に変わるまえに撃ち倒せるように配置しなさい」

「スルワン、まかせる」ドラゴは船長席から動かずに指示した。

　ジャックもクリスに続いてブリッジを出た。おなじく海兵隊の姿ではまずい。

「ベニ、おまえも急いで部屋に来い」

　アビーは清楚なスカートとブラウスを脱いで、タンクトップとかなり短いカットオフジーンズに着替えていた。乗りこんできた男たちはその長い生足と豊満な胸に目を奪われ、手に隠した銃には気づかずに撃たれるだろう。

クリスは大きめのサイズのセーターとスウェットパンツになった。下にはスパイダーシルク地の防弾下着と、セラミック製のプレートアーマーをアビーの手で着せられている。

「背中の肩胛骨のあいだには五分間呼吸できる非常用ボンベを装着しています。船内空気になにか注入されても救出できるはずです……今回も。下着は耐真空です」

「ありがとう」

スルワンが通りかかった。手には凶暴な外見ながら小さな武器を持っている。

「装塡しているのは催眠ダート弾？」クリスは訊いた。

「近接戦闘用の低出力タイプよ。そちらの隠し武器は？」

クリスは腰から制式のオートマチック銃を抜いて見せた。

「はいってるのは催眠弾ではないわ」

「では出力設定を下げておいて。でないと船体に穴があく。ブレットが怒るし、みんな窒息死する」

クリスはフレシェット弾の装薬設定をしめした。最少にしてある。

「わたしも自分のステーションに穴をあけたくないから」

「ロングナイフに人の殺し方を教えるなんて釈迦に説法だったわ。ああ、今回は殺さないのね」

着替えているときからすでに、エアロック連絡チューブがぶつかる音が船体ごしに聞こえていた。スルワンと話すあいだに、接続アタッチメントがはまる音が響いた。続いてチューブが与圧される注気音。

「さて、仕事だわ」

スルワンは体をひるがえらせ、親切な修理班を迎えるために船倉へ急いだ。

クリスはあとを追った。ジャックも続いた。ズボンとブーツは軍の戦闘服に着替えている。上は赤いタンクトップで、たくましい胸筋がのぞいている。ベニもやや遅れてきた。しわくちゃの作業服で、兵曹長の錨の階級章だけははずしている。片手にサンドイッチを持って、その陰に小型の電子モニター装置を隠している。

クリスは三人の部下をいったん止め、船倉に隣接した乗組員用の部屋にはいった。半開きのドアからのぞく。スルワンに案内されてブリッジへむかう〝修理班〟が見えた。計六人。うち一人はワイルドグース号の船長のようだ。

頭を突き出して通路の人影を確認し、室内の部下たちに合図して船倉へむかった。入り口でいったん止まり、先頭をジャックと交代する。

ジャックは不慣れな姿勢で船倉内に遊泳していき、壊れた古いブイをつかんでぎこちなく停止した。クリスは多少なりと優雅な動作で新しいブイにとりついた。アビーはそばに来た。ベニは隠れる位置にはいった。危険対応は三人におまかせというわけだ。

開いたエアロックの脇で、むこうの船から来た三人がくつろいでいる。船倉にはいってきたクリスたちを見ている。ショートパンツとTシャツ姿の男が二人。もう一人は赤毛の女で、フルボディアーマーで鎧《よろ》っている。まずい。

クリスは手を挙げて挨拶した。

「こんにちは。船長の指示で交換用のブイを起動しにきたの」

そしてブイの整備用ハッチをあけて作業しているふりをはじめた。

アーマーの女は目を細めた。

「ご自由に」

二人の男はすぐに興味を失った。しかしアビーがブイの整備用ハッチをあけてかがみ、わざと尻を突き出して左右に振ると、そちらに注目しはじめた。ジャックは古いブイと格闘してなんとかハッチをあけた。アーマーの女がその胸筋に見とれてくれるのをクリスは期待した。しかし女は油断なく三人を均等に見ている。手は腰において身構えている。武器を使う気満々だ。

クリスは深呼吸して、この女が投降を拒否したら射殺するしかないと決心した。

鼻歌をうたいながらブイの裏側にまわった。陰で銃を抜き、起動と安全装置解除を親指一本で同時に操作。そして他船の三人が見える位置に出ると、女の頭を銃で狙った。

「船倉で問題発生」クリスは船内チャンネルにむけて報告すると、スイッチを切って続けた。

「銃に手を伸ばすな」

アビーとジャックから催眠ダート弾が発射され、二人の男はクラゲのようにぐったりとなった。女はクリスをにらむ。そして銃に手を伸ばした。クリスは首を振り、引き金を引いた。女の手が銃に届くまえにその頭は赤い霧に変わった。

ベニが安全な場所から出てきて訊いた。

「そこまでやらなくても」

「武器を持ち、使用する体勢だったからだ」ジャックがきびしい声で言った。

海兵隊員は人事不省の二人に近づいて脈をとり、短時間で目を覚まさないように追加を一発ずつ尻に撃ちこんだ。それから身体検査。三人とも凶暴そうなナイフと各種の銃器を持っていた。装填しているのはすべて致死弾で、催眠弾はない。

「こちらこそ投降しなければ射殺されていたわけよ」アビーが低く言った。

ドラゴ船長が船倉に跳びこんできた。ブイに手をついて方向転換し、開いたエアロックと船をつなぐ連絡チューブのほうへ泳ぐ。

「もう撃ちはじめたのか?」

ジャックが捕獲した大量の武器をしめした。

ドラゴはエアロックに手をかけ、チューブ内にはいりながら言った。

「ああ、それじゃあな。しかしブリッジではようやく配置についたところだったんだぞ」

四人の大柄な乗組員が船長のあとを追っていった。クリスは彼らの背中に言った。

「そうね。でも裏を返せば敵も配置についたばかりよ」

船長は細いチューブの奥へ進んでしまい、返事があったとしてもクリスには聞こえなかった。クリスは彼らのあとを追った。

「すこし待ったほうがいいのでは?」ジャックが訊いた。

「空気があるうちに。行くわよ」

クリスは大声で言うと、銃を口にくわえてジャックの脇を飛んで通過した。ジャックは顔をしかめている。クリスはエアロックの手すりをつかみ、両手でたぐりながら船と船のあいだの虚空を渡りはじめた。

ジャックはうしろにむかって、「ベニ、ついてこい」と叫ぶと、クリスのあとを追った。

その前をアビーが来る。

「手すりで爪を割らないように気をつけてください。厄介な手すりだわ」

クリスはしっかり手すりをつかみ、力強く前に進んだ。チューブは透明だが、呼気で曇りはじめている。むこうには暗黒の宇宙。またたかない、はるか遠い光がちらばっている。レース用スキッフから何度も見た眺めだ。ただしそのときは安全確実な与圧服を着ていた。手すりをたぐる手を早めた。

フライドフィッシュと汚れた衣類の匂いに迎えられた。銃をくわえたクリスの口のなかは鉄の味がしているが、それでもはっきりとわかる。チューブの反対側を抜けて広い空間に出ると、眠らされた乗組員が二人漂っていた。反対の壁に手をつくまえに二挺の銃をかまえて、左右の通路にむける。のぞいている顔はない。だれもいない。

船首方向で物音がした。クリスはそちらにむかおうとした。アビーとジャックはチューブを抜け、左右の確認をした。

「待って！」ジャックのあとからはいってきたベニが言った。片手に電子装置を持ち、そこでまたたく光を注視している。「船尾方向におかしな反応があります。機関室です」

クリスは身をひるがえして船尾へむかった。ジャックもついていった。アビーは銃を二挺抜いて、チューブ出入り口から全方位を警戒する位置についた。ベニはクリスについていった。左手に持った電子装置のモニターから目を離さないので、通路の左右にぶつかりながら進む。

機関室の開いたハッチの手前でクリスはいったん止まった。なかでは二人の作業員が足を手すりにひっかけて姿勢を保持している。一人が持っているのは大きなレンチ。もう一人はピストルだ。そいつがクリスにむけて連射した。しかし技量が低く、一発ごとに銃口が跳ね上がって船内で跳弾した。

クリスはその男の胸の中心を撃ち抜いた。男はのけぞり、体とピストルが反対方向へ漂った。

クリスは銃口をレンチの男にむけた。しかしすでに機械の迷路の奥に逃げこんでいる。

機関室管理者席にベルトをかけてすわっている汚れた作業服の技術者に気づいた。ボタンスイッチの上にかがみこんでいる。指が白くなるほど力いっぱい押している。大汗をかいている。額の汗が玉になって漂っている。

「おれを撃つのか？」

技術者は顔を上げずに訊いた。コンソールの計器の表面にクリスの姿が映っているのだ。

「どうしようかと考えてるところよ」クリスは答えた。

見まわしてレンチの男を探す。ジャックもはいってきて、おなじように見まわした。ベニはハッチの外にとどまっている。しかしスイッチを押さえている男を見て恐怖の表情になった。

技術者は手を震わせながら言った。

「いっそ撃ってくれたほうが楽だ。そうすればおれの厄介事は全部解決する。あんたたちの厄介事もな」

クリスは状況を察した。

「それはつまり、そういうことなの？」

「そうだ。ブリッジは自爆シーケンスを作動させた。おれはこのスイッチを放してシーケンスを完了させるのが仕事だ。そのために高い給料をもらってる。このスイッチを放せば、反応炉の閉じ込め磁場が消える。そしておれたちも消えるわけだ」

「その契約をした相手は、いまこの船には乗ってないんだろう」ジャックが尋ねた。

「もちろんさ」

クリスは小声で考えを述べた。

「だれかが証拠を消したいのね。そのためにはどんな大金でもかける」

膝ががくがくと震えだした。ここがゼロG環境でよかった。原子レベルまで分解されるのを宙に浮いて待つのは、銃撃戦に跳びこむよりはるかに恐ろしい。

技術者は言った。

「意気があってこんなことをやるほどおれは若くない。むしろ長生きしたい」首を振り、「給料の金額の問題じゃない」

「自爆シーケンスを解除する方法はないの？」クリスは訊いた。

すると、なかば叫ぶような、なかば悲鳴のような声が響いた。

「解除なんかさせるか！　おれたちは傭兵の誓いを立てたんだ！」

姿を消していた男が灰色の大きなものの陰から跳び出してきた。レンチを振りかぶり、反応炉の自爆スイッチを押さえている男に襲いかかる。

クリスは催眠ダート弾を連射して三発とも男にあてた。ジャックがその捨て身の相手に突進し、空中で体当たりした。二人はもつれて機関室管理者席につっこんだが、危険なスイッチを押さえている男の肘はかろうじて避けた。

「まだちゃんと押さえてる？」クリスは訊いた。

男は小さく鼻を鳴らした。

「押さえてなかったら、その質問もできないはずさ。なあ、少々手が疲れてきた。そこに青いフリップスイッチがあるだろう。おれが手を伸ばしても届かないところに」

「ええ」

クリスは言われた場所へゆっくりと移動した。まだなにも触らない。

「そこから五十センチくらい離れたところには赤いボタンスイッチがある」

クリスは探して、それらしいものを指さした。

「ちがう、その赤いのじゃない。もっと下の小さいやつだ」

クリスは正しいほうを指さした。

「まず青いフリップスイッチを倒せ。それから五秒以内に赤いスイッチを押しこめ。そのまま押さえていると、クリック感があってもどらなくなる。わかるか？」

「もし失敗したら？」

「言いわけする機会はない」

クリスは管理者席のコンソールの支柱に片足を引っかけて固定し、手を伸ばした。身長百八十センチの体と長い腕にこのときばかりは感謝した。青いスイッチに右手をかけたまま、とくに伸ばさなくても赤いスイッチに左手が届く。

「青を倒したら、赤を力いっぱい押しこめばいいのね」

「カチンと感じるまでな」

フリップスイッチは軽く倒れた。ボタンスイッチを押しこむ。しかし手応えがない。

「クリックの感触がないわ」

「五秒待つんだ」

クリスはかがんで力をこめた。もっと体でボタンを押さえつけたい。しかしゼロG環境なので体重が何百キロあっても関係ないのだ。

「切れないのかしら」

つぶやきながら両脚を支柱に巻きつけ、押さえる手に全力をこめた。ボタンスイッチはさらに深くはいったが、それでもクリック感はない。コンソールの端をつかんでそこを新たな支点にした。

隣で技術者がつぶやいている。

「……四……五……」

スイッチの奥で軽いクリック感があった。

「もうもどらないかしら」

男は目を開いてコンソールを見た。

「かもしれん。まだ押さえてな。おれは放してみる」

男はスイッチから手を放した。クリスは二十までかぞえたが、まだ生きている。

「あんたも放していいんじゃないかな」技術者は言った。

「自信のある口ぶりで言ってほしいわ」

「何回もやったことがあるわけじゃないんだ」

「きみは何回目だ？」ジャックが訊いた。

「初めてさ」

クリスの手は指の節が白くなっていた。筋肉の一部が、いや全身が悲鳴をあげている。

「放すべき？」

「やってみな。爆発しなければ成功だ」

クリスはどうするか考えた。残り一生をここに立ってすごしてもいいが、やりたいことをやれない人生になる。たとえばロンとジャックともう一度ダンスするとか。

手を放した。そして二十かぞえた。

「ドカンときませんね」ハッチの陰からベニが言った。

「便りがないのはよい便りよ」クリスは同意した。そして男に握手を求めた。「第四十一海軍管区のクリス・ロングナイフ大尉よ」

「ロイヤルフラッシュ号機関長のヌル・チムだ」

「ワイルドグース号じゃないのか？」ジャックが訊いた。

「今日はそういう船舶書類を使ってるのなら、そうかもな」

「この船には船舶書類がいくつもあるの？」

クリスの問いに、機関長は肩をすくめた。

「おれの仕事は反応炉をまわすこと。よけいな質問をすると船長は機嫌が悪くなる」

「とりあえず、あの傭兵ビデオを観すぎの若者を縛るのを手伝って。傭兵の誓いなんてものが有効なのは給料の支払いが遅れていないあいだだけだと、トラブルおじいさまが言っていたわ」

機関長は針金を出してきてジャックが二人をしばるのを手伝った。

「トラブルおじいさまっていうと、あんたはあのロングナイフ家の人かい？」

「そうよ」

「おれは運がいいのかもしれん。もし頼めるならこの船のえらい連中から引き離してくれないか。契約どおりに船を吹き飛ばさなかったことを怒ってるはずだ」

「なんとかするわ」

レゾリュート号には鍵のかかる大きな物置部屋が三つあった。乗組員たちは眠らされた捕虜をそこに収容していた。民間船にあからさまな拘禁室があることにクリスはもう驚かなかった。笑顔でアビーを見る。

「ちょうどよかったわ」

「都合がいいですね」

機関長には同室になってもかまわない五人を選ばせ、いっしょに端の部屋にいれた。ジンクス船長と戦闘員たちはいちばん遠い部屋にいれ、残りはまんなかの部屋に押しこんだ。

「さて、拿捕した船を調べてみましょうか」

ドラゴ船長はそちらのブリッジにいた。船舶書類一式は四通あった。記載された船のデータはおなじだが、船名が異なり、船籍も異なる。しかしどの船籍地もピーターウォルド支配宙域だ。

「ロングナイフ家とピーターウォルド家が敵対関係にあるって話は本当かい？」ドラゴが訊いた。

「あら、メディアの噂を真に受けているの？」

「そういうわけじゃないが、しょっちゅう聞いてる噂の具体的な証拠らしいものをみつけたら、そうかもと思うだろう」

クリスは話を変えた。

「ネリー、この船のネットワークにアクセスできる?」

「できません。有線接続のみのシステムで、無線のホットスポットがありません」

「プライバシーに神経質なユーザーがいるようね。兵曹長」大声で呼んだ。

「はいはい、ただいま。今度はなんですか、ボス」

「ネリーをここのネットワークに直挿《じかさ》ししたいの。変換アダプタを持ってる?」

ベニが三種類のアダプタを試してようやくつながった。クリスは訊いた。

「ネリー、このシステムをうろついて危険はない?」

「大丈夫です、クリス」しかし、しばらくして言った。「おっと、失礼なやつらだ」

「どうしたの?」聞こえる範囲にいた四人がみんな顔を上げた。

「システム内部はなにもかも暗号化されています。数種類の暗号化方式を使って厳重に。この嘘つきの友人たちはたしかにプライバシーに神経質ですね」

「あなたなら解読できるでしょう」

「はい。でもこのネットワークには爆弾が山ほどしかけられています。こちらが探りをいれるたびに不愉快なお土産を送りこんできます」

「離れなさい、ネリー! 急いで」

「すでに離れています。でも心配いりませんよ。サンタマリア星の石のかけらからデータを引き出そうとしたときに、トゥルーがそなえてくれた三重バッファがあります」

「そうだったわね」

「この悪意あるネットワークがよこす爆弾はそのバッファでさえぎっています。第一バッファを越えてきたものはありません。安全です。というわけで、続行していいですか？」

クリスは唇を噛んだ。人間なら怖くて足を踏み入れたがらないようなところに、ネリーは自信満々ではいろうとする。状況を把握しているからか、それとも子どものように危険に無頓着なのか。

「続けていいわ、ネリー。でもバッファの第二層に爆弾が侵入してきたら、中止してすぐに知らせなさい」

「わかりました、クリス。かならずそうします」

横から船長が言った。

「そんなものに、ほんとにまかせられるのか？」

ネリーがこれまでこなしてきた危険な仕事の数々を教えてやろうかと思ったが……やめた。いまのところは。

「まかせて大丈夫よ。なにかおもしろいことがわかった？」

「操作できるハードウェアがろくにないんだ。このブリッジにはコンソールと席が妙に多い。正直者の民間船には見えない。でも電源がはいらねえからなんの席だかわからん」

クリスはブリッジを見まわした。操舵、船長、航法。その他に二つある。タイフーン号ならば兵器管制席と防衛管制席だ。

「これはおもしろい」ネリーがつぶやいた。

「なにがおもしろいの？」

「この民間船は二十四インチ・パルスレーザー砲を四門搭載しています」

「二十四インチ・パルスレーザー砲ですって！　わたしが最初に乗ったコルベット艦のタイフーン号とおなじ装備よ。ネリー、捜索を続けて」

「クリス、船体にはスマートメタルが使われていますね」

「スマートメタルが？　ベニ？　あなたの意見は？」

兵曹長は手もとの電子装置を見て、困ったように顔をしかめた。ハッチのほうへ泳いでいって壁の金属部分に装置を押しあてる。

「いやあ、普通の金属っすねえ。古代人が使ってたのとおなじ。ただ、妙なところがあるんですよ。これはなんだろう」

ネリーが許可を求めた。

「クリス、防衛管制席を起動してみるべきだと思います。そうすればこの船がどうなっているのかはっきりします。予想外ですよ」

「許可するわ」

操舵手席の隣の作業席に光がともった。スクリーンに船の略図が表示される。大半は赤。

一部が緑だ。レゾリュート号にむけた船腹が緑になっている。

「船体表面をスマートメタルでおおっているんです」ネリーが解説した。

「スマートメタルと普通の鉄板は混用禁止じゃなかったか？」ジャックが訊いた。

「ヌー・エンタープライズの技術者はそう主張していますね。船体の半分をスマートメタル、半分を通常金属で製作すると、特殊な状況でスマートメタルが移動して混ざってしまう。たとえば被弾したときに」

ドラゴ船長が口を出した。

「ところがここでは、通常金属の船体の上にスマートメタルが薄くかぶせられてる。そしてそれがあちこち移動する。被弾しそうな面をおおって、レーザーが当たったら蒸発して船体を保護するわけだ」

「この船と撃ちあいをしなくてよかったわね」

クリスが言うと、ドラゴはたじろいだ身ぶりをした。ジャックが考えながら言った。

「つまり、ヌー社の技術者より利口な使い方をしていると？」

「そのようね。貫通したらどうなるのか知りたいわ。穴をふさいでくれるのか」

ドラゴ船長は感心した。

「どうだろうな。しかし何発かくらっても大丈夫な船体になるならたいしたもんだ。もらい物のあら探しはしないぜ」

ヌー・エンタープライズの特許材料が無断使用されているのは気にくわない。正体を隠した軍艦に。しかもアルおじいさまの部下たちが考えなかった手法で。

「ネリー、航法と操縦プログラムを探して動かせるようにしなさい」

「とっくにやっています、クリス。口で命じるほど簡単ではないんです」

クリス以外の人間たちは忍び笑いを漏らした。

「今後もいい仕事を期待しているわ、ネリー。船を安全に動かせるようになったら教えて」

「こっちに乗組員を送りこもうか」ドラゴが訊く。

「一当直分の人数をまわして。船を放置するわけにいかないわ。泥棒にやられる」

「たしかにそうだ」

ドラゴはニヤリとした。かつて地球の七つの海をまたにかけた海賊そのままの笑みだ。

5

三日後、レゾリュート号はハイチャンス・ステーションに帰港した。名前の多い船もおとなしく従った。

航行中、クリスはマック大将にあてて長い報告書を書いた。曾祖父のアルあての短いバージョンは、書き出しを「おじいさまのブレーンより上手《うわて》のブレーンがいたようです」とした。

さらにチャンス星からもっとも近い植民星であるニューバーン星を訪問する許可を求めた。普段ならアポなしで行くのだが今回は立場を考慮した。第四十一海軍管区司令官で、王女で……しかもロングナイフだ。ニューバーン星側で準備が必要だろう。

ドッキングはレゾリュート号のブリッジで見守った。下船しようとすると、スルワンが立ち上がった。

「あのう……殿下、乗組員を代表しておうかがいしたいことがあります」

妙にあらたまっている。軽く会釈までする。クリスも海軍モードから王族モードへすぐに切り替えた。

「なんなりと」

「あの船のことです。捕獲船と考えていいでしょうか」

なるほど。捕獲したのなら分配金があってしかるべき。失念していた。クリスはすばやく考えをめぐらせた。

「個人的意見では捕獲船に相当すると思っているわ。でも手もとに残すか、売却して捕獲物の伝統的ルールにのっとって分配するかはすぐに答えられない。一両日中に返事をすると、乗組員に伝えてもらえるかしら」

ブリッジの乗組員たちはその答えで納得したようだ。

(ネリー、あの船の扱いを検討しておいて。積んである偽の船舶書類くらいにしっかりした書類を作成しなさい。買い取り先がわたしの持ち株会社だとたどられないように)

(すでに作業中です。船名はどうしますか?)

砂糖菓子のような甘ったるい名前はうんざりだ。

(ワスプ号にして。怒らせたら刺すスズメバチよ)

連絡橋のところでペニーが待っていた。隣にロンがいる。クリスが眉を上げると、市長は言った。

「ロングナイフが一隻で出かけると、二隻に増えて帰ってくる。自分のものにしたいけど、大人に訊かなくちゃという顔ですね」

「チャンス星の法制度でどこまで許されるかによりけりよ、市長」

クリスは、ジャンプポイントのブイの消失とその原因の一端を発見したことについて簡単に説明した。ドラゴ船長がやってきて隣で聞きはじめた。ロングナイフでない関係者として意見を述べるつもりのようだ。

「つまり、ブイを吹き飛ばした船を吹き飛ばしてやったと」

ロンの要約を、クリスは否定した。

「いいえ。もし戦闘になったらわたしたちが吹き飛ばされていたはず。あの船はカミカゼ級コルベット艦なみに重武装しているわ」

「羊の皮をかぶったタイフーン号ですね」ペニーは口笛を吹いた。

ドラゴ船長が脇から言った。

「そうなんだ。この若いロングナイフはよくやった。おれの船の操縦系が故障しているふりをして、修理を手伝おうと言わせた。うまくやったもんだ」

「むこうの乗組員の大半は麻酔ダート弾で眠っています」ジャックは〝大半〟というところを早口でごまかした。「一部の者を尋問したところ、移乗したら船を乗っ取って乗組員を拘束するつもりだったと認めました。拘束したあとの扱いは船長だけが知っているとのことですが、その船長はまだ口を割っていません」

「つまり、やられるまえにやっつけたと」ロンがまた要約した。

「一瞬でな」ドラゴ船長が言った。

「ブイを破壊した目的はなんでしょうか」

ロンの問いに、クリスは慎重に答えた。

「真実は藪の中よ。記録にはなにも書かれていないし、知っている者は口を割らない。ブイはすべて再設置してきたわ。ブレンナーパス星からこちらへ来る船があればすぐ警告するようにして」

ロンは被害妄想の異常者を見る目をクリスにむけたが、口には出さなかった。

「この船の船籍は？」

ドラゴ船長が答えた。

「四つある。船舶書類が四通あってそれぞれ書いてあることがちがう。ただしどれもグリーンフェルド連盟の港だ」

ロンは、被害妄想のクリスという認識を多少あらためたようだ。

「船長、きみはいっしょに来てほしい。地上でいくつか宣誓証言をしてもらいたい」

「わたしはいいの？」クリスは訊いた。

「あなたに証言していただいてもしかたない」

「わたしを信用できないというの？　ハンクになにか吹きこまれたから？」

「あなたも船長も信用していますよ。ただ、クリス、この星の住民たちの考えが固まるまで、あなたはおもてに出ないほうがいい」

「あの船の乗組員二十名を拘束しているわ。政府の財産を破壊し、海賊行為と殺人行為をくわだて宇宙航路を徘徊していた容疑者よ。わたしは裁く立場にないので、チャンス星で身柄を引き受けてもらえるかしら」

「あの船についてはメイデル裁判長が、ビリー裁判官とアードネット裁判官とともに担当します。裁判が開かれるでしょう。彼らの一部については審理や弁護がおこなわれる。子どもたちに司法の仕組みを見せるいい機会です」

「船の最終的な処分は？」

「犯罪に使われた資産は没収というのがチャンス星では通常です。さて、クリス、わたしと船長は失礼しますよ」

そう言ってロンはドラゴとともに去った。

クリスは何種類かの悪態をつきたかったが、市長が聞こえる範囲より遠ざかるのを待った。そして悪態より先にペニーの報告を聞かねばと思いなおした。その簡潔な報告は安心できるものだった。

「パットン号の博物館は？　高校生たちは怪我をしてない？」クリスは訊いた。

「絆創膏程度です」ペニーは宇宙港の新しい船を見た。「あれの船名は？」

「複数あるのよ。わたしが買い取れたらワスプ号にする」

ペニーはすこし考えて、

「いい名前ですね。気にいりました。武装がタイフーン号なみだと」

「装甲はスマートメタル。詳細はベニ兵曹長から聞いて」

そのときペニーの通信リンクが点滅しはじめた。

「仕事が早いわ。メイデル裁判長からで、ここの法廷設備を借りたいと。ステーションにそんな部屋があるのかしら」

「あるというならあるんでしょう。好きなだけ使わせていいわ」

クリスがウォードヘブン星で政府資金横領の容疑で起訴されたときには初公判までずいぶん待たされた。それにくらべるとチャンス星の司法手続きは迅速だった。翌日正午にはもう開廷した。

法廷指名の弁護士は被疑者たちを三グループに分けた。レゾリュート号での拘禁室の部屋割りに従っていたのは驚くにあたらない。チム機関長とその同室者たちは軽微な罪状で、裁判官の裁量によって赦免された。そのあとは……検察側の証人になった。

中央の拘禁室にいた七人は、若さと無知を斟酌《しんしゃく》して大半の罪状において無罪とされた。しいていえば愚かさという名の罪だ。判決は執行猶予付きの社会奉仕を命じた。

最後の六人は確信犯だ。彼らはまずこの法廷の裁判権に異議を申し立てた。問題の出来事の発生場所はチャンス星よりブレンナーパス星に近い宙域なので、自分たちはブレンナーパス星で裁判を受けるべきだと主張した。法廷がつけた弁護人に反して自分たちの口からそう主張した。

メイデル裁判長は簡潔にこう断じた。

「当法廷は問題をよそに押しつけることを好みません。あなたが破壊したのはチャンス星の財産であり、乗っ取ろうとしたのはチャンス星がチャーターした船です」木槌を強く鳴らした。

「検察、証拠提出をはじめなさい」

最初の目撃証人はクリスだった。レゾリュート号と名前の多い船が遭遇した経緯をあらためて説明した。

ビリー裁判官が訊いた。小柄で白髪の女性だ。

「レゾリュート号に故障をよそおわせたのですか?」

「そうです、裁判官。砲撃戦になればレゾリュート号はひとたまりもないと、職業的に判断しました」

「船を調べた結果はどうでしたか?」検察が訊いた。

「重武装していました」クリスは船の武装や移乗者から押収した武器について説明した。

「さらに、わたしたちが移乗したときにむこうの一等航法士が自爆スイッチを押しました。機関長の行動がなければ全員死んでいたはずです」

反対尋問はすんなりといかなかった。アルナンド・ジンクス元船長は開口一番こう言った。

「あの女はおれのガールフレンドを惨殺した。裁かれるべきなのはあいつだ。おれたちではなく」

「却下を求めます」とすぐに異議の声があがった。

しかしメイデル裁判長は言った。

「証人についてなんらかの疑義があるようです。あなたはだれかを殺しましたか?」

クリスは深呼吸して、アーマーの女を倒すために致死弾に切り換えたことを説明した。

ジンクスは唾を飛ばしながら言った。

「そらみろ、惨殺だ。こっちが武装していたというが、当然だ。宇宙には危険なやつがうようよいる。このロングナイフの娘のように」

木槌が鳴って静粛を求めた。

「主張は理解しました。被告側弁護人はこの点でなにか述べることがありますか？」

「いまはありません」

裁判官たちはしばらく天井をむいて黙考した。クリスはそれを見ながら、優秀な弁護士を雇うべきかと考えはじめた。

ビリー裁判官が最初に口を開いた。

「ミズ・ロングナイフ、これはあなた自身の判断ということですか？」

「職業的判断です。女は武装して危険で、レゾリュート号は深刻な危機に直面していました。武器に手を伸ばさないように警告したのですが、従わなかった。だから撃ちました」

「その職業的判断が根拠にしたのは……」

「戦闘経験です、裁判官」

検察官が立ち上がった。

「証人の軍歴を見ていただきたいと思います」

「許可します」

検察は証拠物件を提出した。クリスの海軍での経歴を書いた三ページのレポートだ。一部を法廷速記者に、次に弁護側に、最後に裁判官に渡された。全員が黙って読んでいるなかで、アードネットが軽く口笛を吹いた。

「ずいぶん豊富な戦闘経験をお持ちだ」

「あくまで公表されている分で、すべてではないと検察は理解しています」

メイデル裁判長が老眼鏡ごしにクリスを見た。

「この他にも？」

「あります」

「全部吐き出せよ」ジンクスが要求した。

「受賞受勲歴はすべて書かれていますか？」ビリー裁判官が訊いた。

クリスはうなずいた。

「そこはたいしたことないようだ」アードネット裁判官が言った。

ビリー裁判官が解説をいれた。

「従軍経験がないと理解が難しいようですね、アーディ。この戦傷獅子章はパリ星系での権限委譲式の直後の日付です。さらに戦闘での武勇をたたえるV付属章がついている。不可解ですね。わたしたちと人類協会が壮大な離婚を決めたとき、公式記録では戦闘はなかったことになっている」

「そのとおりです」クリスは答えた。

「戦闘がなかったのに、戦闘での武勇をしめすV付属章をあなたは受けたのですか？」

クリスは口をつぐんだ。

「法廷の問いに答えるべきだ！」ジンクスがなかば叫ぶように言った。

メイデル裁判長がさえぎった。

「法廷が質問を撤回すればそのかぎりではありません。どうですか、ビリー・ウィルヘルミナ裁判官？」

「質問を撤回します。回想録に書かれるのを待ちましょう。しかしこの若い海軍士官が若さから予想される以上に多くの戦闘経験を持っていることはよくわかりました。その職業的判断を本法廷は尊重すべきだと思います。いかがですか、裁判長？」

メイデル裁判長はアードネットに目をやった。同僚がうなずいたので、裁判長は言った。

「相手の危険性がはっきりするまで待つべきとはいえ、撃たれるまで待てというのは不合理だと本法廷は考えます。証人はこの場合に正当な職業的判断を下し、先制攻撃をしたと認められます。法廷としての最終判断は他の証言を聞き終えるまで保留します。ということで、本来の審理にもどりましょう」

木槌が叩かれた。

検察は三時までに証拠提出を終えた。法廷は弁護側に一晩の猶予をあたえるために休廷にはいった。しかし無駄だった。翌日のジンクスの弁論は人々を苛立たせただけで、本人の利益にはなりそうになかった。正午に判決が下された。被告たちは地上の内海沿岸にある岩塩坑で懲役十年。犯罪に使用された船は没収。売却益は、〝裁判費用と逸失財産の交換費用に充当する。残りはすべてチャンス星の一般財源に繰りいれる。これは惑星防衛予算としてすみやかに拠出されることを本法廷は強く推奨する〃とされた。メイデル裁判長の木槌によって閉廷となった。

と思ったら、続きがあった。

ジンクスと他の被告たちが退廷したあとに、メイデル裁判長はふたたび木槌を鳴らした。

「本法廷はこれより船の処分についての提案を検討します。ロングナイフ大尉が買い取りを希望しているようですね」

「そうです、裁判官」

クリスは傍聴席の奥から答えた。まわりにはパットン号の修復作業を休んで傍聴に来た高校生たちがすわっている。

アードネット裁判官は、さきほどまで検察官をつとめていた弁護士に訊いた。

「アンディ、適切な売却額はどれくらいかな」

「判決で没収と決まってから秘書に調査をさせました。ロルナドゥ星とヘルベチカ連盟における同型船の最近の売買記録です。データベースでわかるのはそこまでです。ただ、武装とスマートメタル装甲は評価額を出せません」

そこでクリスは言った。

「その点ではご協力できると思います。カミカゼ級コルベット艦の改修計画にたずさわった経験があるので、スマートメタルの実勢価格がわかります。ネリー、法廷にデータを」

（提供しました）

法廷の反応はアードネット裁判官の口笛だった。

「お安くないな」

「二十四インチ・パルスレーザー砲四門も同様です」

クリスはカミカゼ級の兵装施工にヌー・エンタープライズが請求する金額をしめした。

アンディがつぶやいた。

「この船にこんな値札をつけて一般市場に出しても売れっこない」

「買い手もだれでもいいわけではないわ」とメイデル裁判長。

「わたしはこの金額を支払う用意があります。この仕様の船なら」クリスは言った。

「買ってどうするおつもり？」メイデルは質問した。

「ハイチャンス・ステーションに係留します、当面は」肩をすくめ、「長期的にはわかりません が……」

どう続けようかと考えたが、ここでの発言は一時間後にはニュースとして流れるだろう。あえて言わずに口をつぐんだ。かわりにビリー裁判官が言った。

「よそへ異動になる場合はいくらでもあるだろうね。チャンス星にとっていいことではない。あの老兵団があなたの駐留をよろこんでいるのはたしかだ」

そう言ってもらえるのはうれしいが、べつの問題があった。

「裁判長、船の売却と代金の行方についてこの法廷にお話しすべき問題があります」

クリスは、レゾリュート号の乗組員たちが捕獲船として分配金を期待していることを説明した。メイデル裁判長は答えた。

「本法廷としてはうれしくない話ですね。でも、麦踏みを手伝った親族を飢えさせてはならないということわざがあります。彼らは命がけで戦った代価を受け取るべきでしょう」

アンディが提案した。

「こうしてはどうでしょう。船の本体価格と、武装とスマートメタルの付加価値は、売却益を分割する基準としてちょうどいい。船の本体部分の金額はチャンス星が受け取る。軍事装備に対してプリンセスが上乗せする分は乗組員たちが手にする」

「こちらが軍事装備分をもらえたほうがありがたいが」アードネット裁判官がつぶやいた。

「でもそのレーザーに彼らは命がけで対峙したのですよ」メイデル裁判長が木槌を持ち上げた。「では、乗組員は軍艦としての金額を受け取り、チャンス星は民間船としての金額を受け取るものと決します。これにて休廷。プリンセス、小切手のご用意を」

木槌が打ち鳴らされた。

クリスは裁判所事務員のところへ行き、クレジット支払い票をネリーから提出させた。事務員は、〝支払い票の決済が完了するまで〟当該財産を移動させないように注意した。ロングナイフ名義の支払い票を信用しないのかとむっとしかけたが、金額が金額であり、ここは辺境なのでしかたない。

そこへスルワン・カン航法士が法廷の扉から顔をのぞかせた。

「終わりました？」

ステーションでは噂の広まるのが早い。クリスはスルワンを手招きして、船の売却代金のうちレゾリュート号の乗組員が受け取る分を教えた。スルワンは金額を聞いて眉を上げた。

「分配率にすでに合意していてよかったです。ドラゴ船長がネット上の古代史資料を引いてきて、みんなそれにサインしています。あなたにも船主として取り分がありますよ」

「わたしはいらないわ。船を買う立場なのに、代金の一部を分配金としてバックされるのはおかしいでしょう」

「ぼくらも分け前にあずかれるんですか？」

ベニとアビーが通りかかり、兵曹長が訊いてきた。ステーションでは内緒話もできないのか。クリスは答えた。

「ええ、乗組員とおなじようにね」

「おや、支払日はいつですか、プリンセス？」とアビー。

そのままレゾリュート号に連れていかれた。乗組員全員がなぜかおりよく乗船中で、すぐに整列した。ネリーはクレジット支払い票を一人一人に作成して渡した。ジャックにも。

「あなたも危険を冒したから」

「仕事の一部です」

「そうだけど、古い海の掟によればあなたも今日は分け前をもらうのよ」

ジャックはためらいながら支払い票を受け取った。

「年収より多いんですが」

「無駄遣いしちゃだめよ」クリスは笑いながら言った。

ドラゴ船長は乗組員たちに満面の笑みをむけて言った。

「おまえら、何日か船を下りたい気分だろうな」

何人かが大きくうなずいて賛意をしめした。しかしクリスは遠慮がちに言った。

「わたしはまだ仕事の気分よ。船長とスルワンに相談したいことがあるの」

「では船長室で」ドラゴは笑顔で言った。

「ジャック、ちょっといいかしら」

クリスが頭を悩ませているのは今後についてだ。チャンス星の権力者たちはクリスがどこかよそへ行くことを望んでいる。どこへ行くかが問題だ。クリスはニューバーン星へ行くつもりだった。その方面の備えを確認するためだ。しかし帰着した日に送った複数のメッセージの返事は否定的だった。驚くにはあたらない。

マクモリソン大将の署名のある返事は、まるで首相が書いたような内容だった。クリスが読むと父親の声が聞こえる気がした。「ブイの消失など、このように不穏な時代には充分予想できる出来事だ。その程度で騒ぐのはご苦労さまとしかいいようがない。刑事告発はチャンス星の当局にまかせればいい。また、わたしの、いや公式の軍事予算による政策をポケットマネーで迂回する行為は厳につつしむように。分をわきまえておとなしくしていろ」

アルは、クリスがスマートメタルの新しい利用法を発見したことをよろこばなかった。子飼いの研究開発チームが出し抜かれたと知って気を悪くしているようだ。あるいは、すでに発見ずみだが、収益減につながるので伏せていたのかもしれない。軍人はビジネス感覚にうとい。そういう例の一つかもしれない。

トラブルの短い返事は一服の清涼剤だった。

「なるほど、敵を乗りこませておいて一網打尽とは考えたものだ！　若いころのレイやわたしがやりそうな作戦だな。よくやった！」

本当に驚いたのはニューバーン星からの短くつれない返事だった。音声のみで身許を伏せた送信者は、あからさまな言葉遣いで次のように述べた。

「わがほうの宙域になんのご用事か理解に苦しみます。いま訪問されても状況が混迷するだけです。大衆はあなたを歓迎するでしょう。訪問中にあなたが誘拐されでもしたら、われわれは救出に乗り出さなくてはならない。あなたに同情的な場面をこの星のメディアに撮られるのは不都合であることをご理解いただきたい。訪問はお断りします」

熟考の上で返信すべきだったかもしれないが、クリスは最初に書いたものをそのまま叩き送った。

「すでにご承知かもしれませんが、こちらとブレンナーパス星のあいだにあるジャンプポイントのブイがすべて何者かに爆破されています。チャンス星よりピーターウォルド宙域が近くにあることを愉快に思っておいでならともかく、付近の情勢にはもっと注意を払うべきではないでしょうか。来るなとおっしゃるなら訪問は控えましょう。しかし、ピーターウォルドの戦艦に来るなと言っても聞き分けてくれないでしょう」

じかに会って話せばもっと婉曲に意図を伝えられただろう。しかし短いメッセージのやりとりは単刀直入にならざるをえない。

とにかくニューバーン星訪問がなくなったために予定表に空白ができた。いずれと考えていた行き先は一つある。ネリーの希望をかなえてやるか。

頭のなかでネリーの歓声が響いた。

(やったあ！　いざ探険へ、いざ探険へ！)

(頭痛がしはじめたら中止よ)

船長室へ行くまえに、ジャックを脇へ引っぱっていって話した。第四十一海軍管区司令官の職に飛びついたもう一つの理由を。

ジャックは首を振った。

「それが目的だったんですか」

「詳細は船長と航法士に話すときにいっしょに説明するわ。あなたから聞きたいのは警備面よ。めずらしい異星人の遺物かもしれないとネリーが考えているものを調査しにいく数週間、この乗組員たちといっしょにすごして安全かどうか」

「遺物というのは具体的には？」

「詳細は藪の中よ」

「価値があるならいいですが」

「ガラクタかもしれない。おそらくそのあいだのどこかよ。そしてわたしたちには理解できない可能性が高い」

「どうして自分一人でやろうとするんですか。あわれな部下としては、せめて行き先を予告しておいてほしいです」

「わたしはレイおじいさまの曾孫なのよ。探険家の血が流れているのかもしれない。なにかがあるなら、だれより先にみつけたい」

「わたしもです」ネリーも言った。

「そんな人物の警護官は、いくら給料をもらっても引きあわないですね」

ジャックはぼやきながら、クリスについて船長室にはいった。遅れてドラゴ船長と航法士がはいってきて、むかいの席に無言で腰を下ろした。

クリスはスルワンを見た。

「カン航法士は、このチャンス星系と隣接する星系で奇妙なものの存在に気づいていると思うんだけど、どうかしら」

航法士は横目で船長を見てから答えた。

「画面に映ったぼやけた物体のことね」

(やっぱり気づいてた!)

(静かに。わたしが話すから黙りなさい。でないと探険は中止よ)

(卑怯だ! 奴隷使いだ! 黙ればいいんでしょう、黙れば)

「それよ」二つの会話にやや混乱しながら、クリスは航法士に言った。「あなたはなんだと思った？」

「わかりません」

「なんのことだ、ぼやけた物体って」

船長に問われて航法士は説明した。

「チャンス星系のなかにそういうものがあるんです。隣の星系にもべつのが。スキャン画像ではジャンプポイントのようにも見えるけど、やっぱりちがう。ジャンプポイントなら航法画面でもっと明瞭な重力像があらわれる。普通のジャンプポイントの見え方は共通しています。どれも点です。でもこの二つはちがう。ちがうというか、ぼやけて見える」

「なぜ報告しなかった」ドラゴは顔をしかめた。

「星図にないからですよ。ないものが見える航法士なんてごめんでしょう」

ドラゴは眉を上げて同意をしめした。

「それで、ロングナイフ家のプリンセス殿は、スルワンが話したがらないその物体をどうしたいと？」

クリスは説明にはいった。

「去年、わたしは仕事の退屈しのぎに……」

「あなたが退屈ですって？」スルワンは驚きを隠せないという顔。

「ほんの数秒さ。一分に満たない」ジャックは皮肉っぽく言った。

「続けていいかしら？」クリスが言うと、一同はうなずいた。「そのときに、長年の友人でウォードヘブンの元情報戦部長であるトゥルーディ・サイードから、ある実験に協力を求められた。そして秘書コンピュータの自己組織化マトリクスに、サンタマリア星の石のかけらを埋めこんだの。調べるのに危険がないようなソフトウェアの仕組みも」

「石って?」ドラゴ船長はけげんそうだ。

「サンタマリア星の北部山脈に由来するものよ。曾祖父のレイが粉々にした場所。サンタマリア星を調査した人々は、この山脈はナノテクによってデータ蓄積装置に改造され、三種族が残したコンピュータに管理されていたと考えているわ」

スルワンが言った。

「三種族というと、数百万年前にジャンプポイントを建設したのちに忽然と消えた異星人たち、ということだけが一般には知られているわね。でもサンタマリア星に行くと、そこには三種族にちなんだ祭日があるのよ。昔、寄港したことがあって」

ドラゴ船長は自説にこだわった。

「おれはジャンプポイントは自然のものだと思いたいな。人類がまだ石器時代だったころに異星人がつくったハイウェイだなんて思ったら、恐ろしくて船を進められねえ」

「多くの人もそう考えているわ……」

クリスは短く同意して、あとは黙った。ドラゴはうながした。

「でも……?」

「……ネリーはそれからずっと石を調べている。そして星図らしいものをみつけたのよ。現在わたしたちが使っている星図は、破壊されるまえのサンタマリア星で曾祖父のレイが発見して書き写したものだけど、ネリーがみつけた星図にはそれよりさらに多くのジャンプポイントが記載されていた」

「そうです、クリス。あなたにも見せましたね、夢のなかで」

「見たわ、ネリー」

人間たちの視線は、ネリーの声がするクリスの鎖骨のあたりに集まった。

「本当にジャンプポイントなのか？」ドラゴ船長が訊いた。

「そう推測できます。星図には確認ずみの恒星がしめされ、そのあいだの接続線が描かれています。ポイントごとにすくなくとも一本の接続が」

「じゃあ、ジャンプポイントの見た目がちがうのはなぜなんだ？」

尋ねるドラゴの太い眉毛は、下にさがり、左右が近づいた。二匹の毛虫が敵か味方か探りあっているようだ。クリスは言った。

「真実は藪の中よ。もしかしたら、三種族はまず一つの技術を使ってジャンプポイントの大半のネットワークを築いたのかもしれない。いま人類が利用しているのはその部分。そしてサンタマリア星が使われなくなったあとに、新しい技術で建設したのがこのジャンプポイントなのかもしれない」

「〝かもしれない〟って、そんな話におれの船の安全を賭けろと？」

ジャックがニヤリとした。

「正鵠《せいこく》を射た返事だ。この若い楽天家の下で働きたいか？」

「やってみたいような、やりたくないような……」ドラゴは顎を掻いた。

スルワンはちがった。

「おもしろそうね、そのジャンプポイントをたしかめにいくのは。ブイはまだ船倉にあるわ。まずブイを通過させて、それから船を進めればいい」

「本気か？」

「どうして尻込みするの、船長。新航路を開拓するチャンスなんてめったにない。もしかしたら三種族が隠れて蓋をした道かも」

ジャックは首を振った。

「そしてここにいるクリスは、虎口に首をいれて牙をかぞえるのが趣味ときている」

ドラゴ船長は片方の眉を上げた。どうやら決断したようだ。

「食糧と物資を追加で補給しなくちゃならん。明朝九時でいいかな？」

「充分よ、船長」クリスは答えた。

次はペニーに、この任地に来た本当の理由を説明することだった。ニュー・シカゴ・ピザでサラダを食べながら話をした。

ペニーはミニトマトをかじりながら言った。

「ロンからしばらく姿を隠してくれと言われて、どうするつもりかと思ってました。また出発するという話はベニ兵曹長から。ええ、びっくりする金額の小切手を振りまわしてました。

「次の海賊狩りではわたしもお伴させてほしいですね」

「船を捕獲したのよ。それを適正な市場価格でわたしが……」

次の行き先をペニーにどう話すか迷った。そのペニーは、ぼんやりとつぶやいた。

「ウォードヘブンに攻めてきたあの艦隊司令官をもし降伏させて戦艦を拿捕したら、売却益を山分けできたかしら」

「ワスプ号はあの機関長がいなければ自爆していたわ。戦艦隊もおなじように命じられていたはずよ。降伏を呼びかけたのは時間の無駄だった」

「そのすきにPF－109は敵に狙われた」

ペニーは聞きとりにくい小声でつぶやいた。その砲撃によってトムは死んだ。そう、それが真実だ。クリスの無駄な試み。そのせいで親友を死なせた。死んでいたのはペニーだったかもしれない。トムが新妻を押しのけて身代わりにならなければ。

二人は視線をあわせた。今日のペニーは席を立たなかった。頬を流れる涙はない。

彼女は立ちなおりかけている。わたしも立ちなおらなくては。

そこへ三人の老兵たちがはいってきた。ペニーに手を振ったものの、むかいにすわっているのが司令官だと見ると、遠慮して他のテーブルについた。ペニーは手を振りかえす。

「たまにここに来るべきですよ、クリス。気のいい人たちです。パットン号で毎日彼らと仕事をして、ごはんもいっしょに食べるようになりました」

「雑談するのね」

「こちらの身の上話も聞いてくれます。いい聞き手です。彼らの多くは親友や恋人を戦争で亡くしています。八十年たっても忘れていない。つらい思い出として残っている。でも心の傷は癒えているんです。そうだとすれば、わたしにもまだ希望があるかもしれない」

クリスは店内を見まわした。席は埋まっていく。二人がいるのは奥のテーブルだ。みんな笑顔でペニーに手を挙げて挨拶するが、二人のプライベートな空間にははいってこない。

「先に撃ったそうですね。あとで尋問できなくなるのに」

ペニーはそう訊くと、サラダを頬張った。返事を待っている。

「噂が早いわね」

「午後に仕事の打ち合わせでメイデル裁判長と会って。正当な理由による困難な判断だと聞きました。でも本当に正当だったのか、とも。あなたは年齢のわりに戦歴が豊富すぎるようだと」

「じゃあ、撃たれるまで待ってろと？」

ペニーは肩をすくめ、食べつづけた。クリスは天井を見た。

「麻酔ダート弾を頬に命中させればよかったというのかしら。ダート弾が顎からはいって脳に達したかもしれない。目にあたれば結局死んでいた。頭なら、何発あてても頭皮が切れるだけで麻酔は効かず、よけいに刺激したかもしれない」

ペニーはうなずきながら聞いていた。クリスは続けた。

「敵は武装して危険だった。動くなという命令に従わずに武器を取ろうとした。拘束した者たちはレゾリュート号を乗っ取るつもりだったとあとで認めた。わたしの状況判断は正確だったわ」

「でも……？」ペニーはうながした。

答えたくなかった。しかしその〝でも……〟が耳に残った。とうとう認めた。

「撃ち殺して、胸がすっとしたわ。109を沈めた戦艦リベンジ号の司令官の頭を撃つ機会はなかった。わたしが撃ったのは、あの女だったのか……それともあのときの司令官だったのか――」かぞえきれないほど反芻した疑問をふたたび考えた。「――わからない」

「休暇をとるべきですね」

「訓練隊への配属は休暇相当よ」

「わたしにとっては。でもあなたの身辺では爆弾事件が二回も起きた。気が休まりましたか？　本当に？」

「トゥランティック星の警官に説教されている気分ね。彼はなんて言ったかしら。〝引き金は引くたびに軽くなっていく〟と」

「そして初心は失われる」

二人はその思いに沈んでサラダを二口三口食べた。しばらくしてクリスは言った。

「あなたをディナーに招待して話を聞こうと思ってたのよ」

「充分に聞いてもらってますよ。おかげで気が楽になった。あなたより早く立ちなおってる。こんなに元気」

ペニーはいたずらっぽく舌を出してみせた。クリスはキュウリのスライスを指で飛ばした。

「そうやって攻撃的に」ペニーはあきれたふりをして首を振った。「こんなときにどうすべきかわかりますか？」

「思いつくのは何百通りも。でもあなたの今夜の提案を聞きたいわね」

「飲んでへべれけになることです」

「わたしは酒はだめなの」

「そこの老兵たちに頼めば、明朝定時までに船に送ってくれますよ。上陸休暇の最終日に仲間をボートに放りこんだ逸話をずいぶん聞かされました。頼めば仕事も交代してくれる」

　ペニーはお目付役を選ぶように老人たちのテーブルを見まわしている。

「ペニー、わたしが飲みはじめたら目的地到着まで二日酔いが抜けないわ」

「そんなに酒に弱いんですか」

　クリスはうなずいた。

「でも大学時代に、いい友人とジンジャーエールの大きなボトルがあれば充分ハイになれると知ったわ」

「友人役はわたしが。店員！」ペニーは大声で呼んだ。「店で一番いいジンジャーエールを一本」

　ジンジャーエールは結局、数本を空にした。飲んだのは二人だけではなかった。ペニーの新しい友人である老兵たちがいれかわり立ちかわりやってきて昔話をした。勝った戦いや負けた戦い。生き残った戦友や生き残れなかった戦友。話に脈絡はなかった。教訓も学習もない。人生に翻弄される人々の姿があるだけだ。そんな人生に長年のうちに適応した人々だ。

レイやトラブルの話を聞くときとはちがう。そんなときのクリスは教わる立場だ。曾祖父たちがどうやって家業を興し、生き延びてきたかを教わる。ロングナイフ家の一員として生き、その経験に耐える方法を学ばされる。

しかしここで聞くのは、図書館の回想録の棚には並ばない人生の物語だ。それでも彼らは長く生きている。曾祖父たちとおなじかそれ以上に長い。クリスはそんな人々に耳を傾けた。

やがてクリスは老人たちの話に涙するようになった。もっと遅くなると老人たちはクリスの話に涙してくれた。閉店時間をすぎると店主のトニー・チャンも加わった。彼の話は戦争ではないが、人の非人道的行為について語った。豊かに見える新惑星がときとして牙をむき、命を奪うようすを語った。軍服を着ている者だけが勇敢ではないのだ。

とても遅い時間に、というより翌日の早い時間に、ペニーはクリスを部屋まで送った。

「気が晴れましたか？」ペニーは訊いた。

「いつもああなの？」

「たまにです。今夜は特別。たぶんロングナイフの名が彼らを引き寄せたんでしょう。彼らは期待に応えた。すばらしい人たちです」

「仲間にかこまれている気分だったわ」

「そうです」ペニーは同意した。

6

レゾリュート号は、未知のなにかが隠れた重力異常点から一キロメートルのところに浮かんでいた。

「ブイを送れる？」

クリスは言った。問いではなく指示だ。スルワンが答えた。

「カメラがついているので、もどってきたらようすを見られるはずです」

「もどってくれれば、だけどね」操舵手がつぶやいた。

ドラゴ船長が言った。

「楽観的にいこう。依頼人のように」

クリスのほうを見る船長の黒い眉毛には、正反対の気分があらわれている。

「ブイ放出」スルワンはすぐに続けた。「消失。一分後にもどるはずです」

とても長い一分になった。クリスの脳内でネリーが一秒ずつカウントする。いつもならうるさいと黙らせるところだが、今回はクリス自身もそわそわしていた。

カウントは六十に達したが、なにもあらわれない。ブリッジは沈黙したままだ。静まりかえっている。吐息さえ聞こえない。当然だ。クリスも息を詰めていた。ネリーのカウントを聞く。

六十三で、気まぐれなブイが姿をあらわし、メインスクリーンに映像が出た。

「見たことのない星空だわ」スルワンが小声で言った。

「星図のデータにどこか一致するか？」ドラゴ船長が訊く。

「収録されているデータにはありません」

「殿下、次のご指示を」船長はスクリーンを見つめたまま訊いた。

「ジャンプポイントに船を進めてくれるかしら。なるべくイティーチ族の支配宙域には出ないように」

クリスは他人の船に乗っていることをわきまえて、依頼する口調で言った。喉の奥の命令口調は抑えた。船長が指示した。

「まずブイを送り、そのあとに続け、航法士。微速前進」

ブイが消えた。スルワンはレゾリュート号をそっとまえに進めた。ジャンプポイントに到達するまでが永遠のように感じられた。

ジャックが言った。

「このジャンプポイントの外見が普通とちがうのは、貨物専用だからかもしれない。生物が通ることは想定していないかも」

「うるさい」

クリスと他のブリッジ要員たちは声をあわせて言った。スルワンだけが無言だ。自分のコンソールを凝視している。

ジャンプした。不快感が消えると、見慣れない星空が広がった。ブイのカメラ画像とおなじだ。

「ここはどこだ」ドラゴ船長が小声で訊いた。

「待って」スルワンはコンソールを見ながら指を走らせる。そして笑みで顔を上げた。「人類宇宙から十五光年外。未踏領域よ」

メインスクリーンに見慣れた星図が映し出された。アクセス不能な星々をあらわす暗い領域のなかで、新しい光点が赤く点滅している。

操舵手が報告した。

「といっても、この星系にたいしたものはないな。恒星のそばに岩石惑星がいくつか。そのうち一個が大きい。遠い軌道には巨大ガス惑星。居住可能《ハビタブル》ゾーンにはなにもない」

クリスは操舵手の肩ごしにのぞきこんだ。詳細な調査には一日かかる。それでもたいした成果は望めないだろう。

「ここで行き止まり？」クリスはスルワンに訊いた。

「いいえ。ここから一時間弱のところにもう一個ジャンプポイントが」

「そこへむかえ」意欲的になったドラゴ船長はクリスに尋ねずに命じた。

「ブイをここに設置」クリスは指示した。

ジャックがうしろから耳もとでささやく。

「プリンセスにも一抹の自己保存本能があるようですね」

「帰り道の目印はつけるわよ」

そのレゾリュート号のブリッジにアビーとベニ兵曹長がはいってきた。

ジャックは、休暇をとって探険に同行しているのではないと強く主張していた。

「プリンセスから五光年以内にいるときはつねに勤務中です。銃弾が飛んでくるかもしれないし、臨時収入が飛んでくるかもしれない」

ベニは難しいことを言わない。

「どこでもついていきますよ。かならずおいしい話がころがってるから」

アビーにはなにを言っても無駄だ。最初はおいていくつもりだった。しかしアビーは毛皮のビキニを振ってみせてこう言ったのだ。

「野生のプリンセスとして異星種族の晩餐会に出席するときに、この衣装が必要ですよ」

「秘密の探険のはずでは？」ジャックが訊いた。

クリスは肩をすくめた。そして……アビーがレゾリュート号に持ちこんだ自走式トランクの数を思い出した。合計十二個。つまり全部だ。

ジャックは眉を上げた。〝本当に行くんですか？　アビーの不思議な占い盤でも危険な旅と出ているのに〟と言いたげな顔だ。

とりあえずこのブリッジにはアビーのトランクは運ばれていない。

ベニは昼食の残りもののリンゴをかじりながら訊いた。

「なにかおもしろそうなものがありましたか？」

「たいしたものはなにも。次のジャンプポイントをみつけただけ」

「ブイに取り付け可能なカメラはあと二個ですからね」

ベニは注意をうながした。ドラゴ船長も指摘した。

「ブイの残りもあと三基だ。指示があれば遠隔操作の無人機をいくつか買ったのに。出港が遅れても装備を万全にできた」

クリスは首を振った。

「そうしたらレゾリュート号が遠隔操作機を何機も注文したのはなぜかと注目される。勘ぐられたくなかったのよ。心配しないで。うまくやるから」

船長がクリスにむける視線は納得したようすではなかった。

次のジャンプポイントへ第二のブイが偵察にはいった。持ち帰った情報はふたたび見慣れない星空の画像と……無線帯域の電波だった。

「意見を、兵曹長」クリスは訊いた。

「ノイズみたいですけどねえ。でも、ただのノイズにしては出所が不可解。そしてただのノイズにしては無視できない秩序性がある」

「通りますか？」スルワンが訊く。

ドラゴ船長は眉を上げてクリスを見た。クリスはさらに兵曹長に訊いた。

「ブイのレポート中に危険をうかがわせる兆候がある?」

「ある……とは言えませんね」あってほしいといわんばかりだ。

「いいわ、船長」

クリスの許可を受けて、レゾリュート号はブイに続いてジャンプポイントを通った。

今回出た場所は星系のハビタブルゾーン内だった。惑星からやや離れた衛星をめぐっている。内側の軌道にはさらに数個の衛星がある。惑星は美しい青と緑だ。

「あれがノイズの発信源です。ちょうど赤道のあたり」ベニが報告した。

「降下するかい?」ドラゴ船長が尋ねた。

「待って。ネリー、遠隔操作できる深宇宙探査機の標準設計データがあなたの胃袋にある?」

「お求めのデータはメモリーバンクにございます、殿下」

ネリーは丁重に答えた。慇懃無礼なほどだ。気分を害したのだろうか。まさかという気がした。しかしその考えがネリーに伝わったようだ。

(ご友人がたのまえでからかわれるのは心外です。節度を求めます)

(わかったわ。憶えておく)そしてメイドに声をかけた。「アビー、わたしのトランクにスマートメタルの十キロブロックが三個あるはずね」

「ございます、お嬢さま」

「自己組織化コンピュータのジェルも」

「もちろんです」

「トゥランティック星の経験から旅行の必携アイテムにしているのよ」得意げな笑みをジャックとドラゴ船長にむける。「アビー、ブロック一個とジェル一瓶を持ってきて。わたしは工作室にいるわ。偵察隊を製作しましょう。行く手になにがいるかわからないわ」

一時間後、クリスとネリーは遠隔操作の探査機を一ダース完成させた。燃料となる反物質と反応材はレゾリュート号の機関からもらって充塡した。

ドラゴ船長は今回はためらわずに低軌道に船を移動させた。先に偵察隊が下りて安全確認しているからだ。

順調に低軌道に乗ると、この設標船に取り付けたカメラとセンサー類をすべて起動した。惑星を二周するころには、クリスは満面の笑みになっていた。青と緑の惑星表面は六十五パーセントが海だ。両極には白く輝く氷冠。二つの大陸の温帯は草原や森林におおわれている。熱帯は砂漠かジャングルで、美しい緑のサバンナが隣接する。巨大な熱帯低気圧が渦巻きながら赤道から北へ移動している。

「まるで荒廃前の地球ですね」アビーがつぶやいた。

「これはなんだと思う？」

クリスはベニに言って、いくつかの大きな山を強調表示にした。一部は森のなかの空き地にある。あとは広い草原に散在している。

「ぼくとしてはここに興味がありますね」

ベニがしめしたところでは、熱帯雨林の樹冠を割って、いくつかの低い山と一本の高い塔が姿をあらわしている。

「無線ノイズの発信源です」

「ネリー、大気圏にはいれる小型の降下偵察機を何機かつくって。近くから見たい」

「一周してくるまでに準備できます」

「あそこをサイト1と呼びましょう」

「あれは？」ジャックがサバンナの映像の一つを指さした。八本脚の生物が群れをなして走っている。「きっとなにかに追われているんだ！」

「たんに競争だ！　って叫んで走っているのかも」とアビー。

「動物は遊びに体力を無駄に消費しない」ジャックは反論した。

「足の速い雌と足の速い雄がつがいになれるとしたらべつよ」クリスは言った。「探査機を下ろして詳しく見てみましょう」

三時間後、さらに軌道を二周したが、明確な答えは依然として得られなかった。

「大型動物と小型動物がいるわね」アビーは観察した。

「植物を食う動物と、その肉を食う動物がいますね」とベニ。

「遺跡もあるらしい」

ジャックがしめしたものは、たしかに遺跡らしく見えるが……平原や森に突き出た岩の露頭にすぎないかもしれない。

「動物たちは、ジャンプポイントを建設した三種族のどれとも似ていないわね」クリスは言った。

「そもそもジャンプポイントが建築物だって証拠はない」ドラゴ船長が口をはさむ。

「レイがサンタマリア星で発見した絵が、本当に三種族を描いたものだという証拠もないわ」スルワンも言った。

「つまり証拠のない憶測ばかりで信頼できるデータは一つもないわけです」ネリーがまとめた。

「というわけで、地表に下りてそばから観察しましょう」

クリスが言うと、「まだ早い」「準備不足です」「無茶だ」と反対の嵐が起きた。クリスは片手を上げて制する。

「はいはい、わかった。わたしが下へ行きたいから行く。それだけよ。事前の準備については、過保護なあなたたちの意見を聞くわ」

ありとあらゆる安全上の警告が降りそそいだ。すこし黙ってくれればそれぞれの主張を整理してやれただろう。しかしジャックもドラゴ船長も、アビーさえも、ああしろこうしろと言うことで満足するらしい。だから言わせておいた。

クリスは水飛沫《しぶき》とともにシャトルを着水させた。速度が充分に落ちてから船首をゆっくり川岸へむける。砂地の岸が見あたらないので、野生動物の水飲み場らしいところをめざした。

獣道が川岸へ下りている。葦に似た水辺の茂みでシャトルは勢いを失い、泥の岸にそっと船首をのせて停止した。

「悪くない着水だ。では上手な離水も見せてもらいましょう」ジャックが言った。

クリスは腕を上げた。すでに全身アーマー付き宇宙服を着用している。

「現地の水は飲まない。空気も吸わない。他にどんな要求があるの、心配性の警護官？」

「暖炉のそばの安楽椅子に腰かけていてほしいんですよ。故郷の星で」

レゾリュート号の装備品庫には戦闘用アーマー付き宇宙服が人数分そろっていた。ジャックとしてはよろこぶべきことだ。正直者の民間船にこんなものが積まれている理由はあえて問わない。

しかしクリスは問うた。ドラゴ船長は答えた。

「軍の放出品を買ったんだよ。アーマー付き宇宙服のほうが普通の宇宙服より安いんだ。節約したらこうなった」

船長はメイドのアビーとおなじバーゲンセールで買い物をしているのかもしれない。

ジャックはクリスのグローブとヘルメットの装着を手伝い、クリスはジャックを手伝った。ベニ兵曹長はレゾリュート号の通信長と組んだ。前回の任務でセンサー群の感度向上に協力した二人だ。

ドラゴ船長は荷物運び要員として屈強な四人の同行を提案した。アビーはその一人に自分も加えてほしいと志願した。クリスはすこし考えて、船長の部下四名に自分の部下一名という構成はバランスがいいと判断した。

「アビーが本当はだれの部下か、だれにもわかりませんけどね」

ジャックは陰気な声でささやいたが、しいて反対はしなかった。クリスはアビーをシャトルに乗せた。

全員が宇宙服を着て確認を終えると、シャトルのハッチを開いた。流れこんできた空気は呼吸可能だったが、さまざまな花粉や微生物もたっぷり混ざっていた。

「吸うのがボンベの空気で正解だったでしょう」ジャックは言った。

クリスは肩をすくめたが、全身アーマーのせいで見てもわからない。膝まである水にはいり、泥と植物をかきわけて岸に上がった。全員が上陸すると、船のハッチを閉めて、まわりを見た。

なにもかも緑だ。枝も葉も緑。幹らしいところまでたいてい緑。一部は茶色、たまに紫。宇宙服の外部マイクが奇妙な音を拾う。いまのところ視界で動いているのは小型の羽虫だけだ。乗組員二人がシャトルを丈夫そうな木に係留する。クリスはそのあいだにサイト1の方向へ伸びる獣道に小型探査機を飛ばしてみた。懸念材料は見あたらないという報告を受けて、クリスは先頭で歩き出した。

「いてっ、だれだよ」チャンネルにだれかの声がした。

「どうしたの？」クリスは訊いた。

「石が飛んできたんですよ。だれが投げたんだ？」

返事はない。

「進みましょう。でもゆっくり、用心して」

船員二人が低出力レーザーで獣道を広げる。その後ろでアビーともう一人の女性乗組員がM‐6ライフルをかまえる。クリスは宇宙服に銃を二挺装備しているが、周囲の観察に集中していた。

「ネリー、音と映像で状況を監視して。知性または敵意を持つなにかがいたら、すぐに教えなさい」

「両方を持っているかも。最初から警戒しています。いまのところ藪が風に揺れるだけ。小動物はいますが、石を投げられるとは思えません。いまはそれだけです」

六本脚の動物があらわれた。クリスの膝くらいの体高だ。獣道の角を曲がってこちらへ歩いてくる。五、六歩で立ち止まり、反った牙が四本突き出た鼻面を上げる。小さな二つの目がこちらを見ている。

「ネリー、なにか音を出して。スピーカーが出せるかぎりの騒音を」

大きな騒音が響いた。周囲から翅のある小動物がいっせいに飛び立った。しかし前方の動物は動かない。クリスがゆっくりと銃に手を伸ばしたとき、アビーが言った。

「わたしがやってみます」

大きな石がクリスの背後から飛んできて、動物のまえで地面に落ちた。バウンドしてあたりそうだったが、生き物は奇妙な鳴き声をあげて獣道のわきの緑の藪に逃げこんだ。

アビーは低い声で言った。

「M‐6を見てもなんだかわからないでしょう。でも石を投げられれば敵だとわかる」

クリスはしゃがんで石をいくつか拾った。やがて電子装置で両手がふさがっている者以外は石を二個ずつ握った。手近な材料でスリングショットをつくれないかと二人の乗組員が相談しはじめた。しかし宇宙服を解体して材料を得る方法しかなく、案だけで終わった。

獣道が左右に分岐した。クリスの目的地は直進方向だ。レーザーカッターで道を開きながら進む。木立を抜けたところで、また石が飛んできた。

「ネリー？」

「飛んでくる軌跡の後半が見えました。投げただれか、あるいはなにかは、木立のなかにいます」

一行はしばらく無言で木立を振り返った。シャトルに帰るときにまた通るのだ。いまは動くものは見えない。いちおう平穏だ。

一行は人の背丈ほどの草のあいだを足早に進んだ。前方の灰色の塔が目標だ。もとはなんだったのかわからないが、高く、細く、かなり風化している。それでもしっかりと立っている。

草むらを抜け、割れた石の上を歩きはじめた。いや、砕けたコンクリートか。ひび割れに植物が侵入している。

「百万年もたつとこうなるんだな」だれかが言った。

「三種族が築いた道は、星のあいだの道だけではないようね」クリスは言った。

その足下にまた石が飛んできた。

「いたわ！」アビーが声をあげた。

「どんなやつ？」

「大きなゼリービーンズが何個もつながってムカデ足をはやしたような姿でした。ものを投げるのは先頭の二本の足。そこの瓦礫の山にもぐりこんで消えました」

アビーはライフルで一行の左手をしめして説明した。

「やむをえない場合以外は撃たないように」クリスは注意した。

「猛獣ハンターがマントルピースの上に首を飾りたがるような動物ではありませんでした。すくなくともわたしの雇い主だったハンターは」

「ぼくらの首がむこうのマントルピースに飾られるのはいやだな」ベニが言った。

「全員で三百六十度警戒だ。最後尾の二人、後方を見張れ」ジャックは指示を出した。

クリスが振り返ると、隊列のしんがりはライフルやピストルをかまえて後ろ歩きをしている。民間船の船員にしてはずいぶん野戦経験が豊富だ。

（たしかに。つまりそういうことだろうと、人間なみの推測ができます）ネリーがクリスの頭のなかで言った。

（黙りなさい。もらい物のあら探しはしないと、船長も言っていたでしょう）

（はい。でもギリシア人の贈り物だとしたら油断禁物です）

（うまいことを。でもいまは目前の問題に集中しなさい。冒す危険は一つずつよ）

「いました」

ネリーが声に出して言った。クリスの目も一瞬だけその姿をとらえた。さっきから石を投げてくる生き物だ。それから飛んでくる石を脇へよけた。三種族のうちの一つに似ているような、似ていないような姿だ。

レイがサンタマリア星で〝ダウンロード〟した三種族時代の記録には、外見が異なる三つの種族が描かれていた。そのなかでもっとも奇妙なのが、虫のような体節のある種族だった。最初は管を短く切ったような姿で、それがしだいに長くなる。成長して伸びるのではなく、他の個体と連結していくのだ。成体は体節が五連ほど。多いときは七連にもなる。八連体の絵もあった。予想どおり、イモムシ族と呼ばれるようになった。

しかしさまざまな解釈も可能だ。「この絵はドナルドダックのコミックみたいなものではないか。昔のアニメのロードランナーとワイリー・コヨーテを宇宙人が見て、これが人類かと推測するようなものかもしれない」という意見もある。クリスは子どものころにそれを聞いて、なるほどと思ったものだ。

しかしこうして予想外の生き物と出会うと、いかに自分たちが無知か……あるいは先入観にとらわれているか、思い知らされる。

「よく見張って。体節が三つ以上あるのをみつけたら教えて」

「これが三種族の一種だと？」ジャックが訊いた。

「それが百万年進化した姿かも」

クリスは答えた。するとアビーが指摘した。

「進化？　退化のおまちがいでは。わたしは百万年後の子孫にこんな暮らしをしてほしくありませんね」

もっともな意見だ。彼らの見ているまえでその生物が脱糞し、その糞を拾ってこちらへ投げた。最初の一個ははずれたが、二個目が命中した。

ベニ兵曹長は大きな緑の葉をちぎって、宇宙服の脚にべっとりと付着した異星生物の糞をぬぐいとりながら、重みのある見解を述べた。

「ねえ、プリンセス。ぼくらは嫌われてるみたいですよ」

「そのようね」アビーも同意した。

短い草のはえた地面を横断した。その先には石が積まれている。近づいて観察すると、ただの瓦礫や山ではない。壁のような構造がある。多くは崩れているが、残っているところもある。内側には空間があり、根を張った低木や藪が暗がりをつくっている。

「人工物のようだ」乗組員の一人が言った。

「すくなくとも知性のある生き物ね」クリスは同意した。

足もとは舗装が続いている。さまざまな模様があり、一部には色が残っている。あちこちに植物が侵入しているが、かつての技術者が残したものは風雪によく耐えている。百万年後のウォードヘブンに人間が住んでいた痕跡ははたして残っているだろうかとクリスは考えた。

十万年後にはもう跡形もないのではないか。

「兵曹長、信号の発信源はこの方向で正しいの？」

「はい、大尉。あの塔から出てます。頂上か根もとかはわかりませんけど」

「たしかめましょう」

前進は楽ではなかった。石や糞が定期的に飛んでくるのだ。進めないほどではないが、土木建築の風化も場所によってひどかった。草地を千メートル突っ切るか、さもなくば迂回するしかないところもあった。草より高い木がはえたり、とげだらけの藪におおわれたところもあった。

「アーマー付き宇宙服を着てきてよかったでしょう」とジャック。

「反対したことはないはずよ」

「主張を柔軟に変更するのがお嬢さまのいいところです」アビーが言った。

ジャックが肩をすくめたのかどうか、戦闘用宇宙服のせいでわからなかった。アビーの弁護に反論しないので、きっとそうしたのだろう。

木立には例の生き物がたくさんひそんでいた。家族あるいは氏族かもしれない。三連体や二連体がいる。単体のはそれらに見守られてせかせか走っている感じだ。石や小枝や糞を投げてくるのはおもに三連体。二連体は〝手〟を使って投げるものの、おかしいほど不器用だ。十代の子どもが大人の真似をしているようなものか。

「できればサンプルを一匹持ち帰りたいな」ドラゴ船長からドクターと呼ばれている乗組員

の一人が言った。

「そこの乗組員、やむをえない場合以外は殺さないで。なるべく手を血で汚さずにここを去りたいわ」

「こいつらに血があるのかな」ベニが言った。

「たしかめなくていい」

「手榴弾を投げてきたら？」アビーが訊いた。

「そのときはライフルを存分に使いなさい」

「賛成だ」しんがりのだれかがつぶやいた。

千メートルまで近づいて、塔の基部が初めてはっきりと見えた。

「大きいな」ベニがつぶやいた。

衛星や降下偵察機がとらえた画像はこういう実感をともなわない。クリスがひそかに〝ノイズ中心〟と呼んでいる塔は、すでに全体が視野にはいらないほど大きい。ここから見てわかるのはその多面の構造だ。百メートルごとに角がある。全体でいくつの面があるのかわからない。

クリスの隣には市街と呼んでよさそうなものが広がっている。それほど壊れていない。他より頑丈なのか、まわりの市街のおかげで風化をまぬがれたのか。屋根はたいてい残っているが、一部には穴もある。木が突き破ってはえていることでわかる。壁にも破れたところから草や低木が侵入している。

クリスは一行に小休止を指示した。宇宙服の冷却システムを休ませるためだ。表示はまだ黄色になっただけだが、今日は余裕をもって行動するつもりだった。やがてアビーと乗組員の一人が、表示が緑にもどったといって、レーザーカッターで藪を切りながら建物の一軒にはいっていった。ドクターが見張りと称して壁の穴に近づき、建物内を探索する二人を見守った。二人は手ぶらで帰ってきた。

「内も外もようすはおなじですね」

アビーのヘルメットはやれやれというようすで左右に動いた。

全員のシステム表示がきれいな色にもどると、クリスは前進再開を指示した。

市街は穏やかな風が吹き抜けていたが、塔の基部にたどり着くと風はやんだ。ジャングルの音も消えた。石ももう飛んでこない。銀色の塔の基部をクリスは観察した。ひび割れはない。表面はなめらかで草は生えていない。光沢のある青黒い石の表面にはわずかなへこみすらない。

「ビデオのお約束では、ここで怖いもの知らずの探険者たちは二手に分かれるわね」アビーがつぶやいた。

「そして一方が消える。不気味で凶悪ななにものかの餌食になる。それはごめんだな」ジャックが皮肉っぽく続けた。

ネリーが教えた。

「空撮映像によると、建物のまわりには入り口かもしれない同形のくぼみが三ヵ所あります。

等間隔で、もっとも近いものは左へ五百メートル進んだところです」

「ありがとう、ネリー」クリスは答えた。「シナリオライターが好む不気味で凶悪な分岐にははいらずに、賢明な道を選びましょう」

左にむいて元気よく一歩を踏み出す。二歩目が粘液の穴にはまった。

「なによ、これは。みんな足もとに気をつけて。ここの舗装は下請け業者が手抜き工事をしてるわよ」

何人かが笑った。しかしジャックはクリスが足をひきずっているのを見逃さなかった。

「痛みが？」

「痛いより恥ずかしいだけ。歩いているうちに治るわ」

治らなくても痛いなどと認めるつもりはない。アーマー付き宇宙服のおかげでわかりにくいはずだ。しかしジャックの肩の角度からするとクリスの主張を信用していないようだ。クリスは黙って歩きつづけた。

壁にそっていくうちに、ベニが言った。

「これを建設した彼だか彼女だか……なにかは、たいしたもんだな。大昔のものなのに表面がまだ光ってる」

しかしクリスの印象はちがった。アーマー付き宇宙服のせいか、いつもと変わらないボンベの空気のせいかわからない。しかし、ウォードヘブンの古い家や、地球へ旅行したときに訪れた三、四千年前のとても古い遺跡から感じる震えのようなものが、ここからは感じられないのだ。

見た目の問題かもしれない。地球のストーンヘンジには驚いた。本当に古いと感じた。しかしこれは……見え方が現代的すぎる。

あるいは異質すぎるのか。

一行はめざす場所に到着した。入り口かもしれないし、ちがうかもしれない。壁が長く、角から角まで約二百メートルある。そこに奥行き二百メートルのくぼみがある。

「まるで殺し穴ね」アビーがつぶやいてから、説明を加えた。「昔の城砦は、門の手前がこういう狭い通路になっていたのよ。その両側から侵入者を狙撃できるようになっていた。銃を突き出す狭間のようなものが壁にない？」

両側の壁を見たが、銃や矢やなんらかの火器を出せる穴はないようだ。地面から目の届くかぎり上まで、つぎめのない青黒い壁になっている。

そもそも奥には入り口らしいものがない。ドアや門や侵入口のようなものはない。

「きっと殺し穴ではないのよ。すわって花の香りを楽しむ場所かも」クリスは言った。

「どこに花が？　どこに椅子が？」ベニが反論した。

「百万年たって消え去ったんでしょう。ネリー、例の偵察用ナノバグを改造して、この壁を精密に調べさせて。肉眼ではわからないほど細いすきまがあるかもしれない」

「改造をおこなっています」ネリーが言った。「完了しました」

「まずここから」

クリスは壁の中央を指さした。人間の建築家ならドアをもうけそうな位置だ。

十分後にネリーは報告した。

「だめです。壁は量子レベルまで一体です。きわめて堅牢です」

「ここの生物はこういうところに入り口をつくらないのかもしれない」ジャックが言った。

「うん、入り口は東むきとか西むきとか、古代文明にはそういうルールがありませんでしたっけ」ベニが言った。

「あるわ。でもその場合は建物全体をそのむきにつくるものよ」とアビー。

クリスはゆっくりと言った。

「この建物は大きな半球形よね。この種族は六つや七つの体節があって、くねくねと体を曲げられるわけだから……」しかしこの考え方で答えにたどり着ける気はしない。

「こちらの考え方こそプレッツェルのように折れ曲がっているのかも」アビーが評した。

ネリーが報告した。

「このU字の反対面にナノバグを送っています」

ベニが独自の意見を言った。

「舗装を調べたら？　もしかしたらこいつらは地下から建物にはいる習性かも」

「屋内を調べた建物に地下室はなかったわ」アビーが矛盾を指摘。

クリスは議論を黙って聞き、必要なときには口をはさむつもりだった。

建物自体にも威圧されていた。そびえながら壁面が反っているので、頂上は見えない。これをつくった建築家は見る人にどんな印象をあたえることを狙ったのだろう。円柱はない。垂直の壁もない。とても異質だ。

「クリス、壁に線状のすきまを発見しました」ネリーが報告した。

クリスを先頭に問う声が殺到した。

「どこ？」

「ナノバグに境界線をマークキングさせます。亀裂とさえいえません。ナノバグが侵入できないほどです」

「そんなに狭いの？」

ドアらしいところの輪郭を描くには試行錯誤があった。最初の二回は染料を吹きつけようとしたのだが、熱した壁面に生じる上昇気流で染料の粒子が運ばれてしまって失敗した。三回目にようやく黄色の線をつけることができた。図形はゆっくりと浮かび上がった。建物が舗装と接する床面で約五メートルの間隔をおいた二点からはじまり、横へ広がって弧を描いた。

「丸い体のムカデだから」クリスは言った。

左右の線は円を描いててっぺんであわさった。飾り気はない。簡素だ。円を舗装面に接するところが水平に切れている。

「これがドアなのか」とジャック。

「開けられればの話よ。ネリー、キーパッドや鍵穴がないかナノバグに探させて。とにかく開けるための仕掛けを」

「周囲の壁と、さらに広い範囲の壁を綿密に調べさせました。でもみつかったのはこれだけです。あとは完全にのっぺらぼうの壁です」

「ありがとう、ネリー」

クリスは言ったが、ネリーがむっとして毛を逆立てるような感触があった。人間のようにほめてやらなくてはいけないのか。

「ベニ、〝ひらけ、ゴマ〟にあたるような信号はない？」

「最初から受信しているノイズだけですよ。秩序がある気配は充分にするんですが」

「爆発物を試すとか」とアビー。

「百万年の時の流れに耐えているんだぞ。こちらの道具では傷もつけられないだろう」ジャックが反論した。

「だめもとで」メイドは引かない。

「とりあえずレーザーからやってみましょう」

クリスは指示した。乗組員たちのレーザーカッターは藪こぎのためにごく低出力に落とされている。そのダイヤルを上げて壁の一点にあてた。

めだった変化はない。丸一分たって、ネリーが言った。

「クリス、わかりますか？」

「普通なら白熱するはずね」

「そうです。しかしナノバグのセンサーによると、温度は周囲の壁と変わりません」

「熱はどこへ逃げてるんだ？」乗組員はレーザーを下ろした。

クリスはレーザーを照射されていた場所にそっと手をかざした。放射熱は感じない。触ってみた。しかし手袋ごしに熱さは伝わってこない。

「次に艦を持つときはこの材料を装甲に使いたいわ」

同意のつぶやきがチャンネルにあふれた。そのとき、ネリーが言った。

「クリス、ノイズについてすこしわかったことがあります」

みんなきょとんとして聞いている。

「どんなこと？」

「わたしが分析している石のチップのなかに、意味不明の信号のシーケンスがいくつかあります。シーケンスは他との関連付けがない状態でチップに格納されています」

「それが？」

「塔から出ているシーケンスの一つが、このサンタマリア星由来のあるシーケンスの前半と一致するのです」

「解錠コードかしら」

「真実は藪の中です」

ネリーは答えた。チャンネルごしに聞いている人間たちにかすかな笑いのさざ波が広がった気がした。あくまで気がしただけだ。実際にはみんなマイクのスイッチを切ったように沈黙している。

「とにかく推測を試してみましょう。ネリー、そのシーケンスを発信してみて」

沈黙。これがドアだとしても、微動だにしない。

「すでに発信しました」ネリーは言った。

「応答にはべつのシーケンスを使えってことかな」とベニ。

隣の通信長がため息をついた。

「ひとつひとつ試してたらきりがない」

しかしすでにネリーの信号を傍受して、手もとの黒い装置で分析しはじめている。

「送り方がまちがっていたのかもしれませんね」アビーも意見を言った。

「ひとつの考え方だけど」とクリス。

「ネリー、いまのはシーケンスの全体を送信したのね」アビーはコンピュータに訊いた。

「そうです」

「塔が発信しているのはシーケンス全体？　それとも一部？」

「前半だけです」

「じゃあ、後半だけ送ってみたら」クリスは指示した。

ドア全体がいきなり迫り上がり、通路が開いた。

「よくやったわ、ネリー」ドアが完全に開いてからクリスは言った。

奥にはなにもない広い空間があった。この開いたドアからさしこむ光しかない。リブ状の補強のある外壁が上へどこまでも伸びている。床には緑色のまだらの石材で描かれた連続模様がある。なんの模様かわからない。

（ネリー、この模様は？）

（あとで調べるために記録中です。時間があるときに分析します）

（わかった）声に出して訊いた。「ナノバグはこの屋内にいれてる？」

「はい、クリス。危険は報告されていません。ただし重量が増えています。そのため飛びつづけるのに燃料消費が増えています」

「なぜ重くなるんだ？」ジャックが訊いた。

「わかりません。引き返させて詳しく調べるしかありません」

「二機ほど呼びもどして調べなさい」クリスは指示した。

しばらくしてナノバグ偵察機がいくつか外へ出てきた。ネリーは、コンピュータのくせにとまどった調子で報告した。

「ええと、クリス。これらはもう重量超過ではありません。なにもくっついていません」

「興味深いな」

ジャックが言った。鏡面フェースプレートの奥で眉を上げているはずだ。クリスは言った。

「なるほど。百万年前に潔癖症の設計者がここを清潔に維持する仕掛けをつくったわけね。その仕掛けがまだ働いている。ほめてあげられなくて残念だわ」

「たしかにそうかも。宇宙服にどんな影響がありますかね」ジャックは言った。

「はいってみればわかるわ」

「最初に小さな斥候隊をいれたのは正解でしたね」うしろからアビーが言った。身長とおなじくらいの長い棒をくるくると振って、外の通りからもどってくるところだ。「でもこのか弱い足を踏みこむときは原始的な手段で進路を探りたいと思います」

「ぼくも棒がほしいな」ベニも探しにいった。

「わたしにも一本お願い」クリスはその背中に声をかけた。

「こちらも。計三本だぞ」ジャックが加わる。

「全員分を探してきますよ」レーザー担当の乗組員がそう言って、兵曹長を追った。

ジャックが訊いた。

「内部にはいるのは何人？」

「あなた、わたし、アビー、ベニかしら。ドクター、あなたは外に残る？」

「ぜひ内部を見たいな。空気のサンプルを採取したい。通信長は残したほうがいいだろう。レゾリュート号と無線接続するアンテナを持っている。もう一人銃手をつけよう」

二人いる銃手のうち一人はアビーなので、もう一人はおのずと決まった。少々もめたが、通信長には若くてぴちぴちの地元娘を、銃手には筋骨たくましい男をお土産に連れてきてやるという約束で話はついた。

ベニが長い杖をひと抱え運んでもどってきた。クリスはさらに注文した。

「だれか大きめの石を探して。ドアストッパーにするから」

レーザー担当の男がとって返し、大きな石をみつけてきた。板状の切り出し材が半分に割れたものらしい。通信長が駆け寄って二人がかりで運び、入り口の右側に立てかけた。ジャックは高さ五十センチほどのブロックを見て言った。

「これでドアが閉まるのを防げますかね」

「わたしたちが脱出するまでもてばいいのよ」クリスは答えた。

「これが二十四世紀の女の知恵と男の仕事。石をドアストッパーにするなんて野蛮な」アビーが言った。

「次回の探険では万全の準備をしましょう。さあ、ここまで来て尻込みしないわよ。勇気をふるってはいりましょう。いざ、未知の建物へ」

アビーは杖でドアの内側の石の床を叩いてたしかめて、足を踏みいれた。

「これはか弱き女にとって小さな一歩、後続にとっては大きな疑問の一歩なり」

7

ジャックが続いた。杖でこつこつと叩きながら進む。次のクリスは杖を前方に滑らせるだけだ。ベニとドクターがしんがりについた。

ドアのところに残った通信長が報告した。

「レゾリュート号と接続しました」

「ずいぶん奥まではいったようだな」ドラゴ船長が言った。

「そうよ」

クリスは答えた。前方の広い空間へ早く進みたいが、訓練にしたがって後方にも目を配った。通信長は出入り口に立ってドアに長い棒をあてている。急に閉まりはじめたら警告するためだ。銃手は外、つまり市街のほうにむいて警戒している。背中を守るように訓練された海兵隊員のやり方だ。

(ネリー、あとでこの連中の履歴書を精査するから憶えておいて。元軍人でないとしたら現軍人よ)

(同感です、クリス)

後方の備えに満足して、前方にむきなおった。そしてさっきから、「うわ」「すごい」「信じられない」という声が飛びかっている理由のものを眺めた。

「たしかに広いわね」

おそまきながら感嘆の言葉を述べて、レーザー測距計を使ってみた。床の中央から天井を抜けてそびえている銀色の塔まで約二千メートル。そのむこう側の壁まで約四千メートルある。

そして完全な暗闇ではない。

「わたしたちの照明が反射されているようです」アビーが言って、近くのリブに近づいた。その脇に明るいものがある。アビーの宇宙服の照明が近づくとさらに明るくなった。「光の梁というかなんというか、これがわたしたちの照明を反射しています」

「だんだん光が強くなっている」ジャックが指摘した。「最後は虫眼鏡の下の蛾のように焼かれてしまわないかな」

「あら、愉快な予測ね」アビーが言った。

ドクターと乗組員の相棒がこの巨大なドームの中心へまっすぐ進んでいたが、それを聞いてあわててもどってきた。

「たしかに光は強くなっています」ネリーが言った。「とはいえ宇宙服を着ていても危険なほど強くなるには、このペースでは数時間かかるはずです」

ドクターと相棒はまたドームのほうにむいた。

「ありがとう、ネリー。他になにかわかったことは？」

「床をよく調べてください。床の一部から無線信号が出ていて、それが例のサンタマリア星由来の正体不明のシーケンスと一致するのです」

「マスターキーかもしれませんね」アビーが言った。

「やってみればわかるわ。ネリー、その発信源を教えて」

ネリーは床の一角に案内した。見たところではまわりの床とちがいはない。暗緑色に金色の粉をまぶしたような石材のあいだで、数センチ角の白と灰色のタイルによる模様が描かれている。

「信号を送信します」

突然、床が迫り上がってきた。透明な……なにかのブロックだ。

高さは三メートル近く、幅二メートル、長さ約五メートル。照明をむけると完全に透明だ。例外は二つのプロペラだ。空色の六枚羽根。長いブロックの中心軸上で、両端から十センチほどはいった位置でそれぞれゆっくりと回転している。

「これはなに？」

「わかりません。さきほどの信号はもう付近の床から発されていません」ネリーが教えた。

「床といえば」ジャックが近づいて、アーマーに苦労しながらかがんでブロックの上面を透かし見た。「これの上に乗っていたはずの緑の床石はどこへ消えたんだ」

「藪の中です」

「そのフレーズが気にいったようね」

「この場合にぴったりですから。クリス、わたしはジャックに賛成です。この場所の完全な

調査は、装備を整えた大人数のチームにまかせるべきです」

「意外なところから賛成票がはいったな」ジャックは立ち上がった。「これがなにか、だれか見当がつくか？」

ドクターとベニ兵曹長はそれぞれの電子装置で調べた。しかし宇宙服のヘルメットをわずかに振るだけ。粘って調べてもたいした成果はなさそうだ。

「爆発する可能性は？」クリスは訊いた。

「真相は……」ベニが言いかける。

「……藪の中。わかってるわ。ただの推測でいいから」

「気体放出はない。表面をこすってみても、なにもつかない」とドクター。

「非破壊のあらゆる手段で調べてみたけど、なにも出ません」兵曹長も。

クリスはレーザー測距計をしめした。そこから放たれたレーザーは建物の反対側にあたって装置に帰ってきた。

「完全に透明ね」

「このプロペラはなんのためかしら。帽子はくっついていないようだけど」アビーが言った。

「問題はむしろ、固体のように見えるのにどうやって回転しているのかよ」クリスは言った。

「本当に固体ですかね。人類にとって未知の物質かもしれない」とドクター。

「狩猟採集生活をしている原始人の気分ですね」とジャック。「投げ槍を発明して得意になっていたら、ジェットエンジンに遭遇して頭をひねっているような」

「海兵隊じゃしかたない。ぼくはわかりましたよ、これがなにか」ベニ兵曹長が言う。

「なに？」クリスを先頭に全員が声をあわせて問う。

「パズルです。この場では解けないパズル」

ベニは即答した。フェースプレートでその顔が見えなくても、にやにや笑っているのがわかる。アビーがその頭上に杖を振り上げた。

「やめなさい」クリスは制した。「これまでのみんなの苦労を茶化す者がいたら、通信長と外に残っている銃手に交代させるわよ」

「いえ、遠慮します」音声チャンネルに外からの声がした。

不服従だ。しかしクリスは気にしなかった。反乱にならない程度の不服従なら笑ってすませる。わが身をかえりみれば当然だ。ドーム内を見まわした。

「他に信号が出ているところは、ネリー？」

「四十七カ所あります。実際にはもっとあるでしょう」

「塔の方向で一番近いものは？」

ネリーは床をしめした。やはり外見上の区別はない。

「信号を送りなさい」クリスは命じた。

なにも起きない。

「送ったのですが、反応がありません。ただ、出ている信号は止まりました」

「故障しているのに、気づかずに信号だけ発信されていたのかも」ベニが推測した。

「そこの床になにか印をつけて」

クリスの指示に従って、ドクターの助手の乗組員がテープのようなものを取り出して床に×印を貼った。

「どうしたの？」

クリスは宇宙服の表示を見た。

「空気はあと六時間分あるわね」

「クリス、ちょっと体の関節を動かしてみてください」

ジャックがそう言いながら、宇宙服の両腕をまわしはじめた。片腕の動きが鈍いようだ。

クリスもやってみると、おなじように差が出た。

「片脚の動きが渋いわ」

「なにが原因かわかりませんが、そろそろ出たほうがいいのでは」

クリスは答えずに、塔の基部へ駆け足で近づいてみた。片脚をひきずるような動きになる。

しかし近づくうちに興奮する眺めをみつけた。二、三百メートル手前まで来たところで、塔から吊り天井のような板状のものが張り出しているのに気づいたのだ。真横に離れて見ていたので気づかなかった。

百メートルまで近づくと、その吊り天井の下にはいった。最初は透明だったが、宇宙服の照明をむけると無数の点が浮かび上がった。ネリーがささやいた。

「星図ですよ。まちがいない。ここから見た星図です。ほら、この星座はチャンス星でいう〈荒馬乗り〉座。こちらは〈豊満な歌姫〉座だ」

「星と星が線でつながれているわね」クリスは指摘した。

「ジャンプポイントを結ぶ線だと思います。たぶん基本的な航路です。チャンス星まではジャンプ三回ですね。わたしたちがいまいる星系は丸でかこんだ点です。わかりますか？」

クリスは測距計のレーザーをそこにあて、わかりやすいように赤色に切り替えた。

「これね」

「それです」

「その隣のも丸がこみですね。この二個だけだ」ベニが言う。

「その二つをつなぐ線は緑。他は黄色っぽい金色だけど、そこだけ緑だな」とジャック。

「どうしてこの二星だけ特別なのでしょうか」ネリーが疑問を呈した。

「真相は藪の中」ベニが言った。「ところで宇宙服の動きがだいぶ渋くなってきました。もどりませんか」

全員がよろよろと出口へむかいはじめた。クリスは歩きながら考えた。

「真相が藪の中だとしても、わかってきたこともあるわ。あの緑の線はこの塔と関係あるんじゃないかしら。これが超光速の通信塔だとしたら？」

「あれは信号の送信元をしめしているわけですね」とジャック。

「ジャンプポイントで宇宙のあちこちへ行けるなら、信号だって送れるでしょうね」ベニは歩きながら同意した。

アビーは息を切らしている。

「でも実際に受信されるのがローテクの無線信号だけなのはなぜでしょうか。これが恒星間通信だとは思えません」

クリスは歩調をゆるめてアビーに並んだ。

「ここにいるのは退化した種族だというアビーの考え方に通じるかもしれないわ。サンタマリア星の一部が自然保護区として残されたとしたらどう？　他はすべてナノマシンで採掘された。ここは残された自然保護区。科学技術を拒否した住民が住んでいる」

ジャックも歩くペースを二人にあわせた。

「そして最後の恒星間通信は隣町から送ってきたはずだと。大胆な発想だ」

「他の大胆な発想も聞くわよ」

「ここから出たら……もし出られたら、もうひとつの丸がこみの星がどこなのか知りたいですね」ドクターが言った。

「わたしも知りたいわ。レゾリュート号、こちらの星図はコピーした？」

「手もとにある」ドラゴ船長は言った。

「この星系でみつけた二つの新しいジャンプポイントと一致します」とスルワン。

「未調査のそのジャンプポイントまでどれくらい？」

「遠くありません」スルワンは答えた。

「ここから出たら調べにいきましょう」

「ここから出られたら」とジャック。

「正体不明だけど、宇宙服はぴかぴかになっているはずですね。装置では読みとれないが」ドクターが言った。

アビーがとうとう立ち止まった。

「関節に影響が出ているのはたしかです。お先にどうぞ。わたしは一休みしてから」

クリスは止まらず、よろよろと歩いた。一歩一歩が苦しい。しかしナノバグは屋内から出るとすぐに重くなった分が消えたはずだ。ジャックは隣にくっついてきている。

ベニとドクターとその相棒の乗組員は外の光のなかに出た。音声チャンネルから彼らの荒い息が聞こえた。

クリスは体を左右に傾けながら重い足を一歩ずつ前に出した。ジャックもおなじく苦労している。クリスは愚痴った。

「百万年前の潔癖症の設計者は想像もしなかったでしょうね。白手袋をした最後の検査でわたしたちが死にかけるなんて」

「石鹼を手渡されたネアンデルタール人の気分です」アビーが陰気に言う。

「がんばれと声をかけたほうがいいですか」外のドクターが言った。

「よけいなお世話だ」とジャック。

「アビー、大丈夫？」クリスは声をかけた。

「空気がもつあいだは、錆びたブリキの木こりになっているしかありませんね」

外の光のなかでドクターが宇宙服の手足を動かした。

「動きの渋さはなくなったな。では、もう一度はいってみよう」

早足でなかにはいってきた。クリスのそばにたどり着いたときは、脚はまだ重くなりはじめたばかりだった。ドクターはクリスのショルダーストラップをつかんで引きずって歩きはじめた。

「ミイラ取りになりそうでいやだなあ」

ベニ兵曹長はそう言って走りこむと、ジャックを助けた。

だいぶたってようやく四人は光のなかに出た。関節のこわばりも消えた。クリスは腕をまわしたり膝の屈伸をしたりした。

「装置にはなにも表示されないの？」

「わたしの装置にはなにも」とドクター。

「アビーをおいてけぼりにはできないわ」

「忘れられてなくてよかったです」メイドの声がした。

「ジャック、いっしょに来て」

クリスは海兵隊員とともにもどり、アビーのほうへ走った。渋さがよみがえってきたところにメイドのそばにたどり着いた。アビーは完全に固まって動けなくなっていた。左右からクリスとジャックで腕をかかえ、明るい出口へと引きずっていった。しかし……あと二十メートルというところで三人とも固まってしまった。

「ほんとにミイラ取りになりそうだ」

ベニは言って、ドクターと、警備をしていた乗組員の三人でなかにはいり、クリスとジャックを救出した。次は二人の乗組員で無事にアビーを救出した。

「やっと出られたわ」とアビー。

「空気の残量は？」クリスが訊く。

「石化していると時間の進みが早くなるようですね」とジャック。

クリスは出入り口を振り返った。

「ここをどう保存すればいいかしら。たとえドアを閉められたとしても、また開けられるとはかぎらない。でも開けっぱなしにしておくと内部が毀損されるかもしれない」

「保存する必要があるんでしょうか」とアビー。

すると通信長が言った。

「アンテナを空中に上げるための風船があります。これをドアにはさんだら？」

「風船はいずれしぼむだろう」ドクターが指摘した。

「ないよりましでしょう」

まもなく出入り口には風船がはさまれた。表面には特殊樹脂の保護膜が塗布され、銃弾でもなければ破れないようになっている。

全員は急ぎ足で来た道を引き返した。新品同様に光っていた戦闘用アーマー付き宇宙服は、石と糞を投げられてふたたび汚れた。牙のある生き物がまたしてもクリスの正面にたちふさがり、今度は石を投げても動かない。突進してきたのでやむをえず射殺した。ドクターはその体毛のサンプルを採ったが、空気が残り三時間分だったので他はあきらめた。

川岸に帰り着いた。シャトルを係留した場所だが……その姿はない。

「遠くまで流されたはずはないわ」

クリスはあわてず騒がず、ただうんざりした口調で言った。いまはパニックを起こすときではない。杖に使っていた木の棒を川面に投げると、左へ流れていく。

「いたずら者がもやいを解いて押し出したのなら、あっちでしょう。流れは早くないわ」

アビーは、シャトルが岸に乗り上げたときに倒れた葦を踏んで何歩か水辺にはいった。

「上流ということはありませんか？　いたずら者たちが牽いていったのかもしれません」

「やばい、命知らずの冒険者たちが二手に分かれようとしてるぞ。姿を消してしまうのはどっちかな」ベニがつぶやいた。

「やめなさい、兵曹長」クリスはたしなめた。「ゼリービーンの連結生物たちは思わぬいたずらをしてくれたものね」

ネリーが小声で教えた。

「ええと、クリス。シャトルに信号を送ってみました。現在位置はここからすこし西で、ゆっくりとさらに西へ移動しているようです」

「ありがとう、ネリー」

クリス以外の者たちは声をひそめて笑った。自分たちが二十四世紀の人間で、原始人ではないことを思い出したようだ。

川筋が曲がったところのむこうで、シャトルは流れに対して横むきになってゆっくりと揺れていた。四人が浅瀬を歩いて船首のもやい綱を水面から拾い上げた。化繊のもやい綱は切られてはいない。

「昔の技術をなにもかも忘れたわけではないようね」

女性銃手がそう言って、他の者といっしょにシャトルを岸へ引きもどした。

すぐに軌道へ上がり、レゾリュート号に速度をあわせた。しかしシャトルベイにははいれない。乗員はしばらく待機させられ、張り渡されたロープをつたって母船のエアロックにはいった。

汚染除去プロセスのはじまりだ。

三人の女性陣からはいった。エアロックの第一室ではアーマー付き宇宙服に消毒液を吹きつけて洗浄した。ウイルスより大きな付着物はだいたい落ちたはずだ。いったん排気して真空にし、二度目の洗浄をしてまた排気。ようやく宇宙服を脱いで第二室に進んだ。ここでは自分で体を洗った。そして十分の一気圧まで排気。これをもう一度くりかえす。全裸で第三室に進むと、体にぴったりした長い下着が用意されていた。しかしこの先の扉はまだ開かない。

「すみませんねえ、プリンセス。しばらくそこの空気を吸っててください。検査で危険な微生物などが検出されなければ開けますから」

このため、クリスとアビーと銃手のジェニファーが第三室にいるあいだに、うしろの扉が開いてジャックとベニとドクターが追いついてきた。

「見ないでください」

ジャックが不機嫌な声で言って、急いでおなじ白く長い下着を着た。

クリスは……あまり見ないようにした。

アビーも……あまり見ていなかった。

ジェニファーは堂々と見物した。

「ただで見られるなんてお得だわ」

ベニは耳まで真っ赤になっていた。

「船長、こんな徹底した汚染除去は不要だと言っただろう」ドクターは怒って、見えないマイクにむかって言った。

「こうして迎えいれてるだけでもありがたく思ってほしいな。多数決で反対票がもう一票多かったら、ここを去るつもりだったんだ。あんたたちの運命は次の探険隊にまかせてな」

「そんなことをしたらどうなると思ってるの」クリスは疑問ではなく断定として言った。

「最後の票を投じたのはだれ？」アビーも訊いた。

「おれだ」五人くらいの声が同時に聞こえた。

「ふーん。返事が一人だけならこれから親切にしてあげたんだけど」

「次の行き先は？」船長と航法士が同時に訊いた。

「最後のメッセージをここへ送ってきた惑星よ。推測だけど」

クリスは話しながら、下着の最初のボタンをはずして次のに手をかけた。

「本気で行くのかい？」ドラゴ船長は尋ねた。

「本気よ」

クリスは第二ボタンをいじりながら甘い声で言った。うーん、ビデオの女優たちはどうしてたっけ。

「なるほど、わかったよ、プリンセス。そこへ行こう」ドラゴは答えた。

アビーが険悪な調子で言った。

「船長、第二ボタンがはずれるまで粘ってほしかったわね」

クリスは口をとがらせて言った。

「魔性の女《ファム・ファタル》の演技なんか練習したことないんだから、うまくできるわけないでしょう」

「死の危険《フェイタル》だったらいつもやってますけどね」ジャックが口を出す。

「危険な女は練習するまでもないわ。わたしがなりたいのは魔性の女」

クリスが自分のべつの側面を開拓する権利を主張しているあいだに、ドラゴ船長は検疫隔離を解除した。

クリスが船内服に着替えてブリッジに上がったときには、レゾリュート号はすでに一・五

Gで進んでいた。腹ごしらえをして、惑星での出来事について会議でざっとブリーフィングすると、船はもう次のジャンプポイント手前で停止していた。

今回もブイを下見にはいらせた。もどったブイがとらえていたのは、今度は無線ノイズではなく、惑星の画像だった。衛星がいくつか。さらに軌道に居住施設がある。たいした科学技術だ。

「軌道上に船がいるようですね」画像解析が得意なレーザー技術者が、居住施設より小さな物体が宇宙空間に浮かんでいるのを強調表示した。「軌道エレベータもすごい大きさだ」

クリスはみんなといっしょに見ながら口笛を吹いた。

「しかもこの数。こちら側に見えるだけで六基あるわ」

「これらは活動しているんでしょうか」

ジャックが質問した。答えしだいではクリスを部屋に閉じこめて外から鍵をかけるという顔だ。

「写真からは判別できないな」技術者は言った。

クリスは指示した。

「ドラゴ船長、きわめて低速でレゾリュート号をジャンプポイントにいれてちょうだい」

答えたのは航法士だった。

「匍匐前進よりもゆっくり動かします。もちろん、船長の許可があればですが」

ドラゴとジャックが目をあわせた。クリスにとって不愉快な話が男どうしのテレパシーでやりとりされている。ジャックは、〝命が惜しければ逃げろ、逃げろ〟と無言で叫んでいるはずだ。

　やがてドラゴがにやりとした。

「発見したものをこの目で見ずに帰りたくねえな。スルワン、いい子だからゆっくり進め。ゆっくりだぞ」

　ふたたびブイを先に通過させた。船と充分な間隔があくようにしばらく待ってから、スルワンはレゾリュート号を前進させた。船の直前にはナノバグ偵察機五機を並べた。わずかなめまいがおさまると、すでに到着だ。クリスは座席から出て、操舵手の肩ごしに近距離スキャンの結果をのぞきこんだ。船の高性能センサーによる画像が広がっていく。操舵手は報告した。

「ブイはあります。ナノバグも五機」

「四機よ」一機が消えるのを見てクリスは言った。

「右へすこし寄せろ」ドラゴ船長が命じ、実行された。

「今度は左のがやられたわ」

「停止。近づくな」

　船は微速前進しているだけだと思っていたが、急に止まったときの勢いが予想以上に大きく、クリスは正面スクリーンにぶつかった。ジャックも同様で、航法士席に衝突した。

「船は停止、待機中です」操舵手が報告。

「プリンセス、例の魔法の杖を振ってナノバグ偵察機をもっとつくってくれよ。あれをたくさん前方に配置しないと前進する気になれねえ。ウサギ穴に引き返すしかない」

「アビー、スマートメタルとジェルをありったけ持って工作室へ」

クリスは船尾方面へむかった。ついてくるジャックは、ぶつけた肩をさすっている。

「氷で冷やしなさいよ」

「転職したほうがいいかも」

ジャックは愚痴って、食堂に立ち寄った。遅れて工作室にはいってきたときには、肩に氷嚢を貼りつけていた。

クリスはコンピュータに指示した。

「ネリー、低機能でいいから、とにかく数をつくって。どこへ行くにも雲霞《うんか》のように前方に飛ばす。一機消えるごとに大切なことがわかるから」

「先々の探険ではどうしますか？」

「つくりなおして大きく高機能にすればいい」

一時間後にブリッジにもどった。レゾリュート号はゆっくりと前進をはじめた。目的の惑星はいつのまにか第二エイリアン星と命名されていた。

「気にいらねえか？　クリス星のほうがお気に召すかな」ドラゴは訊いた。

ジャックは座席にすわりながら皮肉っぽく言った。

「ぴったりだ。わたしたちはあの惑星に殺されかけた。クリスにも殺されかける」

「誤解よ」クリスはすまして言った。「光学スキャンでこれまでにわかったことは？」

ドラゴ船長が答えた。

「興味深い惑星だ。たとえば衛星。三つあって、大きさはほぼおなじ。すべて惑星と同期回転し、同一の軌道をまわっている。三分の一ずつ間隔をあけて」

「奇妙な偶然でないとしたら、意図的に設置された衛星だな」ジャックが言った。

「きっとそうね。たとえば発電所なら便利だわ」とスルワン。

画像解析技術者が報告する。

「惑星には大都市が散在しています。ただ、おかしな点も。夜の面には都市の光がありません。太陽光を浴びている側には人工物がある……それも巨大なのが」

「灯火がないということ？」

「夜の面は真っ暗。昼の面は見てのとおりです」

「赤外線や放射線は？　ホットスポットはないの？」

「残念ながら、生まれたてのように静かです」

「いや、ナノバグ偵察機を二機失ったんだぞ」ジャックと船長が同時に指摘した。

「つまり活動しているものはある」

「だれかがスイッチを切り忘れたとか」

「ここから去っていったのであればね」

「さあ、もう充分でしょう。帰り支度の時間ですよ、クリス」ジャックが言う。

「いいえ。帰りのジャンプの案内役としてたくさんのナノバグをつくったわけじゃないのよ」ドラゴの隣の席につく。「船長、この惑星を怒らせない隙間を探しながら、できるだけ近くの軌道にはいってもらえるかしら」

「スルワン、雇用主からいただいたナノバグの制御をまかせる。半分を前方に展開。一部はジャンプポイントへの帰り道の目印に使う。海兵隊員は退却路の確保にうるさいからな」ジャックは渋面でうなずいた。「残りは探索に出せ。どこまで安全か調べさせる」

冷や汗と悪態に満ちた六時間ののちに、レゾリュート号は第二エイリアン星と衛星の中間付近をめぐる軌道に乗った。ドラゴは言った。

「これ以上近づきたくないな。ナノバグは六層でかこませてる。こっちの存在を許容しない態度に変わったら兆候がわかるはずだし、脱出する時間はある」

操舵手のうしろから状況を見守っていたクリスは納得した。画像分析の技術者にむく。

「センサーでどこまで見える？」

「ここからだと地上解像度は二十五センチです」

「帰ったらペニーに、こんな優秀な乗組員を雇ってきてくれたことを感謝しなくちゃ。ここにいるアビーに感謝しておくべきかしら」

「おだててもなにも出ませんよ、プリンセス」船長はよそをむいている。

「さあ、なにが見えるかしらね」

いろいろなことがわかった。衛星は大気を持たない。しかし表面のあちこちに構造物があり、線路のような連絡路がある。その周囲を取り巻く大きな構造物がある。無害にも、奇妙にも、危険なようにも見える。

「レーザー兵器かしら」クリスは手前の衛星から突き出た構造物をしめした。

レゾリュート号の砲術長が答えた。

「われわれが持っているものとは似ていませんね。神のみぞ知る。でもあたしは故郷をおん出たときから神とは疎遠なんで」

「他に兵器らしいものは？」ドラゴ船長が砲術長に訊いた。

「兵器どころか、ここははなから射撃場で、あたしたちはのろまなカモという気分ですよ。意見なんか求められてないのはわかってますけどね」ひと呼吸遅れて、「……船長」

「ありがとう、トング。危険そうなものをみつけたら教えて」クリスは言ってから、スルワンのセンサー画面にもどった。優秀な画像解析技術者もそばにいる。「惑星のほうでわかったことは」

スルワンが答えた。

「わかったことも、わからないことも。軌道エレベータは惑星の赤道上に等間隔に十二基あります。海からじかにはえてるのもある。うち三基は根もとに巨大な海上都市をともなっている」

メインスクリーンに画像が出た。脇のスケールによると海上のプラットホームはさしわたし数百キロメートルある。

「浮遊しているのかしら。それとも浅い海底に固定されている？」

「わかりませんね。レーダーで水深を調べようとしたんですが、残念ながら信号を打っても返ってこない。まあ、見た感じでも深そうです」

反論できない。根拠なしになにも言えない。新生児が初めて周囲の世界を見るときはこんな気分だろうかと思った。この場合に見えるのは揺り籠の内側ではなく、世界まるごとだが。そしてこの新生児は泣かない。おもらしもしない。

スルワンが続けた。

「それからもう一つ。ほら、あれです。軌道ステーションのようす」

エレベータの上にある軌道ステーションの先端から、静電気の火花のようなものが出て暗黒の空間に消えていくのが見えた。

「なにかしら」

「わかりません。六基のステーションで観察されます」

「危険そうね」

「かもしれないし、じつはあの現象が見られない他の六基のほうが危険かもしれない。一方に賭けて危険を冒すか。わたしだったらどちらにも近づきませんね」

「今回はね」クリスは認めた。「いいわ、この星系について多くのことがわかった。これからどうするか。すこし計算をお願い。この惑星の市街地と、郊外と、未開地の割合は？」

数字はスクリーンに出た。比較のためにウォードヘブンと地球の数字もあわせて表示された。陸地面積は地球やウォードヘブンより多い。市街地はウォードヘブンより広いが、地球ほどではない。耕作地はおなじくらい。未開地もおなじくらいだ。

「不可解ですね」ジャックが言った。

「どこが？」クリスは訊いた。

「サンタマリア星は地表が剝ぎ取られて岩盤がむきだしだった。三種族がいた証拠はほとんどが地下に、しかもナノレベルの記録として残っているだけだった。第一エイリアン星は植物におおわれた遺跡だけだった。なのにこの惑星は、まるでテーブルに温かい食事が残っていそうに見える」

ブリッジはその意見を聞いて黙りこんだ。クリスも考えたが……なにも思いつかない。

「発言してもよろしいでしょうか」ネリーが言いだした。

「歓迎するわよ。観察でも、意見でも、推測でも」

「サンタマリア星の衛星にはだれかが住んだ痕跡はありませんでした。軌道に三種族が残した施設はありませんでした」

「ええ、ネリー。そうだったわ」

「第一エイリアン星と呼ぶことになった惑星は、まだおおまかな調査しかしていませんが、軌道で活動しているシステムは見あたりませんでした」

「たぶんそうね」スルワンが言った。

「でもここには、軌道エレベータの上にステーションがあります。そしてあきらかに一部が機能している。ナノバグ偵察機を失ったのが証拠です。ここで惑星に目を転じると、大規模な雲は一ヵ所だけ。未開地に限定して雲が発生しているようです。ほかにも雲はありますが、耕作地と市街地にきわめて軽く雨を降らせるだけのようです。ここで大胆な推測をすると、この惑星は気候制御システムによって激烈な変化からいまも守られているのではないでしょうか。衛星をこのような軌道に運んでくることができるなら、地殻プレートの活動を打ち消す位置に配置することも可能でしょう。具体的な方法はまったくわかりません。しかし考えられる推論だと思います」

「たしかにそうね」クリスは同意した。「とても筋の通った考えだと思う。ネリー、トゥルーおばさんにメッセージを送る機会があったら、今回のことを報告しておきなさい」

「そうします」ネリーの返事は得意げに聞こえた。

するとアビーがブリッジのハッチのところから言った。

「ネリーの言うとおりだとすると、これは三種族による最高の科学遺跡かもしれませんね。彼らがいずこかへ消えるまえの最後の住みかだったとしたら」

ドラゴ船長が同意した。

「そうだな。しかし、去りぎわに最後の一人がスイッチを消し忘れたとは思えねえ。気候制御システムはいいさ。むしろそんなところに住んでみたい。でも、全員が石化しかけたあの汚れ取りシステムみたいな厄介なものがここにもあったら？」

クリスは楽しげな笑みで言った。

「意外かもしれないけど、同感よ、船長。これから六時間は安全な距離からたっぷり写真撮影を楽しみましょう。でも六時間後には忍び足で離れて、そしらぬ顔で出ていくのよ」

もちろん、そしらぬ顔など不可能だとわかっていた。目と鼻の先なのだ。乗組員全員が捕らぬ狸の皮算用をしている。たとえば、衛星軌道に放置された船や、軌道ステーションに係留された船がある。ステーションには擬似重力をつくるための回転構造が見あたらない。ということは、三種族は人工重力を持っていたのだ。もしその技術を入手できれば、ジャンプポイントとおなじくらいに人類には大変化がもたらされる。巨万の富もついてくるだろう。その仕組みを解明できれば、だが。

人類の他の科学技術と同様に、兵器利用も可能だろう。重力波を宇宙船にむけたらどうなるか。氷装甲で防御できるのか。わからない。まだ答えのない問いだ。知りようがない。ウォードヘブンでは船は軌道をまわって浮いている。重力制御技術はない。ハイウォードヘブンは回転でようやく上下を生み出しているだけだ。

やはりここには特別なものがある。見えているところだけでもそうなのだ。

「部屋にもどるわ」

クリスは操舵手の背後から床を蹴ってハッチへむかった。アビーは無言で道を開けた。追ってはこないで、ブリッジの端から後ろ姿を見た。

クリスは求めるものを手に入れた。さて、これをどうするか。

8

第二エイリアン星系を忍び足で離れ、次のジャンプポイントへまっすぐむかう船の外に緑と青の第一エイリアン星が大きく見えてくるころになっても、クリスは自室にこもっていた。意外なほどじゃまははいらなかった。ジャックもなにも言ってこない。クリスがリーダーシップ上の難問について悩んでいることをわかっているのかもしれない。

士官学校では事例集を勉強させられた。将来の下級士官として学び、分析し、解決策をレポートで書いた。しかしクリスがいま直面しているような事例はなかった。そもそも学んだのは新任少尉がぶつかるような問題だった。クリスが直面しているのは海軍管区司令官としての問題なのだ。そしてロングナイフ家出身者としての問題だ。王女であり、ヌー・エンタープライズの大株主であることが問題をさらに複雑にする。

クリスはいま、人類が宇宙に進出して以来、最大の発見をした。成熟した文明の遺産がそっくりそのまま残っている。手を伸ばせば届く。

ただし、生きて届けばの話だ。そして、理解できればの話だ。

第一エイリアン星の建物に使われていた素材は、人類のレーザー兵器を古代の弓矢のようにはじき返した。それどころか重力制御、気候制御、衛星を自由に移動させる技術まである。クリスは身震いした。全人類が未来へむけて大きく飛躍する鍵を自分が握っている。

いや、自分ではない。自分とこの船の全員が握っているのだ。

このことを乗組員のだれかが一言でも漏らせば、暴動が起きるだろう。これまでの社会で重要だったものが明日には無価値になるかもしれないとわかったら、株価が暴落するだろう。命知らずの夢想家たちが我勝《われが》ちに恒星船を手にいれて第二エイリアン星に殺到するだろう。そして次々に死んでいくのだ。あるいは、なにかを手にいれるために、べつの貴重ななにかを破壊するか。

そうだ、これはクリスにとってリーダーとしての問題だ。

第四十一海軍管区司令官として、この調査行にまるごと機密宣言をするという手もある。ただ……この乗組員たちは民間人なのだ。ジャックを海兵隊に入隊させたように、この船をまるごと海軍に入隊させて、乗組員たちに守秘義務を負わせるか。

彼らは新しい身分を笑顔で受けいれるだろうか。それとも、自分たちにも権利があるはずの富を、ヌー・エンタープライズの大株主のクリス・ロングナイフが独り占めしようとしていると考えるだろうか。だれでも忍耐には限度がある。部下が本気で怒れば艦長でもエアロックから放り出される。反乱というものをクリスはだれよりよく知っている。

王女で、億万長者で、海軍管区司令官。たいへんな権力だ。それだけの力があればどんな問題もさらりと解決できると思うだろう。しかしじつは、だからこそ気をつけないと寝首を掻かれるのだ。

クリスはひと晩じゅう考えてから、船長を船内通話で呼んだ。

「全員に話したいことがあるの」

「あると思ってたぜ。食堂に集合させる。いっぱいになるな。ブリッジには当直を二人残して音声をつなごう」

十五分後、クリスはみんなのまえに立っていた。ドラゴ船長、スルワン、他の乗組員たち。そして自分の部下三人。この三人は味方といえるだろうか。しかし大金がからむ話でベニ兵曹長は信用できないだろう。アビーはもともとだれに雇われているのかわからない。ジャックは……ふむ。いつも命をあずけてきた。しかしアルおじいさまに言わせれば、この世に値札のつかない人間はいない。

「問題があるわ」

クリスは切り出した。全員がすぐにしかめ面になったことから、おなじことを考えているとわかった。クリスは慎重な言い方をした。

「あなたたちといっしょに……宝の山を発見した」全員がうなずく。「でも、たりないものが一つある」

あちこちで鼻を鳴らす音が聞こえた。

「鍵、だね」スルワンが言った。

「そうよ。わたしたちは、来て、見た。でも指一本ふれられなかった。宝の箱を開けられなかった。まだ慎重な努力が必要よ。わたしのおば、アルナバの名前は聞いたことがあるでしょう。彼女は人生の大半をサンタマリア星ですごしながら、三種族が残したパズルの解明に取り組んでいる。でも八十年間ハッキングを試みても、サンタマリア星の鍵はいまだに開かない」

多くがうなずいた。

「ようするにどういうことだい?」ドラゴ船長が言った。

「あなたたちも、次に乗る船は第一エイリアン星でみつけた素材でできていてほしいと思うでしょう。人類最高のレーザー兵器を照射しても暖まりさえしないような」

「そんな船なら海賊保険にはいらなくてすむな」と船長。

「だれかがそれで大儲けするぞ」ドクターは小声で。

クリスは答えた。

「そのとおりよ。でも大儲けにいたるまでには多くの労力と資本が必要。そんな大金をポケットから出せる人がここにいる?」

長い沈黙。それをアビーの陰気な声が破った。

「あなたは出せるでしょうね、クリス」

クリスに集まった視線は、期待、興味。一部はあからさまに貪欲だ。ため息をついて、クリスは手の内をすべて見せることにした。

「わたしはクリス王女として、レイ王がこの問題でとる対応すべてに影響力を行使できるわ。

おばのアルナバは真っ先に船をチャーターしてここへ来ようとするはず。その船がレゾリュート号であってもいい。長期契約に興味はある?」

まえむきな反応があった。クリスは続けた。

「ビリー・ロングナイフ首相の娘であるわたしは、多少の口出しによって、遠征隊が必要とする支援をすべてウォードヘブンの小さくない惑星財源から引き出せる」

多くは鼻を鳴らし、一部は笑った。

「そしてヌー・エンタープライズ社の大株主という立場から、必要な資金の調達は保証できる。アルおじいさまはリム星域のたいていの大学の研究センターにコネがある。興味があって技術的ノウハウを持つ人材を集められるわ」

「なるほど、あなたにとっては儲かる話だ。しかし、わたしたちは?」ドクターが言った。

「独占インタビューを求めるメディアはいくらでもあるでしょう。すくなくとも事実を最初に公表する数人には」何人かがうなずく。「トークショーへの出演契約もとれるでしょうね。他になにかあるかしら」

乗組員たちは目を見かわす。収入源を思いつかないようだ。

「メディアの取材を受けるのは金になるんですか?」ドクターが訊く。

「さあ。わたしはマイクをむけられるたびに無料でしゃべっているから」

陰気なため息をつくと、何人かが笑った。

急にアビーが言った。

「百万ドルくらいでしょうね。地球のドルで。ウォードヘブンでは十万ドル相当。最初のいくつかの独占インタビューにはそれくらいの値がつく。幸運な最初の数人がしゃべるだけしゃべったら、あとの者の市場価値は落ちるわ。トークショーめぐりをすれば倍くらい儲かる。ただしマネージャーを雇わざるをえないし、収入の三分の一を払うはめになる」

メイドのアビーはいきなり情報の相場に詳しいところを見せた。やはり近いうちに彼女の職歴について問いただす必要がありそうだ。

「なぜそんなに詳しいんだ？」

奥のだれかが、クリスの訊けないことを訊いた。人目のあるこの場では訊けない。

アビーは肩をすくめた。

「三人目の雇い主が自殺したときに、警備責任者だった男がそうやってメディアに話を売って儲けたのよ。わたしは……」また肩をすくめて、「まだ若くて目端が利かなかった。現場の血痕の掃除について五千ドルで話しただけだったわ」

「つまり」ドクターがゆっくりと言った。「わたしたちのうち何人かは最大十四万ウォードヘブン・ドルを得られる。あとの者は雀の涙というわけか」つぶやき声があちこちから漏れた。

「では、プリンセス、あなたの提案は？」

話が早い。アビーはうまく誘導してくれた。

「その倍の額をそれぞれ全員に」口笛が上がる。「支払い方法は二通り用意するわ。現金払い希望なら、いまここで一万四千ドル払う。ハイウォードヘブンにドッキングした時点で二万八千ドル。残りは今日から一年後に。それまでメディアに対して口をつぐんでいることが条件よ」

乗組員の数人はこの選択肢を真剣に考えているようだ。不満の声はない。

「支払い方法は二通りと言ったわね」とスルワン。

「もう一つの方法は、現金ではなくヌー・エンタープライズ社の優先株を配る。手順はさっきとおなじ。評価額は今日の株価で」

「株が上がってロングナイフ家が大儲けしたら……」とドラゴ船長。

「あなたたちもいっしょに大儲けよ」クリスは請けあった。

「わたしは株でもらう」

ドクターが言った。「おなじく」という声が一致して上がった。

「ぼくはもらえるんすか？」ベニ兵曹長が訊いた。

「言ったでしょう、全員よ」

それからクリスはアビーを見た。メイドはすました顔で微笑む。クリスは乗組員たちにむきなおった。

「この金は口止め料よ。もし世間で評判になって人が殺到したら、貴重な情報が失われる。人命も失われる」

「ロングナイフが人命を尊重するとは初耳だ」奥のだれかが言った。

「なにごとも初めてはあるものよ。第一および第二エイリアン星の関係を切断されたくないのよ。両者の結びつきを解明できるチャンスは一度だけ。無知で野蛮なゴールドラッシュの狂奔に荒らされたら、あの技術の大半は失われてしまう。慎重に、大人の態度でやるべきよ。そうすればあとは楽に一生暮らしていける。夢のような残り一生をね」

「全員わかったはずだ。急いでやってめちゃくちゃにするより、落ち着いて対応したほうがみんなの利益になると」ドラゴ船長は乗組員たちを見まわした。「メディアの取材者に話したくて話したくてしかたないというやつはいるか？」

みんな首を振った。

「ミス・ロングナイフ、全員が契約条件に同意だ。守秘義務と秘密保持の契約書をそのコンピュータにプリントアウトさせてくれ。みんなよろこんでサインする」

「契約書の文言をネリーと検討して、ハイチャンスにドッキングするまでにサインできるように用意するわ」

「加速Gはもっと上げるかい？」

「いえ、一・五Gで充分。宇宙を駆けまわって革新をもたらしつづけるのも少々疲れてきたから」ため息をついて続ける。「ジャック、アビーといっしょにわたしの部屋へ来て」

しばらくのち。ジャックがクリスの部屋のドアを静かに閉め……鍵をかけると……クリスはおもむろにアビーに質問の矛先をむけた。

「メディアが情報源に払う謝礼についてずいぶん詳しいようだけど、それはなぜ？」

アビーは、まるでいましがた石の下から這い出してきたように……あるいは空気のない月から帰ってきたように、きょとんとしてクリスを見た。

「メディアが払う金額をみなさんご存じないというのが不思議です。プリンセス、地球では庭師でもお屋敷のスキャンダルを売れば一生分稼げることを知っていますよ」

アビーのうしろにいるジャックは、おいしそうなリンゴをかじろうとしたら虫が頭をのぞかせたような、いまいましげな顔になった。

「常識なの？　わたしは初耳だけど」クリスは続けた。

「お嬢さま。メディアでおじいさま方の批判以外の話題も、すこしはご覧になったらいかがですか。ご一家はわたしたち庶民とちがって話題にされる立場ですから、見方が異なるのはしかたないかもしれません。でも、さきほど申しあげた値段はかなり誇張をふくんでいます。その倍の金額を提示なさるとは予想外でした。普通は値切るものでしょう。そんなことをしていたら、いくら財産があってもたりませんよ」

「財産よりわが身を守るほうが喫緊《きっきん》の課題だからよ。ジャック、あなたはスキャンダルのネタの相場を聞いたことがある？」

「アビーに記憶を刺激されて思い出したような気がしますね」

刺激されるのはなんであれ不愉快そうなジャックだ。

クリスは自分のデスクですわりなおした。

「まあ、その件はしばらくおいておくわ。まず契約書を作成しないといけない。あなたたちはそのへんにいて。ネリーとわたしがつくった文案に意見を聞かせてもらうわ」アビーを見て、「とくにあなたは、金をほしがる人々の生活に詳しいようだから」

「いつでもお役に立ちます」

アビーは部屋で唯一空いた椅子に腰を下ろした。金の卵を抱く鷹のようだ。

質問はまたしてもかわされた。いや、質問そのものにはアビーは答えた。事情を知っている理由は話した。しかしクリスが本当に知りたいこと——すなわちこのメイドの正体について追及する糸口はふたたび失われた。アビーの正体は見えないまま、答えはうやむやになった。他の問題に迫られ、いま詮索している暇はない……またしても。

クリスは書類にむきなおった。ネリーから指摘されるまえに言う。

「ヌー社の社員にするわけにはいかないわ。だから、ネリー、自前の会社をつくる。ヌー社のわたしの持ち株の一部を資本金にしなさい。議決権付き株式の五十一パーセントをわたしが持ち、残りを今回の人々に平等に分配する」

ジャックが眉を上げた。クリスはそれを見て、

「ええ、あなたにもあるわ、ジャック。当然の報酬よ」

「当然の報酬。でも彼が案じているのは利益の衝突ですね」アビーが言った。

「クリスにだれかが近づくたびに利益の衝突に悩まされる」ジャックはため息をついた。

やがてネリーは、法人設立書類を書き上げた。社名はBDQ社。その意味をクリスは、〃掘って《バロー》、掘って《ディグ》、調べる《クエスチョン》〃と説明した。アビーは〃早い者勝ち《ベター・ドウ・イット・クイック》〃を提案した。ジャックは首を振った。

「秘密に如《ベター・ダン・クワイエトリー》くはなしです」

　結局、ＢＤＱの意味は設立書類に記載しなかった。

　ハイチャンスにドッキングするまえに書類は完成した。前回の休暇とちがってクリスは一日早く帰った。このぶんなら現代の海軍士官のお手本になれるのではないか。

　そう思っていい気分でレゾリュート号からの連絡橋を歩いていると、ペニーがエレベータから駆け出してきた。クリスは満面の笑みで言った。

「わたしたちの大発見をあててみて」

「ジャンプポイント・アルファからさっき出てきた厄介なものをあててみてください」

　さえぎったペニーの表情は真剣そのものだ。

　クリスは立ち止まって首を振り、頭の歯車を切り替えようとした。〝秘密の大発見〟について女友だちと浮かれたおしゃべりをするつもりだったのに、正反対の話になった。

「厄介？」

「グリーンフェルド連盟の軽巡洋艦六隻です」

「六隻も！」

　ここにある海軍資産を思い浮かべた。リストは短い。ゼロ。無だ。一隻もない。

「いいニュースは、相手は降伏を求めてはいないということです」

　たしかにましではある。

「悪いほうは？」

ペニーの言い方は言葉のあやにすぎないと思いたかった。悪い話は軽巡六隻で充分だ。

「あなたの受けとめ方しだいですね。軽巡艦隊司令官は古いお知りあいです」

クリスはきょとんとした。

「グリーンフェルド海軍士官の知りあいなんていないけど」

「いまはいらっしゃいます。ヘンリー・スマイズ－ピーターウォルド十三世は、グリーンフェルド海軍代将に任じられました」ペニーは作業服姿だが、礼装で階級章がつく位置をしめすように腕を上げてみせた。「ハンクがつけているのは少尉の細い一本線ではありません。代将の太い一本線です。あの若さで。ちなみに旗艦の名は〝信じられない《インクレディブル》〟号」

クリスは王女にふさわしくない汚い言葉を漏らした。しかし海軍では普通だ。そしてこれは海軍の仕事だ。クリスはステーションの中核階へ上がるエレベータのほうへ早足に歩きはじめた。ペニーはついてきながら訊いた。

「そういえばいま、大発見がなんとかかと言いましたね。あの重力異常点に船が消えたときから興味を持ってました。本当にジャンプポイントだったんですか？」

クリスはジャックをしたがえてエスカレータを上がりはじめた。

「ええ。ただし秘密の話。いまはそれどころじゃないようね」

9

クリスはシャトルベイへむかった。

「ハンクをみつけたのはいつ？」

「ちょうどパットン号のブリッジにいるときに、高校生の一人がジャンプポイントから出てきた船に気づいたんです」ペニーは説明した。「みんな目を丸くしていました。どの子も軍艦のセンサー群が働いているところなんて見たことがありませんから。数が六隻になったので、これは早く知らせないとと思ったんです」

レゾリュート号のスルワンから教えられなかったのはそのせいだろう。人類史上最大の秘密を抱えて帰ってきてわずか二分後に、〝ディナーの客〟があらわれたのだ。

目的はディナーか、征服か。

ピーターウォルド家にとってはどちらもおなじかもしれない。クリスもあやうく思いちがいするところだった。これが一カ月前なら、チャンス星をピーターウォルド家に奪われても、レイ王の知性連合にとって少々鼻白む程度だっただろう。勝ったり負けたりは世の常だ。

しかしいまチャンス星を失うのは……。

クリスはその考えを振り払った。ここは自分が指揮する管区だ。失うなどありえない。では、いかなる立場でここを守るのか。王女としてか、管区司令官としてか、ロングナイフとしてか。

クリスは自分に問うてから、ため息をついた。今回は十二隻の小型艦すらない。チャンス星防衛における頼みは、うしろについてくる二人の士官と一人の兵曹長、そしてアビー。あとは十二個の自走式トランクの中身か。レゾリュート号は数のうちにはいるだろうか。考えどころだ。

「ネリー、全チャンネルに保護をかけるようにベニに指示して。軽巡の艦隊から呼びかけがあったらすぐに知らせるように」

「兵曹長はレゾリュート号の通信長から状況を聞いて、すでに監視態勢を敷いています。ネットワーク上にあなたの名前が流れるのは好ましくないと考えています」

「それでいいわ」

クリスはシャトルに着いた。ペニーが訊く。

「どこへ？」

「地上で人に会う。二人ともついてきて。いうまでもないけど、あなたたちが守備隊の全員なのよ」

三十分後にラストチャンス空港に着陸した。地上作業員は牽引車の外で待機し、隣にはマルタ・トーン空港長を乗せたスティーブ・コバールの黄色いタクシーが並んでいた。クリスたちは後部座席に乗りこみ、シャトルは地上作業員にあずけた。牽引されていく駐機場にはすでにタラップに乗客が集まっている。タクシーは急発進して滑走路から離れた。

「星系内が急に軍艦だらけになったようね」クリスは言った。

「もちろん気づいているわ」マルタは答えた。スティーブはしかめ面のみ。「息子があなたと話したいと言っている。直接会って話すべきだというのが、スティーブの考えよ」

「大尉は秘密保持のなんたるかを知っているわね」

スティーブは鼻を鳴らした。海軍時代の階級で呼ばれたからだ。いまは長髪の養鶏場経営者でタクシー運転手だが、それまでの二十年間は海軍の軍服を着ていた。市街へむけてタクシーを飛ばしながらも、心は海軍時代にもどっているらしい。いいことだ。

タクシーは競技用スタジアムのまえで停まった。駐車場は混雑している。クリスが下りると、ロンが駆け寄ってきて話した。

「あまり時間がありません。議場はほぼ定足数が集まっています。これからどうなるにせよ、あなたとスティーブが準備すべきことはわかっています。すぐにはじめてください。最大の問題はなんですか、クリス？」

クリスはあえて堅苦しく言った。

「トーン市長。ハイチャンスを制圧しようとする六隻の軽巡洋艦に対して、海兵隊と軽装備の海軍兵士のみで抵抗するのは無駄でしょう。しかし、六隻の軽巡は権利と慣行にしたがってハイチャンスへのドッキングを要求できる。こちらはポートがふさがっているなどのやむをえぬ事情がないかぎり、ドッキングを許可すべきでしょう。手数料は請求できますが、金額でひるむ相手ではないはずです」

ロンはスティーブのほうを見た。

「彼女の方針はきみの予想どおりだな」

退役大尉はうなずいた。ロンは続けた。

「チャンス星のセキュリティ娯楽観光協会に話を通しておきましょう」

「娯楽観光協会？」クリスはいぶかった。

その疑問にスティーブが答えた。

「上陸休暇を得た船乗りの希望はなんだい？　酒と娯楽だ。酒は地元のパブで提供できる。娯楽は工夫の余地があるだろう。つまり娯楽観光協会はこの星の防衛手段になる。乗組員に羽根を伸ばす場所と楽しい時間を提供する。悪くないだろう？」

「惑星防衛においては。でも……」クリスは発見した秘密について説明した。「近い将来、チャンス星は多くの船の寄港地になるわ。にぎわうはず」

ロンは両手で顔をおおった。

「ロングナイフは悪いニュースばかりもたらすと思っていたら、いいニュースでさえ厄介事に変えてしまう」

「落ち着いて科学調査ができるときまで、このことは秘密にしておいたほうがいいわ」

「常識的な判断でありがたい」ロンは皮肉っぽく言ってから、スティーブにむきなおった。

「彼女に同行してくれ。可能なかぎりの防衛態勢をとってほしい。民兵はまだ召集したくない。協会といっしょに対応できるか？」

「ピーターウォルド家に気取られないうちは変更なしだ」

「そうしてくれ」

ロンはスタジアムへもどった。スティーブとクリスは空港へ。

クリスはスティーブ・コバールをともなって帰りのシャトルを離陸させた。ドッキングするとベニが迎えにきていた。

「軽巡の艦隊はまだなにも言ってきません。黙りこくってます」

兵曹長はスティーブに気づくと、さっと敬礼した。スティーブは笑った。

「退役軍人に敬礼することはないさ」

「六隻の軍艦が迫ってきているときは敬礼します」

「それもいいわね。でも正式な儀礼にはしないわよ」クリスは言った。

スティーブはかたわらの女性を紹介した。

「ラミレス兵曹長は、かつてわたしの人事課長だった。戦場で手を汚すこと以外はほとんどなんでもまかせていた」

ラミレスはおなじ兵曹長と握手した。

「海軍生活を楽しんでいるとは奇特なことね」

「その意味はともかく、戦場で手を汚さない技術兵が一人増えてうれしいよ」

ベニはそう言ったが、実際にはホールジー号で勇ましく戦った経験者だ。

クリスは眉をひそめて退役大尉に訊いた。

「あなたは昔、ボランティアを何人かステーションで働かせていたそうね。予備役にはせずに。いま集めているのはその人たち?」

「ちがう」スティーブは答えた。「民兵はまだだ。待機させてる。まあ、彼らは熱心すぎるから、ほっとくときみの部下として働きはじめかねないけどな。集めているのは普通の労働者だ。現場監督が気にいらなければ口答えをする。ときには不平不満も言う」

クリスはあえて無表情だった。それがよくなかったらしく、スティーブは続けた。

「もし虚勢だけで従わせようとしたら、彼らは工具をおいて去るだろう。勤務シフト分の人数が消えるかもしれない」

ジャックが言った。

「教えてくれないか。彼らを請負業者として扱うとしたら、クリスはだれに話を通せばいいのか。こうしてほしいとか、状況が切迫してきたときに助けてほしいとか。状況が切迫するのは彼女の周囲では日常茶飯事だから」

クリスは陰険に言った。

「よけいなことを質問しなくてもいいのよ、ジャック。あなたとベニは通信センターへ行って、こちらのようすが通信として漏れないように監視して。ジャンプポイントのブイに積まれたメモリーバッファも調べて、危ないデータは消去すること。わかった?」

ジャックは了解し、ベニとともに駆け足で去った。クリスはスティーブにむきなおった。

「それでさっきの話は？」

「わたしが基本的な連絡役になるよ、大尉。一つのシフトグループをわたしが受けもつ。べつのグループをこの兵曹長が受けもつ。他に二人、兵曹長を連れてきて、三番目の勤務班を交代で受けもたせる。わたしたちが労働者の仲立ちをする。それでいいかな？」

「いいと思うわ。それでまわっていけば」

「ラミレス、最初のグループはここへむかっているのか？」スティーブは兵曹長に訊いた。

「反応炉始動チームが十五分後にドック入りするはずよ。長期間、冷温停止していた反応炉が動き出しを渋るかもしれないからって、反応炉修理の専門チームも加わっている」

「なるほど。まかせて大丈夫だろう」

それをきっかけにものごとはゆっくり動きはじめた。反応炉は初回の始動手順でうまく火がはいらなかった。二回目も失敗。三回目もだめで、とうとう応援部隊が地上から呼ばれた。チャンス星の電力会社で反応炉を運転しているチームだ。そのために彼らのオートマチック銃や独自のセキュリティネットワークについて持ち込み許可を出す必要があった。こんなことを許していたら、グリーンフェルド星でクッキーを売っているガールスカウトでもステーションを乗っ取れると、クリスは懸念した。

反応炉技術者が手を銃の形にしながら言った。

「やかんてのは見てるとなかなか沸かないものだ。あんたたち二人が肩ごしにのぞきこんでいたって、このやかんはすこしも早く沸かないぜ。よけいな口出しはよそでやってくれ」

スティーブとクリスは技術者の領分から退散した。

「ウォルトは時間をかけて知りあいにならないと存在価値がわからないタイプだよ」

「時間をかけて知りあいになれば、存在価値を認められるかしら」

「それなりにね」スティーブは肩をすくめて答えた。

クリスは頭のなかの千項目くらいあるリストに一秒で優先順位をつけた。どの項目も未達マークがついている。ステーションの先端方面に足をむけた。

「グリーンフェルド連盟の艦隊は、先端の一番遠いところにドッキングさせるわ。彼らの目にはいるものを確認するから手伝って」

二人は第一デッキを歩いた。ステーションの通路は左右に湾曲して伸びていく。ステーションの先端の隔壁にある窓から星が眺められる。クリスはこの非公式の副司令官をよく知ろうと、あたりさわりのない話題からはいった。

「わたしたちの階級を地元の人々に正しく認識してもらうにはどうしたらいいかしら。司令官と呼ばれて悪い気はしないけど、軍での階級はやはり大尉だから」

「彼らがきみを昇進させてくれるとでも?」

クリスはしばらく黙ってスティーブを見たが……意味はわからないままだ。スティーブは軽く笑った。

「つまり関係ないってことだ。ここは彼らの管区だ。大尉なんて下っ端は相手にされない。

彼らが敬意を払うのは大将。すくなくとも大佐以上だ。わたしの場合がそうだった」にやりとして、「しかしきみはまがりなりにもロングナイフ家の一員だ。それはべつの意味を持つ。軍人としての階級はただの大尉。だから彼らはあえて〝司令官〟と呼ぶんだ。慣れるしかない」肩をすくめた。

「考えてもみなかったわ」

「彼らも一、二年かかった。不満を漏らしながらも、だんだんとわたしを司令官と呼ぶようになった。そう呼ばれることをわたしは気にしないようにした。地元女性と結婚してからやっと馴染めるようになった」

クリスは何年も駐屯するつもりはなかったし、結婚する予定もない。自力で慣れるしかないだろう。

スティーブは続けた。

「そもそもステーションの後端に係留しているポンコツ船を再就役させる書類は用意していないのかい？　あれを再就役させれば、きみは自動的に艦長になって大佐扱いだろう」

「司令官のままでいいわ。パットン号を再就役させるつもりはない」

「なぜ？　与圧はなんとか維持できてるそうじゃないか」スティーブはにやにや笑いながら言った。「反応炉もアイドリング状態。自家発電している。ピーターウォルド家の軽巡六隻が星系に乗りこんでくる状況で、こちらが軽巡を就役させない理由がわからないね」

クリスはくるりとむきなおった。自分でも理解できない怒りで紅潮している。

「あの艦は就役させない。楽天家や夢想家が群がっているいま、そんなことはしない。彼らは博物館にしたいと希望したわ。だから博物館化を許可した。でも糊で貼って針金で縛ったような艦を、いかなる理由でも現役復帰などさせない」

クリスはぶるぶると震えていた。おたがいに驚いていた。クリスは自分自身にショックを受けていた。スティーブに背中をむけ、先端方向へ急ぎ足に歩きはじめる。スティーブはあわてて追ってきた。

「おいおい、お嬢さん、なぜ怒らせてしまったのかわからないな。でもわたしが持ちこんだものを無理に売りこんでいるわけではないんだ」

クリスは歩調をゆるめた。この男は今後もあらゆる場面で必要だ。追いついてきたスティーブに言った。

「あなたを非難するつもりはないし、他のだれかを非難するつもりもない。できることなら自分自身も非難せずにすませたいわ」

スティーブはもの問いたげに両方の眉を上げた。クリスはゆっくりと説明しはじめた。

「ウォードヘブン周辺の制宙権をめぐる争いが最近あったことは聞いているかしら」

「メディアの報道は見聞きしているが、それは元軍人からすると納得できないところが多い。いずれ海軍研究所から出版される公式記録を待つつもりだった」

二人はしばらく黙って歩いた。

「あの戦いでは手の届くかぎりのものが必要だったわ。有志の人々、楽天家、同好会、ギャンブラー、家族連れ」脳裏にいくつもの顔が浮かんだ。「彼らを参加させ、戦わせ、死なせた。大砲を持たないタグボートが戦艦に突撃していって沈められた。ミサイルを抱えた系内船が一矢報いようと試みて、結局一発もあたらなかった」目を閉じ、涙をこらえた。「みんな殺されたわ」

「勝たなくてはいけなかった。そして勝ったじゃないか」スティーブは小声で言った。

「そのあと二週間ひたすら葬式に通った」

スティーブは黙りこんだ。クリスは二度深呼吸した。

「パットン号は四十年放置された廃船よ。戦闘はもちろん、どんな過酷な状況にも送り出すことはしない。まして老人と子どもを乗せては。理解してもらえたかしら、スティーブ」

「よくわかった」退役した大尉は答えた。

クリスは立ち止まって見まわし、心配そうに唇をゆがめた。

「さて、訪問してくる旗艦を、決然と、でも友好的な表情で迎えなくてはいけないわね」

視線の先にあるエスカレータは、数十メートル下の第一栈橋の踊り場へ下りていく。

「旗艦はここに？」

「艦隊を率いてくる相手には当然の位置でしょう。左右に艦船をならべた勇ましい代将殿がこの招きに応じないわけはないわ」

二人の下級士官は、したり顔で笑みをかわした。

スティーブは見まわして、高さ三十メートルほどの天井を指さした。鏡面仕上げの小さな半球が四つ下向きについている。

「あれがセキュリティポイントだ。それぞれカメラと自動砲をそなえている。爆弾にも耐えられる」クリスを連れて、第二桟橋の踊り場方面へ三分の一ほどコンコースを進んだ。「あそこにも四つある。第三桟橋にも四つ。わたしが去ったあとに、勝手に動かされていなければ」そう言って笑った。

「それはないと願いたいわね」

第一デッキのそちら側の見まわりはそこまでにした。もちろん第三をふくめて桟橋はあと四カ所必要だ。引き返して逆方向へ歩くと、第十三桟橋があった。その先には第十二と第十一がある。すべて自動砲で警備されている。

「電力が復旧したときに無事に起動してくれるかしら」

クリスの懸念に、スティーブは答えた。

「電力があったころに、メンテナンス班は第一Aデッキを這いまわって、すべて正常に作動するのを確認してからここを去った」

クリスはうなずいた。第一Aデッキというのは、通常のステーション見取り図には表示されない。第一デッキと第二デッキのあいだの機械エリアで、光熱、換気など、一般利用者には用のない設備が通っている。トゥランティック星のステーションでのクリスは一般利用者ではなかったので、この見えないデッキを存分に活用した。

「第一Aデッキの出入りはセキュリティ管理されているの？」

　スティーブは獰猛な笑みを浮かべた。

「施工業者のおもてむきの仕様とは異なる。簡単にははいれない。見せてやろう。きみはハイトゥランティック・ステーションでご活躍だったようだな」

　クリスはアビーのようにすまし顔で鼻を鳴らした。

「あそこでの器物損壊について保険請求の裁判がまだなのよ。それまでメディアの憶測にはいっさいコメントするなと弁護士から釘を刺されているわ」そこで笑みになって、「でも、悪いやつらがはいりこんで大事な機器をたまたま壊したりしないように、セキュリティを強化するアイデアは持っているわよ」

　スティーブは横目でクリスを見た。

「なるほど」

　第三列と第四列の桟橋のあいだに作業エリアがある。クリスが初日に司令センターへはいるときに使った通路だ。ここの商店街はまだ閉まっている。エレベータでスティーブがキーチェーンのなかのある鍵を使うと、いくつかのフロアが追加表示された。

「いまも鍵を持ってるの?」

　スティーブは手もとの鍵を見た。

「十五年間、肌身離さず持っていたので返す気になれなくてね。ラミレスには紛失したと話した。彼女は政府所有物の逸失届をすでに用意していて、わたしはサインするだけでよかった」

思考を読まれるようになるほど長期の知りあいはクリスにはいない。ジャックは長いつきあいだが、クリスの思考を読むよりも、その二歩先の安全を注意するのに忙しい。似て非なるものだ。

第一Aデッキは機械油とオゾンの匂いがただよっていた。壁や床は灰色だが、配管や配線は原色に塗られている。天井裏の自動砲は大きな筐体《きょうたい》におおわれていた。スティーブはその一つのカバーをはずしてみせた。

「監視カメラはステーション内がくまなく見えるように配置されている。しかしいざとなれば防楯《ぼうじゅん》が下りて銃口以外をおおう。見た目はちゃちだが、沈黙させるのは簡単ではない」

「照準はどうやって？」

スティーブはにやりとした。

「射撃動作をはじめたら他のカメラを使うんだ。下から見えない小さなカメラがたくさん配置されている」

「敵がナノバグを飛ばしてきたら？」

「極小サイズのやつかい？」

クリスはうなずいた。スティーブは唇をへの字に曲げた。

「われわれの想定とは次元の異なる敵だという気はしていたんだ。ナノテク安全が専門の大学教授はこの惑星に一人しかいない。今夜連絡をとって、学生を連れてここに上がってもらうように依頼しよう。きみとネリーと話してもらえばいい」

「労働者は八百人ではたりないかもしれないわね」

スティーブは笑った。

「その数字が最小限なのはわかっていた。倍にできれば期待できるだろう」見まわして、

「海軍ご自慢の防空砲台を見るかい？」

「どういうもの？」

「改造型六インチ砲十三門だ」

「六インチ砲十三門……。四インチ砲ではなくて？」

「ちがう。ステーション外面に配置された九門に加えて、両端にもそれぞれ二門設置した」

「口径が変わっているのはなぜ？」

「興味深いことに、放出品なんだ。老朽艦をスクラップにしたときの。信じられない話だが、海軍は実際に何隻か解体した。パットン号は保存しているくせに」

六インチ砲は単装で、砲塔の防楯はなし。実戦では、いつまでもつだろうか。それでも砲身はある。キャパシタは充電可能で、コンピュータはスタンバイしている。スティーブは金属製の箱をこつこつと叩いた。内側に冷却管が通っている。

「ここに水をいれて凍らせて防楯にする予定だ。ないよりましだから」

「楽天的すぎないかしら」

「窮地での楽天主義だ」スティーブは認めた。

「夜に祈る習慣があるなら、これを使わずにすむことを祈っておいて」

「女房の祈禱リストに追加を頼んでおこう」

エレベータにもどると、クリスは付近のレイアウトを観察した。気にいらない。

「エレベータのドアを開けたらこの階全体が射界にはいるじゃないの」

「ドアを開けるには鍵がいる。暗証コードも」

クリスは無言だ。沈黙が長くなり、スティーブが耐えきれなくなった。

「ロングナイフは本当に心配性だな」

「わが家の血よ。生存者の形質」

「ちがいない。ロングナイフをときと場合によって殺したがる人々がいる理由が飲みこめてきたよ」

「わたしを？」クリスは純真そうに大きな目をしてみせた。

「いや、きみの父上をだ」スティーブはエレベータの正面にむきおなった。「さて、どうするかな。デッキ用の二十ミリ鋼板でここをかこむ。机をおいてそこからエレベータが見えるようにする。そして人間の目で監視させる」

「すくなくとも一人の人間と、手軽に使える武器が必要になるわ。万一にそなえて壁の裏から見張るのなら」

スティーブは首を振った。

「このエレベータは千六百人が行き来に使うんだ。もっと上の階まで行く。エレベータ全基を三階直行にして、目視検査を通過してからそれぞれの持ち場へ移動するようにしたらどうかな」

二人は三階で下りてみた。司令センター前のロビーだ。ステーションの中枢にすんなり通じるドアを見て、クリスは顔をしかめた。

スティーブは提案した。

「ここは閉めて溶接してしまおう。厳重な検問所をおいて、壁も設置する。この廊下のドアはすべて閉めきる」

「壁の裏には銃手が必要よ」

「一般作業員のいるところでこんなおしゃべりはできないな」スティーブは愚痴った。

「あら、わたしはこういうおしゃべりが大好きだけど」

スティーブは、かつて自分がすわっていた司令官席に歩み寄って受話器をとり、ラミレスにかけた。しばらくして出た元兵曹長に言った。

「いくつかの変更についてきみと話したいんだ」

「なるほど、あのロングナイフの娘と話してるのね」受話器の声が漏れ聞こえた。

スティーブはクリスを横目で見た。

「そのとおりだ」

「話はどこで？」

「これからパットン号へ行く。そこで落ちあおう」

五分後に三人はステーション全体の詳細図を見ていた。クリスが安全改善案をしめした箇所をスティーブが挙げていく。ラミレスは同意した。

「可能よ。農場で収穫作業をやっている子たちがいるから、週に一度はすわってできる仕事をしたがるでしょう」

「若者なの？」クリスは訊いた。

「高校生と大学生」

「週一回の交代制で？」

ラミレスはスティーブに目をやってから、クリスにむかってうなずいた。

「彼らはいざとなれば引き金を引く決断をするんだ」スティーブはゆっくりと言った。

兵曹長は下唇を噛んだ。

「ただの週一の仕事だと思って農家から来た子どもたちが、そんな決断をできるかどうか、不安なのね」

「そんなところだ。人を殺すのは簡単ではない。M‐6の引き金を引いたときにどんな結果になるか知らないとしても」

「なにか起きそうなときはまず通信で助言を求めさせたらどうかしら。意思決定に大人の判断をいれるように」

クリスは首を振った。

「連絡がつくとはかぎらないわ。わたしはおかしな経験がある。いかつい憲兵たちに艦内で拘束されて連れ出されたのよ。不愉快なめにあう理由をネリーに調べさせようとしたら、ネリーは答えられなかった。電波妨害のせいでネット接続できなかったの」

スティーブは驚いた顔をした。

「そのコンピュータがネットにつながらなかった？」

ネリーがクリスの肩から返事をした。

「そうです。とても不愉快な経験で、いまだになにが起きたのか不明です」

「そんなことがあったから、グリーンフェルド連盟は今回も新しい妨害装置を持ちこむのではと懸念してるの。こちらに知られていないものをね。有効範囲が狭くても、経験の浅い子どもたちを孤立させれば目的は充分に果たせる」

ラミレスはクリスの知らない言語で悪態をついた。

「きっと社交パーティに最新機種を自慢げに持ってくるはずね。いいわ、なんとかする。スティーブ、ここには優秀な無線技師が何人もいるわ。その上司に優秀な何人かをまわしてもらえるようにかけあって」

「頼んでおく。ところで、プリンセス、パットン号の改修は前回よりかなり進んでいる。視察してきたらどうかな。兵曹長とわたしは話があるから」

「わたしの陰口？」

スティーブは肩をすくめた。ラミレスは次の展開を興味深く見守る表情だ。クリスは首を振り、エスカレータでパットン号の桟橋前に下りた。

男女一組の若者がプラスチック板の山から数枚を取って、連絡橋から艦内へ運びこんでいた。クリスが手伝いを申し出ると、こころよく受けいれられた。高さは身長とおなじくらいで幅はとても広い白のプラスチック板を運んで、いずれ指揮するかもしれない艦にはいった。後甲板での歓迎セレモニーはない。かわりに電動鋸やドリルやプリンターが散乱している。

「板はその鋸の横においてくれ」老人が指示した。それから老眼鏡の上からクリスをまじまじと見た。「おや、エイミーじゃないな」

「エイミーはこっちよ」クリスのうしろで少女が笑いながら言うと、クリスが運んだものの隣にプラ板をおいた。「だれだか知らないけど、手伝ってくれるっていうから運んでもらったの」

「エイミー、こちらはステーションの司令官殿だぞ」老人は唖然とした顔だ。

「あら、手伝ってくれてありがとう」

エイミーはさして驚いたようすもなく、次の板を取りに出ていった。

「近ごろの若いもんは。学校ではいったいなにを教えとるのか」

老人はそう言いながら、苦笑して少女の後ろ姿を見ている。

「昔といっしょでしょう」クリスは見まわした。「ここの責任者は？」

「アナンダですな。どこにいるかわからないが、まずブリッジから探すといい」

ブリッジでは、前部五インチ砲台へ行けと指示された。次は後部五インチ砲台へ行かされかけたときに、問題の人物がちょうどやってきた。黒人女性で、うしろで一本にまとめた髪に白髪はわずかしかまじっていない。身長はクリスの胸のあたりだ。

「お探しだそうですね」

「会って話を聞きたかったの。最初の視察時から工事はかなり進んだようね」

アナンダは黒い瞳を輝かせた。

「そうです、司令官。たとえばこの砲台。二連装五インチ砲ですけど、照準合わせのすばやさは初期性能を完全に維持しています。それから、この銘板を見てください」

しめされたところをクリスは見た。運びこまれている白いプラスチック板の用途がこれでわかった。軽巡洋艦における副砲の意義と、五インチ砲の仕組みについて簡単な説明文が書かれている。そして次の一文があった。

この砲台には、大戦間の海賊討伐においてテレンス・トードン海兵隊中尉が配置された。のちにトラブル将軍として敵味方双方に勇名を馳せた人物である。

曾孫娘にとっていまも厄介《トラブル》の種の人物だと、クリスは胸のうちで註をつけた。そして若者たちを見まわした。

「ありがとう。当時の砲台がよく手入れされていることを曾祖父はよろこぶと思うわ」

彼らの顔に笑みが広がった。

五インチ砲台の俊敏な動きの実演を見たあと、去ろうとするクリスをアナンダが追いかけてきた。若者たちの視界から出たところでささやいた。

「ありがとうございます」

「どういう意味で？」

「統一戦争から海賊討伐時代までのパットン号の副砲は四インチだったことを指摘なさらなかったからです。いまある五インチ・レーザー砲はイティーチ戦争時代に換装されたものです」

「ボールの化け物に四インチでは対抗できなかったでしょうからね」

「母からもそう聞いています」アナンダは暗い声で続けた。「それでも、若者たちにとっては特別なことです。あなたのおじいさまがかつて手をふれたレーザー砲を自分たちが整備していると思うと、感慨があるはずです」

クリスは微笑んだ。

「お母さまもあの砲台の一つで戦われたのね」

アナンダは誇らしげに顔を輝かせた。クリスは続けた。

「だれが使ったものでも充分に価値があるけど、やはりトラブルおじいさまが使ったレーザー砲だということにしておきましょう。そして、おじいさまはあやうくすべてをだいなしにするところだったという話は、伏せておくわね」

二人はいっしょに笑った。

ハンクとその一行が到着するまでにやるべきことを、クリスは頭でリストにした。長いリストだ。そのなかで自分自身ができることはない。ため息が出た。

「クリス、ペニーから連絡です」ネリーが言った。

「どうしたの?」

「元恋人から電話のようです」

「恋人だったことなど一度もないわよ」クリスは陰険に言った。

「本人がジャックとベニに対してそのように自己紹介したらしいので。あなたが承知していない行為があったのですか?」

「あったとしたら夢のなかよ。つないで」

すると、もはや聞き覚えのありすぎるハンクの声が流れてきた。

「やあ、クリス。音声のみで残念だ。この新しい軍服姿を見てほしかったんだけどね」

音声のみでよかったとクリスは思った。完璧な彫りの深い顔立ちや、爪までよく手入れした手を振るようすや、その袖にある代将の太い一本線まで目に映るようだ。

「末代まで後悔するわ」皮肉をこめて答えた。

「この旗艦の航法士によると、ハイチャンスへのドッキングは明日正午の予定だ。ステーションは核融合炉が動いていないようだとセンサー班が報告しているが、わたしの艦隊への通常の補給作業はできるのかな?」

「ご心配なく」できると思いたい。

「こちらは乗組員に上陸許可を出したいんだ。下船して、足を伸ばさせたい。地元民との交歓や、孤児院と救貧院の訪問。ひととおりのことはしたい」

クリスの寄港経験といえば、誘拐された子どもを奪回したり、六隻の戦艦がウォードヘブンに寄港するのを阻止したり、そんなことばかりだった。艦隊のあたりまえの表敬訪問は海軍での短い経歴でまだない。

「地元では歓迎行事を計画しているはずよ」そう答えておいた。

「ではこちらも歓待に応じよう。補給をよろしく頼むよ、ロングナイフ。地上にはビールをたっぷり用意しておいてくれ。つまらないことで騒ぎを起こしたくない」

「手配しておくわ」

答えたときにはすでに通話は切れていた。クリスはすぐに部下を呼んだ。

「ペニー、会って話したいことがあるわ」

ネットワーク上で話すことは漏れていると想定しなくてはならない。

「ちょうど第六十二桟橋に用事があります。そこで落ちあいましょうか」

そこはパットン号の隣で、クリスは第一デッキまで上がる手間がない。ペニーは司令センターから、ワスプ号の修理がおこなわれている第六十二桟橋へ急いで下りてきた。

「ワスプ号のようすはどう?」

「うまくいっています。艦内システムのソフトウェアはファームウェアレベルまで消去して、新たにロードしました。ほとんどはレゾリュート号の基本プログラムを移しかえました。あの船は興味深いソフトウェアを満載していますね」

「やっぱり。あの船をチャーターするときにアビーはどれくらい口を出した?」

ペニーは眉をひそめて思い出した。

「それほどではありませんでしたよ。他に二隻ほど候補の船があったんですが、アビーはそれぞれの問題点を指摘して、レゾリュート号が万全だという結論に。わたしは乗組員たちが元軍人だというのが気にいりました。船医もちゃんとした医者で、ただの救急隊員ではありませんし。どうしてですか、クリス？」

「べつに。でも、十四インチ・レーザー砲を隠していたところがね」

「たしかに。まあ、ワスプ号のソフトウェアが必要だったときに、おりよく調達できてよかったとは思いますけど。なにか気になることが？」

「常日頃からの疑問よ。アビーはどこから派遣されたメイドなのか。なにが目的なのか」

ペニーは肩をすくめて話題を変えた。

「わたしへのご用は？」

「これからチャンス星へ下りるわ。ハンクはビールが切れたら、乗組員たちが暴動を起こすとほのめかしている。秘密が守れるところでロンと話しあっておきたい」

ペニーはうなずいた。そしてクリスの背後に目をやった。クリスが振り返ると、細い体の若い女がエスカレータを二段飛ばしで駆け上がってくるところだった。二人のそばへ来てもすこしも息を切らせていない。

「あなたがロングナイフさん？」クリスがうなずくと、若い子は続けた。「パットン号のセンサー群がすべて起動したので、近づく軽巡艦隊を観察していたんです。訓練の一環として」クリスは問題ないとうなずいた。「とにかく、その兵曹長からお知らせしてこいと言われて。艦隊は一・五Gに加速しています。到着は明日正午より早まりそうです」

「元気なお客さまね」ペニーがつぶやいた。

「ペニー、当直をお願い。わたしは地上に行ってくる」クリスは言った。

黄色いタクシーがクリスを待っていた。運転席にいるのは、顔はスティーブによく似ているものの、運転年齢に達しているかどうか疑わしい幼い少年だった。ウォードヘブンなら免許は出ないだろう。走りだしてみると、このスティーブ少年のそれは、車の運転とはいえなかった。地を這うレーシングスキップに乗っているようだ。クリスはシートベルトをしっかり締めて、あえて口をつぐんだ。

市長のロンはまだスタジアムにいた。グランドスタンドの下が多くの部屋に区切られている。そこにテーブルやコンピュータが雑然とおかれ、人々が立ち働いていた。ロンが迎えに出てきた。室内ではマルタ・トーン空港長と二人の男がテーブルで地図を広げている。そのマルタが顔を上げ、にやりとした。

「恋人から連絡があったようね」

「だれかが一般回線でかけてきたせいで筒抜けだったわけね。でも彼の音声しか聞こえなかったはずよ。ランチ一回、ディナー一回につきあっただけ。恋人には相当しない。それどころか、ランチに出かけているあいだにわたしのオフィスにはロケット弾が撃ちこまれ、ディナーのときは爆弾事件で中断してダンスにも至らなかったわ」

「ランチデートは初耳だ」ロンが言った。「でも彼のヨットに夜這いをかけたとか」

「だれが夜這いなんか。なるべく脚の速い船を盗もうとしたら、たまたま彼のヨットだったというオチよ」

「いつか恋愛遍歴の回想録を書くべきですね」ロンはにやにやしながら言った。同様の笑みが部屋のあちこちに浮かんでいる。彼の母親の顔にも。ロンは続けた。「わたしもいつかそこに名を連ねたいな。できれば愛情豊かな長い一章として」

「希望だけならご自由に」

クリスはロンのからかいを軽く流した。それともいまのは誘いだろうか。もちろん本気ではあるまい。二人は地図のテーブルに近づいた。

「なにを検討してるの?」

「ハンクの音声だけは聞こえましたからね」ロンが説明した。「ハンブルク通りぞいは、十月祭のまえに五ブロックにわたってビアガーデンになります。運営は慣れているし、ビールもたっぷりある。そうだな、ハンス?」

樽のような体形の男が、古いドイツ語訛りのある声で興味深そうに答えた。

「ビスマルク広場にはビデオゲームからコイン投げまで遊べるものを並べる。うまいビールはたっぷり在庫してるから、おれたちビアガーデンの店主に不安はない。ただ、ゲームの商品は去年の残り物しかないぞ。新規の製造工程をまわしてないからな」

「不足しないように追加を準備すべきだ」ロンは心配そうに言った。

マルタはハンブルク通りから二ブロックはずれた場所を指さした。

「大学ではハイランド競技大会を開催するわ。丸太投げ、石投げ、競走。賞品はリボン飾りじゃないわよ。賞品を出す順位までに対戦競技を増やしてもいいんじゃないかしら」

「警備責任者はガソンだ。大丈夫か？」

ロンよりやや年上らしい長身痩軀の男が首を振った。

「市長、そのときにならんとわからねえよ。暴動を鎮圧しろってのか、夜中の酔っぱらいを黙らせればいいだけか」

「きみを雇う以上は暴動対策さ」ロンは噛んでふくめるように言った。

「そうなると、店でビールをつぐ係が不足する」ハンスが言った。「みんながみんな警備の腕章をつけたらパーティはできないぞ、ガソン」

警備責任者はうなずいてロンに言った。

「そんな運営じゃ、次の市長選はおぼつかないな」

ロンは下品に鼻を鳴らした。

クリスはゆっくりと教えるように言った。

「ビールをついで手際よく運べる人数のフロア係は必要よ。同時に警備と治安のスタッフも充分な人数がいる。通りを巡回して、騒ぎを未然に防げるように。騒動が拡大しない初期段階で抑えこまなくてはいけない」

ロンが答えた。

「わかっていますよ。ニュースで何度も見て、ピーターウォルド家のやり口は知っている。乗組員を留置場に放りこんだら、彼らは〝捏造された罪〟だと非難して、〝テロリスト〟の手から仲間を救い出しにくる。その作戦の過程で政府は倒れ、惑星がまた一つピーターウォルド家の懐にはいるわけだ」

低い声でクリスに言う。周囲もうなずいている。

クリスは、ロンのその考えを聞いてむしろほっとしていた。グリーンフェルド星への留学費用をまかなってもらった恩から、正常な判断を失っているのではと懸念したが、そうではないらしい。しかしそれをいうなら、クリスもピーターウォルド家の嫡男と面識があるが、ベッドをともにしてはいない。

小声になって教えた。

「じつは、彼らの艦隊は明日正午よりだいぶ早くステーションに到着するのよ」

「まさか！」いっせいに声があがった。

「そのまさかよ。グリーンフェルド艦隊は加速Gを上げたわ」

「地表にも早く下りてくるのかい？」ガソンが訊いた。

「それはわからない」

「できるだけステーションで足留めしてくれるとありがたいんだが」ロンは顎をさすった。

「ステーションはまだ反応炉が稼働してないわ」クリスより先にマルタが指摘した。

「そりゃまずいな」ハンスが言った。「まったくまずい。自動砲の動作確認もしなきゃいかんのに。息子のアレックスが上へ行って艦隊到着までに点検することになってる。もう行ってるんなら、ここでビール注ぎは手伝わせられないな」

「動作確認には電力が必要だ」とロン。

「バックアップ電源はいくつあるの？」マルタが訊いた。

「二基よ」クリスは答えた。「一基は、作業をしているステーション後部の修理工場むけに稼働している。使っていないもう一基は中央部にあるわ」

「現状の倍にはできるわけですね」ロンは髪を掻いた。

警備責任者のガソンが提案した。

「パットン号はステーション側から送電されなくてもやっていけてると弟が言ってたぞ。逆にそっちからもらうことはできねえかな」

「調べておくわ」クリスはゆっくりと答えた。「慎重に配分すれば一部の砲台くらいは起動できるかもしれない。数基ずつ動作試験して、また停止させればいいわけだから」

「反物質燃料を多めに運べるように手配しておくわ」マルタが言った。

クリスは十月祭と競技大会の地図を見た。

「ハンクの通話の後半に対するあなたたちの答えがこれね。愉快でなかったら乗組員たちが暴動を起こすというところの」

「そうさ」ガソンが答えた。「観光客は魚といっしょってよく言うじゃねえか。三日たつと腐る。こいつらは到着前から腐った匂いがしてるぜ」

ハンスが小声で注意した。

「気をつけろ、ガソン。腹のなかの考えが顔に出るとまずい」

「わかってる、わかってる」ガソンはマルタを見た。「ニュースで流れてみんな知ってるようなことは隠さなくていい。でも、ここで見聞きしたことを黙ってられるかな」

マルタは答えた。

「こちらはとにかく笑顔、笑顔よ。微笑みの惑星に侵攻するのは難しい。彼らに口実をあたえたら、みんなが悔やむ結果になる」

テーブルをかこんだ全員がマルタの言葉にうなずいた。標語のようにくりかえされているのかもしれない。ただの希望は計画ではないと、クリスは士官学校で教えられた。チャンス星の計画は大半が希望に頼っているようだ。ロングナイフ家の人間としてはそこに鉄の芯をいれてバランスをとらなくてはならない。

「ここではパーティの準備がうまく進んでいるようだし、わたしは電力のやりくりを考えなくてはいけないから、いったん上にあがるわ」

するとロンが振りむいた。

「クリス、ダンスシューズと見映えのするパーティドレスは持っていますか？」

「あると言ったら？」クリスはすまし顔で訊き返した。

「士官級はビールや丸太投げにはたぶん興味ないでしょう。だから社交イベントをいくつか計画しています。ウォードヘブンの催しに匹敵するくらいのをね。裾の広がった衣装の用意をメイドに指示しておいてください。噂のメイドに。アビーでしたっけ」

「ええ。いつものプリンセスの装いが必要になると言っておくわ。ティアラが必要ならスーツケースから出してくるけど」

「それはぜひ」マルタがにやりと笑った。「楽しみが増えるわ。王族にだれがおもねるか、だれがそっぽをむくか、見たいわね」

クリスはため息をついた。

「毎回このプリンセスのカードを切らされる気がするわ。またお色なおしね」

「最初のダンスはわたしと」部屋を出ようとするクリスにロンが言った。

「ハンクと腕相撲で決めて」クリスは振り返らずに答えた。

「では、あの海兵隊員よりはまえの順番にいれていただけたようですね」

ロンは彼女の背中に言った。クリスは、振り返ってロンの顔を見てやりたいのをこらえた。冗談だろうか。それともクリスに踊りを申しこむ列でジャックよりまえに立てたと本気でよろこんでいるのだろうか。

明晩はいろいろと発見することが多そうだ。

スティーブ・ジュニアである少年と黄色いタクシーは外で待っていた。無事にシャトルにもどれたが、途中はまた恐怖体験だった。戦場で死線をくぐり抜けてきた軍人が、たかが十代の若者の運転を怖がるのは奇妙かもしれない。しかし車が路外に跳び出しても、銃弾を浴びても、おなじように死ぬのだ。

シャトルには約束どおり必要以上の反物質燃料が補給されていた。乗客も増えていた。たいていは大きな容器に工具箱を詰めこんだ男女の技師だ。一人は年輩でごま塩頭で、かなり腹が出ている。格子縞のネルシャツにジーンズという服装だが、クリスはこう声をかけた。

「こんにちは、兵曹長」

「なぜわかったんだ。軍人とばれる恰好はしてないつもりだが」

「ベルトが古い海軍支給品よ」

「こんなものはだれでも持ってる。安く売ってる」

「そうね。でも縦のラインが定規で引いたようにまっすぐだから」

年輩の兵曹長は腹を引っこめて下を見た。シャツとバックルの端とズボンの前立てが、経緯儀で測量したように正確に一直線になっている。兵曹長はベルトをずらして完璧さを崩した。

「司令官には内緒にしておいてくれ」

「黙っているわ。わたしのステーションではどこを点検するの？」

〝わたしのステーション〟と強調はしなかったが、はっきりそう言った。

「自動砲だ。今回乗ってる連中はみんなそれが仕事だ」

「ニュースの広がるのが早いわね」

「チャンス星だからな。噂はあっというまだ」

技師たちを乗せて無事にステーションに到着した。それからトニー・チャンにかけあって、昼食の繁忙時間帯が終わったら店員二人にバックアップ電源を始動させるように頼んだ。そしてパットン号の機関室へむかった。艦のもう一つの中枢にはいると、女性が声をかけてきた。

「そろそろいらっしゃるころだと思っていました」

「チャンス星ではだれでもなんでも知ってるようね」

「やっとここのことがわかってきたようですね」女は笑顔で答えた。「第二反応炉は停止したままですけど、第一は順調に稼働中です。いまは走路を広げて発電量を増やす作業をしてます。うまくいけばステーションのキャパシタに送電できるでしょう」

この船の動力源やレーザーのエネルギー源になる電力は、磁場にプラズマを送りこむことで発生させている。船が一Gで飛んでいるときは大量のプラズマが流れている。待機状態では走路は小さく、プラズマは少量しか流れていない。その走路を拡張するというやり方は初めて聞いたが、可能なら歓迎だ。

女は続けた。

「キャパシタは満充電になるまで数時間かかります。でもタンドー兵曹長が砲台を起動する分にはたりるはずです。ステーション側がもっと電力を必要なら送れますよ」

質問するのは立場が逆だと思ったが、ここではだれでもなんでも知っているようなので、あえて訊いてみた。

「ステーションの反応炉がどうなったか知ってる?」

技師の女は首を振った。

「最後に始動を試みたときに大きな故障が起きたそうです。もともとこのステーションは閉鎖前から大規模改修が必要な状態だったんですよ。故障した部品は発注しましたけど、ブロックから削り出して加工しなくちゃならなくて。反応炉が始動するのは明日の正午ごろらしいです」

ということは、かならずしもだれもがなんでも知っているわけではないらしい。

「艦隊は正午よりまえに到着するのよ」

「みんなに伝えておきます。急がないと」

機械室をゆっくりと出ながら、むかむかと腹が立ってきた。自分が指揮するステーションなのに、知りたい情報を得ようとしてこんなまぬけな気分にさせられるとは。部下のはずの人々が先まわりして情報を入手し、やるべきことも知っているとはどういうことか。

「ネリー、このステーションにいまいる契約業者たちの責任者を調べて、第六十一栈橋にすぐ来るように指示しなさい」

「クリス、スティーブは次のシャトルで到着します。自分が責任者だと言っています」

「船外に出てシャトルからステーションへさっさと跳び移ってこいと言いなさい」

「シャトルは三十分後に入港予定で、船外から押して急がせるとのことです」

三十分後、クリスはいってくるシャトルをドッキングポートで迎えた。スティーブは船外から押してはいなかったが、乗客たちの先頭で出てきた。

「話があるわ」クリスはきびしく言った。

「わかってるが、さすがにここはまずい」

スティーブはクリスの腕をとって案内した。うしろは作業員たちの波だ。シャトルから下りるとそれぞれの持ち場へ早足に散っていく。みんな口数少ない。クリスは憤然としながらも、振り返って作業員たちを見ずにはいられなかった。服装の縦のラインがそろっている姿は見あたらない。いかにも元海軍という者はいない。それでも、どの部隊にもすぐ配属できそうな者ばかりだ。真剣な表情を見ればトラブル将軍でも採用するだろう。

気がつくと作業員たちの波から引き出され、トニー・チャンが経営するニュー・シカゴ・ピザ・アンド・チャイニーズ・ワッフル店の奥のテーブル席にすわらされていた。あまりに手際がいいので、スティーブは最初から計画していたのではないかと思うほどだ。

席につくなり、クリスはまた言った。

「話があるわ」

しかしスティーブは腕時計を見てつぶやく。

「あと一日か。ちくしょう、賭け金は全部もっていかれるな」

クリスは怒るまえに、きょとんとした。

「賭け金？」

「きみがうまく言いくるめて二日は時間稼ぎしてくれると踏んでたんだ。三、四日と期待してる者もいた。このはったりが、たった二十四時間でおじゃんとはな」

クリスは椅子にもたれて深呼吸した。いまの状況に対して怒りは適切でない。怒っていいなら思いきり爆発させて、スティーブを二回ほど引っぱたくだろう。しかし適切でないならこらえるしかない。

「ここはいったいどうなってるの?」

「きみが高速パトロール艦PF-109の艦長だったとき、乗組員たちにどこまで信頼されていた?」

クリスは眉をひそめて考えた。

「さあ。すこしは。充分ではなかったわね。みんな新米だったから。わたしたち艦長は……自分たちは問題児だと自覚していた。はねっかえりの若造とか、ならず者とか呼ばれていて」

「女性操舵手といっしょにレース用スキッフをゴルフコースのグリーン上に着陸させた話も聞いた」スティーブは笑った。「なにをしてたんだい?」

「フィンチは、シミュレーションでの試験は満点だったけど、本物の船は一度も操縦したことがなかったのよ。宇宙に出たことさえなかった。だからPF艦を飛ばすまえに、もっと小さな船を経験させておこうとしたの」肩をすくめて、「その初飛行で着陸地点をはずしたわけ。でも次からははずさなかったわ」

「以後、彼女はきみを信頼しただろう。他の乗組員もそうやって徐々にきみが頼りになると理解し、全力をつくすようになったはずだ。それが信頼ってものだ」

クリスはうなずいた。スティーブは続けた。

「艦内の人心を掌握してから、戦いの場にいどむまで、どれくらい時間があった？」

ＰＦ－１０９に初めて乗ってから、艦長を解任されて手錠をかけられるまでの時間は秒単位で思い出せるほどだ。しかしスティーブが訊いているのはそういう話ではない。

「いまの猶予よりもっと長かったわ」

「この星の人々はまだきみのことを、不愉快なロングナイフ家の娘としか思っていない」

「その決まり文句が気にいらないのよ」クリスは反発した。

「きみが気にいらなくてもそう見られる。ある人々はきみの曾祖父たちの名に条件反射する。わたしはそれらを見て、友人や隣人たちの安全に懸念を持った。きみは何者か？　なにが目的か？　三十光年離れた故郷の人々に自分の存在を見せつけるために、平和な惑星を虐殺の地に変えるのか？　これらの疑問の答えをみつけるまでは、きみへの警戒を解くわけにいかない」

元海軍大尉は椅子にもたれた。トニー・チャンがテーブルに二人分の飲み物をおいて、去った。スティーブはあらためて訊いた。

「きみは何者だい、ロングナイフ」

クリスは相手にあわせてソーダ水を飲んだ。スティーブも今日はソーダ水だ。ビールではない。だれもがなんでも知っているこの場所で、これはしらふで議論すべき問題だ。

「父は首相で、わたしを兄の選挙運動マネージャーにするつもりだった。たぶん自分のマネージャーにも」

スティーブは眉をひそめた。

「親はわが子に誤った期待をするものだな」

「母は金持ちにわたしを嫁がせようとしていた。そして孫が二人くらい生まれたら、わが子とおなじようにいじりまわしてだめにするつもりだった」

退役した大尉の眉間の皺はさらに深くなった。

「だから逃げ出して海軍にはいったわけか」

「ばかよね。そこなら自分が自分になれると思った。個人として評価してもらえると思った」目をそらして隔壁を見た。「ところがどこへ行っても、不愉快なロングナイフというささやきがついてまわった。あの一族の娘だと」

スティーブは肩をすくめた。

「残念ながら、それは事実だ」

「思い知らされたわ。でも……」今度は相手の目を見た。スティーブも目をそらさない。「はっきり言っておきたいことがいくつかあるわ。その一。チャンス星はこれまでどおりに放っておかれるべきだと思う。この星で生まれ育った第四世代あたりの人々とも考えはおなじ。わかった？」

「了解した」

「その二。軽巡艦隊が訪問するまえも、期間中も、そのあとも、流血は望まない。ハンクにかすり傷一つ負わせたくない。来て、見て、帰ってほしい。ジャンプポイント・アルファなりベータなりから。ロングナイフとピーターウォルドはおなじ星系にいないほうがいい。対決などもってのほか。わかった？」

「了解した。話は了解したが、すぐには納得できない。ウォードヘブンの戦いという経過を考えると、きみは彼を殺す機会を狙っているんじゃないのか？」

クリスは天井を見上げ、祈りを聞いてくれるかぎりの神々に祈った。それから長いため息をついて、言葉を選んだ。

「スティーブ、歴史の勉強はした？」

「かなりしたつもりだ」

「もっとも長く、もっとも悲惨なのはどんな戦争？」

元大尉はしばらく考えた。

「敵味方があいまいな不正規戦をのぞけば、両陣営の戦力が拮抗している場合だろうな。どちらも明確な勝利を得られない」

「戦火は何年も続き、戦闘がくりかえされ、両陣営とも傷つき、市民の犠牲は増え、それなのにどちらからも決定打が出ない」

「そうだ」

各論にはいった。

「ピーターウォルド家対ロングナイフ家。それぞれの勢力比は？」

「きみのレイおじいさんが優勢だ」

「決定打になるほど？」

スティーブは首を振った。

「わたしも同感。これでわかったでしょう。このステーションをあっさりハンクに渡したくない。そのためには地上での娯楽企画が成功してほしい」

「まるできみは平和主義者のようだな」

「全然ちがうわ。長期的にはピーターウォルド家を倒したい。二十世紀の……そう、ソ連のように戦わずして降参させたい。でも、それまでは備えをおこたらない。すきを見せない」

「とするとわたしの仕事は、ロングナイフはこの星を蹂躙《じゅうりん》しにきたのではないとみんなに説明してまわることかな」

スティーブは言いながら立ち上がった。クリスも席を立った。

「ウォードヘブンの戦いで民間のポンコツ船をかき集めたときは、自分の足で準備状況を確認してまわったわ」

「わたしもそうするつもりだ。たまに会って情報交換したほうがいいかな」

「そうね。あとは一日二回の立ち話会議。それによって各部署は他がやっていることを把握できるから」

「立ち話か」

「立ち話よ。のんびりしないように」

「いいね」

警備を強化し、自動砲の動作確認を終え、監視カメラを作動させ、少ないながらも偵察用ナノバグをステーション内に散布して、翌朝を迎えた。キャパシタは満充電になった。ハンクの旗艦が接岸する十五分前に、ようやく反応炉に火がはいって、ステーションじゅうから歓声があがった。クリスは六時間睡眠をとる余裕があった。

クリスはスティーブのほうをむいて言った。

「できるかぎりの準備はしたわね。さて、桟橋で出迎えるべきかしら。それとも安全な司令センターに立てこもるべき？」

「ロンから聞いてないのかい？」スティーブはにやにやしながら言った。

「立ちっぱなし、視察に歩きっぱなしだったわたしが、まだ驚かされることがあると？」

「ハンクの旗艦がはいる桟橋では、ミセス・トロナードのラストチャンス・バレエ＆モダンダンス教室が勢ぞろいして迎える予定だ。そして去年のラストチャンス共進会で農業団体賞を受賞した若者たちが、自慢の焼き菓子を詰めたバスケットを贈呈する」

「他の艦には……」

「それぞれハイランドダンス学校、ドイツ文化愛好会、歌舞伎劇場、デザートダンス教室……だったかな。その愛くるしい児童たちが舌ったらずな声で、ようこそいらっしゃいましたと艦長以下に挨拶して、贈り物を詰め合わせたバスケットを手渡す。しばらくは食べきれないくらいたっぷりとね」笑いをこらえきれないようすだ。

「友好漬けにするわけね」

「そうだ。チャンス星のよさと、それを変えたくない気持ちをアピールする」

「ハンクは苛立つでしょうね」

「むこうの勝手だ」スティーブは笑顔で言った。

10

「未知の偵察ナノバグがステーション内に放出されました」

ベニが報告した。ハンクの旗艦がハッチを開いて十五秒後のことだ。

クリスはため息をついた。

「当然でしょうね」

ステーションの支配権争奪戦のはじまりだ。ベニが続けた。

「こちらのナノバグが追跡します。敵のナノバグの目的を知らせてくるはずです」

小さなナノバグが働いているあいだに、それよりは大きいが平均より小さい地元民たちも働いていた。各艦のドッキング作業員とちびっこ歓迎団のご対面を、クリスとスティーブはモニターごしに見守った。子どもたちは地球のフォークダンスを独自にアレンジしたようなものを踊っている。四歳から六歳くらいの幼い子たちの踊りは、クリスから見るとフォークダンスと見分けがつかない。しかしその後列の十歳から十二歳の子たちは、たしかにポルカではないハイランドダンスを踊っていた。

そのわきには大人の指導者がついている。このかわいい子どもたちは身の丈とおなじくらいの大きなバスケットを持って、いかついドッキング作業員たちに近づき、艦長にこれを贈呈したいと申しいれた。

クリスのいる司令センターは押し殺した笑いがあちこちで漏れていた。作業員たちは急いで上官を呼んだ。まもなく礼装にあわてて袖を通した士官たちがやってきて、地元からの気前のいい贈り物を受け取った。

それを見ながらベニが言った。

「このまぬけどもは、港の歓迎式典の経験がないのかな。サンチャゴ艦長からはヒキラ星でどんな歓迎の出し物が予想されるかをたっぷり聞かされたもんだ。トップレスで腰蓑だけの美女たちがゼロGで踊ってくれるっていうから、楽しみにしてたのに」

「してたのに……どうなったの？」

クリスは尋ねた。そんな歓迎式典の記憶はない。

「あなたが先に地上に下りたので、式典はなしですよ。上陸許可も出なかった」

「上陸許可なし？」

ベニはため息をついた。

「ええ、救出ミッションの準備を整えて、えんえん待機ですよ。艦長はあなたに、行くなら勝手に行けと言ったそうですけど、あんなのは海軍流の嘘です。助けを呼ぶ声がちらとでも聞こえたら、海兵隊とホールジー号の乗組員の半分を率いて地上に急行する手はずになってたんですから」

興味深い。しかしあくまでも歴史的な裏話としてだ。

　クリスはモニターの列に目を走らせ、六つの栈橋の下船エリアを同時に見守った。旗艦インクレディブル号の連絡橋から民間人の服装の四人が出てきて、歓迎団の脇をすりぬけていくのが見えた。

「いまの四人をマーク。他に似たようなチームが出てこないか注意して」

　クリスはそばにいるジャック、ベニ、ペニーに命じた。

　スティーブがヘッドセットごしになにか指示した。するとラストチャンス保安警備隊の二人が、四人の上がってくる第一栈橋のエスカレータの上に立った。警備隊といってもネルシャツとジーンズという服装だ。若い男女の二人は大きな笑みで四人を迎えた。

　クリスは一歩退がって全体の状況を見た。

「ハンクの旗艦から出てきたわね。他に抜け出すグループは……」

　部下たちはモニターを注視したままうなずく。モニター画面は二つ追加された。四人組が第一デッキ内を移動しはじめたのだ。まっすぐどこかへ歩くのではなく、他の下船エリアをのぞきこんだり、自動砲を格納している天井の半球を観察したりしている。ときどき眉をひそめ、通信リンクになにごとかささやく。

　ベニが報告した。

「通信リンクですね。送信データはとらえてますけど、暗号化を解除できません。ネリーにやらせてもらえませんか、クリス」

「ネリー、やりなさい」

「楽しそうです」コンピュータは答えた。

「べつの散歩組が出てきました」ペニーが報告した。

「他の艦から？」クリスは訊く。

「いえ、旗艦からです。ハンクは情報を一手に集めたいのでしょう」

「さて、こいつらはどこへ行くのかな」

スティーブは言って、またヘッドセットにささやいた。二人の警備隊員はエスカレータの上で待機した。

「こいつらは簡単だ」ジャックが言った。

「暗号は簡単ではありません」ネリーが報告した。「トゥランティック星のものや、ウォードヘブンの戦艦隊が使っていたものからは大幅に変更されています。解読するにはサンプルデータがもっと必要です」

「監視を続けなさい、ネリー。楽しいんでしょう」

ジャックは楽しくなさそうに眉をひそめてモニターを見ている。

「わたしが指揮するなら、ステーションの外になにか飛ばすところですけどね」

「それも監視中だ。すべての六インチ砲台とドックの先端にカメラがある」スティーブが言いながら、いくつかの画面を切り替えながら軽巡の外側を見せた。「動きはない」

ふいにペニーが報告した。

「敵のナノバグ一機が、こちらのナノバグ一機を攻撃して焼きました」

クリスが持ってきたスマートメタル六十キロはすべて偵察ナノバグに仕立てられている。

「ハンクはどれだけナノバグを用意しているのかしらね」クリスは言った。「ペニー、ナノバグの武器使用を許可。どちらが強いか勝負よ」

戦闘は短く、一方的だった。ハンクが持ちこんだナノバグが少ないのか、武装が軽装なのか。ナノバグの攻撃は容赦がなく、捕虜はとらない。尋問したり解剖して調べたりできない。たいていの場合は。

ペニーが戦闘終了を報告してすぐ、ジャックが言った。

「ナノバグ数機の残骸を確認。燃え残りです。回収できるようにマーキングしておきます。これがスマートメタルでできているなら、どんなプログラムで動くか調べられる」

クリスは気づいてうめいた。プログラムで自身のスマートメタルを変更できるなら、敵はいざというときに自己改変して対応できる。

「うーん。ジャック、それはいやな考えね」

「そうですね、プリンセス」ジャックは顔を上げずに言った。

スティーブが報告した。

「二番目の四人組が中央のサービス区画にまっすぐむかっている。エレベータの場所を知っているようだ」

厚手のコートをはおった四人組はエレベータに乗りこんだ。一カ月前、クリスがこの司令センターに初めて来たときに使ったエレベータだ。スティーブは自分のコンソールに目をやった。

「第二デッキのボタンを押した。本当は第一Aデッキに行きたいんじゃないかな」

「どうかしら」クリスは他のコンソールにも目を走らせた。

エレベータは事前の設定どおりに第三デッキに直行してドアを開いた。

「ご用件をうかがいます」

司令センターの溶接されたドアの外においた受付デスクからほがらかな声が飛ぶ。

四人は目的と異なる階に着いて目を白黒させているようすだったが、さすがに優秀な兵士たちらしく、すぐに態勢を立てなおした。締め切られたロビーにはいってくる。二人がデスクに近づく。受付係は若い女。金髪と豊かな胸を基準に選ばれた受付嬢……と見えるが、じつは心理学とカウンセリングで優秀な成績をおさめてもいる。二人の男は複数の場所への行き方を複数の訊き方で尋ね、受付係が答えようとするとすぐにさえぎった。相手の注意力を支配し、状況を混乱させようとしている。あとの二人は閉じたドアを確認している。開かないと知ると、電子的手段や物理的工具でこじ開けようと試みはじめた。司令センター入り口のドアは完全に溶接されているので安心だ。しかし他のドアは心配だった。

「ジャック、いっしょに」

青の礼装にピストル、剣という姿のジャックをともなって、クリスは中央から左方向に急ぎ足で出た。角を二つ曲がるとドアの前。そこで息を整える。二つかぞえたところでドアが開いた。

目のまえにあらわれたのは、クルーカットに筋肉の盛り上がった、いかにも特殊部隊という若い男。ドアハンドルをいじって開けたところから顔を上げ、顔をしかめた略装のクリスと、ピストルに手をかけた礼装のジャックを見た。そして……良識にしたがってドアを閉めた。

クリスはそのドアを開けて外に出た。ジャックもすぐに続き、大声で号令をかけた。

「気をつけ、敬礼！」

あらゆる動作が急停止し、四人はその場で直立不動になった。当然だ。

クリスはきびきびした口調で言った。

「諸君、受付嬢が指示したとおりにここは立ち入り制限区域である。即刻退去するように。そうであればこちらからは警告にとどめる。諸君の顔写真と生体認識情報は記録した。もしふたたび立ち入り制限に違反したら、残りの寄港期間中は船内にとどまってもらうことになる。わかったか？」

「はい、上官」きびきびとした声が返ってきた。

「エレベータより退出したまえ」

四人はエレベータに乗り、すぐにドアは閉まった。

ジャックは立ったまま首を振った。

「簡単すぎる」

「たしかに。いまのは捨て駒よ」

「主力は？」

「これからね」クリスは振りむいて受付係にむきなおった。「あなたは大丈夫？」

「ええ。でもここの対策はだめですね。施錠されたドアもあっさり開けられました」

「そうだったわね」

「そしてこの注意を惹くための演技も」上から二つのボタンをはずしたブラウスを見下ろして、ボタンをとめなおす。「修道女の衣装のほうがいいかしら」

「意見としてスティーブに伝えておくわ」

「よろしくお願いします」

受付係は仕事にもどった。

すぐに司令センターにもどる。スティーブが通信リンクでパットン号に指示していた。

「手があいている機械屋と加工屋をまわしてくれ。重要な出入り口のドアを物理的なかんぬきで閉鎖したい。その内側に立って、言われたときだけ開ける若いやつも必要だ。わかってる。退屈な仕事だが、敵は不正解錠ツールを使って、どんなセキュリティも突破してしまう。マリリンに聞いてみろ。受付デスクにやってきた四人の男を二分間足留めするのが精いっぱいだった。そうだ、あのマリリンがだ。嘘だと思うなら話してみろ。とにかく、ドアにかんぬきを取り付ける機械屋と、開け閉めする若いやつをよこしてくれ」

「上司であるあなたの指示にも部下たちはすぐに従わないようね」クリスは言った。

「ああ、秘密にしていたことの一つだ。ここでは命令に従うかどうかも連中の多数決だ」

「かんぬきを取り付ければ安全かしら」

「ネットワークにつながった電子ロックはすべて施錠した。施設内のドアはどれも無反応で、こじ開けようとすると騒々しい警報を鳴らす。開けるときは特定のドアをここから解除できるが……」

「なんてマイクロマネジメント」ペニーが苦笑した。

「状況を制御できなくなるよりいいわ」クリスは言った。「散歩に出かけた四人組はどうしてる？　なにかわかった？」

「旗艦から新しい四人組が出てきました。いま追い返した四人組の交代でしょう。監視しています。最初の四人組は桟橋から桟橋へ移動し、観察しながら進んでいます」

「使用中の六隻の桟橋だけ？」

「いいえ、十八カ所すべて。いまは中央の商店街を抜けて第五十一桟橋にいます」

「自動砲が少ない桟橋を探しているんだろう」ジャックが言った。「その桟橋に海兵隊を乗せた上陸艇を寄せて突入し、手薄な下船エリアを占拠するわけだ」

「どの桟橋も自動砲は四門ずつ配置されている」スティーブが教えた。

「そのように報告するはずよ。他にナノバグは？」クリスは言った。

「新規流入はありません」とペニー。

「こちらのはこのまま均等配置。敵の狙いはシャトルベイかもしれないし、その他かもしれない。すべてを想定して」

想定外だったのはそこでハンクから電話がはいったことだ。

「やあ、かわいい恋人」完璧な顔立ちが画面にあらわれ、いきなりそう言った。

「ハンク。補給は順調にできているかしら」クリスは事務的な口調を維持した。

「電力供給が頼りないね。でもドッキング数分前に反応炉が始動したばかりなのは承知しているよ。こちらの反応炉の出力を高く維持して、ステーションの負担を軽くしてあげてもい。もちろん、その場合は料金の割引を期待するけどね」

セールスマンの笑みを浮かべる。

クリスはスティーブのコンソールに目をやった。反応炉はすでにフル稼働している。映像を中断してやろうか。それなら発電能力四パーセント未満らしいあわれな状態に見える。

しかし、首相のよくできた娘らしく友好的な表情と声をよそおった。

「ありがとう、ハンク。でも問題は解決ずみのつもりよ。そして残念ながら、チャンス星補給所からの通知で今月はもう割引が許可されないの」

クリスが話すあいだ、ハンクは割りこもうと何度も口を動かしかけていた。しかしクリスが立て板に水で話すので口をはさめなかった。そしてクリスが話し終えると、しばしむっとしたようすになった。

「代将だ、大尉。代将と呼んでほしい」袖の階級章をしめす。

「わかったわ、ハンク。代将ね。そのためにわざわざかけてきたのかしら。いまは忙しいのよ。侵入してきたナノバグへの対応で。ああ、それから、そちらの乗組員の一部がステーション内を散策中に、公共エリアと立ち入り禁止エリアを区別する標識に気づかなかったらしいわ。標準指示書を再送信したほうがいいかしら、ハンク」

「代将だ」

「ええ、代将」

「必要ない。こちらに問題はない」

ハンクのナノバグについて返事からはわからない。しかしじかに質問するわけにもいかない。

「他に用事がないならまたあとで」

クリスは通話を切ろうとした。

「待ってくれ、クリス。用事はある。地元の連中がわたしと部下たちのために踊ったり歌ったりしている件だ。もちろん知っているだろうが」

クリスはすまし顔で答えた。

「乗組員のみなさんに滞在を楽しんでもらおうといろいろ計画しているそうよ」

「わたしを主賓にした舞踏会もあるらしい。今年最大の社交イベントになるとか」

クリスは上品に声を漏らしてみせた。ハンクは続けた。

「それで、地上へ降りるときはこちらの司令官艇《バージ》にきみもどうかと思ってね。部下たちもいっしょに」

「あら、ハンク。ご親切にありがとう」

「代将だ」

「それなら、〝クリス〟ではなく第四十一海軍管区司令官と呼んでもらいたいし、ファーストネームで呼びあう関係を否定することになるわよ、ハンク。でも、お誘いには応じるわ。いつうかがえばいいかしら」

ハンクは八時を指定し、階級についてはなにも言わなかった。議論がむしかえされるまえにクリスは通話を切った。

「いやなやつ」とペニー。

「頭がおかしい」とスティーブも。

「それでも危険なやつだ。なのにそのおんぼろボートに乗ると？」とジャック。

「盗む必要がなくていいでしょう」

クリスはすまし顔で言ったが、ハンク相手ほど真剣な演技ではない。ジャック以外はいっせいに笑った。

「愉快なのは結構ですが、ハンクのバージに乗る理由はなんですか？　監禁されて連れ去られかねない」

「連れ去りたくても彼はできないわ。よく考えて、ジャック。わたしも彼もおたがいをじかに害することはできない。かりに今回の彼の行動で多くの死傷者が出るとしても、わたしは彼を傷つけたくないし、彼もわたしを殺せない」

「かつてあなたを生け捕りにしてハンクの父親のまえに連行し、裸に剝いて長く残酷な拷問にかけるという陰謀がありませんでしたっけ?」

クリスは思い出して身震いした。

「ええ、憶えているわ。でもそれは裏の世界で、組織を使って試みさせたことよ。ヘンリー・スマイズ-ピーターウォルド十二世に嫌疑はかからない仕組みだった。それに対して今回は、みずからの息子で後継者が指揮する艦隊の公式訪問。どこをとっても表舞台よ。そこでは公式の立場を踏まえた行動しかとれない。だから、今夜のわたしにとってもっとも安全な場所はハンクのバージなのよ、ジャック。彼が乗っていないシャトルのほうがむしろ原因不明の爆発を起こす危険が高い」

情報将校のペニーは、他の選択肢もふくめて猛烈な勢いで状況を評価しているようだ。

「たしかにそのとおりよ、ジャック。次の問題は、本当にバージに乗って地上まで行くのか、直前で予定変更するのか。どうですか、クリス?」

「たぶんそのまま地上へ行くわ。でも、スティーブ、帰りの手段がべつに必要になるかもしれない。王子さまの乗り物はしばしばガス欠になったり、かぼちゃに変わったりするものだから。女子を助手席に乗せると」

「わたしにも娘が一人いるからよくわかるよ」スティーブは不機嫌そうに言った。「手配しておこう。もちろん内々に。敵のナノバグを焼き殺すまえに、通信線になにか植えつけられたかもしれないからな」

「お願い。ああ、スティーブ、もうひとつ」出ていこうとする彼を呼び止めた。「最初にステーションを調べてまわったときに武器庫のたくわえが充分なのは見たわ。ジャックといっしょに銃を何挺か分解したけど、状態もいいわね。契約業者を呼んで武器庫の中身をすべて点検整備させておいて」

「ここにもどって最初にやったよ、プリンセス。きみを信頼するかどうかはともかく、いざというときに自分が使えなくては困るからね」

「ありがとう、司令官」

「いっしょに仕事をできてうれしく思うよ、司令官。いや、プリンセスと呼ぶべきかな」

「どちらでも。ああ、呼ぶといえば、ネリー、アビーにつないで」

まもなくクリスの公式メイドが返事をした。

「ようやく思い出していただけたようですね、忘れっぽいお嬢さま」

「かたときも忘れていなかったわ」クリスはちらりとペニーを見た。「じつは今夜、ディナーとダンスの予定がはいったの。装いはシンプルでいいわ。他の女性客を圧倒してしまわないように。わたしも踊るから、裾の広がる赤のドレスがいいんじゃないかしら」

「青のアクセサリーとよくあうシンプルな赤のドレスですね」

アビーの話し方からすると、ネットワーク経由の通話がかならずしも安全ではなくなっていることをすぐに察したようだ。

「ええ、シンプルに」

「ヘアセットのお時間はどれくらいいただけるでしょうか」

「たっぷりとはいかない。でもなるべく早く抜けるようにするわ」

「お待ちしています」

クリスは通話を切った。そしてネリーにすべての回線の遮断を確認させてから、肩をすくめた。

「時間がどれくらいとれるかは、いまのを聞いたハンクの反応しだいね」

ハンクの考えが見えてくるまでしばらくかかるはずだ。静かになったところでペニーが訊いた。

「今夜の服装指示はどんなふうに？　アビーに用意してもらえる方はべっとして、わたしたちもなにを着ていくべきか考えないといけません」

クリスは即答した。

「ペニーは白の礼装で。ジャックはそれでいいわ。着装武器もふくめて」

「あなたは？」

「軍服はやめる」えらそうな態度で、「ハンクが代将に昇進したというなら、こちらはプリンセスでいく。ティアラに、戦傷獅子章もつけて」

「彼はプライドが傷つくでしょうね」ペニーはコンソールを見ながら苦笑した。

「失望を学ぶべきよ。今後の人生のために。これまでろくに経験していないはずだから」

「あらあら」ペニーが口調を変えた。「新たな失望のご登場だわ。これはどちらの失望になるかしら……」

クリスはペニーのコンソールを見た。

「もう充分なのに。大人の女として知るべき失望はあきるほど経験したわ」

「反応炉方面ですね」ジャックが小声で言った。

新たな四人組がステーション内を移動し、後部の工場を通る二基のエレベータの片方へまっすぐむかっている。クリスは通信リンクのボタンを叩いた。

「機関室、突入部隊への対応準備を」

「なんですって？」

答えた機関長は、いかにもおばあちゃんという容貌だ。クリスを見てから眉をひそめ、画面の外を見た。監視カメラ映像があるはずだ。そして、おばあちゃんらしくない悪態をついた。

クリスのモニターには、反応炉をめぐる通路の手前にもうけたロビーが映っていた。司令センター前とおなじかたちだ。モニターのなかのロビーには身長一メートル八十センチ以上のフットボール選手のような筋肉質の大男がいる。エレベータのドアが開くと、すぐまえで両腕を広げてさえぎり、穏やかに、しかし野太い声で言った。

「ここは立ち入り禁止エリアです。関係者以外ははいれません」

普通はそれでおさまる。しかしエレベータ内の男の一人が高い声で早口に抗議しはじめた。内容はどうでもいい。あとの三人が大男の腕の下をくぐって奥のドアにむかった。

「おい、だめだって」

大男は怒鳴って追いかける。しかし……猫一匹でネズミ四匹を追うようなものだ。しかも猫はネズミに危害を加えてはならないと言いふくめられている。ネズミはそれをいいことにやりたいほうだいだ。

大男はドアノブをがちゃがちゃと動かして、解錠ツールが使われるのを妨害する。するとネズミは隣のドアへ移って、また解錠を試みる。抗議役の男は大男に顔をつきつけて話しつづける。大男が移動しそうな方向に足を出して妨害する。コメディの一場面ならいいが、ここは笑うところではない。反応炉室に侵入を許したらなにをされるかわからない。相手はハンクだ。

「軽巡の後甲板に海兵隊が待機しているという報告があります」ペニーが言った。

下船エリアのモニターを見ると、歓迎団の子どもたちはまだ踊っている。

「子どもたちを退がらせなさい。巻きこみたくない」クリスは命じた。

「指示しています」

「機関室、突入部隊が来るわよ」

「あたしの当直中には絶対いれませんよ、司令官」おばあちゃんの声がすぐに返ってきた。

「チュ、サンチェス、ラドンカ！　一番でかいマイナスドライバーとハンマーを持ってドアへ行きな」

「ドライバー？　そんなものでなにするの？」

「あんたたちは学校でなに習ってるんだい。本の知識ばかりで実用を知らない」おばあちゃんがぼやきながら急ぎ足で移動するのを、クリスは複数の画面で追った。「あたしは車のエンジンを直結でかけられるよ」

「すごいね、おばあちゃん」画面の外のサンチェスが言った。

おばあちゃんは機関室のドアの一つにむかった。

「でかいドライバーの先を蝶番のそばでドアとドア枠のすきまにあてな。ドアノブ側じゃないよ。あんたが立ってるのはドアノブ側。そしてハンマーで力いっぱい叩きこむ。そうすりゃドアは絶対開かない」

「ドアストッパーがあったよ」

三角形の木片が飛んできてドアのあたりに転がる。おばあちゃんの叱責を浴びていた少女がそれをつかみ、ドアの下にいれた。おばあちゃんはそれも叩きこんだ。

「これで図体のでかいやつが体重かけて押しても開かない」

そして持ち場の席にもどった。

クリスは他のモニターを確認した。状況は安定しているようだが、四人組にはまだ注意が必要だ。厚手のコートの下になにを隠しているのか。爆発物か。ハンクは苛立ったらどこまでやるつもりだろう。指導教官のようなだれかがついているといいのだが。ハンクの父親は息子を外へ行かせても、だれかに手綱を握らせているだろう。その指導教官は大将だろうか。いや、せいぜい艦長だろう。代将の思いつきは妙案ではないと説いているはずだ。

「スティーブ、厄介なことになったわ」クリスはネットごしに言った。

「わかっている。パットン号の配管工を何人か送った。騒動に割ってはいるはずだ」

クリスは通話を切ってからつぶやいた。

「配管工？」

ジャックはにやにや笑っている。

「すごい大きさのレンチだな。これで殴られたらいちころだ」

反応炉室前のロビーのコメディは続いていた。一人がとうとうドアの解錠に成功した。ところが開かない。四人が集まっていっしょに押しはじめる。それを大男が横から押しのけようとする。大騒ぎだ。

するとそこでエレベータのドアが開いて、六人の大男が出てきた。いや、四人の大男と、二人の大女だ。それぞれ巨大なレンチを両手で持ってロビーに出てくる。

「みなさん、こんにちは。なにかお困り？」

金髪をツインテールにした筋骨たくましい農場娘が、右手で握った大型レンチの先をゆっくりと左手に打ちつけながら、質問した。

グリーンフェルド星の二人はコートの内側のなにかをつかんだ。警備の大男につかみかかっていた一人は、手を放して退がった。

クリスはそのタイミングで通話ボタンを押した。

「こちらはロングナイフ司令官よ。反応炉室前ロビーで騒ぎが起きていることを、ピーターウォルド代将に知らせたほうがいいかしら」

するとロ々に、「いや」「なんでもない」「騒いでいない」と言いはじめた。

配管工の六人は左右に分かれてお客さま方がエレベータへもどる道を空けた。ついでに第一デッキ行きのボタンも押してやった。

「簡単に帰らせてやっていいものでしょうか」ネリーが訊いた。

「怪我はさせなくていい」クリスは言った。

「エレベータにはステーションの反対側までまっすぐ上がる機能があります。めったに使われない機能です。途中でゼロGになり、ついで天井と床が逆になる環境変化に耐えなくてはいけませんから」

「それをやって、なにになるんだ？」ジャックが訊いた。

「無重力空間に放り出されると、平均して三人に一人は気持ち悪くなります」

「こいつらは平均的な人間じゃないぞ、ネリー。ピーターウォルドの特殊部隊だ。宇宙訓練も受けてる」

「そのようなデータは受け取っていません」ネリーはすまして答えた。

「テストしてみればわかるわね。いい機会だわ」ペニーが言った。

「ネリー、エレベータを方向転換して上へ」クリスは命じた。

「実行中です、プリンセス。愉快ですね」

「ステーションの中心で停止させなさい」

「停止しました」

「映像はある？」

予備の監視カメラで、画質が悪かった。しかしエレベータが勝手な方向へ動きだして困惑しているようすはよくわかった。重力が消えてあわてふためき、一人、二人と胃のなかの朝食を吐いている。エレベータを目的の方向へ動かそうとあがいてから、リーダーらしき人物が不愉快そうに言った。

「もうかんべんしてくれ」

クリスは答えてやった。

「そちらの司令官に伝えなさい。またエレベータに乗りこむ集団がいたら、妨害工作のまえにみんなこうして無重力試験にかけると。ロングナイフの名のもとに約束するわ」

「よくわかった」リーダーは通話を切った。

ネリーがクリスに訊いた。

「エレベータはステーションの反対側まで行かせますか？」

「いいえ。必要以上にステーション内部を見せたくない」

エレベータから下りた四人はハンクの旗艦にまっすぐ逃げこんだ。

クリスは司令センターにランチの出前を注文した。トニー・チャンはピザの特別配達を請け負った。ハンクも昼休みをとってくれたようで、その旗艦から新たな四人組が出てきたのは、ピザの後片付けがすんでからだった。

「スティーブ、この連中を威圧できるような者はいない？」

「八人いるな。ラストチャンス・ライフル射撃クラブの会員だ。訓練は充分。じつはわたしの元部下の先任衛兵伍長に率いられている。ほら、こんな具合だ」

　四人組の乗ったエレベータのドアが開くと、ピストルを腰につけた四人に迎えられた。その背後二十メートルのところにはM－16を吊った四人が控えている。前列のうちの年輩の男が、エレベータの四人と言葉をかわした。すると四人は乗ってきたエレベータでそのまま引き返した。

「射撃クラブの会員は何人いるの？」クリスはスティーブに訊いた。

「充分に」と謎めいた答え。

　クリスはそれから一時間、ハンクが次に打ってくる手を待った。しかし動きはない。時計を見て、アビーがこだわるヘアセットの時間と駆け足での視察の時間を考えて、そろそろジャックに当直をゆだねることにした。

「熱い鍋をまかせるわ。沸騰する兆候があったらすぐに連絡を」

「来《きた》る二〇〇〇《フタマルマルマル》には予定を変更して、こちらのシャトルで地上へ降下されるべきだと思いますが、いかがでしょうか。ハンクがいつも正常な判断をできるとは思えません」

「よい指摘ね、警護班長」予定変更をうながす警備責任者の権威を認めるふりをしながら……一顧だにしなかった。「でも今夜重要なのは目的地へ行く手段ではなく、その手段をとるわたしを見てハンクがどう感じるかよ。今夜同意できないなら、同意する機会をあたえるわ。

無料で、反論はなしで」

ジャックはじっとクリスを見た。

「あなたの袖章のほうが、線が一本多いですからね」

「今夜のわたしのドレスは袖なしよ。そして上半身の布面積が非常に少ない。それによってわたしがどんな立場で行くかわかるはず」

「楽しみです」とペニー。

「あなたは白の礼装、勲章は正章着用で。ああ、ジャック、あなたもハンクのバージに出むくときは勲章をつけてきなさい」

「いくらかでも威圧的かしら」とペニー。

「負けた気がするな」

ジャックはうめいたが、唇の端はすこし笑っている。この部下たちはハンクのプライドに水面下で大穴があくのを見たがっているのだ。

クリスは視察にまわった。惑星防衛の配置についた人々に労をねぎらう笑みをむけていく。スティーブに合流して詳細な報告を聞くと、残りはいっしょに視察した。どのドアも鋼材のかんぬきがかけられ、開閉は人手でやっている。反応炉に通じるドアは二重かんぬきだ。人々は愉快そうだった。訪問者への対応を冗談まじりに話している。クリスも楽しい会話に加わったが、これは第一ラウンドにすぎないと釘を刺すことも忘れなかった。まだ先は長い。

待ちかねて機嫌が悪いはずのアビーのもとへ行くまえに、クリスはスティーブに言った。

「驚く結果だわ。ゲームははじまったばかりだけど、どうやらポイントを先取している」

「ポイントなんて、なにかあればあっというまに逆転されるよ」

スティーブは振り返らずに言った。

11

古人いわく、戦争とは外交の一手段である。逆もまた真かもしれない。クリスの父親はどちらの言い方も好んだ。その娘が、ピーターウォルド家とロングナイフ家の戦争の延長の一手段として、こんなふうに社交活動を利用していることは、どう見られるのだろうか。かつてハンクをロミオ、自分をジュリエットに見立てていたこともある。両家の抗争に終止符を打つために運命づけられた二人というわけだ。そんなロマンチックな恋愛感情は、いまはとうに消えている。

クリスは自分の部屋から廊下に歩み出て、ジャックとペニーにむきあった。

ペニーは指定どおり海軍礼装のディナードレスと装身具一式だ。

「便覧には略綬とありますが、持ちあわせないので正章にしました。こちらが適当かと」

クリスはうなずいた。

「目の悪い客にもわかりやすくていいわ」

ジャックはシャワーを浴びて髭を剃って、あらためて青の礼装を着こんでいた。胸には一本の略綬ではなく複数の正章をつけている。クリスの装いを見て意見した。

「防衛戦争の記念ラペルピンで、戦傷獅子章の飾り帯を留めていらっしゃるのは、服装規則上いかがなものでしょうかね」

クリスは自分のドレスを見下ろした。赤のサテン地は人目を惹く。ファイアレッドに包まれた自慢の細いウエスト。その下は歩くたびに優雅に揺れる。上は大胆に開いている。アビーのプッシュアップブラは男性の視線を集める谷間をつくりだし、クリスがスピン方向に動くと揺れさえする。

地球最高位の勲章である戦傷獅子章の飾り帯は、アビーの着付けによって右の腋の下からはじまり、優雅な弧を描いて、左の腰につけた勲章の金色の光芒で締められている。しかし非公式に授与された地球の勲章の無言の存在感だけではない。ウォードヘブンで最近起きた防衛戦争の民間人生存者たちから贈られたラペルピンをいっしょに刺していた。

ハンクはどんな勲章や褒章や記章をつけてくるだろうか。そもそもグリーンフェルド星周辺は長い平和に浴していて、クリスが最近経験したような死線をくぐる機会は多くないはずだ。むしろ、グリーンフェルド星出身者が死線をくぐるのは非公式の作戦がすべてというのが正しいのかもしれない。

満足して、クリスはジャックに手をさしのべた。ジャックはその手を自分の腕で受け、エレベータへ案内していった。司令センターを通過するときに、クリスはベニ兵曹長に声をかけた。

「店番をよろしく」

「こういう疲れたあわれな兵士を慰労するために開かれるのがパーティでしょう。なのに当直なんて不公平です」

「わたしの任命状には公平を期すという文言はなかったな」ジャックがクリスを見ながら言った。

「わたしのにも書かれていないわ」クリスは言った。「でも明日の晩もパーティはあるから。そのときは非番にしてあげる」

「忘れないでくださいよ。ネリー、予定表に記入しておいてくれ」

ベニーの叫びを背中に聞きながら、かんぬきをはずしてドアを開け、エレベータのロビーにはいった。二人の大柄な若者が受付のマリリンと愉快におしゃべりしている。

「どうぞ楽しいダンスを」

マリリンは声をかけながら、エレベータが無人なのを確認してからドアを開いた。

第一デッキに下りると、ジャックを右に、ペニーを左に率いて第一桟橋にむかった。

「ジャック、ここまで来てまだ予定変更を要求するつもり？」

「いいえ。これだけめかしこんだら宴《うたげ》を楽しみますよ」クリスの腰のうしろに手を滑らせる。

「武器はありませんね。丸腰で乗りこむおつもりですか？」

「アビーがべつのところに隠したわ。ダンス中に殿方の手に探られるのは興ざめだから」

「とりわけハンクにはね」とペニー。

「銃を使うときは合図してください」

「わかってるわ、ジャック。悪党の親玉をわたしが先に倒して、あなたが雑魚ばかりでは恥をかくでしょう」クリスは笑顔で言った。

「ターゲットへの接近中にそんな侮辱を笑顔で聞かなくてはいけないとは」ジャックは笑顔で愚痴った。

「ごちそうは残しておくわ」

エスカレータで桟橋に下りる。ペニーが先頭で連絡橋を渡り、まず当直士官に、ついで後甲板の左手の壁に描かれた星旗に敬礼した。ジャックが続いて同様の礼をとった。そしてクリスだ。爪先まで王族の装いで、軍服は一片もまとっていないクリスは、連絡橋を渡ると当直士官に手をさしだして拝謁の接吻の機会をあたえた。若い大尉は想定外という表情。しかしクリスの手がぐいと口もとに伸びてきたので、どうやらそこにキスしなくてはいけないと気づいたらしい。そこでクリスが意地悪く手を下げていったので、当直士官は追いかけて自然にお辞儀の姿勢になった。教育しがいのあるグリーンフェルド星の兵士にクリスは満悦の笑みをむけた。

「そちらの代将のお招きでパーティ会場までこのバージに乗せていただくことになったのよ。よろしいかしら」

「よろこんでご案内させていただきます」

落ち着いた低い声がした。クリスがそちらを見ると、年輩の海軍士官が控えていた。青の礼装の袖には大佐をあらわす四本線。整えた髭は灰色で、こめかみに残った同様の髪に威厳がある。クリスが手をさしだすと、大佐は慣れたようすでお辞儀と口づけをした。

「スマイズ－ピーターウォルド代将の旗艦、インクレディブル号のマーブ・スロボ艦長です」

「最近のハンクはあなたのようにフォーマルなのかしら」クリスは社交界に出たての娘のように気どった声音で訊いた。

「代将のお父上は九十の惑星を統べる大統領でいらっしゃいますから、多少のフォーマルさはあってしかるべきでしょう」

惑星の数について反論はせず、クリスはペニーを紹介した。ペニーはクリスの範に習って、上位者への敬礼ではなく、手をさしだした。スロボ艦長は礼をとった。そのお辞儀で目が若い大尉の勲章とおなじ高さになった。従軍記録を読み取って、艦長は鼻をふくらませた。

ここが海軍流の興味深いところだ。

クリスはかつてネリーにウォードヘブン紳士録を購読させ、おおいに参考にした。のちには全人類宇宙紳士録に購読範囲を広げた。政治家、科学者、一般市民をすばやく検索でき、それぞれの経歴がつまびらかになる。政治家志望の娘にとっては有用な資料だった。ところが海軍流はちがう。あらゆる情報が胸の上で開陳され、読み取れる。場合によっては警戒心さえ抱かせる。

スロボ艦長の場合はどうか。四枚樫葉付き善行章は、小さな勲章をいくつも受けていることを意味する。誠実で優秀な勤務を続け、さらに二十年現役で退役していないことをしめしている。勲功従軍章は功績を称えているが、あくまで士官としてだろう。殊勲章は前指揮艦でのものだ。リボン章は、ろくに港から出ないグリーンフェルド海軍の軍人にしては異例だ。宇宙の黒の地に四つの白い星のリボンは、四ヵ月連続艦上勤務を称えている。一級射手章は、五種類の個人用ないし補助員付き兵器における高い技量をしめしている。

クリスはその勲章の列を、ネリーがネットから取得した最新資料と照合した。ふむ、この男はピーターウォルド家による強引な領土獲得と、それにともなう〝防衛作戦〟と称する戦いには参加していないようだ。クリスに対して秘密にしているのでなければ、血と爆音にまみれた悪名高いグリーンフェルド砲艦外交の担い手ではないらしい。

クリスがペニーのまえに立つスロボ艦長を値踏みしているあいだに、彼はクリスの部下を値踏みしていた。

ペニーは、通称〝ビール鯨飲パーティ遊戯章〟をつけている。これは人類協会の旗が正式に下ろされたときにパリ星系にいた全兵士に授与されたものだ。さらにトゥランティック医療遠征章と、ヒキラ星でテロ事件が起きたときに制圧支援活動に参加したことをしめす全般むけの海軍遠征章がある。トゥランティックの勲章で通常と異なるのは、武勇を意味するVの印が付されていることだ。他の兵士はトゥランティック星に医療物資を届け、通信施設を再開させただけだが、ペニーはより困難な道——すなわち戦闘参加で貢献したのだ。

最後に誇らしげにつけているのがウォードヘブン防衛章だ。この勲章にVはつかない。戦列に加わって命がけで戦った者のみに授けられたからだ。

上列の反対端は勲功従軍章がある。これはおそらく、クリスの同僚だったタイフーン号の乗組員たちを尋問したことによるものだ。クリスにとってはいまも腹の立つ事件だった。しかしトムはそのことをペニーに対して根に持つなと言っていた。〝仕事でやっただけだから〟と。そしてペニーはトムに恋をし、トムはペニーに恋をした。

だからクリスはペニーを許した。とはいえ、なにもかも納得したわけではない。自分とウォードヘブンを何度も窮地から救い出したつもりだが、クリスがこれまで授与されたのは、たんにそこにいたことを認める基本のリボン章だけなのだ。首相の娘で王の孫でも、お伽噺のような展開にはならない。

スロボ艦長はペニーの値踏みを終えると、ジャックにむいた。敬礼をかわす。ジャックもペニーとおなじ派遣先で勲章を受けている。ちがいはトゥランティック星からはじまっているところだ。ジャックと艦長は視線をがっちりあわせて離さなくなった。どちらが優位か決めようとする男性の本能だ。犬の運動場のような狭い範囲で……としかいいようがない。

二人は同時に視線をはずした。勝者はネリーの判定がなくてはわからない。

「ご案内しましょう。代将のバージはこちらです」

艦長はクリスに言った。とても洗練され、礼儀正しい。クリスはその腕をとって案内をまかせた。ジャックとペニーはついてきた。昔ながらの飾り物をごてごてとつけた戦士や殺し屋の巣窟。しかし今夜はパーティだ。明日は銃口をむけあうかもしれないが、今夜は飲んで踊って他のことは考えない。そういうものだと、クリスは胸のうちでつぶやいた。

スロボ艦長は所有者の誇りを漂わせて艦内を案内していった。下りのエレベータに乗って、クリスにむきなおる。

「着用なさっているのは地球の戦傷獅子章ですね」

「そうです」

「おもちゃ箱にそんなものをお持ちのお嬢さんはめずらしいでしょうね」

「ええ、寡聞にして存じません」

「そうでしょう。相当な逸話があるはずですね。そう聞いています」

「ええ、そうです」

クリスは認めただけで、なにも言わない。沈黙が長くなる。

「お話しいただけないようですね」

「報告書ですでにお読みでしょうから」

エレベータが停止すると、艦長はきつく締まったシャツの襟をなおした。

「じつのところ、あなたについての報告はなんら受けていません。一カ月前にグリーンフェルド宙域を出て以来、連盟の惑星に次々に寄港してきました。四カ所か五カ所か……忘れるほどに」

スロボはとぼけた。クリスは眉をひそめたくなるのをこらえて、そんな話が出てくるわけを考えた。暇つぶしのおしゃべりか。ステーション内をうろつく口実か。あるいは自分も代将も事前のたくらみなどないと暗に言っているのか。ふむ。

クリスは艦長の発言全体を思い出して、最初の問いに答えた。

「報告はなくても、代将自身からわたしに会ったときの話を聞いたでしょう」

話しながら、シャトルベイにはいった。礼装の乗組員や海兵隊員が列をつくって水兵艇《ランチ》に乗りこんでいく。しかし司令官艇《バージ》のまわりは静かだ。

「二言三言はうかがいましたが、詳しいお話はありませんでした」艦長は真剣な顔からふいに謎めいた笑みに変わった。「それはそれとして、あなたやお連れの一行を本艦のブリッジや小艇の操縦室に近づけてはならないと厳命されました。問答無用で。これはなぜなのでしょう」

「ハンクが機密事項と考えているのなら、わたしの口から漏洩すべきでないでしょうね」クリスは軽くあしらった。

バージに着くと、命令ではなく儀礼にしたがって、ジャックとペニーが先に乗りこんだ。すぐに脇へ寄って、クリスとスロボ艦長が乗る余地をあける。艦長はクリスがバージに渡るまで手を貸し、続いて自分が乗った。そして前方にむいて直立不動になった。

前部座席の脇に、ヘンリー・スマイズ－ピーターウォルド十三世が立っていた。最上級の礼装軍服だ。裾の長いフロックコート。帆船時代の船長がかぶっていたような時代がかった帽子は、縁を金モールがめぐり、山が高く、頂部が前後に張り出している。胸には勲章がじゃらじゃら。なんとか殊勲章やなんとか勲功章。これらを承認した人物は壮大な架空の物語を描いたのか、あるいはなにも考えずにサインだけしたのか。最高司令官の息子のご機嫌をとっておけ、というわけだ。

それならウォードヘブンでも首相の娘のご機嫌をとってくれる者がいてよさそうだが。まったく。

スロボ艦長が儀礼どおりに宣した。

「知性連合のクリスティン王女殿下のおなりでございます」

ハンクの完璧に整った容貌は、クリスを見たとたん、駄々っ子のふくれっ面に変わった。代将の高みから卑しい大尉を見下してやるつもりだったらしい。クリスはほくそ笑んだ。今夜の勝負はまず一本取った。

ハンクはくるりと背をむけ、風船がしぼむように席に腰を落とした。左腰に吊った剣がぶつかって跳ねる。右側の席にすわればよかったのだが、見晴らしのいい席は左だ。予定が狂って混乱しているらしい。

クリスの隣でスロボ艦長が軽く咳払いをした。

「お席は後列です。操縦機器からなるべく遠く」

王女殿下というさきほどの宣言と齟齬があるが、まあいい。まんまと罠にかかってくれた。悪いわね、艦長。無能な上官を呪いなさい。そう思いながらクリスは指示された席にすわった。

ペニーは隣。ジャックはすぐまえの席に。剣はじゃまにならず、制式拳銃はすぐに抜ける位置だ。クリスはスカートをさりげなくなおし、右膝の上に吊った自分のピストルに手がかかるようにしてから、ようやく緊張を解いた。今夜の戦いで銃弾は飛ばない予定だ。すくなくとも序盤は。

ハンクは初手をしくじってふて腐れている。クリスは次の手を待った。動きはあった。しかしそれは初手の一部だった。五人の艦長がどやどやと乗りこんできた。ハンクはウォードヘブン第四十一海軍管区司令官の屈辱を配下の艦長たちに見物させるつもりだったらしい。ところが彼らが目にしたのは、自分たちのボスがすねて、クリスは後席で悠然と微笑んでいる図だ。ハンクの予定とは大幅に異なる。

クリスは他の艦長たちを観察した。三人はすぐに若い代将のいる前列の席を埋めた。彼ら自身も若く、どうやら新任艦長たちらしい。そのうしろの列には二人と旗艦艦長がすわった。このグループは年輩だ。前列はすぐに談笑しはじめた……特定のだれかを笑っているのか。年輩の艦長たちはベルトを締めると、前方に注意深い視線を、後方にひそやかな視線を送った。スロボ艦長が身を乗り出すと、あとの二人もならって鳩首《きゅうしゅ》する。しかしその姿勢はすぐに解かれた。自分たちの司令官におごそかな忠誠を、クリスには反感をしめしながら、無表情に席に落ち着く。

クリスは隣のペニーに顔を寄せた。

「それぞれの艦と艦長についてわかることを教えて」

「はい、殿下。でも彼らは新顔で、手もとのデータベースにありません。高優先度のクエリーを送信しましたが、まだ応答がありません」

シャトルの降下はクリスも文句をつけられないほど滑らかだった。窓から見るラストチャンス空港は、普段とは打って変わってにぎやかだ。駐機場は多くのランチで混雑し、フェンスの外には見物の人々が集まっている。クリスは政治家として人々の期待を推し測った。彼らを満足させられるだろうか。

今日の空港は迅速な仕事ぶりで、代将のバージを一番目立つ駐機スポットに牽引した。海軍と海兵隊の兵士が階級ごとに整列し、グリーンフェルド星の楽団服をまとった軍楽隊が星歌を演奏する。

クリスはハッチが開いても席を立たなかった。寄せられてきたタラップは最上段の踊り場がステージのように広い。ハンクは艦長たちを引き連れてそこへ出ていった。クリスには一瞥もくれない。しかしクリスは彼に友好的に会釈した。ハンクの目には留まらなかったようだ。しかしスロボ艦長とあとに続く二人の艦長は気づいた。最後尾の艦長はうなずき、軽く帽子に手をやりさえした。

交戦し、多少の戦果を挙げた！

ステージ然としたタラップ最上段に立ったハンクは、用意されたマイクを使って話しはじめた。その声が駐機場と群衆にむけて響く。配下の兵士たちは直立不動で静聴している。

クリスには開いたハッチごしにフェンスのむこうの群衆が見えた。彼らも黙って演説を聞いている。ハンクは、〝宇宙が団結をうながす〟と説き、〝風向きを知る賢明な人々〟が近年享受している繁栄を称え、チャンス星の人々も〝早く勝ち馬に乗って先行者利益を得る〟

べきだと締めくくった。

一部の兵曹長は兵士たちの直立不動を解いていたらしく、代将に対する大きな拍手が起きた。しかしフェンスのむこうの群衆は演説中とおなじく静かだ。

ハンクはそばの若い艦長たちになにごとかささやいた。クリスの耳には、「いまにわかる。学習させるさ」と聞きとれた。

ハンクの一行はタラップを下りた。リムジンに乗りこんで出発したというペニーの報告を聞いてから、クリスはようやく立ち上がった。儀礼では階級順だ。ペニーとクリスはおなじ大尉だが、じつはペニーが一年以上も先任にあたる。しかしペニーは笑顔で譲った。

ジャックはハッチに立ち、きびしい目で狙撃手や手榴弾攻撃者の存在を探した。人類宇宙でもっとも近づきやすいターゲットを守りつづけてきた記録を傷つけそうな要素がないことを確認すると、うなずいてクリスに前進を許した。

クリスは踊り場に出た。まず視界にはいった人々に微笑みかけ、教科書どおりに手を振った。しかしまったく無視されたので、階段を下りようとした。残っているのはまだハンクを追って町へむかっていない少数のメディア関係者だけだ。

「あっ、おれたちのプリンセスだ」

だれかが叫んだ。すると拍手が湧いた。クリスはまた手を振った。フェンスのむこうの人々だ。子どもたちや男女の大人たちが手を振り返してくる。ハンクの売り込み口上のときにはなかった歓声が聞こえる。

クリスはしばらくその場にとどまって手を振りつづけた。轟《とどろ》くような歓声に包まれた。ハンク

「スピーチを！」という叫びがいくつか聞こえたが、さいわいにも広がらなかった。ハンクにならうのは簡単だが、それでは二番煎じだ。代将の勇ましい言葉に対して、こちらは謙虚な沈黙と友好的な微笑みだけというのがいい。

群衆が手を振り、喝采を続けるなかで、クリスはゆっくりとタラップを下りた。下にはリムジンが横づけされている。運転手は、あろうことか、スティーブ少年だ。

「ジャック、この若すぎるカミカゼドライバーに言ってやって。急ぐ用事はないから、市内までゆっくり運転するようにって」

「でも親父から、新記録をつくるつもりで運転しろっていわれてるんだ」スティーブ少年はやる気満々の顔で言った。

「本当に言ったのか？」ジャックが助手席に乗りこみながら訊いた。

「ほんとさ。最低速記録をつくれって。難しいぜ。あの坊ちゃん代将を乗せてるのはタノナなんだ。あの女の運転はカタツムリとタメを張るからな」

ゲートへむかって進む車の窓から、クリスは手を振りつづけた。自分の車のほうへ歩く人々がほとんどだが、一人の少女はクリスを見て腕がもげそうなほど手を振った。クリスは大きな笑みをむけ、心をこめて手を振った。

ゲートで一旦停止すると、すぐそばの車の六歳児くらいの女の子がクリスに気づいた。母子の会話が聞こえてきた。

「ママ、ママ、プリンセスが手を振ってくれたよ。あたしだけに！」

「そう、よかったわね」

母親は答えたが、顔は上げず、もっと幼い子をチャイルドシートに固定している。

「ほんとだってば、ママ。ほんとにあたしに手を振ってくれてるの」

母親はようやく顔を上げ、上の子を抱き上げた。そして本当にそばにクリスがいるのに気づいた。

「まあ、ちゃんと手を振った？」

「振ったよ、ママ」

女の子は興奮した声で叫び、クリスに忘れられているといけないと思ったようにあらためて手を振った。

クリスは二人に微笑んで手を振った。レイ王の支持者をまた一人獲得した。幼い女の子が選挙権を得るころには現在の対立はとうに決着しているだろう。もしも事態が誤った方向に進んでいたら、女の子は選挙権を得るまで生きていないはずだ。

クリスは正面にむきなおり、沿道両側の歩行者に手を振った。大事なのはいまの女の子だ。そしておなじくらいの少年少女たちだ。彼らのためにチャンス星は現在も将来もこのままでなくてはならない。クリスは歯を食いしばり、あの女の子を忘れないと決心した。

隣でペニーが涙をぬぐった。

「あんなかわいい子がいたらどんなによかったか。わたしに半分、トムに半分似た子がいたら」

クリスは外に振っていない手をペニーの膝にかけた。

「そうね」

ペニーは前方の車列を見た。

「あの気どった息子。あいつにとってはなにもかも砲煙と権力のゲームなんでしょうね」

「あなたとわたしとトムとで、あいつらを叩きのめしてやったじゃない」クリスは微笑みを崩さずに言った。

「でも彼ら自身は血を流さなかった。痛くもかゆくもなかったんですよ」

「いまは笑顔で手を振るのよ、ペニー」できるだけ穏やかに言った。

ペニーは手を振った。涙で頬を濡らしながら。

「ごめんなさい、クリス。ステーションで留守番すべきでした。こんなに取り乱してしまうなんて」

クリスは自分を呪った。気がまわらなかった。ハンクの気どった仮面を砕くことに懸命で、ペニーにとってピーターウォルド家が希望を砕いた仇敵であることを忘れていた。ロングナイフの悪い癖だ。敵ばかり見て、味方を忘れてしまう。

「スティーブ、この先にガソリンスタンドがある？」

「あるけど、まわり道になるよ」

「お化粧をなおしたいから、そこへ行って」

「いいえ、クリス。いいんです」ペニーは言った。

スティーブ少年は肩ごしに後席の二人を見た。クリスは強い口調になった。

「命令よ。まわり道へ」

スティーブは従った。他の車はついてこない。ガソリンスタンドの先客は一台だけだった。トイレはさいわい外に面し、施錠はない。ペニーは婦人用にはいり、ジャックは車外に出て周囲の安全確認をした。車内に残ったクリスに、スティーブが訊いた。

「おれ、なんか悪いことしました？」

「なにも」

婦人用化粧室からひそやかに漏れてくる泣き声に、スティーブ少年は居心地悪そうだ。クリスは沈黙を埋めようとして話した。

「ペニーはわたしの友人と恋に落ちたのよ。二人は結婚したのだけど、三日後にトムは、わたしの母星を蹂躙しようとしたピーターウォルド家の艦隊と戦って戦死した」

若者はわからないという顔だ。

「さっき演説してたのがピーターウォルドだろ。なぜ撃たないんだい？」

「艦隊戦が終わってみたら、その艦隊がどこから来たかという証拠がみつからず、生存者もいなかったのよ」

「ありえねえ」

「偶然ではないはずね」

「なんか、すげえ頭にくる」若さに似あわない聡明な反応だ。

「ええ、頭にくるわね」

しばらくしてペニーがもどってきた。顔を洗って、化粧はすっかり落としている。後席にぐったりとすわった。

「泣き虫ですみません、クリス。自分でも予想外でした」

「いいのよ」クリスは慰めた。

「ステーションへ帰ったほうがいいでしょうか」

「あなたが帰りたければ」

ペニーはしばし考えてから、うなずいた。

「ハンクのそばで冷静でいられる自信がありません。行き先であなたが下りたあとに、このままスティーブに空港へ送ってもらいます。作業員用のシャトルに乗ればいい。ああ、そうだわ……」表情がやや明るくなる。「ペニと交代すれば、彼は今夜地上で愉快にすごせるわ」

「いい考えね」

ペニーには旗手の役割を期待していた。大尉の軍服を着ないクリスのかわりに、戦闘での勲章をしめしてハンクの言葉による攻撃を跳ね返してほしかった。たしかにペニーには過酷だ。しかし敵の姿を見てこんな本能的反応が起きるとは、クリスもペニー自身も予想していなかった。

「そうしましょう」

クリスは小声で同意した。そのときジャックがクリスによこした視線は読みとれなかった。ペニーの扱いが首尾一貫しないといいたいのかもしれない。しかしジャックはロングナイフ家とのつきあいが長いので、その人使いの冷酷さはよくわかっている。トムもそのようにはっきりと言ったはずだ。

こんなときにトムがいてくれたら……。

その先の道のりは平穏だった。市内中心部にはいって、スティーブは車を停めた。

「このまま乗っていく?」

「いえ、このあたりで下りるわ。あとで迎えにきて」ペニーは頼んだ。

クリスはうなずいた。リムジンにとどまると、なぜ下りないのかと疑問の目で見られる。あらじめ下りておいたほうがよけいな注目を惹かずにすむだろう。

ペニーは車外に出て、ドアに手をかけたまま話した。

「クリス、自分を責めないでください。わたしやジャックを同行させた目的はわかっています。強力な敵と対峙するときの後方支援部隊としてでしょう。わたしだってハンクに唾してやりたかった」目をそらして、「たとえばの話です。怒りがあるから強くなれる。実際にそうでした、クリス。あのときまで。あの幼い女の子があなたに手を振るまで。あれを見たら崩れてしまった。ハンクと戦う爪は持っている。でもあんな幼い子を見ると、どうしていいかわからなくなるんです。ああいう子どもたちのためなんです。子どもたちのためにこうしてがんばっている。でもあの子の目を見たら、トムとわたしが失ったものが見えて、それで崩れてしまった。いえ、もうさっきみたいに泣かないから大丈夫ですよ」

ペニーはドアを閉めた。

「あなたはハンクをやっつけてきてください。わたしはベニを地上へ来させます。グリーンフェルド星の兵曹長たちと飲みながら情報収集をしてきてくれるでしょう」

「プランBね。きっとうまくいくわ」

スティーブ少年はリムジンを出した。ペニーは一人で歩道を歩いている。あとでスティーブがもどって拾うはずだ。それまで安全だろうかとクリスは案じた。きびしく結ばれたペニーの口もとを見て、今夜彼女を悲しませる者には鉄槌を下してやると決意した。

「あくまで個人的意見ですが、わたしもああなるとは予想しませんでした」

「ありがとう、ジャック。おかしな話ね。わたしたちは敵に対峙すればいくらでも強力な作戦をしかけられる。でも愛と慈悲のまえでは涙と弱さを露呈してしまう」

「そういうものでしょう。ご自身は大丈夫ですか？」

内面を点検した。怒りとともに意欲はある。外面も点検した。化粧崩れはない。

「準備はいいわ」

「では行きましょう」

リムジンはそびえ立つホテルの正面玄関の屋根付き車回しに乗りいれた。停止と同時にジャックは車外に出て、クリスのドアを開けた。

最高に優雅な装いでクリスはリムジンから降り立った。待ちかまえるのは野次馬とメディア。クリスは笑顔で手を振った。十代の少年が手を振っているのを見かけると、投げキスをした。少年は死にそうなほど真っ赤になり、すまして手を振らなかった左右の友人たちの羨望の的になった。

クリスはジャックの腕に手をかけ、軽くよりかかってホテルにはいった。係員が舞踏室へ案内する。ジャックはクリスのショールを点検した。アビーが、〝予報よりも夜が冷えこんだり、お肌の露出を減らしたいときのために〟といって用意した。クリスは他の女性客の服装と比較して、自分は充分に穏健だと判断した。他の客は招待状の提示を求められている。しかし係員はクリス一行を見ると金属探知機のスイッチを切ってそのまま通した。

「今夜は王族待遇ですね」とジャック。

「それはステーキかチキンか魚料理か選べないという意味よ。あてがわれるのは残り物」クリスの経験論だ。

いよいよ舞台だ。白のボウタイと燕尾服の二人の若い女が笑顔と仰々しい動作で、金細工とガラスの高いドアを左右に開く。舞踏室へクリスは足を踏みいれた。

12

立ち止まって見まわす。広いフロアの左手にディナーテーブルが集められ、右手がダンスフロアになっている。小編成の楽団は穏やかなBGMを奏でているが、いずれダンス曲を演奏しはじめるだろう。プライドと自信と……額に汗して稼いだ金の匂いがする。

クリスの到着を宣する声はなかった。チャンス星は階級社会ではない。それでも波紋が広がるように人々は振りむいた。選挙運動マネージャーとしてのクリスは、出席者を二千人と見積もった。礼装軍服のグリーンフェルド海軍士官が百人。六つのグループに分かれているのは艦ごとか。数を頼んで安全かはともかく、安心ではあるのだろう。

ジャックとともにフロアへの階段を下りながら、ひときわ大きな人垣をみつけた。夜会服姿の地元の招待客にかこまれたハンクと艦長たちだ。地元の人々はいっせいにクリスを見上げた。ハンクは無視している。注目を奪われるのは不愉快なはずだ。ふいに静かになったなかで、「グリーンフェルド星に王族など無用ですよ。税金の無駄遣いだ」という発言が聞こえた。

血筋の威光で地位を得たのはいったいどちらか。クリスは大尉の軍服を着てくればよかったと思った。そのほうが、親の七光りと地道な努力のちがいが明白になっただろう。いや、プリンセスだからこそ、ハンクやあの少女や舞踏室の客たちの反応がある。ティアラの重みや脚のまわりで心地よく揺れるサテン地にも価値がある。そうだ、今夜は着飾ってよかったのだ。

父親から昔教えられたとおりに、クリスは客たちのあいだを手早く一周した。グループごとに二言三言挨拶し、笑顔をふりまいた。黒いタキシードや白いディナージャケットの男たち。色鮮やかでクリスよりはるかに布面積の少ないドレスの女たち。彼らの多くは家族のだれかがクリスのために働いていた。父や祖母や、弟や妹や、年長の息子や娘がステーションやパットン号で仕事をしているという。チャンス星のだれもが知人や家族を介してステーションの警備や博物館化の仕事にたずさわっていた。

クリスは彼らの応援に感謝し、次のグループに移ろうとした。すると白のボウタイと燕尾服の若い女性の一人があらわれ、クリスの手にソーダ水のグラスを持たせて、「ご用意した席に陛下がおつきになれば」ディナーをはじめられるとていねいに伝えた。〝陛下〟はレイ王のための敬称で、クリスは〝殿下〟にすぎないのだが、この若いフロア係の体面を考えてあえて指摘しなかった。

クリスが案内に従うと、客たちも席につきはじめた。しかしハンクは動きが鈍い。六人の艦長とともに最後の最後に着席するつもりらしい。彼らの席はクリスからもっとも遠い。まるで壁を破って距離をあけたいかのようだ。そして市長のロンがみずからハンクをテーブルに案内していることにも気づいた。

ロンの同伴者がだれなのかクリスは気になった。隣に着席した女性を見て答えがわかった。母親だ。かわいそうなロン。クリスにとっては幸運か。いや……マルタ・トーンは息子がハンクに集中できるように仕組んだのではないか。ハンクとクリスへの対応に。

マルタ・トーンは底の知れない人物だと思って、クリスはひやりとした。

そして自分のテーブルにむきなおり、いつもの社交的な会話の準備をした。これも形を変えた戦争だ。

最初に振られた話題は事前の予想とちがっていた。最近の曾祖父レイや、ピッツホープ星で現在進行中の憲法制定会議についてではなかった。クリスの隣席の男は鋳物と機械加工工場のオーナーで、こんなことを言った。

「うちで一番腕のいい職人が何人か、あなたのステーションに出張してるんですよ。ご存じですか、殿下」

「人材をお貸しいただいて感謝しますわ」クリスは答えた。

「早めに返していただきたいものです。というのも、今度ジョイントベンチャーを組んで、カワナシ工場の核融合炉の大部分を組み立てる工事に入札するんです。数カ月前にGEの同様の入札に敗れましてね。彼らはリム星域での新しい工場建設地に、トゥランティック星を選んだ」

テーブルのべつの男が渋面で言った。

「トゥランティック星のほうが安いか、安全だと考えたらしい」

クリスはうなずいた。トゥランティック星がレイ王の知性連合に最近加入して、長い財政難から回復しつつあることは言及しなかった。最初の男が続けた。

「とにかくリム星域は成長している。人口も増えている。核融合炉の需要は大きい。チャンス星には高度な技術と意欲を持つ労働者がいる。一億人を超えた」

そこで隣の妻にいとしげに微笑みかけた。夫人はふくらんだお腹をさすった。

「来月には一億一人になりますわ」

あちこちから祝福とはげましの声がかけられた。

「では、お腹の……」クリスは言いよどんだ。

「娘です」

「娘さんがご両親とおなじ機会《チャンス》を得られるように、社会は努力しなくてはいけませんね」

数人がうなずき、遠くのハンクのテーブルを見た。ハンクの声は会食のざわめきを圧して聞こえてくる。

クリスのテーブルでは地元の話題が続いた。人々はチャンス星のよさを話し、クリスは最近疑問に思っていることがらを尋ねた。その流れが変わったのは、ジャックの左側にすわった女性が発言したときだった。

彼女はディナーのあいだずっと沈黙していた。同伴者ともジャックとも話していなかった。ほとんどの会食者がデザートを食べ終えたあと、彼女はそれに手をつけずに、クリスをまっすぐに見て、一言訊いた。

「あなたはなぜここへ来たのですか？」

それまでの会話の流れからまったくはずれた質問で、クリスはしばし返答に窮した。そして最初に頭に浮かんだことを言った。

「ディナーに招待されたからですわ」

「今夜のこの場のことではありません」女はテーブルを指先で叩いてそう言うと、手を上げて天井を指さした。「このチャンス星へです。リム星域へなぜ。テッドはああ言いましたけど、私たちはまだ市場として大きくない。なのになぜロングナイフを送りこむのですか？そのあとはたいていトゥランティック星や先日のウォードヘブンの戦いのようなことが起きる。今度はどんな戦争をはじめるつもりですか？」

「ジンジャー、いきなりなんてことを。妻の非礼をお詫びします」

隣の男が腰を浮かせながら、妻の肘を引き寄せようとした。

クリスは乾いた笑いをまじえて制した。

「いいえ、待ってください。今夜ご来席の方の半分はおなじ疑問をお持ちだと思います。答えを聞きたくありませんか？」

ジンジャーの夫は、退席するか席にもどるか迷う姿勢になった。テーブルの他の男性たちも困惑顔になっている。

するとと、先ほどの妊婦がお腹のふくらみを大切に守るようになでながら言った。

「ええ、うかがいたいですわ。ここでどんな戦争をはじめるつもりなのか」

「アリス！」

「あなただって知りたいでしょう、セオドア。黙ってこの方から聞きましょう。真偽はあとで判断すればいい」

クリスは今度は心から笑って、まず上機嫌なわけを説明した。

「虚心坦懐な人にはめったに出会えません。それが今夜は一度に二人も出会えたなんて、うれしいことです」

そしてナプキンをとって口もとをぬぐい、さきほどの問いをくりかえした。

「なぜここへ来たのか？どんな戦争をはじめるつもりなのか？」眉をひそめて、「ご存じのように、わたしが伴ってきた部下は士官二人、兵曹長一人、あとはメイド一人です。本格的な戦争をはじめるには心もとない人数です」

「しかしトゥランティック星へ行ったときも、おなじ顔ぶれだったのでは？」

訊いたのはセオドアだ。GEのプラント契約をあの惑星と競って敗れたくらいなので、現地の事情にはもちろん明るい。クリスは話した。

「トゥランティック星へ行ったのは、ある男に誘拐された友人を奪還するためでした。その過程で自衛が必要になり、あとの展開はなりゆきでした。ヒキラ星へは、レイ王の古い戦友の臨終を代理で看取るために行きました。ちょうどそのときに、現地で誘拐犯が数百人を人質にとって殺しはじめるという事件が起きたのです。そろそろお気づきでしょうが、わたしは誘拐犯が嫌いです。おおもとの原因をご存じの方もいらっしゃるでしょう」テーブルの人々はうなずいた。「ウォードヘブンの戦いですか？　チャンス星がみなさんの故郷であるように、ウォードヘブン星はわたしの故郷であり、防衛のために戦いました。その週末には他の予定をたてていた多くの民間人といっしょに」

表情がこわばっているのを自覚したが、あの戦いを話すときに穏やかな表情はできない。二度と会えない多くの顔を脳裏に蘇らせ、身震いした。

「では、ここへなぜ来たか？」率直で誠実な表情をジンジャーにむける。「それはわたしが多くの人々の怒りにふれたからです。彼らは目障りでない遠くの任地へわたしを追いやった。ここで生まれ育ったみなさんには失礼ですが、ウォードヘブン海軍においてチャンス星への赴任は左遷なのです」

隣でジャックが苦笑とともに大きくうなずく。クリスは続けた。

「お疑いならスティーブ・コバールに訊いてみてください。普通は大尉のまま退役する士官などいません。十五年間異動なし、昇進なしなどありえません」

同席の人々は話を聞いて、そうなのだろうかと考えている。クリスを見る目はまだ結論を出していない。しかし例外が一人いた。

「だからここへいらしたんですね」アリスがお腹の娘をなでながら言った。「アリス、鵜呑みにしないで。わたしがいま話したのは、ある意味で最上の嘘です」テーブルの人々が眉を上げた。クリスは続けた。「つまり、だれも信じてくれない真実だということです」

同席の客たちはとまどったようすで笑った。

ふいにジャックが沈黙を破った。

「僭越ながら意見を述べさせていただきますと、この女性はわたしの知るかぎり、戦いたくて戦ったことは一度もない。戦争をはじめたことは一度もない」そこでにやりとして、「終わらせたことは何度かありますけどね」

忍び笑いがいくつか漏れた。

「このロングナイフはみずから厄介事を求めたりしません。じつをいえば、災難がむこうから寄ってくるのです」ジャックは遠いハンクのテーブルのほうに視線を送った。「災難が彼女に……ひいてはわたしに襲ってくる。こなかったためしがない」

テーブルの人々は黙りこんだ。さしだされた赤裸々な真実を静かに咀嚼した。

やがてダンス音楽がはじまった。ロンが椅子のわきにあらわれたのはなかば当然だろう。

「一曲目はお相手願えるという約束でしたね」

ダンスフロアに出てすぐに男性と踊る楽しさを思い出した。ロンがリードするが、強引ではない。クリスはついていくが、従順なだけではない。相性がいい。

「ハンクと会食中になにを話したかと訊かないんですか？」

「〝手遅れにならないうちに勝ち馬に乗れ〟という話以外になにかあるの？」

「脅迫はされませんでしたが、要はそういう話でしたね」

クリスはダンスフロアを見まわした。カップルがしだいに踊りはじめている。たいていは地元市民だ。地元の娘とグリーンフェルド星の下級士官も一組。古典的な反乱扇動だ。そのむこうではハンクとマルタが鳩首会談をしている。

「お母さまにハンクの子守りをまかせておいていいの？」

「わたしの仕事はべつにあります。相手のいない若い女性に、相手のいないとある若い男性には近づかないほうがいいと警告してまわることです」

「あら、ハンクについて意見を変えたのね！」

クリスはわざとらしく驚きの表情に。ロンは顔をしかめて考えた。

「そういうことになるでしょうね。たしかに。大学時代も彼を好ましく思ってはいなかった。故郷の惑星軌道に艦隊を率いてきたいまはなおさらです」

曲が終わった。だれも休憩にはいらず、すぐに二曲目がはじまった。地球時代の古い曲で、顔を寄せて話せる。

「彼はかつてわたしの手を求めてきた求愛者の一人だったと聞いても、不愉快ではない？」

「どの手かな。銃を持った手か、手榴弾を握った手か」

「たぶん両方」

クリスは目を細めて考えた。

「愚かなやつだ」

「噂をすれば影よ」クリスは笑顔で警告した。

「交代してもらってもかまわないかな」ハンクはやぶからぼうに言った。

「もちろんです、代将。あなたは今夜の舞踏会の主賓だ。ただし独占はご遠慮ください。希望者の列が長いので」

「おかしいな、そんな列は見えないが」ハンクはクリスの腰に腕をまわし、しばらく探ってからようやく曲にあわせて動きはじめた。「今夜はどこにアサルトライフルを？」

「可憐なプリンセスに変身するときに重火器はあずけてきたわ」

「では、きみといっしょにいても誘拐される心配はなさそうだ」

「あなたの腕のなかにいるあいだは暗殺者の銃弾が飛んでくる危険は低いでしょうね」

「こんな辛辣なやりとりは不必要だと思わないかい？」

「そうかしら」

純情なふりは無用だ。おたがいに相手の腹の底まで知り抜いている。

「不必要さ。父はきみがいうようなモンスターじゃない。もちろんたまには命令を逸脱する不埒な部下もいる。しかしきみだって曾祖父がじつはスラムの帝王だったことを暴いただろう」

「それは事実よ」

「彼はどうした？　改善策はなんら講じず、不都合な不動産証券を処分しただけでは？」

「たしかに有罪だわ」

「認めたね」

「わたしは家族の目にささった小さなとげについてはっきりと声をあげたわ。でもあなたは、お父さまの目に鉄骨の梁がささっていても無言のようね」

「またそうやってなんでもわたしたちのせいにする」

「またそうやってはぐらかす。あなたのお父さまがウォードヘブンへ艦隊を送ったと言ってほしいの？」

「父が関係した証拠などない」

　クリスはハンクにリードされながら踊るふりをしていた。しかしハンクが深い後ろ反りをさせようとしたとき、クリスは曲がらなかった。背中に鉄の棒をいれたように直立したまま二歩離れる。ダンスフロアのまんなかで二人は対峙した。

「もちろん証拠はないわ。巨大戦艦の乗組員は脱出時に全員死亡したんだから」

「捕虜を射殺したんだろう」ハンクは声を裏返らせて怒鳴った。

「救命ポッドが働かないように細工したのはだれ？」クリスは低くけわしい声で言い返した。

　そのハンクの左側にマルタ・トーンがあらわれた。

「代将、代将、わたしと踊っていただく約束だったでしょう」

　そう言ってクリスから引き離していく。

　クリスの左にはジャックがあらわれ、顔を紅潮させた若い代将に背をむけさせた。

「あれでいいんですよ」

「二度とわたしとは踊りたがらないでしょうね」

「ステーションへの帰りの便を手配しましょう」

「帰るべきかしら」

「帰ります。あなたはプリンセス。わたしは警護班長。決めるのはこちらです。抗議は規則によって受けつけません」

クリスはため息をついた。

「今夜のデートもまた一人で歩いて帰るはめになったわ」

「女の気概は、男に送られるときよりも一人で歩いて帰るときにつくられると、御母堂から教わりませんでしたか？」

クリスは母親に言及されて顔をしかめた。

「いいえ。あの人がそんなことを言うわけないでしょう」

「では、若い女性に処世訓を教える警護班長の存在を幸運に思ってください」

クリスはジャックの肩に頭をあずけた。

「ええ、幸運に思ってるわ」それがどれだけ本心かは言えなかった。

ジャックはダンスフロアの反対の端へ巧みにクリスを誘導した。見失ったハンクの姿を探す。目があうと、ハンクはわざとらしくそっぽをむいた。踊っている相手の指には結婚指輪。これもマルタの計略だろうか。

次は知らない曲でテンポが速すぎたので、ジャックに導かれてテーブルにもどった。そこにはロンと、セオドアのお腹の大きい夫人がいた。夫人は隣の椅子に足を上げて休んでいる。

クリスは他の空席を見まわした。

「わたしの信じにくい打ち明け話を広めにいったのかしら？」

「代将とのやりとりにみんな聞き耳を立てていましたよ。捕虜を射殺というのは本当に？」

「いいえ」クリスは自分の席にすわり、グラスの水を飲みほした。すぐに給仕があらわれてグラスを満たした。「ピーターウォルド家が言いふらしている、辻褄のあわない噂よ」

音楽がうるさいので、大きな声で説明したくなかった。曲が変わると今度は穏やかでスローテンポだ。ロンがふたたび誘いにきた。

「もう一曲踊っていただけますか？ 牙や爪の危険から柔肌をお守りすると誓えば」

するとジャックが暗い声で告げた。

「こちらは長いケーキナイフを用意していることをお忘れなく」腰に吊った儀式用の剣をおす。「ついでにピストルもある」制式拳銃はあとから思い出したようだ。

「彼女があなたを頼りたいときは抵抗しないとお約束しましょう」

クリスは市長と踊り、自分の警護班長と踊った。他のテーブルから移ってきて、爪先を踏まれる光栄に浴したいというチャンス星の若い男性数人とも踊った。クリスはハンクの部下の士官たちを見張っていたが、不審な動きはなかった。下級士官たちもダンスフロアに出ているし、ハンクと若い艦長たちも同様だ。年輩の三人の艦長は並んで腰を落ち着け、穏やかに話しながらワインを飲んでいる。

平穏な夕べ。それが破れたのは、ロンとジャックが同時に近づいてきたときだった。

「出ましょう」市長は言った。

「なにか起きたのね」クリスは二人の顔色から察した。

「治安責任者からそういう連絡が。ハンスも怒っているらしい。酔った水兵が騒いでいるだけか、それともこれは首都への攻撃なのか、海軍士官のご意見をうかがいたいところです」

クリスはショールをつかんですぐに舞踏室をあとにした。外ではスティーブ少年が待っていた。速度抑制命令はすでに期限切れで、光の速さで十月祭の会場に到着した。

〈エーデルワイス〉という店名をかかげたハーフティンバー様式の大きな建物の外に、店主のハンスと治安責任者のガソンがいた。一本の街灯柱の下に、四人の海軍兵士が手錠をかけられてしゃがんでいる。それを十二人の屈強な男たちがかこんで見張っている。十二人の腕には赤地に金の星形の布を縫いつけた腕章がある。今夜の自警団員らしい。

艦隊入港中の夜にはよくある風景だろう。今夜が普通でないのは、その外を二十人以上の兵士が包囲していることだ。険悪な顔で自警団員をにらみ、拘束された仲間をはげましている。

いかにも暴動の発生寸前というようすだ。

通りを見まわした。自警団は二人組や四人組で巡回している。通りいっぱいにテーブルとベンチが並べられ、そのあいだを地元民が歩きながら泡立つビールジョッキを配っている。兵士たちは不機嫌に怒鳴り散らす。受け取るより、待ちぼうけの者が多い。

「女性店員が少ないわね。チャンス星にウェイトレスはいないの？」

クリスが訊くと、ハンスが答えた。

「帰らせました。いまは家族でやってます。運んでるのはそれぞれの店の女房や娘やその友人の手伝いです。なにしろ水兵どもから浴びせられる言葉がひどくて……」首を振って、「ウェイトレスたちは帰らせて正解でしたよ。でないとテーブルに配るより、やつらの頭にぶちまけるビールのほうが多かったでしょう。あるいは彼女たちの息子や夫が殴りこんできてたか。喧嘩騒ぎは起こしたくないですからね」

ハンスはロンにむいて続けた。

「市長、ビールを配る係がもっと必要だ。でないと暴動が起きる。ガソンが腕章をつけさせた男たちの半分にも働いてもらってるんですよ。必要なんだ」

ロンは治安責任者を見た。ガソンは答えた。

「人手はたりてねえ。なにか起きたらますますたりなくなるぞ。酔っぱらいは飲むほどに気が短くなる。こんなことは言いたかないが、ビアガーデンは閉めたほうが利口だ」

ハンスは意外な返事を弱々しく口にした。

「それはできれば避けたいんだが」

「ビールの代金はだれが払ってるの？」クリスはロンに訊いた。

「市からいくらか補助して、ハンスの仲間の店主たちは半額で提供してます。この勢いだと深夜には古くなった樽も開けないとだめだな。味が落ちて普通は廃棄処分にするやつだが」

「深夜まで暴動が起きなかったとしても、そのせいで爆発しそうだ」とジャック。

店主は肩をすくめた。

「へべれけで、どうせわからないと思ったんだが。うちの最高のビールをあんなにがぶ飲みしたら、味もへったくれもあるまい」

クリスはもう一度見まわした。やはり大ジョッキのビールがものすごい勢いで消費されている。大学の男子学生や……一部の女子学生のようなペースだ。ただしグリーンフェルドの軍艦に女子隊員は乗っていない。

よく見ると、普通の上等水兵にしてはやや年をくった者がちらほらまじっている。彼らはジョッキを揺らしているだけだ。深夜になったら彼らはビールの質の変化に気づくだろう。

そこで大声を出せば……。

「ジャック、気づいた？」

「騒ぎ屋がまじっていますね」海兵隊員はうなずいた。

ガソンはクリスの視線を追って理解し、顔をしかめた。

「はめられたってことですかい、プリンセス？」

「それがピーターウォルド家のやり口よ。相手方の憲兵隊が見あたらないわね。連絡はとってる？」

「憲兵隊なんて来てませんよ」

「これはハンクと話したほうがいいわ」

クリスはロンに言った。市長は眉間に深い皺を寄せてうなずいた。ため息をついて首を振ってから、快活な表情にもどる。

「では、クリス、ここに立ってくれませんか」

正面のすこし離れた舗装の上をしめした。クリスはジャックとともにそこへ移動した。ロンはリストユニットにむかって言った。

「ロン・トーンだ。マルタ・トーンにつないでくれ」しばらくして母親と話しだした。「舞踏会は順調かい？」

「流血沙汰は起きていないわ。その点では成功よ。あなたは市街の視察なの、市長殿？」

「そうなんだ、ママ。主賓の代将は近くにいるかな。話をしたい」

「やはりそういうことね。あなたが出ていったときの連れの顔ぶれで予想できたわ。何度言えばわかるの。そんなことだからわたしはいつまでも孫を抱けないのよ。帰り道は女の子一人を連れていきなさい。彼女のパパや友人を同行させてはだめ。かならず女の子一人と」

ロンは額を掻いた。

「そのとおりだね、ママ。失敗しちゃったよ」

そして情けない顔でクリスのほうを見た。クリスは生あたたかい視線を返して、ささやいた。

「男の子はママの言いつけを守りなさいってことね」

「ご要望の相手と代わりますわ、市長殿」

マルタは母親の口調から、空港長の事務的な口調に代わった。すぐにハンクが大げさに言った。

「探してたんだよ、ロン。見まわしたら姿がないから。きみの昔のガールフレンドと次から次に踊っているところさ」

ジャックがクリスの脇をつついた。クリスは警護班長をにらんでから、大きな目の無邪気な表情をロンにむけた。市長は手首のカメラとハンクの映像に気をとられている。

「そんなに火遊びをした憶えはないんだけどね」ロンはクリスへの言いわけのように言ってから、本来の話題にもどった。「しかし代将はたしかに多くの水兵をお連れだ。おおいに楽しんでいただいてけっこうなのだけど、酒に飲まれている方が一部にいらっしゃるようだ。喧嘩騒ぎが起きている。水兵が水兵を殴ったり、水兵が無実の市民を殴ったり」

「ふーむ、その市民が無実かどうかは疑問があるね。ロングナイフ家の雇った扇動家があちこちにまぎれこんでいる。ロングナイフはわれわれの艦船が入港するたびに金を湯水のように使ってそういういやがらせをするんだ。水兵たちは自衛せざるをえない。さもないと縛られて僻地の養豚場に連行されてしまうからね」

「それは明日の裁判であきらかにしよう」

「裁判？」

「そうだ。わたしがいまいるところでは、きみの部下が二十人以上、独立都市ラストチャンスの保護下で酔いを覚ましているところだ。明日の朝、陪審員が経緯を聴取する予定だ」

「それはやめてもらいたいな、市長」

ハンクの声からはさきほどまでの快活さもなれなれしさも消えている。ロンは訊いた。

「ではどうしてほしいのかな、代将。うちの治安責任者は市街に彼らを放置できない。また喧嘩をはじめられては困る」

「古い船乗りの歌にあるだろう、市長。〝酔っぱらいはひっかかえて、ロングボートに放りこめ〟というやつだ。ランチに追い返してくれればいい。あとはこちらで運ぶ。知性連合の艦船が寄港したときはそうしているはずだ」

「知性連合の艦船には地元の治安当局と連携する憲兵隊が……」

ロンは言いかけて沈黙した。代わってマルタの声がした。

「残念ながら、彼は背をむけて大股に去っていったわよ」

「礼儀知らずだな」ハンスがつぶやいた。

「まったくだ」ロンは不機嫌そうにつぶやいた。「ガソン、あとの対応を頼む」

「応援をくださいよ、市長」

「いつもの応援要員はいま上だ」ロンは親指を上にたてた。クリスのステーションのことらしい。「しかし他にあてがないわけではない」

「未成年はだめですよ」ハンスとガソンは同時に言った。

ロンは手の甲を上げて、リストユニットにむかって話しはじめた。

「コーチ、ありったけの応援をよこしてほしいんだ」

「レスリング部だけでたりるかい？　それともフットボールチームも召集するか？」

「きみが声をかけられる全員だ。大学も高校も」

「いいのかい、高校生を十月祭に出して」

「いま隣にガソンがいる。飲酒年齢に達しない生徒たちが、ビールを運んだりビアガーデンで警棒を振って歩いても逮捕されないように配慮する」

「悪い先例になるぞ、ロン」

「この騒ぎが無事に終わったら、大学と高校を全部まわって事情を説明するさ。そして将来おなじことをやったらとっちめると話す」

「いま連絡網をまわしてる。女房と子どもたちが電話をかけまくってるところだ。どのチームも早いやつは五分から十分で集まってくるはずだ」軽く笑って、「なかにはお声がかかるのを予想して、そのへんで待機してるやつがいるかもしれないぞ」

ロンは電話を切った。クリスは尋ねた。

「レスリング部とフットボール部？」

「いまのはランディ・ゴメスといって、ラストチャンス大学の主任コーチです。地元で人気の格闘競技の選手を集めてます」

言いながらロンは通りのむこうを見た。荷台に高校生を何人も乗せ、高校生が運転したピックアップトラックが、十月祭の五ブロックを封鎖した黄色いテープの内側にはいってきた。荷台から跳び下りてきた彼らは、長身、筋肉質で、意欲満々。毎朝赤熱した鉄の塊を食べているのではないかと思うほどだ。

「警察の制圧術の訓練は？」

ジャックの質問に、ガソンが答えた。

「先週一時間やったよ。優秀な保安官代理に暴動鎮圧の技術をそれぞれの教室で実演させた。今回は五人ごとに保安官代理か予備役を二人つける。酔っぱらいも彼らの姿を見たらやばいと思っておとなしくなるだろう。わからない酔っぱらいは……ランチの離陸までかわいがってやるさ」

ロンのリストユニットがまたチャイム音を鳴らした。今度はなんだという顔をしてタップする。

「親切な市長さんをあまりいじめないでほしいな」

相手は答えた。

「いじめてるわけじゃないが、厄介なことが起きてハイランド競技大会をはじめられないんだ。ちょっと来て、どうすりゃいいか意見を聞かせてくれねえか。この水兵服の連中はなに考えてるんだ。男も女もキルトスカートなら話は簡単なのによ」

というわけで、クリスとロンとジャックは二ブロック離れた大学へむかった。しかしなかなか着かない。スタジアムはキャンパスの反対側で、歩道は池や木立を避けてうねうねと曲がっているのだ。ジャックはだれにともなく愚痴った。

「この大学はスポーツマンに勉強させたくないのか。それともスポーツに研究価値はないと思ってるのか」

「美しい景観じゃないですか」

ロンはそう言って、歩きながらクリスに腕をまわした。クリスはそれまで寒くなかったのに、寒いような気がしてきて市長の肩によりかかった。楽しい散歩だ。

その気分は、一発の銃声で吹き飛んだ。

観客席の南側をまわって競技場のトラックが見えてきたところだった。ジャックは、制式拳銃を抜くまえに銃声の出どころを察した。しかしクリスのほうは、ドレスのスカートを大きくたくし上げ、長い脚とガーターベルトに隠した銃をあらわにしていた。

「やっぱりそこですか」とジャック。

それよりも三人は、目のまえで繰り広げられる肉体の競演……のようなものを茫然と見た。これは競走といえるのか。

一人の水兵がクラウチングの姿勢から号砲を聞いて跳び出した。しかし二歩で足がもつれて顔面から転倒し、血痕だらけのトラックにさらに嘔吐物を撒き散らした。他はもっとひどい。二人が競り合っていたが、肩をぶつけあううちに、走路の白線を無視してあらぬ方角へ走っていった。ある水兵はいいスタートを切ったが、急に立ち止まって、怒号をあげる観客席を見まわした。そして……くるりと背をむけて反対方向へ全力疾走していった。トラックのなかを正しい方向へ走っている水兵は三人、いや四人いる。しかし宇宙陸上記録にはとうていおよばないペースだ。

「見てくれよ、こんなだぜ」

瘦せた老人が言った。日焼けした頭皮を白髪がまばらにおおっている。膝をのぞかせたキルトスカート姿でクリップボードを持っているところからすると、競技の責任者らしい。

「人類協会が墓場にはいったパリ星系じゃ飲めや歌えの大騒ぎになって、ハイランド競技でも史上最悪のしっちゃかめっちゃかな大会をやったって話が会報に載ってたけどよ。しかしこいつは……」しばし言葉を探して、「……胸くそが悪くなるぜ」

ジャックは苦笑した。

「ビールと高度な身体能力は両立しないと聞いているが、その明白な証拠だな」

「パリ星系でわたしは他のことをして楽しんだから」クリスはごまかした。

ロンが老人を紹介した。市で例年開催されるハイランド競技大会の運営責任者、ダグラス・マクナブだ。

「独断で決めちまったがね、石投げとハンマー投げは中止して倉庫に鍵をかけたよ。でないとこいつら自身が大怪我するし、グラウンドもめちゃくちゃになっちまう」

「というと、丸太投げは決行？」クリスは目を輝かせた。

「だめですよ」ジャックが止める。

「いちおうやる予定だ。しかしこの水兵どもは整列すらできないのに、やり方の説明が頭にはいるかね」

「わたしが実演してみせるというのはどう？」クリスはにやにや笑いながら。

「いけません」とジャック。

「それはどうかな」ロンも。

「一度やってみたかったのよ、丸太投げ。父の選挙運動のたびにハイランド競技大会に出かけて、かぞえきれないほど握手はしたけど、あの長い丸太を投げたことは一度もないわ」

マクナブは薄い頭髪を掻き上げた。

「若い子にやらせるときは、こっちの指示を守るのと、万一の場合の同意書に親御さんのサインをもらうのが条件なんだ。あんたの同意書にサインする人が近くにいるかね」

「わたしは二十一歳をすぎてるわ」クリスは胸を張った。

マクナブは老眼鏡越しに見る。

「指示を守ってもらえるかい」

「もちろんよ」

「絶対だめです」とジャック。

「それはどうかな」ロンはくりかえす。

「丸太投げの会場はどこ？」クリスは尋ねた。

「あの観客席のむこうだ」

マクナブは案内しはじめた。トラックでは残った四人の走者の速度低下がいちじるしい。一人がビールを補給させろとわめき、インフィールドへ直角に曲がっていった。そこでは正真正銘のビール販売車が営業中だ。牽いてきているのは美しい毛づやの四頭の馬だ。

「まあ、いい馬ね」クリスは賛嘆した。

「では二時間ほど寄り道してお馬さんに挨拶しましょう」ジャックはほとんど命令口調だ。

「賛成です」というロンは民間人で強制力が弱い。

クリスはずんずん先へ歩いていった。観客席の端をまわろうとしたとき、クリスは視界の隅になにかが映って、さっと跳びのいた。長い大きな丸太が倒れてきて、いままでクリスがいた地面をはげしく叩いた。大きすぎる鼻がもうすこし長かったら確実に短くなっていたはずだ。

「おっと」丸太の反対端を持った水兵が言った。

「失礼、お嬢さん」もう一人も言った。

三人目は、今夜よく見かける年輩の水兵の一人で、無言であとずさって他の水兵たちのあいだに消えた。水兵たちはべつの四頭立てビール販売車にむらがっている。

「プリンセス、あの馬たちに挨拶してくることを強くお勧めします」ジャックは銃のホルスターのフラップをはずした。「ロン、ダグラス、この会場の警備責任者はだれだ？」

やや遅れて、保安官代理のヒロ・カラコと二人の部下、および四人の若者が紹介された。彼らが警備について話しているあいだに、クリスは六本の丸太が並べられているのをみつけて、それらに挨拶しにいった。

「どうやって持ち上げるの？」クリスはダグラス・マクナブに訊いた。

「指示を守るって言ったのは空耳だったのかな」

「空耳じゃないわ」

「じゃあ、そのなまっ白い指をこいつに浸すんだ」

突き出されたのは異臭を放つ黒い液体のはいったバケツ。

「質問をしないと言った憶えはないわ。これはなに？」

「タールその他だ。丸太をつかむときには手がしっかりかかり、しかるべきときには滑る効果がある」

クリスは両手をその粘液につけた。

「アビーに怒られますよ」ジャックがクリスの背後にやってきた。

「でしょうね」

「アビーというのは？　母上かな」ロンが訊く。

「似たようなものだ。メイドだ」ジャックが教えた。

ロンの反応はない。

クリスは眉間に皺を寄せて長い丸太をじっと見た。

「どちらを最初に持つの？」

「普通は気にしなくていい」マクナブは言った。「まえの順番で投げた選手が、次のやつのために丸太を立てることになってる。でもあんたは一人目だ。わしは老いぼれだから立ててやれんぞ」

「自分でやるわ」

クリスはしゃがんで、丸太の一端を持ち上げて腿に乗せた。そしてなるべく膝を使って立ち上がった。

「そこまではいい。しかし指示を守ると言ったのは憶えてるか」

「憶えてるわ」

「指示があるまで待つという意味でもあるぞ。じゃあ、ここから左右の手でかわるがわる押し上げながら立てていけ」

やってみた。すぐに両手を頭の上にあげる恰好になる。肩紐のないドレスなのでかなりきわどい姿だろう。しかし丸太をしっかり垂直に立てて、言いわけしないところを見せた。観客たちのはやす声は、やんやの歓声に変わった。クリスは丸太をささえたまま、四、五歳のときに覚えたとおりにかわいらしく膝を折ってお辞儀してみせた。歓声がさらに高まる。

クリスは満面の笑みでマクナブに訊いた。

「次は？」

「今度は難しいぞ、お嬢ちゃん」

老人は小声で手短に教えた。まず丸太を押さえて地面にしゃがみ、両手を丸太の底にかける。丸太は肩に寄せかけ、そのまま肩でささえる。

「わかるか？」

クリスは、グリーンフェルド星の男ばかりの水兵たちが期待をこめてはやす声を聞きながら、自分の成功の見込みを考えた。見事に丸太を投げてみせるか、失敗して赤っ恥をかくか、二つに一つだ。さきほど会場入り口でわざと丸太を倒してクリスの頭をかち割ろうとして失敗した工作員は、予備計画としてこれを用意していたのだろうか。いや、ちがう。たんに自分の無鉄砲ではじめたのだ。

だれかが叫んだ。

「ありゃロングナイフ王女じゃないか。あんな女が丸太を投げられるか見てやろうぜ」

見物の人垣がふくれあがる。退路を断たれた。もう逃げられない。

クリスは老人の指示を思い出し、大股を開いてしゃがんだ。母親に通わされたバレエのレッスンが、柔軟な股関節としていま役に立っている。

「これだけは感謝するわ、お母さま」

両手の指を組んで丸太の下部にあて、肩を押しつける。丸太の先端がふらふら揺れるのがわかる。重心が右へ左へ、前へうしろへ動く。クリスはじっとして安定させた。そして両膝と大きく広げた両足に力をこめ、丸太を地面から持ち上げた。下半身の筋肉がぎりぎりときしむ。いずれ鼻の大きすぎるあわれな女の子を出産するときに感じるであろう痛みが下腹をつらぬく。踏んばった両足を徐々にせばめていく。そのあいだもなんとか丸太は立てている。バランスを失えば自分が潰される。

マクナブはこの姿勢を蜘蛛踊りと称した。やってみるとたしかにそうだ。脚が八本あればいいのに。しかしもって生まれた二本でせめて四本分の働きをさせようと悪戦苦闘する。あやうく丸太が倒れそうになると、左へ小刻みに移動して重心を保持した。

クリスは自分に言い聞かせた。わたしは船を軌道飛行させてるのよ。火柱の先端でいつも船体のバランスをとっている。両手で持った五メートルの木の棒のバランスくらい簡単だ。もちろん船にはジャイロ安定装置が載っていて、こちらの頼りは五感だけ。でも機械に負けるもんですか！

丸太とのダンスは二週間くらい続いた気がした。しかし空は夜のままで、月はおなじ位置にある。マクナブの指示どおりの姿勢だと感じた。立っている。両手は丸太の底。肩を丸太に寄せ、丸太は肩に寄せている。

ドレスはタールのしみだらけだ。確実にアビーに叱られる。

人垣の奥でだれかが叫んだ。

「武器取り扱いのお手本を見せてくれてんのか、プリンセス」

するとジャックが怒鳴り返した。

「そう思うなら順番に並んで挑戦してみたらどうだ」

クリスは呼吸を整えた。ここまでくればあとは難しくないはずだ。マクナブは腕章の若者たちに指示して、水兵を六本の丸太にあわせて六列に並ばせている。クリスの正面の観客はまばらになった。ほとんどはうしろの列に並んだらしい。

クリスは息を詰めた。腕も脚も強い負荷で悲鳴をあげはじめている。

マクナブが隣にやってきて、前方を指さした。

「これから丸太を前に倒していけ。あんたはそれについていくんだ。だんだんスピードをあげて。そして、ここだと思ったら、力いっぱい丸太の底を持ち上げ、斜め上に放り投げろ。肝心なのは先端が先に地面に落ちることだ。底が先に落ちたり、そのまま横倒しになったら、投げたことにならなくて失敗だ。わかるか？」

「再挑戦する気はないわ」

「長蛇の列ができてるので再挑戦は大変ですよ」

ロンがうしろから言った。クリスに振り返る余裕はない。

クリスは丸太を倒しはじめた。最初はゆっくり、しだいに加速する。それを追って走りはじめた。弾道力学は中学校から学んでいる。スキップの軌道降下レースは無計器で飛べる。似たようなものだろう。

しかし軌道降下スキップは指先の操作で旋回できる。この丸太は全身でささえ、ありったけの筋力を要求される。フィールドの芝で足が滑ったり、なにかにつまずいたりしたら一巻の終わりだ。グリーンフィールド星の全水兵の笑いものになる。どうせ女だからと言われる。

渾身の力を振り絞り、さらに怒りが力を加えた。丸太を高く投げ上げる。

投げたときのクリスの足の位置にマクナブはマーカーをおいた。そして空中の丸太を見上げた。丸太はきれいな放物線を描いて、先端を芝生に突き立て、むこう側に倒れた。

「うまいぞ、よくやった、お嬢ちゃん。大会記録とはいかんが、三十年間競技委員として見てきたなかでも立派な出来だ」

背後の人垣から拍手が聞こえた。クリスはむきなおり、礼儀正しくお辞儀をした。喝采はさらに大きくなる。ロンが持ってきてくれたタオルで手を拭きながら、競走用トラックのほうへもどりはじめた。水兵たちは道を開けて、口々に、「たいしたもんだ」「よくやったな」「できるじゃねえか、ねえちゃん」と声をかけた。クリスがトラックにもどるまえに一人の水兵が、「おれの姉貴だってできたぜ。女子の丸太投げも競技に加えるべきだ」と主張した。議論がはじまり、酔いにまかせて白熱した。結論は水兵たちにまかせよう。

「空港に帰りましょう。シャトルをつかまえられるはずです」ジャックが提案した。

「早くしたほうがいい」ロンも賛成した。「ハンクとその部下たちのランチが飛びはじめたら危険ですよ。指名運転手がいないようなので」

「飲まずにランチで待っているパイロットがいないということ？」

「報告ではランチは無人だそうです。警備されてないし、待機パイロットもいない」

クリスは首を振った。

「市内の警備班は酔っぱらいをどうしてるの？」

「空港へ運んでランチに放りこんでいます」

「でも、それじゃ……」クリスは言いかけてやめた。

「深夜までに船内はひどい匂いになるだろうな」ジャックは想像して鼻に皺を寄せた。

「作業員用シャトルに乗ったほうがいいでしょうね」とロン。

「お願いするわ、市長」

十月祭会場へはべつの道でもどり、通りのちょうど反対端に出た。両手に男性をともなったクリスはいい気分で歩いた。水兵たちがバスで到着したのとは反対の場所に〈ハイデルベルク〉という店があった。店内をのぞくと、女たちが笑顔でビールをついでいる。彼女たちは恰幅がよく、おなじく広いバーカウンターのむこうにおさまっている。

クリスは左右の男たちを止めて楽しい散歩を中断した。自分で口を開くまえに、〈ハイデルベルク〉と他のビアガーデンのちがいに気づいた。ずらりと並んだテーブルには年長の兵曹長ばかりすわっている。ビールの消費量は控えめ。話し声は穏やかだ。

「なるほど、ここは下士官専用らしい」ジャックが言った。

「部下たちといっしょには飲まない。そのほうが規律とか命令とか、煙たがられることを言わずにすむというわけね」クリスは考えた。

「兵曹長用のクラブをもうけるのが普通だと思っていました。ハンクがよこした折衝係がそう言っていたので」とロン。

「それはそうよ。でも多少は目を配って、部下の行動に手綱をかけるものよ。パパやママのようにうるさくしないにせよ……」

通りの先を見た。腕章の自警団が喧嘩を仲裁している。子どものような年齢の水兵たちが側溝や茂みで吐いているのがあちこちで見える。戦士らしからぬ醜態だ。

隣の〈ハッピー・ババリアン〉には、兵曹たちが集まっていた。バーテンのようすからすると、通りの水兵より多少ましな客らしい。

治安責任者のガソンがこちらへやってきた。隣にしわくちゃのスーツで眼鏡の男を連れている。

「紹介しときます、ピンキーです」

「ハービー・ピンカートンです。ラストチャンスで唯一の遠隔監視システムを担当してます」

「ピンカートンというと、あの探偵社の一族かな?」ジャックが尋ねた。

「たぶんちがいますよ。地球から大量流刑になった人々の苦労話を先祖の体験談として聞かされてますから。かつて一人の若者が不動産取引で小ずるいことをやったせいで、いまはこうしてガソンの部下になっているわけです」ピンカートンはにやりとしてガソンを見た。ガソンはそっぽをむいている。「普段わたしが追跡調査しているのは、依頼人の夫や妻や子どもたちです。市長は、このすばらしいチャンス星にはありふれた家庭の問題さえ存在しないとお客さまに説明したかもしれませんが」

「ピンキー、ガソンに言われたものを見せてくれ」ロンが不機嫌そうに言った。

ピンキーは小脇にかかえた大きめのリーダーをクリスに渡した。そこには十月祭の空撮画像が映っていた。タップすると拡大される。

「この陽気な水兵さんたちに偽物がまじってるらしいんです。それを探せるかってガソンが」

「おなじ水兵の恰好をしてるが、すこしだけ年かさだ」

「ここに二人映っている。いまは二人一組で行動してます」

クリスは画面を見た。拡大画像のほとんどは白い水兵服で埋まっている。そのなかに灰色の水兵服が二つ見える。

「洗濯に失敗したのかな」ジャックが言った。

「スパイダーシルク地は特殊な波長の光をあてると、通常の綿とは異なって見えるんです」

クリスは眉間の皺を深くした。

「スパイダーシルク？　つまり、あわれな仔羊たちのあいだで自分たちは怪我をしない対策をしているわけね。荒っぽいことを準備しているから」

「そのようです」ガソンが言った。「でも、この灰色水兵を十組特定したんで、十一時三十分になったらいっせいに検挙します。クッション入りの護送車で空港へ運んで、最初に離陸予定のランチに押しこみますよ」眉を二度上げて、「一番くさいのはこいつらだ」

「クリス、わたしたちも地上からおいとますべきです」ジャックが言った。

「そうね、ジャック。ロン、愉快な一夜をエスコートしてくださってありがとう」

クリスは市長の頰にキスした。すると隣でジャックが男のプライドを傷つけられた顔になった。

「こちらも愉快な一夜をエスコートしたんですがね」

「そうよ。でも今回は宇宙ステーションを破壊せずに愉快な一夜をすごせたわ」

ロンはクリスを抱きしめ、キスした。頰ではない。

「恋愛遍歴の回想録を楽しみにしていますよ」

「もう、きれいなお召しものにタールのしみがついてしまったわ。ママにどう言いわけを？」

「孫の誕生を期待するなら、こういうことはたまにあると言っておきますよ。ではお気をつけて。スティーブ、お父さんの立派なタクシーを立木に突っこませるんじゃないぞ」

車内に乗ってからジャックがつぶやいた。

「市長というのは大変な仕事だ」

「あなたの仕事も、でしょう」

「彼は都市をまるごと守っている。わたしはあなた一人を守ればいい」

クリスは肩をすくめた。

「だから同等よ」

ステーション行きのシャトル搭乗時に問題が発生した。クリスが近づくと他の乗客たちが鼻をつまんだのだ。一人が指摘した。

「丸太投げをやったら、着替えてよくシャワーを浴びてから人前に出るものですよ」

採決の結果、二十三対二十二でかろうじてプリンセスの同乗は同意された。チャンス星の人々はよく心得ている。

噂は先にステーションに駆け上がったらしい。クリスが部屋にもどってドアを開けると、鬼の形相のアビーが立っていた。

「そのドレスは船外遺棄しますが、着たままでもかまいませんよ」

いっしょくたにされないように、クリスはその場で脱ぎはじめた。ジャックはクリスの当面の安全のために、背中のジッパーを下げるのを手伝った。

「命にはかえられませんからね」

クリスは脱いだドレスをアビーにさしだした。

「どうぞ船外遺棄して」

アビーはその手をむんずとつかんで引き寄せた。

「なんですかこれは。爪が二枚、いえ三枚も割れてしまっている。爪の裏まではいりこんだタールをどうやってとれと」

「なんなら針でこそぎ落としてくれてもいいわ。わたしが痛がるのを見て気が晴れるでしょう」

クリスは船内服をかぶって司令センターに逃げこんだ。ペニーとスティーブ・コバールが当直中だった。

「兵曹長は非番にしたの？」

「ええ、ベニはレゾリュート号の飲んべえ二人といっしょに地上へ」ペニーが答えた。

「厄介に巻きこまれないといいけど。こちらではなにかあった？」

「なにも。教会のように静かでしたよ」

コンソールには、ハンクのインクレディブル号の他に〝激怒《フューリー》〟号、〝支配《ドミナント》〟号、〝勇猛《フィアレス》〟

号、〝奇襲《サプライズ》〟号、〝旺盛《イーガー》〟号が表示されている。彼らの伝統的な船名だが、ひとまとまりにして見ると暗示的だ。

「どの艦がどの艦長かしら」

「最優先問い合わせの答えを待つしかありません。なぜこんなに時間がかかっているのか」

「アビーに船外遺棄されずにすんだようだな」スティーブがにやりとして訊いた。

「そうされてもしかたないところね」

「シルクのパーティドレスで丸太投げなんて」とペニー。

「スカートがダグラス・マクナブ老人のキルトスカートより短くなったわ」

一同はさらにあきれて首を振った。クリスは心おきなく八時間睡眠をとった。

13

「昨夜、カメラに狙われてたのは知ってた？」

翌朝司令センターにはいったクリスはいきなり訊かれた。

「右から映してくれてたらいいんだけど。左はカメラ映りが悪くて」クリスは困惑顔で答えた。

今朝の当直はラミレス元兵曹長だ。うなずいてしめすモニターに早朝のニュース番組が流れている。たしかにクリスが映っていた。両手を高く上げて丸太を立てている。肩紐なしのドレスがいまにもずり落ちそうだ。あぶなっかしいドレスのトップを息を詰めて見守った。観客が拍手し、クリスが膝を折ってお辞儀したところで映像はカットされた。女性アンカーが説明する。

「このあと彼女は丸太を投げました。普通の王女らしくはありません。しかし彼女はロングナイフで、ここはチャンス星です。なかなかやるものですね」

「一般大衆の受けとめ方もこうかしら」

クリスはコーヒーをカップにそそぎながら訊いた。パブリシティ問題として朝食前に対策会議をやるべきか。

「そうよ」元兵曹長は答えた。「あたしはこれからワッフル屋に朝食を食べにいくわ。どうせここにいてもなにも起きないから。いっしょに来る？」

「そんなに平穏なの？」

元兵曹長がめずらしくにやりと笑った。

「楽しい騒ぎは未明だったわ。帰ってきたランチはみんな軽巡に直帰した。シャトルベイは使わずに。おかげで惨事を防げた。まったく胸をなでおろしたわ。ガソンから送られた映像で地上の惨状はだいたい見てたからね。酒臭い野郎どもに侵略されなくて幸運だった」

ワッフル店は開店したばかりだった。クリスは拍手で迎えられ、上品なお辞儀をまたやってみせた。

ブランマフィンとジュースを注文したとき、店の正面にある二つの栈橋に通じるエスカレータから水兵たちが続々と上がってきた。兵士たちは整列する。

店内がざわつく。

「侵略か？」

「昨日もやってたぞ。今日もおなじことをやるんじゃないか？」

（ネリー、あの水兵たちは武装してる？）クリスは脳内で質問した。

（見える範囲に武器はありません）

答えが不確実だ。クリスとラミレスはウェイターに断って店の外に出た。よく見える位置へゆっくり、さりげなく移動する。

「ネリー、なにか変化は？」

「武器はあいかわらず見あたりません」

「靴はなにを履いてる？」ラミレスが訊いた。

「運動靴です」

元兵曹長は意地悪そうな笑みを浮かべた。

「深夜帰りの早朝トレ。気にいったわ。情け容赦のない軍曹がいるみたいね」

だれかが命令を怒鳴り、その場で柔軟体操がはじまった。すぐに兵士たちの列は乱れた。何人かは胃を押さえて吐いている。

ラミレスはクリスのコンピュータに指示した。

「ネリー、前方の二つのドックの換気系統を独立させられるか当直に調べさせなさい。すくなくとも換気を循環モードに。それも無理なら防火扉を閉鎖」

「換気系統を独立に切り替えられたと報告してきました。匂いがとれるまで時間がかかりますが、他のエリアには広がらないはずです」

ラミレス元兵曹長はクリスのほうを見た。

「厄介な水兵たちの監視は役立つコンピュータにまかせて、こっちは朝食にしよう。でもあたしは少なめにしとくわ。いずれああならないともかぎらない」

クリスとラミレスが朝食を終えたころに、ネリーが割りこんできた。

「吐いたやつはステーション一周ランニングという命令が下りました。いや、全員です」

「まずいわね。せめて半周にしてと交渉しないと」クリスは勘定を払いながら言った。

ラミレスは司令センターへもどり、クリスは駆け足で店を出た。飲食店街の途中でジャックが合流し、うしろについた。

「虎口にはいるつもりですか」

「それが仕事よ」

グリーンフェルド星の精鋭たちのわきで駆け足している軍曹をみつけると、それを追った。隣に並んで走りながら訊く。

「この隊の責任者はだれ、軍曹？」

軍曹は駆け足のままクリスを見た。その職種に共通の野太い声で答える。

「自分であります、上官《サー》。上級下士官は配下の兵士を独自に訓練することが許されています、大尉」

グリーンフェルド星の下士官に〝サー〟と男性敬称を使われると、クリスはつい背後のジャックのほうを見たくなった。彼らの軍には女性士官がいないので、〝マーム〟という女性敬称を使い慣れていないのだ。

「ここで隊を停めなさい、軍曹」

「はい、上官。小隊、行進」水兵たちは駆け足をやめた。「小隊、停まれ。小隊、左むけ左」

きびきびとした命令にあわせてクリスも停まった。最後の命令にあわせて自分は右むけ右をすると、軍曹と正面からむきあう。

「ホイットマン一等軍曹であります、上官」

帽子なしの体操服であるため、敬礼はしない。よくわきまえている。こういう相手がどう出るか。

「軍曹、早朝からステーションを活用しているようすでまことによろこばしい。この訓練を実施しているすべての上級下士官とのミーティングを開きたいので、召集の伝令を出してもらいたい。こちらの敬意を伝えたうえで、第四十一海軍管区司令官がこの場へ至急の集合を求めていると連絡してほしい」

軍曹にとっては予期せぬ展開のようだ。しかし二度まばたきしたのちには、兵士十一名を指名した。伝令たちが四方へ駆けていくと、クリスはそれとなくまわれ右をして、ジャックと並んで歩いた。

「わたしがじろじろ見るわけにいかないわ。どうなってる?」

ジャックは一歩前に出た。クリスと話すようにうつむきながら、じつは広い範囲を見ている。

「伝令たちは走っています。その一人がいま水兵服の集団に追いつきました。ランチから下りたばかりのようです。号令をかけてランニングさせている兵曹が、列から一人を抜き出して号令役を交代させました。本人は歩いてこちらへむかっています。べつのところから軍曹が合流してなにか話しています。さらにべつの兵曹が走ってきて加わりました」

「つまり統一戦線が寄せてくるのね」

「そのようです」

二人はしばらく待って、クリスだけがきびすを返した。隊列はたしかにいい動きをしている。責任者の上級兵曹長あるいは旗艦の兵曹長がかけ声を発し、他の五人の兵曹長は一列縦隊で駆け足をしている。さらに四人の海兵隊軍曹が続き、先頭が号令をかけている。第一デッキじゅうの人々が注目している。当然だ。上等水兵にとって自分たちを率いる兵曹長の整然たる駆け足はお手本だ。

兵曹長らは部下を怒鳴るほど余裕のある気分ではないようだ。クリスもやるべきことがある。

先頭を率いる兵曹長は、隊列を駆け足から行進にし、直角ターンをきめてクリスの正面にやってきた。海兵隊の列も続く。兵曹長と軍曹はそれぞれの隊列を停めた。クリスから見て海軍が右、海兵隊が左だ。ホイットマン軍曹も完璧な直角歩きで海兵隊の列の最後尾に並んだ。

「メインドル上級兵曹長、召集にしたがって参りました」

「ロッテンベルガー一等軍曹、召集にしたがって参りました」

クリスは応じた。

「ありがとう、諸君。わがステーションへようこそ。わたしは第四十一海軍管区司令官、クリス・ロングナイフ大尉である」

そこでしばらく間をおき、理解が浸透するのを待った。この海軍管区の司令官は大尉であり……さらに女である。ついでにロングナイフでもある。表情からすると事前に知らされていたはずだ。しかし、骨の髄までしみこんだ軍と神聖さの基準からはるかに逸脱した組み合わせとむきあって、居心地悪そうだ。

「この施設を使って兵士を鍛えているのはよろこばしい。鍛えられた水兵がよい水兵であるのは衆目の一致するところである」

ふたたび間をおく。むかいあった顔にかすかな笑みが浮かぶ。自分たちのルールとおなじことをロングナイフが言っているからだ。

「ただ、今朝の訓練については事前連絡がなかった。身体トレーニング、教練、セレモニーを実施するのは、ステーションの前部ベイに限定してもらいたい。サービス施設より後部に行かないように」

閉店したままの〈ドラゴン・カフェ〉のあたりを指さした。

「理由をうかがってもよろしいでしょうか」先頭の兵曹長が訊いた。

「疑問は無理もない」

クリスは答えたが、彼らがグリーンフェルド星の士官相手にそんな質問をすることはないだろう。ただ、艦に帰ってから報告しなくてはならない。いいかげんな説明では通らないはずだ。

「兵曹長、このステーションは規模が小さく、清掃スタッフを雇う予算は少ない」そもそも兵士を駐留させる予算さえろくにない、とは口にしなかった。「諸君の水兵たちは、一目瞭然のように、昨夜の疲労が抜けておらず、床を汚している」くんくんと匂いをかいでみせる。先頭の兵曹長はいやな顔をした。「このエリアをもとどおり清掃するには多少の時間がかかる。ゆえに、問題の範囲を前部ベイにとどめてほしい。諸君の代将から協議の申しいれがあるまでは、以上を管区司令官の命令とする」

「わがほうの士官から別命あるまで、この施設より前部にとどまります。水兵には……汚れを清掃させます」

兵曹長はそこまできびしい声でのべてから、唇をなめ、やや穏やかな口調に変えて続けた。

「大尉、このあたりの店は営業されないのでしょうか。提供いただいたステーションの見取り図には映画館、ゲームセンター、数種類の飲食店が記載されていますが、昨夜確認したかぎりではすべて閉まっています。上陸許可が出されなかった者は、この一カ月間とおなじ船内の飲食物しか楽しめません。その在庫はすでに心もとないのです」

クリスはその背後に並ぶ下士官たちを見た。海軍の列も海兵隊の列も直立不動を崩していないが、期待感が漂っている。クリスもややくだけた調子で答えた。

「これらは私企業の施設なのよ、兵曹長。なんとか営業再開できないかかけあってみるわ。ただ、昨夜の上陸許可で地上へ出かけた水兵たちの行状を見て、地元の人々はあなたたちにかかわると生命と財産に危険がおよぶと感じているのよ」

兵曹長は直立不動にもどった。表情は消えている。クリスはしばらく待って反応がないのを見て、続けた。

「諸君の静聴に感謝する。先頭の兵曹長、解散してよろしい」

兵曹長と軍曹たちが号令をかけはじめるのを聞きながら、クリスは背中をむけた。

「うまくいったわ」クリスはジャックに言った。

「最後の件は？」

「店舗の営業再開は、水兵の不満を見た兵曹長たちの正直な希望だと思う」

「地上の乱痴気騒ぎについての反応はどう思いました？」

クリスはしばらく黙って歩いた。

「上官からは部下を暴れさせろと命じられ、相手側からは軍人として情けないと指摘されたら、どんな気分かしら」

「無言で直立不動にならざるをえないでしょうね、さっきの兵曹長のように」

クリスは朝のうちに経営者のトニー・チャンと会い、紹介された関係者と話した。トニーは三つのレストランを昼までに開店するための食材と飲料を自分の責任で発注した。「あとは店舗の運営スタッフです」という。クリスが口を出す必要はないようだ。

映画の配給チェーン数社は、スケジュールを調整してハイチャンスの数館を再開するのに充分な作品を供給すると約束した。ゲームセンターのほうが大変だった。

「ゲーム筐体は店舗内に残しているので問題ありません。問題は筐体がかなり旧式なことです。その上で動かせるソフトを探していますが、なにしろ古くて」

「なんでもいいから必要なのよ。今日の営業時間内になんとかして。上陸休暇があたえられなかった水兵たちにせめて娯楽を提供したいの」

「うちの子ども二人がちょうどステーションで働いているので、ソフトウェアのロード作業をやらせましょう。兵士たちが小銭を落とせるように」

「料金は良心的にお願いね」

「わたしも若いころにしばらく故郷から遠く離れていました。暴利を得ようとは思いませんよ、司令官」

昼食後は爪のケアを受けた。アビーは溶剤のテレピン油を使って爪の下からかなりの量のタールを掘り出した。きれいになったかわりに爪は指から剝がれる寸前だ。

「もし今夜お出かけになるなら、三枚は接着剤で貼らなくてはいけませんね」

「今夜は社交の予定はないはずよ」

「だといいのですが。いくらママ・アビーでも、指をぱちりと鳴らしてプリンセスを出現させるわけにはいきませんからね。素材がこんなにぼろぼろでは」

「わかったわ、ママ」

クリスはそう言って部屋から退散した。

ジャックがそのうしろを追いかけながら皮肉った。

「メイドの尻に敷かれる王女さまですか」

「母にはずっとほったらかしにされてたのよ。まるでその埋めあわせのようにアビーが干渉的なのはどういうこと？」

「それがアビーのアビーたるところですよ。じつはハンクの艦隊が接近している時期に、命じられた調査をやっておきました。商用以外のメッセージでチャンス星から他星へ発信されたものはありません。ただし、ジャンプポイントのバッファに残った通信ログをネリーといっしょに解析すると、わたしたちがジャンプした直後に発信された一件のメッセージをみつけました。強力な暗号がかかっています。そして差出人のアドレスが偽物でした」

「差出人のアドレスにエラーがあったら返送されるでしょう」

「差出人アドレスは誤り、宛先アドレスは有効だったんです。日数のかかる高優先度恒星間メッセージでは、こまかい不足は気にされませんよ」

「そうね。ネリーは暗号を解読できたの？」

「いいえ。たぶん無理だと。非常に複雑で、一行ごとに暗号化ルールが変わるので、難易度が高いようです」

「それを送ったのがアビーだと考えているの？」

「そこはわかりません。ただ、セントピート号がジャンプしてこの星系に到着した直後に送信されている事実は興味深いですね」

「その後、同様のメッセージは？」

「いっさいありません」

エレベータでレストラン街のほうへ下りながらじっと考えた。

「セントピート号のだれかがメッセージを飛ばしたのかもしれない。わたしたちの問題にかかわってこないうちは放置しましょう」ずきずき痛む指を親指でなでる。「アビーは厄介なときもあるけど、いざとなるとあの自走式トランクから役立つものを出してくれる。その必要がなかったこの二週間は平和だったでしょう」

「数年ぶりの休暇の気分でしたね」

レストランは三軒が営業開始していた。うまい具合に三軒とも軽巡が入港している桟橋に面している。それぞれイタリア料理、ドイツ料理、中華料理と看板を上げているが、要望があればどんな料理でも出せるという。映画館も開いていた。ウォードヘブン出身者から見ると少々古いラインナップだが、スクリーン数が多いので選択肢は広い。大ホールから、ヌー・ハウスのホームシアター程度のところまである。ゲームセンターはすでに光と効果音をまき散らしている。

「いいところで会ったな、大尉」

クリスは背後から声をかけられた。振り返って……さっと敬礼した。いまの自分は大尉だ。

「お会いできてうれしく思います、スロボ艦長」

クリスは答えた。ハンクの旗艦艦長は彼女とジャックに返礼した。

「しばらく歩きながら話せるかな」

「もちろんです。警護班長は退がらせましょうか？」

スロボ艦長はジャックを見た。

「きみの警護対象の王女あるいは司令官はわたしが安全を保証する」

「そうですか……」

ジャックは不承不承というようすだったが、敬礼して遠くへ退がった。

「優秀な男だな」スロボ艦長はそれを見ながら言った。

「わたしについての資料でお読みになったはずです」

「彼のことをか？　いや、自分の目で見てそう評価したまでだ。きみに関する資料は配布された。驚くほど薄い。むしろ疑問が湧くほどにな」

「要約版でしょう」

「かもしれない。そもそもきみがこんなところにいることが疑問なのだが」

クリスは言葉を選んで答えた。

「偶然です。わたしの任地を探していたらたまたま空きがあったと。グリーンフェルド海軍でもそうでしょう」

「ある程度はそうだが。しかしこのステーションは最近まで無人だったはずだ。なのに来てみたら、ここの軽巡からアクティブスキャンされて驚いた。あの老朽艦は地元民を安心させるためにロングナイフ勢力圏に配布されたハリボテだと聞いていた。ところがセンサーが働き、反応炉が稼働している。現役なのかね？」

その問いは無視して、クリスは浮かんできた疑問を考えた。ロングナイフとここで会って驚いたと、グリーンフェルド星の士官があらためて強調しているのはどんな意図があるのか。

(ネリー、メモして。スロボ艦長をパットン号に案内する場合には、博物館としての説明文をあらかじめ撤去しておくこと)

(記録しました、クリス)

スロボ艦長は沈黙をやや引き延ばした。

「わが代将がこの宙域を巡回していることをきみは知らなかったようだが、われわれもきみの駐留を知らなかった。奇妙だと思わないかね」

奇妙すぎるほどだと思っていたが……そうは言わなかった。グリーンフェルド海軍艦長には次のように返事をした。

「興味深く思います。ところで、なにか特定のご用件でも?」

「いや、きみが水兵たちのために開店してくれた商業施設を見てまわっていたところだ。価格設定は上等水兵の懐事情にくらべてやや高いが、暴利というほどではない。圏外のインフレがひどい経済域を訪れるといつもこんなものだ」

政治的につくった笑み。クリスはすまして答えた。

「サービスを提供できてうれしく思います。長旅だったとハンクから聞きました。乗組員は単調な艦内生活からしばらく解放されるべきでしょう」

「用件はもう一つあるのだ。今夜わたしを地上へ乗せていってほしい。代将はただいま気分がすぐれないが、地上でカクテルパーティがある。代理の者が顔だけ出しておきたい」

「艦長艇《ギグ》をお使いになればと思いますが、そうできないご事情でも？」

「ギグは積んでいない。今回のミッションではどの艦もそうだ。水兵艇《ランチ》を一隻でも多く積めるようにと代将からご指示があった。士官は司令官艇《バージ》を使えばいいと。しかし今夜はそのバージが他用で使えない」スロボは軽く咳払いをした。

「そして、帰りに昨夜のような状態のランチに乗るのは気がすすまないというわけですね」

　スロボはうなずいた。

「兵曹長に水兵をよく監督させればと愚考しますが」

　スロボはそっぽをむいたが、わずかにうなずいたようでもある。

　クリスはスロボの話を聞きながら、彼も兵曹長らも口をつぐんでいる裏の状況について考えた。追加で積まれたボートとは、じつは強襲上陸艇ではないのか。このゲームはどう展開するのだろう。そしてこれが〝ゲーム〟でなくなったとき、どれだけ死者が出るのだろう。

　クリスは決断した。

「わたしのシャトルに席をご用意しましょう。パーティの予定は何時ですか？　金属探知機の検査は受けていただかなくてはなりません。他人から預かった荷物は持ちこまないようにお願いします」

　クリスはにこりともせずに言った。スロボは笑みを浮かべたが、ややひきつっていた。

「きみの安全は代将と同様に保証する。パーティは八時からだ。そのまえに地元財界人との会食を予定しているのでなるべく六時に出発したい。それから、席はあと二人分確保してほしい」

「ご同行の艦長が？」

「そうだ。昨夜バージでわたしの隣にすわっていた二人だ」

「ああ、幼稚園児を引率する先生たちですね」

スロボは答えず、話を終わらせるために謹直な敬礼をしようとした。しかしその手が帽子にふれるまえに、クリスは敬礼していた。スロボは小さくささやいた。

「そのとおりなのだ、プリンセス」

そしてまわれ右をして去っていった。クリスはいろいろと考えさせられた。

ジャックは、離れて見守っていた場所からもどってきた。

「興味深い人物ですね」

「興味深い状況だわ。ネリー、今夜ダンスシューズが必要になるとアビーに伝えて」

「連絡ずみです。今夜のお出かけのために着付けをする時間がすでに三十分不足しているとのことです。ちなみにタールのお菓子づくりや殿方より大きな模型を投げる遊戯は想定していないとのことです」

「三十分くらいの遅れなら、司令センターの当直のようすを見る時間はあるわね」

クリスはジャックとともにエレベータへ急いだ。アビーをいらいらさせているあいだに状況を考えようとした。しかしわからない。ハンクの意図は不明だ。ただの表敬訪問かもしれない。なのに攻撃のカウントダウンのように感じるのはなぜなのか。兵曹長と艦長が言わなかったことが気になって、うなじのつけ根がこわばる。それはアビーの極上の洗髪マッサージによってもほぐれなかった。

彼らは秘密を持っている。それは惑星に危害を加えるものだろうか。もしそうなら、ハンクはどうやって計画したのか。惑星侵攻は思いつきでは命じられない。入念な準備がいる。侵攻して政府を倒すにはそれなりの口実がいる。

「なにをする気？　いつ、どこで？」クリスはつぶやいた。

「気になることがおありですか、お嬢さま」

「ええ。でもあなたに訊いても答えは得られないわ」

「そうです。ハンクがこの惑星を乗っ取る号令をかける時期など、わたしにはわかりません」

「ここの難局には気づいているのね」

「薄給のメイドでも目は見えますよ」

目が見えるどころではないはずだ。

本来はあと二時間かけたいらしいが、いちおうはプリンセスらしい装いを整えたクリスは、一時間後にシャトルベイへ下りた。明るい黄緑のカクテルドレスの人目を惹くスカートが一歩ごとに心地よく揺れる。今夜はスパイダーシルク地のボディスーツを下に着ている。自分が防弾装備の必要を感じるくらいなので、ジャックには自由に準備させるつもりだった。するとそのジャックは、青と赤の夜会服でエレベータへむかうクリスに追いついてきた。

「わたしの寝室に監視カメラでもしかけているの？」

「お答えいたしかねます。惑星機密にかかわりますし、独身男の無二の楽しみを奪われたくありませんから。あなたとアビーのやりとりは、地球のラスベガスからこちらで最高のコメディショーですよ」

「いわれてみれば、ナノバグの捕獲ネットワークにひっかかるのは、あなたの部屋から来たやつばかりだわ。除外区域を設定するのは簡単でしょう？」

「でもアビーに月数ドル払えば、あなたが部屋から出るタイミングを簡単に通知させられます」

「薄給をいつもぼやいているからありえるわね」

「メイドの副業はいまにはじまったことではありませんよ」

「ネリー、シャトルのようすは？」

「スロボ艦長の搭乗希望があったときから監視しています。二十四時間前からの記録映像も見なおしました。通常から逸脱した出来事はなく、承認リストに掲載のない人物も近づいていません。安全とみなせます」

「飛行前点検は自分でやるわ」

「安心のうえにも安心だ」ジャックは皮肉っぽく言った。

シャトル四十一号機のハッチ前では主任整備士が待っていた。

「確認しました。機体表面にはずっと電荷をかけています。ハエがとまれば火花が散り、ナノバグなら焼けます」

「徹底しているわね。主任整備士はそうでないと」

「上司からもそれを最初に言われましたね。〝母親の言うことを信じるか？〟と問われて、〝まさか〟と答えたら、〝機体を整備させてやる〟でしたから」

クリスも自分で点検した。それがだいたい終わった三十分後に、ハッチのむこうから物音が聞こえた。クリスは計器パネルにそなえつけの手すりにつかまってようやくチーフパイロット席から立ち上がった。まるで老人か虚弱者だ。立つと今度は操縦室のまんなかで足首をひねった。クリスは愚痴った。

「シャトルの操縦システムは五センチのヒールを想定して設計されていないわ」

「それはそうでしょう」

ジャックは先に立って客室側へ移動した。

外のシャトルベイでマーブ・スロボ艦長が待っていた。グリーンフェルド艦隊の二人の年輩艦長もいっしょだ。

「早いな」

スロボは言った。ジャックが敬礼すると、艦長らはそろって返礼した。クリスは会釈し、スロボに手をさしだした。艦長はその甲にキスした。あとの二人も儀礼にならい、正式に紹介された。イーガー号のマックス・ゲックル艦長と、サプライズ号のゲオルク・クレッツ艦長だ。

「たしかに王女ですな」クレッツは驚いたように言った。

「ティアラをようやくみつけて」

クリスは笑顔で答えた。士官たちは上品に笑った。

そのときエスカレータのほうから聞き慣れた声が響いた。

「待って、待って」息を切らせて走ってきたのはベニ兵曹長とレゾリュート号の乗組員三人だ。「いっしょに乗っけてってくださいよ、プリンセス。ゆうべ町の南側でいい居酒屋をみつけたんです。だれがなんと言おうと宇宙で飲むビールはまずいですから」

クリスは手を振って最若年の部下を先に搭乗させた。儀礼としてまちがいではないが、兵曹長が追いつくのを艦長たちに待たせたのは、伝統的な海軍の流儀から少々はずれていた。またベニとレゾリュート号の飲み助たちが地上の目的地を大声で叫んだのも行儀よくなかった。目くじらを立てる者がいなかったのがさいわいだ。

クリスはジャックに続いて機内にはいり、操縦席のほうへよけた。最後に艦長たちが乗りこんだ。兵曹長と友人たちはすでに最後列の席についている。前部コンパートメントは士官用だ。

「ご自身で操縦を、殿下？」スロボ艦長はベルトを締めながら尋ねた。

「出発がやや遅れましたので。普通のシャトル操縦士ならラストチャンス行きの次の軌道を待つしかありませんが、わたしなら多少の近道をして時間どおりに着陸させられます」

それを聞いた艦長たちはひそひそと話しだした。

「まもなく出航です」

ジャックはお決まりのアナウンスをした。クリスの靴をそのシートの背面ポケットにいれ、ハッチの閉鎖とロック確認をする。クリスは最終点検をして、シャトルの固定クランプを開放するまえに客席を一瞥した。全員着席している。下ろしてくれとハッチを叩く者はいない。やはり予備知識がないらしい。クリス・ロングナイフについてのピーターウォルド家のファイルは本当に要約版なのだ。

それから三十分間、シャトルはあまり優雅ではないS字飛行で軌道速度を殺した。実家のマントルピースにあるトロフィーを獲得したときの飛行にくらべると相当に過激な減速だった。そして空港の滑走路にはそっとかろやかにタッチダウンした。

滑走路の突き当たりに待機していた牽引車は、今日は空港の反対側の格納庫にシャトルを移動させた。いずれ水兵用のランチが並ぶ駐機場からは遠く離れている。リムジンの運転手はスティーブ少年。今日は帽子をかぶっている。防弾仕様だろうか。一夜にしてようすが変わったものだ。

ジャックはクリスのハイヒールを操縦席の脇の床にそろえた。今日のクリスは若い女性用の靴について多くを学んだ。滑走路でシャトルのブレーキを踏むにはヒールより素足のほうがやりやすい。スロボ艦長が手をさしのべて、靴を履くクリスを助けた。

「お見事な操縦の腕前でした。代将がわれわれの艦艇の操縦機器にあなたを近づけたがらない理由がわかりました。わが軍のパイロットのお手本になっていただきたいくらいだ」

クリスはおおげさな賛辞を笑顔で受けた。あとの二人の艦長は彼女への対応にまだとまどっている。女性士官そのものに慣れていないようだ。

旗艦艦長と王族のクリスが先にシャトルを下りた。スティーブ少年は運転手の正装をし、ドアまで開けて待っている。

「リムジンが出発したら、この格納庫は閉鎖して鍵をかけるそうです。お帰りまで見張りと監視を立てることをみなさんにお知らせするようにと、親父から言われました」

〝みなさん〟とぼかしているが、だれにあてた伝言かクリスはよくわかった。艦長にもわかっただろう。もし彼がシャトルの妨害工作をだれかに命じているなら、接近方法を新たに考えなくてはならない。チャンス星は意外に守りが固いと思わせたい。

すくなくともスロボ艦長はそれを聞いても表情を変えなかった。

市内へむかうリムジンのなかで、イーガー号のマックス・ゲックル艦長はチャンス星がグリーンフェルド同盟に加盟することが牧場主や農場主にとっていかに利益になるかを、クリスあるいはスティーブ少年に滔々《とうとう》と説いた。実際には今夜の会食にそなえて想定問答の練習をしているのかもしれない。スティーブもクリスもろくに聞いていなかった。

高級レストラン〈ザ・ボールト〉のまえで三人の艦長は下りた。

「よければご一緒なさいませんか？」スロボ艦長がクリスを誘った。

するとスティーブが口をはさんだ。

「王女さまについては市長がディナーにお招きしたいそうです」

クリスは微笑んだ。

「若くて魅力的な殿方からのお誘いは断れませんわ」

それで決まった。リムジンがふたたび走りだしてから、クリスはスティーブに訊いた。

「わたしはグリーンフェルド星の艦長たちにくっついていって、彼らのたくらみを探ったほうがよかったんじゃないの？」

スティーブ少年は首を振り、いつもの言葉遣いにもどった。

「そんな腹を割って話をする雰囲気にはならないと思うな。艦長たちとあそこでメシを食う十人の財界人ってのを知ってたらね。チャンス星の将来を真剣に憂う企業経営者の上位十人だと親父が言ってた。あの人たちは手ぶらで帰るはめになるよ」

クリスが案内されたのはロンのお気にいりのステーキ店だ。女性のもてなし方に慣れた二人の若い男性にはさまれて、クリスはリラックスできた。この顔ぶれなら思いきり内輪の話をできる。ディナーの席にはくだけすぎているほどだ。

注文を終えるとすぐにロンが言った。

「昨夜下りてきた連中に市民は本当に腹をたてていますよ」

「艦隊の来航はいままでなかったの？」クリスは訊いた。

「じつはありません。ネットワーク担当者に記録を調べさせたら、海軍の来航は六十年ぶり以上のようです」

「たまの客が大勢の客。星系が驚くのも無理はない」ジャックが皮肉っぽく言った。

「どう対応したものか」ロンが言う。

クリスは椅子にもたれて、天井扇がゆっくりとまわるようすを眺めた。

「そうねえ。帰ってくださいとお願いするとか」

「笑い飛ばされるのがオチでしょう」

「水兵たちの綱紀粛正を求める。憲兵隊に地元警察と連携させる」

「それはすぐ要望しましょう」

「醸造所で事故があったことにしたらどうかな」ジャックが提案した。

「無理ですね。うまくいかない。地元産のビールは多くの小規模醸造所でつくられています。その全部で同時に問題が起きたことにしなくてはいけない。みえすいた嘘ではかえって侵攻の口実にされる。宇宙の安全を、醸造所のために」ロンはグラスをかかげた。

「賛成」ジャックはコップを打ちあわせた。

クリスはソーダ水のコップをかかげた。

「じゃあ、どうする?」

「自分から出ていってくれるのを待つ……」とロン。

「あるいはハンクがしくじるのを待つ……」クリスは考えた。「士官学校時代にトムから教えてもらったカードゲームに似てるわね。サンタマリア・ホールデムというのよ。各プレイヤーには開いた三枚と伏せた二枚が配られる。開いた三枚をプレイヤーは交換してもいい。でも伏せた二枚は本人にもわからない。その状態で賭けるのよ」首を振って、「わたしたちはハンクの手の一部をわかっている。昨日かなりわかったし、今日もこれからわかるはず。でもわからない部分もある。ハンク自身も知らない要素がある。あとは待つしかない。ハンクがゲームを降りるのか、続けるのか」

二人の男はうなずいた。ロンが訊く。

「新たにわかったことは?」

クリスはスロボ艦長が言ったことを話した。ロンはそれをまとめた。

「つまり、ここのステーションに守備隊がいることを予想していなかったと、旗艦艦長がわざわざ二度話したんですね」

「念を押すようにね。そう考えると昨日のことも説明がつくわ。彼らは無人のステーションを簡単に占領するつもりで来て、あてがはずれた。だから作戦を立てなおしたのよ。いまの状況で気にいらないのは、ハンクが引率の先生抜きで上にいること。ふて腐れて寝ているだけなのか、なにかたくらんでいるのか」

「引率の先生?」ロンが訊いた。

クリスはスロボ艦長に自分が言った皮肉と、彼の小声の返事を教えた。

「その艦長はどちらの味方なのかな」とロン。

クリスは肩をすくめた。

「ハンクの外遊につきそって無事に連れて帰る責任者なんて、だれもやりたくないわね」

するとジャックが皮肉っぽく話した。

「よくわかりますね、経験者として。失敗したらただではすまない。首相の放蕩娘のお守り役がいかに苦労か。それを代将と大佐の関係でやるなんて、想像するだけでうんざりだ」

ロンは眉をひそめてクリスを見て、それからジャックに言った。

「あなたは海兵隊中尉、彼女は海軍大尉。一階級差という点では、問題の艦長の場合もおなじでは？」

それにはクリスが答えた。

「大ちがいよ。代将といえば神のような地位。それにくらべたら、大尉はたまに誤りを犯すことを認めるわ」

「めったに認めませんけどね」ジャックが指摘した。

「認めたことはあるわよ」

「おや、知るかぎり過去に一度だけでしょう」

「それでもハンクより多いはずよ」

「それは反論できない」ジャックはロンに言った。

ロンはかぶりを振って答えた。

「わたしはとても海軍の基準に満たないな。一日に四、五回は誤りを犯します。報告書の綴りのまちがい程度ですが、それでもラミレス兵曹長の助けがないとやっていけない。彼女をいつ返してもらえますか？」

「ハンクがこの星系から完全に去って十五秒経過してから。それまではだめ」

「苦労が続きそうだ」ロンは沈んだ。

ステーキが出て、三人はしばらく料理に集中した。楽しい食事の沈黙をやがてクリスが破った。ロンに訊く。

「今夜の増員は？」

「充分ではありませんがいちおうは。他の市長に応援を依頼しました。訓練されていないボランティアではなく、精鋭をよこしてほしいと。多くの市からいい返事をもらいましたが、合流は明日以降です。そこで地元の元運動選手に声をかけました。お子さまたちを一晩管理する日曜学校の教師、男性のみ、暴動鎮圧訓練に興味がある方歓迎という採用条件を昨夜のうちにまわしました。問い合わせの電話があったうちの半分でも来てくれれば、それなりに集まりになります」

「集まり、ね」ジャックが皮肉っぽく。

「人数はそろう。熟練度は別問題です。ところで丸太を一ダースほど提供してもらいました。競技委員のマクナブと助手約二人も。今夜も丸太投げを？」

クリスは両手を広げた。

「メイドに殺されるわ。あんな痛い爪掃除を二度もやられたら指がなくなる」

「痛みはわたしのキスで雲散霧消しますよ」

ロンが言うので、クリスは手をゆだねた。ジャックは陰険な目でそのようすを見た。

「わたしがやったら軍紀違反だ」不愉快そうに言う。しばらくして続けた。「それ以上やると二百十二惑星で有効な医師免許を持たない医療行為を告発しますよ」

「三時間だけ許可するわ」

クリスは低く喉を鳴らした。自分の手が男の唇でこれほど感じるとは思わなかった。震える息を吸う。手以外も反応していた。もっとあちこち。

そこにネリーの声が割りこんだ。

「クリス、市長に電話がはいっています。しかし市長の電話は電源が切れています」

ロンは自分の椅子に背中をもどした。

「だからこそ電源を切っておいたのに」

つぶやいて、ポケットから小さな電話を出し、一端を耳にいれた。すこし聞いてすぐに答える。

「ママ、例の孫づくりだよ。絶好の機会をじゃましないでほしいね」

空港長の声が聞こえた。

「悪かったわね。でも水兵たちを乗せたランチがもうすぐ着陸するのよ。なのに空港にはバスが半分しか来ていない。マイクに尋ねたら、昨夜の汚れを清掃できたぶんはこれだけだって。なんとかならない？」

ロンは勘定書を求めてサインし、立ち上がった。

「失礼しますよ。ジャック、ダンスでプリンセスの足を踏まないように」

クリスも食事途中の席を立った。

「わたしも行くわ」

結局、クリスは残りのバスの清掃を手伝った。ハイヒールのまま、カクテルドレスを汚さずになんとかやりとげた。バスは予定時間までに空港へ出発した。収穫もあった。工業用のタール除去液をみつけ、今夜のハイランド競技会場へ送っておいた。丸太投げをまたやることになったら役に立つだろう。

まずい連絡は、バス車庫にとどまっているうちに届いた。ランチは昨夜より早く着陸し、バスの台数はまだたりないという。

クリスは空港に駆けつけた。ちょうどランチが着陸してきている。

ジャックがクリスに言った。

「王女さまは空港のオペレーションセンターに待機してください」

「あら、わたしは警護官なしで動けないのよ。でもあなたはバスを運転するのよね」

クリスは穏やかならざる声で返事をした。ジャックは悪態をついた。クリスは続ける。

「それにこれは士官学校で出されたリーダーシップの問題とおなじよ」

「敵性連合からやってきた女に飢えた水兵五百人というだけで充分に問題です」

「そうね。でも五百人の男たちを命令一下に歩かせる機会は女として見逃せないわ」

ジャックはさらに汚い悪態をついた。運転してきたバスをロンのバスのうしろに停める。列はさほど長くない。下りてきたロンに、クリスは歩み寄った。

「バスの立ち乗りは禁止なの？」

「基本的には全員着席、シートベルト着用を確認してから発車します。しかし満席のときに通路に立つのは乗客の判断で、政府はとやかく言いません」

「つまり水兵たちが自己責任で、この……」かぞえて、「……十台のバスに立って乗れば、五百人いっぺんに十月祭の会場に行けるわけね。いやなら次の便を待てと」

「そうです」

「いいわ」

厄介者はまたしてもあの年かさの上等水兵たちだった。

兵曹長や兵曹たちはランチから先頭で下りて、先頭でバスに乗りこんだ。伝統どおり。後続は早い者勝ちだ。休暇前日の小学生のように騒々しく押しあいへしあいする。グリーンフェルド連盟製作の映画のような整然とした列はできない。旅の恥はかきすてらしい。

クリスは士官らしい命令口調であわてるなと言いながら、水兵たちのあいだを通った。余地はまだ充分ある。人ごみのなかで一度だけ体をさわられた。クリスは無言で強く肘打ちをいれた。すると水兵たちは〝王女さま〟に道をあけるようになった。

全員がバスにおさまったように見えたが……二台目の車内で殴りあいがはじまった。最後の席をめぐってもめている。一方は奇妙なほど年かさだった。クリスはそのバスに跳び乗って声を張った。

「静かに、静かに。このおばあちゃんはお疲れのようよ。愚痴っぽいおばあちゃんを立たせておいたらかえってうるさいと思わない？」

「殴られたんだ」

　若いほうが言った。年かさの水兵が急に席取りにこだわったことに困惑しているようだ。

「だったら丸太投げで白黒つければいいわ。このおばあちゃんはあなたのような元気な若者にはとうていかなわないわよ。丸太投げで勝負がついてからビアガーデン会場入りよ」

他の水兵たちはさっさと飲みにいこうと声をあげはじめた。年かさの上等水兵は目をそらして席に滑りこんだ。クリスは前列の兵曹長と兵曹たちに目やった。まるで直立不動のように正面をにらんでいる。そうしろと命じられているのか。クリスは下りてバスを行かせた。

五台目でも喧嘩が起きた。クリスは乗りこむと、今度は「気をつけ、敬礼！」と号令をかけた。騒ぎはぴたりとやんだ。クリスはその口調のまま運転手に言った。

「また騒ぎが起きたら、路側に停めるように。わたしは最後尾のバスに乗っている」

「はい、殿下」

「今夜も丸太投げをやるんすか？」だれかが訊いた。

「きみが丸太投げで一番になったらいいものを見せよう」クリスは謎めかした返事をした。

期待感に満ちたざわめきは聞こえないふりをして、クリスは下りた。そしてジャックの運転するバスが追いつくのを待った。

「このバスで空騒ぎは？」

ジャックは苦笑して親指で背後をしめした。前列にはグリーンフェルド星の六人の海兵隊軍曹がすわっていた。黒と緑の略装で、海兵隊らしく無言。後列の四十五人の下士官と兵士たちも同様だ。クリスは先任の軍曹にうなずいた。彼は正面をにらみ、クリスのことは民間人のように無視している。もちろんグリーンフェルド星は王族否定の文化だ。

クリスは前部ドアの脇で直立不動になってジャックに命令した。

「バスの列に続け、中尉。路側に停まるバスがいた場合はおなじく停止しろ」

「はい、殿下」

ジャックはシフトレバーをいれて発進させた。プロの運転手にはかなわないが、それなりに滑らかな運転だ。

「よろしければどうぞ」

背後から声がかけられた。ここでのクリスは王族ではなく一般民間人とみなされているが、女性ではある。その点でグリーンフェルド星は古風な習慣が残っている。若い一等軍曹が立ち上がり、ジャックのうしろの席をクリスに譲るかまえだ。

「ありがとう」

クリスは答えて腰かけた。背後では伍長が立ってその軍曹に席を譲り、次は一等兵が立って伍長に席を譲りという物音がドミノ倒しのようにうしろへ続いた。

バスの車列は一台も停まることなく市内にはいった。

14

ビアガーデンではスティーブ少年がリムジンで待機し、クリスたちをカクテルパーティ会場に運んだ。クリスは多少なりとセレブ気分にもどった。この星ではロングナイフもプリンセスも相手にされないが、丸太を投げて競技委員にほめられたら、急にだれもが握手を求めてくるようになった。もちろん、異星の水兵たちを抑えていることへの感謝もあるだろう。ここでは地位はもらうものではなく、自力で獲得するものなのだとあらためて納得した。木を一本投げただけで大衆の尊敬を勝ち取れたのは幸運だった。もちろん、パーティではクリスと踊りたがる若者たちが列をなした。その四、五人目のときに、スロボ艦長が大人げなく割りこんできた。

「若い殿方とのディナーは楽しまれましたかな」

「じつは途中で空港へ引き返したんです。今夜の上陸休暇パーティの送迎バスの清掃を手伝いに。昨夜水兵さんたちがずいぶん汚されていたようですわ」

「空港で彼らに待ちぼうけをくわせたのではないでしょうね」

クリスはその問いの真意を考えた。そして、とくに裏はなさそうだと判断した。意外ではない。軌道にとどまった若き代将と打ちあわせた範囲の出来事だったのだろう。

「通路に立ってもらいましたが、全員運べました」

「たいした女性だ」

「わたしたちロングナイフはやるべきことをやるだけです」口もとの笑みは絶やさないが、目だけは鋭くして言った。

「ええ、そうでしょうとも。クレッツ艦長はあなたに強い印象を受けたようです。彼は夫人とのあいだに生まれたのが四人娘で、残念ながら男児がなかった。女性ながら任官しているあなたを見ると、反逆罪の誘惑にかられるようです」

「いまどき二君に仕えるのが反逆とはならないでしょう。あなたもいかがですか？」

「失礼だが、プリンセス、今夜のわたしは母星の代表として来ている。あなたの星に追従《ついしょう》するためではありません」

「若者を率いて草廬《そうろ》を出たなら、もどらない子が一人二人いてもしかたないでしょう」

そのあとは無言で踊った。曲が終わると、クリスはスロボ艦長について彼らのテーブルへ行った。

「クレッツ艦長、一曲いかがですか？」

スロボは不愉快そうにクリスをにらんだ。しかしゲオルグ・クレッツは誘いを受け、クリスの手をとってダンスフロアに出た。

「お相手にはふさわしくありませんな。なにしろあなたとおなじくらいの年の長女がいる」

「ご息女は大学教育を終えられましたか」

「わたしたちの星では女性の大学進学は一般的ではありません。いまはギムナジウムの最終学年です。卒業後は公認看護師になります」

「海軍に入隊なさることは？」

「母親にそんな話をしたようです。父親としては考えなおしてほしいですね。わが軍の若者は、たとえ士官でも、若い女性とともに勤務することに慣れていない」

「優秀な女性なら、そんな男はひっぱたいて行儀を覚えさせることができますわ」

「昨夜あの木の棒でやったように？」

「あの場ではいいやり方でした」

「いまでもそうかもしれない。ここ数日、あなたを見ていて考えさせられましたよ。娘があなたを部下としてうまく使うことができるのだろうかと」

「逆はかまいませんわよ」

「その提案は場合によって反乱教唆ととられかねませんな。グリーンフェルド社会に適切な居場所がある若い女性に、それを捨てよと宣伝することを首相の父上とたくらんでおいでかな」

「人類宇宙は広大です。自分の居場所を求めて旅してもいいでしょう」

「あなたはそうだ。経歴資料を拝見しました。ずいぶん異動が多いですな。腰を落ち着けたいとは考えませんか？　家族を持てばよろしいでしょう」

「あら、それこそ反乱教唆では？」クリスは笑った。

「では引き分けにしましょう。あなたの海兵隊員が心配そうにこちらを見ていますよ。合図したら飛んできそうだ」

「では合図を」

たちまちクリスはジャックの腕に引きとられ、踊りながらグリーンフェルド星のテーブル付近から遠くへ誘導された。

「なにかあったの？」

「おおいに」ジャックは笑みを絶やさずに答えた。

「お手洗いに行きたい気がしてきたわ」

「外で待っています。スティーブ少年といっしょに」

クリスは出席者たちに中座を詫びて舞踏室を出た。行く先々で王女が急ぐべき方向を親切に教えられた。それを二度ほど反対に曲がると玄関に出た。ジャックがドアを開けている。リムジンの車内へ滑りこむ。ジャックが跳び乗ると、スティーブはすぐに発進させた。

「行き先はどこ？　ビアガーデン？」クリスは訊いた。

「いいえ。大学です」

「大学？」

「構内で水兵たちと二人の女子大生が出くわしたんです。彼女たちは図書館からもどるところだった。水兵たちは、金を出すからおっぱいを見せろと声をかけた。グリーンフェルド星の男子パーティでは、ウォードヘブン宇宙の女子が露出でこづかい稼ぎをしていると勘ちがいさせるひどい映画がはやっているらしい」

「まったくもう」クリスは頭をかかえた。

スティーブ少年が説明を代わった。

「だから女子大生はその水兵をひっぱたいたんだ。女子大生は長身で、水兵はチビだった。水兵は拳を振って反撃しはじめた。女子大生は大声を出した。ちょうどそこへ女子サッカーチームが練習を終えて帰ってきた。チームは水兵たちに跳びかかり、助けを呼んだ。すると大勢の水兵が集まり、男子学生も殺到した」

「暴動の規模は?」

「大きいようです」とジャック。

「とても大きいって。おれの情報源では」と若い運転手。

「止めにはいるわよ」

「了解」

スティーブ少年は返事をした。ジャックは身を縮めた。運転がさらに荒くなったからだ。

十月祭の通行止めを迂回して異なる方面から大学に近づいた。黄色い立入禁止テープにはばまれると、スティーブ少年は腕章の男に手を振った。すると男はテープを持ち上げてリムジンを通した。野次馬の流れとともに構内にリムジンを進める。人ごみが増えて動けなくなると、下りて徒歩になった。まもなく次の立入禁止テープがあらわれた。クリスはその下をくぐった。規制無視を見とがめた若者が声をあげたが、ジャックが手を振ってなだめた。

やがてガソンの姿をみつけた。拘束した水兵たちを見張っている。水兵たちは背中にまわした両手をタイラップで縛られ、芝生の長い三列でうつぶせにされている。鼻血や目の充血が多く見られる。

左奥には腕章の男たちが数人立って、大勢の若者たちを防いでいる。若者は服装からして男子学生のようだ。右奥では腕章の男たちがさらに多く立ち、黄色い規制テープも張って、倍の人数の怒った男たちを抑えている。こちらは水兵で、拘束されて地面に寝かされた仲間を応援している。

石造りの大学校舎のむこうからロンがあらわれ、小走りにクリスに近づいてきた。

水兵たちはクリスに気づいて、一人がやじった。

「今夜はなにを投げるんだよ、王女さん」

いっせいに下品な笑い声があがるのを、クリスは無視した。やってきたロンに訊く。

「抑えこめるだけの人数はいるの？」

「もちろんたりませんよ、住民たちがこいつらを八つ裂きにするのを抑えるにはね。チャンス星は開拓者の社会なので自分たちの女を大切にします。なのにこれは……」

右のほうに目をやった。男子学生たちの人垣のむこうに仮の救護所ができて、数人の女子学生が手当てを受けていた。負傷は顔の切り傷や、足や体の打撲傷だ。服を押さえている者もいる。裂かれているのだ。泣いている者もいる。一人はクリスとロンを冷たい目でにらんでいる。

クリスは眉をひそめた。

「ネリー、旗艦のハンクにつないで」

「試行中です、殿下」ネリーはあらたまって答えた。「当直士官を通すのでいつもより時間がかかりそうです」

「続けなさい。用件は伝えず、ただ第四十一海軍管区司令官から話があると」

するとロンが割りこんだ。

「いや、ラストチャンス市長から話があると伝えてくれ。これはわたしの仕事だ、クリス」

管轄について意地を張られて、クリスはややむっとした。女は男に従えといわんばかりでもある。

「まかせるわ」

丸一分ほど待って、ようやくハンクにつながった。音声のみで映像はない。

「トーン市長、わたしの夜をじゃまするほどの用件なのかな」

「そちらの水兵の一部が下で暴れているのですよ」

「だったらランチに放りこんで酔いを覚まさせてやってくれればいい。いや、ランチの外に寝かせてくれたほうがいいかな。昨夜はランチ内をひどい匂いにしたようだから」

「彼らは女性の市民を暴行したのです」

「まあ、若い男たちだからそういうこともあるさ。骨折まではさせていないだろう？」

ロンは、こちらをにらむ女子学生の視線を受けとめていた。クリスも目を離さない。

「骨折はない」

「なら問題ない。彼らは水兵だ。いくらか羽目をはずしたいだろう。寄港しているのがウォードヘブン艦隊でもおなじことが起きたはずだ」

ロンは目をつぶり、歯ぎしりした。無言でクリスに手を振る。クリスは代わって訊いた。

「ウォードヘブンの艦艇は、寄港地では憲兵隊を出して水兵のふるまいを監督させるわ。でもそちらの憲兵隊は見あたらないわね、ハンク」

「おや、きみもいたのか、大尉。事情はわかるだろう。海軍は人手不足だ。予算は縮小される一方、市民は重税にあえいでいる。連盟が拡大し、某連合の圧力から多くの惑星と住民を守らねばならないからだ。大変なのだよ。無駄な部隊を維持する余裕はない。全員に働いてもらわなくてはならない。よく働き、よく遊べ、だ」

ハンクの通信は切れた。ロンの手は宙をつかみ、なにかの息の根を止めようとするように握った。

「浅薄なやつだとは思っていたが、これほどとは」首を振る。「決めた。もしまた酔った水兵が女性市民に乱暴を働いたら、留置場に放りこんで明日裁判を受けさせる。もうがまんならない」

「ハンクは気にいらないでしょうね」

「こちらだって気にいらない。彼も気にいらないめにあうべきだ」

クリスは水兵たちの集団に背をむけ、声をひそめた。

「むしろハンクにとって願ったりかなったりの状況になるということよ」

ロンははっとしたようだ。

「つまり……彼が来てからあなたがいつも言っている、政府転覆の口実になると？」

クリスは肩をすくめた。

「みえみえでしょう。六隻の軽巡をいわくありげに寄港させた。政権奪取を狙っていると考えるべきよ」

「あちこち電話する必要がありそうだ。明日までにどれだけ応援を呼べるか。窮地に追いこまれて反撃に出るなら、なるべく味方がほしい」

「わたしは味方よ」

「そう期待していますよ」

ロンはハンクと話し、クリスと話すあいだも、こちらをにらむ女子学生から目を離さなかった。クリスとの話を終えると、その救護所のほうへ歩きはじめた。クリスもついていく。

市長には重い役目が待っている。クリスもだ。

ロンは女子学生よりやや手前で立ち止まり、深呼吸して、短く言った。

「申しわけなかった」

「自警団はなにをしてるんですか？」

「わからない。彼らも手いっぱいなんだ。なぜこうなったのか調べたい」

「酔った水兵たちをどうして学生寮に簡単に近づけさせるの？」

女子学生は非難した。まわりの負傷者たちもうなずく。

「わたしの責任だ。計画段階でその問題に気づかなかった」ロンは認めた。

「わたしも気づかなかったわ」クリスも続けた。

「気づいていたらロングナイフはそこで判断ミスをしないんでしょうね」奥のほうから皮肉っぽい声が飛んだ。

「小さな判断ミスはするわ。でもこういう重大な件ではしない」

「安全管理を徹底してください」女子学生は要求した。

「そうする」ロンは答えた。「他の都市から応援が来る。ここの住民は疲れている」

「しっかり見張ってもらいたいですね。明日は寮から出るときに野球のバットを持ち歩きます。水兵に行く手をはばまれたら、その頭を三百メートルくらいはじき飛ばしますよ」

周囲から賛同の声があがった。クリスはなにも言わなかった。それこそ水兵たちの上官である代将の狙いだと説明しても、彼女たちを止めるのは難しいだろう。

ロンは男子学生たちのほうにむいた。サッカーチームのユニフォーム姿の女子も数人まじっている。

「わかっているだろうが、きみたちは本来なら明日朝、裁判官のまえで弁明しなくてはならない」

不満げなつぶやきが漏れた。「女子を守ろうとしただけだ」という声が聞こえた。

ロンは両手をあげて静粛を求めた。

「わかっている。一方で、わたしたちはすぐに水兵たちを空港に運んで、それぞれのランチに放りこむ仕事がある」学生たちは話がわからないようすで黙った。ロンは続ける。「そこで、水兵たちをこの場から移動させたら、きみたちを解放する。しかし勘ちがいするな。きみたちの身許はわかっている。またこんなことをやったら、今度こそ裁判官のまえに出頭させる。慈悲深いママではないぞ。女子学生たちを守りたいなら、ガソン治安責任者のところへ行きなさい。そして腕章をつけるんだ」

その提案に乗り気らしい声が多く聞こえた。

クリスは芝生の上にうつぶせにされている水兵たちを見た。男性の医務員二人がそのあいだを慎重にまわり、鼻の傷を診ている。ほとんどは軽傷のようだ。

「そちらはおまかせしますよ、司令官」ロンが言った。

クリスは当然のこととして聞いた。水兵たちに言う。

「よく聞け。わたしは第四十一海軍管区司令官。諸君の軽巡洋艦が係留されているステーションの責任者だ。これから海兵隊中尉がまわって諸君の姓名とIDを聞き取る。今後ステーション内で姿をみかけたら即座に拘禁室行きだと覚悟しろ。地上での休暇は言うにおよばない」

不愉快そうな釈明のつぶやきがあちこちから漏れた。クリスは強い口調で続けた。

「なぜなら、地元住民が諸君の顔を見たら生きてふたたびランチにもどれると保証できないからだ。今回の寄港中は艦内から一歩も出ないように。中尉、しっかりと記録を」

　ジャックが列にはいってから、クリスはロンにむきなおった。

「市外から呼び寄せる応援はどれくらいの規模なの？」

　ロンはいぶかしげにクリスを見た。

「可能なかぎりと頼んでいます。なぜ？」

「スロボ艦長の話を思い出したのよ。六隻の軽巡はどれも艦長艇《ギグ》を積まずに来ている。〝ランチを一隻でも多く積めるように〟という意図らしい。でもランチではなく軽強襲上陸艇《LAC》なら、ギグ一隻分の空間に三、四隻積める」

「その、なんとか上陸艇には、都市の通信施設や発電所を制圧できるだけの海兵隊を乗せられるのですか？」

　クリスは顔を上げて攻撃計画を思い描いた。

「LAC十五隻から二十隻。一隻あたり海兵隊員五名。一都市あたり二隻。主要都市をいくつ奪われたら、チャンス星は陥落するかしら」

「プリンセス、隣にロングナイフがいるより悪い状況がわかりましたよ」

「なに？」

「いざというときに隣にロングナイフがいないことです」

　にこりともせずに言う。その顔に笑みがもどるのはとうぶん先になるだろう。ロンは続けた。

「水兵たちを移動させてくれませんか。わたしは電話をかけなくてはいけない」

「ガソンに手伝ってもらっても？」

「あなたと彼が納得するようにどうぞ」

クリスは四台のバスで四十人の兵士を空港へ運んだ。警備の者も四十人同行させた。ただし、さきほど新たに腕章をつけた者はのぞいた。駐機場ではバスから四人ずつ下ろして、各ランチに乗せていった。

「いまにも吐きそうなやつを一隻ごとに乗せて」

クリスが指示すると、警備員たちはよろこんで従った。

スロボ艦長には、帰りの足は自分で手配してくれと連絡した。理由を訊こうとする声を途中で切った。

「ジャック、上へ帰るわよ」

警護班長だけを乗せたシャトルをステーションにドッキングさせると、司令センターに直行した。当直はオダチェケ兵曹長。いっしょに仕事をしたことはあまりない。

「なにか変わったことは？」

兵曹長は机から足を下ろしながら答えた。

「こいつらを見て、変わっていないところを探すのが難しいですけどね。たしかに今夜は多くの水兵が出てきて、営業再開した店舗にはいっています。そして、一部に不審な散歩者がいます。トレンチコートを着ている。いまはあちこち歩いて見てまわっているだけで、どこもさわっていません」

クリスは監視カメラ映像を見ながらワークステーションを指先で叩いた。

「状況はいつ変わるかわからないわ。相手が武器使用してくる可能性はみんなわかっているのね？」

「はい、司令官。みんな心得ています。だれも望んでいませんが」

殺しあう兵士ではなく、生かしあう民間人なのだからしかたない。グリーンフェルド星の兵士たちはそのルールを一瞬で変えられる。民間人たちはしばらく状況がわからないだろう。

「地上の暴動は見た？」

「映像をいくつか。ひどいですね」

「ここでもひどいことが起きるかもしれない。あるいはなにも起きないかもしれない。当直に海兵隊中尉が加わってもかまわないかしら」

「もちろんかまいません。監視する目は多いほうがいい」

「ジャック、当直をお願い。深夜に交代するわ」

ジャックは監視カメラの席に滑りこんだ。

「ペニーに連絡して、四時から八時の当直を頼んでおきます。反論はなしですよ。今夜は全員すこしずつでも睡眠をとっておいたほうがいい。騒動が今夜勃発しないとしても、明日か明後日にはきっと起きる」

「臨戦態勢でお願い、ジャック。武器使用の判断もまかせるわ」

アビーはクリスの社交装備を手早く解除した。

「映像を見ました。お楽しみがはじまりましたね」

「軍服を用意して。スパイダーシルク地の下着をチームの全員に配って。適当な特殊爆弾がない？」

「バッグの底を探ればなにかしらころがっているかもしれません」

「探しておいて。明日、階段に爆弾をしかけるから。やられるまえにやる」

「ビジネスの鉄則ですね」

ジャックからの電話より早くネリーに目覚ましを頼み、電話が鳴ったときにはシャワーも着替えも終えていた。深夜の二十分前に司令センター入りすると驚きの目で迎えられた。

オダチェケ兵曹長がラミレス兵曹長へ引き継ぎをしているところへ行き、あいだの椅子にすわった。ブリーフィングを要約すると、「ステーションを歩いている人数は多いものの、異変は多くない」ということらしい。第四十一海軍管区の人事課長をつとめた元兵曹長は、うなずいて引き継ぎ内容を了解し、アイディ・オダチェケ兵曹長をやや早めに帰らせた。

彼が退室すると、クリスは警護班長に訊いた。

「ジャック、アンディといっしょに当直していた時間はどれくらい？」

「一時間か、一時間半です」

「彼が引き継ぎの説明をしているときに、なに食わぬ顔で聞いていたわね。アンディは好人物だけど、裏を見る能力にたけているとはいえないわ」

「表面は見えていても、そこから次を予測する能力はないということですか?」

「あなたの目ではどうだったの、中尉?」

「散歩者の動きで気づいたことがあります」

するとネリーが割りこんだ。

「わたしも気づきました。なにしろ眠る必要がありませんから」

クリスは天を仰いだ。というよりもこの場合はステーションの中心方向に目をやった。

「なにに気づいたの、高性能な電子のお友だち? 生身のわたしたちが二十回ウィンクされないと気づかないようなことでも、たちどころに察するんでしょう」

「彼らはすべての階段を確認していました。上司なら当然やらせるでしょう。通気ダクトと水道管の配置も確認していました」

クリスはうなずいた。

「水道管が破れたら、ステーションは水浸しになるわね。わたしたちは対策に追われる。ドッキング中の艦艇に応援を要請するかもしれない。たとえこちらが要請しなくても、連絡橋を兵士たちが渡ってきたら、応援だと人々は勘ちがいしそうだわ。武装した数人の兵士が騒ぎにまぎれて換気ダクトにもぐりこむ。重要な階段のいくつかで爆弾が破裂する。いい計画だわ。大学一、二年生レベルならB評価をもらえるでしょうね」にやりとして、「でも院生に講義するレベルのわたしたちには効かないわよ」

「決めつけないほうがいいですよ」ジャックが言った。「水浸し作戦以外もありえる。気密破損とか、火災とか。他にも思いつかないような手がきっと」

ラミレスも同意した。

「あなたの曾祖父のトラブル将軍は、かつてハッカー集団を雇ってステーションを乗っ取ったことがあったはずね。あるいは彼らに救出されたのだったかしら。とにかく泣いたり笑ったりするような波乱のストーリーだったわ」

「ここの情報インフラは？」ジャックは訊いた。

「きっちり掌握している。ピーターウォルドの連中がアクセスするのは無理よ」ラミレスはいくつかキーを叩いて映像を切り替えた。「じつは例の散歩者たちは監視カメラのハッキングを断続的に試みているわ。でも長く続くものはない」

クリスは決然として言った。

「アビーに各人の自走式トランクを探らせるからそのつもりで。おもしろい爆弾が底にころがっているはずだから。明日は爆発物の専門家に、センサーや仕掛けワイヤといっしょに設置させるわ」

ラミレスが眉を上げた。

「ステーションを破壊するつもり？　スティーブが納得するとは思えないわ。わたしも納得しない」

「使うのは催眠ガス爆弾や閃光音響爆弾よ。破片爆弾のような致死性のものを使いはじめるまでに各種用意している」

「軍人にも平和主義者がいてくれて安心したわ」

「回収する死体が少ないほど戦後処理が容易だというのがトラブル将軍の持論よ。致死性の手段を使うまえに敵を止められれば」

「そこが肝心なところですね」とジャック。

それから一時間かけて、仕掛け爆弾の設置場所と威力の設定を検討してリスト化した。ジャックはクリスにまかせておいてよさそうだと確認すると、仮眠をとりに退がった。作戦を充分に検討した午前四時に、ペニーが当直交代にやってきた。ペニーはクリスのリストを見て言った。

「中央の管理エリアと核融合炉のまわりに集中配置というのはいいと思います。でもパットン号とワスプ号、それからレゾリュート号についても、銃撃戦かなにかがはじまっても被害がおよばないようにしたほうがいいのでは」

クリスは兵曹長を一瞥してから答えた。

「できればそうしたいわ。でも人手がたりないのよ。ロンには応援を頼めない。地上はすでに手いっぱいのはずだから」

「わたしはパットン号で働いている人々と親しくしています。彼らは味方です。明日いくらか残業して、第一デッキ、ドック、各施設をパトロールしてほしいと頼めば、やってくれるはずです」

「老人と高校生、どちらがいいかしら」クリスは迷った。

ペニーは小さく笑って、手を前後に振った。

「両者を組ませるのがいいでしょう。元気な若者が駆けまわり、年長者が冷静に判断する。狡猾なのがどちらかわからないけど、うまくいくはずです」

「まかせるわ」クリスはそう言いながらも、頻繁にようすを見ようと決めた。「暴動をいつ起こすかはハンクの決断しだいよ。明日とはかぎらないし、明後日ともかぎらない。彼は好きなだけ待てる。こちらはつきあうしかないわ」

みんな同意してうなずいた。

しかしその推測はまちがっていた。騒動の口火を切ったのはハンクの決断ではなかった。酔った水兵たちだった。

15

「下はどんなようす？」

クリスは訊いた。翌晩の二三〇〇《フタサンマルマル》。もう外出せずにステーションを守っている。ハンクが白旗をかかげて帰るまでダンスはおあずけだ。

「順調です」ロンが答えた。「水兵たちは明日にも在庫が切れるかのようにビールを鯨飲しています。逆にいえば今夜の危険は薄れたといっていいでしょう。まっすぐ歩けないほど泥酔して、暴動を起こすのは難しい」

ふいに映像の背景から騒音が聞こえた。ロンはスクリーンの外に目をやった。叫び声と口笛。昨夜の水兵たちが腕章の警備員や……女子学生たちに浴びせていた騒音に似ている。

「ちょっと行って見てきます、クリス。なにが起きているのかまだわからない。物音ほど大きな騒ぎでないといいんですが」

しかしクリスは不安に襲われた。着陸したランチの映像からわかっていることを頭で反復した。ランチは五隻増えた。そこから推定すると今夜の水兵は七百五十人。昨夜の五百人から大幅に増えた。ただし灰色の水兵服は見あたらない。

「扇動工作員はいないようね」クリスはつぶやいた。

「あるいは、こちらがスパイダーシルクを下に着こんでいるのを察知して、動かずにいるのかも」ジャックが首から指をいれて防弾下着をつまんでみせた。「他にも見あたらないものがある。海兵隊です。よくないですね、プリンセス。引き金に指をかけて待機しているとしたら」

クリスはステーションの状況をすばやく見なおした。地上行きの水兵が増えたぶん、こちらの娯楽施設は閑散としている。散歩者はいない。指定した娯楽エリアの外へ出る水兵もいない。扇動工作員はみんな地上へ行ったのか……あるいは船内に控えて、あとで急襲するつもりか。

クリスは司令官席で軽く腹ごしらえをした。ペニ兵曹長は当直時間を終えると、ふたたびレゾリュート号の飲み友だちと連れ立って地上へ出かけた。

モニター画面に目をやる。パットン号の作業班に新たな監視カメラを設置させていた。軽巡の後甲板がのぞける角度だ。六隻すべてを一度に監視できる。いまはどの艦も静かで、副直士官と数人の伝令が待機しているだけだ。

オダチェケ兵曹長がつぶやいた。

「地上はどうなっているんだろう。ニュースでもつけてみましょうか」

「やめなさい。ロンは自分の組織で対応しているわ。こちらは口出し無用。自分の仕事に専念しなさい。ペニー、監視カメラの映像の見張りを増やせないかしら」

「パットン号の一部の作業員が外泊を申請したようです」

「外泊ですって」

クリスは驚いた。トラブル将軍は、かつての乗艦で子どもたちがパジャマパーティをやっているると知ったらどう思うだろうか。

「博物館ではいずれ子どもむけの宿泊イベントをやる予定なんです。その予行演習という名目で。とにかく連絡してみます。監視カメラの見張りを志願する人たちが……十人くらいは集まるかもしれません」

「静かに真剣に監視できる者にかぎるわよ」クリスは釘を刺した。

ロンが酔った水兵の騒ぎを見にいって十五分後。監視要員が司令センターにやってきた。緑の船内服を着た年長組の高校生六人と、青の船内服を着た老人六人だ。ペニーは高校生三人と老人三人を、六つのモニターに配置した。

「それぞれグリーンフェルド連盟の軽巡を見張るカメラよ。なにか変化があったら知らせなさい」

あとの六人はステーション各所の監視カメラを見る席にすわらせた。

「注意してほしいのはエレベータと階段付近。水兵か、夜のこんな時間だからどんな服装かわからないけど、不審な動きが見られたらなんでも知らせて」

新入りたちはクリスの期待どおりに静かに任務についた。クリスとペニーとオダチェケ兵曹長は自分でモニターを見るのをやめて、モニターを見る担当者を見るようにした。ジャックは自席で閃光音響爆弾と銃を管理している。いざとなれば自己判断で致死的対応をとる。

長く感じられる三十分ほどがすぎた。なにも起きない。軽巡からはだれも出てこない。後甲板は静かなまま。ステーション内での休暇から早めに帰艦する水兵がぽつぽつといるだけだ。他の水兵たちはレストラン、映画館、ゲームセンターで飲み、食べ、楽しんでいる。地上のことは知らないようすだ。

十一時半にラミレス兵曹長がオダチェケと交代するためにシャトルで上がってきた。クリスは地上について訊いた。

「ラストチャンスのようすはどう？」

「一時間前に出たときは問題なかったわ。わたしが機内にいるあいだになにか起きたの？」

クリスはわかっていることを話した。元兵曹長は口笛を吹いた。

高校生の一人が手を挙げた。

「司令官、ぼくはラストチャンス出身で、大学から数ブロックのところに住んでます。ここへ上がってくるまえに、大学のそばで火事というニュースが流れてました。でも場所まで聞いてなくて。調べられませんか」

「見てみるわ。あなたたちは監視画面に集中しなさい」クリスは指示した。

ラミレスは席についてすぐニュースをつけた。その映像を見ながら、ピンカートンの空撮映像を出して、マップとつきあわせる。高校生に訊いた。

「ねえ、きみの住所は？」返事の番地を打ちこんだ。「火事はキャンパスの反対側ね。きみの家の通りから五ブロック離れてる」

「ありがとうございます。知りあいが巻きこまれてないといいけど」

「みんなそう願ってるわ」ラミレスは穏やかに言った。

オダチェケ兵曹長はラミレスにステーションの現況を説明して引き継いだ。そして地上のようすをより詳しく知るためにシャトルへ急いだ。

歩きまわっていたペニーがクリスのわきで足を止めた。

「やはりロンに電話してみたほうがいいのでは」

「自分が混乱への対応で手いっぱいだったら、外野からの電話を歓迎するかしら。こちらにはこちらの問題があり、彼は彼の仕事をしている。でしゃばらないほうがいいわ」

二人は監視ステーションのうしろで歩きまわった。零時十五分前になると、レストランは店じまいをはじめた。映画館では最終上映が終わり、ゲームセンターでは両替機が停止した。

「店舗付近の警備を強化したほうがいいのでは」ジャックが提案した。

クリスは同意した。

「かんぬきで施錠したドアを担当している一部の警備スタッフを、店舗区域の巡回にまわしなさい」

訓練された警備員ではないが、姿だけでも効果があるはずだ。

深夜ちょうどに店は閉まり、最後の客が愚痴りながら出ていった。水兵たちは千鳥足で所属艦へもどっていく。クリスが四つのモニターの切り換わる画面を見ていると、隣にペニーがやってきた。

「なんだか罪悪感がありますね。下では火事や暴動が起きているのに、こちらは教会のように静かで」

クリスは首を振った。

「ハンクが裏でなにを考えてるかわからないわよ。ちょっとしたきっかけで状況が急転するかもしれない。兵曹長、こちらへもどってきているシャトルがある？」

「いいえ。本来なら一番機が離陸しているころだけど」ラミレスが答える。

「ネリー、ロンはまだ話し中？」

「そうです」

「モニターしつづけて。通話が終わったら、都合のいいところで話したいと連絡を」

クリスはまた歩きまわり、画面を見、ハンクの動きを待ちつづけた。

長い二分間のあと、ネリーが言った。

「ロンが通話を終えました。あなたのメッセージを伝えました。すぐにべつの電話がはいりました」

じりじりとさらに五分待つ。ようやくロンの声がはいった。

「そちらのようすはどうですか？」

「退屈よ。まるで墓場。静かという意味で。上がってくるシャトルもないらしいわ。ハンクから電話がはいったらどう言えばいい？」

「あいつには水兵たちの一部を返すと伝えてください。明日裁判所で仮処分を受けさせる者と、たんに醜態をさらしている者を分けているところです」

クリスはしばらく返事をできなかった。

「すこしは気がすんだ？」

「いいえ、クリス。これくらいではとうてい気がすまない。あなたがたロングナイフにとっては日常茶飯事かもしれませんが、チャンス星では前代未聞の事態なんです」

「火事が起きているのは軌道から見えるわ」

「酔った水兵たちが消防士にビール瓶を投げているのは見えないでしょう」

「それは見えない。怪我人は？」

「彼らにはいませんよ」ロンは吐き捨てるように言った。

「他に？」

「女子学生が二人、レイプされました」

「犯人はつかまえたの？」

「いいえ。現場を押さえられず、監視カメラにも映っていなかった。被害者は犯人がよく見えなかった。水兵なのはたしかです。でも七百五十人もいて、人相がはっきりしない」

「死者は？」

「いまのところいません。五、六十人が病院で手当てを受け、一部は入院です。水兵も二十人ほどが緊急処置室に。経過観察も何件か」

クリスはしばらく黙った。

「ハンクが電話してきたらなんて言ってやればいい？」

ロンは即答しかけてから、口を閉じて画面から目をそらした。その顔は黒くすすけ、目の上に切り傷がある。彼は安全な高みから状況を見ているのではない。彼のいる現場がわかる気がした。自分もそこにいるようだ。できることなら代わってやりたい。

ようやくロンは顔を上げた。

「ステーションにドッキングしている艦隊の司令官にこう伝えてください。今回の上陸休暇の一行は門限までに帰艦できないと。今夜──いえ、今朝ですね──のうちに帰れるのは一部でしょう。弁護士が必要となる水兵もいるので、派遣してほしいとも」

ふいに画面が暗くなった。ロンが切ったのか。しかし一瞬ののちに、画面にはハンクの鷲鼻と完璧に整った口があらわれた。頬はいつになく怒りで紅潮している。

「大尉、どういうことだ？　上陸休暇のランチはどうなっているんだ。十五機を下ろしたのに、まだ一機ももどってきていないぞ」

「さらに遅れる見込みよ、ハンク」

「代将だ、大尉」

クリスは返す言葉をいくつか考えたが、くだらないことに意地を張っている場合ではない。

「ニュースを見ていないの？」

「見るとどんないいことがあるんだ、大尉」

「今夜あなたの水兵たちが暴動を起こしたのよ。ビルが燃え、女性たちがレイプされた」

「犯人はこちらの部下ではない。わが軍の水兵は休暇中に紳士らしくあれと訓示されている。全員がグリーンフェルド星の大使だ」上陸休暇時の水兵への注意事項をそのまま引用している。「チャンス星で事件が起きたとすれば、それはロングナイフの扇動者のしわざにきまっている」

「主張は明日の法廷でどうぞ。まず弁護士を地上に送ったほうがいいわよ。水兵たちが正当な手続きを受けられるように」

「ピーターウォルド家は弁護士など必要としない。法律論ではなく武力で決着をつける」

クリスとハンクはにらみあった。長い沈黙。

「そういう態度なら、このステーションでも水兵たちを艦内にとどめてもらいたいわね」

「そんなことを命じる権限はきみにないだろう、大尉」

「あるわ。惑星での騒動を考慮してそのように要求する権限はある」

「チャンス星は軍の戒厳令下にはいったとでもいうのか?」

「この星の憲法にそんな条項はないでしょうね」

「戒厳令でなければ、このステーションはわが艦隊乗組員に開かれているはずだ、ロングナイフ大尉」

「あら、法律論を述べているのはどちらかしら。こちらの要求はいま言ったとおりよ。ついでに親切な助言をしてあげる。あなたは地元の反感を買っている。やめなさい。チャンス星は力ずくのよそ者を歓迎しないわ」あらゆるよそ者を歓迎しないのだが、それはあえて言わなかった。「わたしはあなたよりすこしだけ長く滞在して、ここの人々が忠義に篤いことを学んだ。彼らは外圧に徹底抗戦する。これがこちらの助言よ」

「代将が一介の大尉に耳を貸すと思うのか。ましてピーターウォルドがロングナイフの虚言を信じるとでも。脅しは無駄だぞ、お姫さま。きみは一人だ。今度こそ騎馬隊は来ない。状況はわたしが支配し、好きなようにやる。きみはなにもできない」

ふたたび画面は暗転した。

「あの若者は権威のなんたるかを勉強しなおすべきだな」ジャックが言った。

「二十代の御曹司に意見するのが仕事の艦長なんて、なりたくないですね」とペニー。

「スロボ艦長に同情するわ」クリスは言った。

そのとき画面がよみがえって、ロンが映し出された。

「クリス、通話は終わりましたか？　いきなり切れて、かけなおしてもつながらなかった」

「ハンクがあなたの電話に強制的に割りこんだのよ。さっきまで話していたわ」

「わたしの考えは伝えてもらえましたか」

「いちおうね」クリスは歩きまわるのをやめて監視画面を見た。「彼らの海兵隊がステーションに突入してくるのを警戒しているところよ。いまのところは不気味なほど静か。だれか、わたしとハンクのいまの通話を記録した？」

「こちらで」

ラミレス兵曹長が言って、再生しはじめた。画面の隅にロンの顔が映しこまれている。ハンクとクリスの会話を不愉快そうに聞いている。聞き終えてロンは言った。

「われわれを正当に扱ってもらったようでよかった。兵曹長、このファイルを転送してもらえるかな」

「実行中よ」

クリスは両手を挙げた。自分は操作していないというアピールか……降参のポーズか。

「ここの住民は指示されるのが嫌いなようだから、なにも指示しないわ」

「それにしても、あいつはここの状況を支配していると言っていた」ロンは鼻を鳴らした。

「電話で話したのがあなたでよかった。わたしだったらきっとわれを忘れて……」身震いした。「いや、忘れてください」

「地上のようすは？」

「非拘束の水兵は空港へ帰らせています。拘束した水兵は三台分のバスに詰めこんで刑務所へ移送中」ロンは耳を掻いた。「収容力を完全にオーバーするな。既存の受刑者を釈放するしかない。家庭内暴力や手形詐欺師のような重罪犯をのぞいて」

「海軍の留置場を提供してもいいけど、そこもすぐいっぱいになるわね」クリスは言った。

「ジャック、桟橋へのエスカレータを止めて」

「すでに停止しています」

「ロン、切るわよ。顔の割れた散歩者が一人、軽巡から出てきた。職質してくるわ」

「気をつけて。明日こちらで会えますか？」

「わからない。安全性に疑問のある回線では話せないわ」

「もう一つ。今回はロングナイフ側の扇動者がまぎれこんでいる痕跡をいまのところみつけていません。これは、こちらが気づいていないだけでしょうか？」

さすがに愕然とした。クリスは誠実な声と態度でロンに答えた。

「チャンス星における買い物はすべてあなたに公開しているわ。購入したのは食糧とエネルギーと船一隻。わたしの知るかぎり、人は買っていない」

「あなたのことは信じられます。しかし、他のロングナイフがやっていないと信じられますか？」

そう問われて、クリスは皮肉っぽく鼻を鳴らした。

「他のロングナイフは信用ならないわね」

ロンは首を振った。

「じつはわたしもロングナイフに対してずっとそう思っていました。あなたに会うまでは」

ロンが通話を切ると、クリスはドアへむかった。その背中へジャックが訊く。

「どちらへ？」

「スロボ艦長と話してくるわ。あなたはここにいて。緊迫した状況で自動砲には信頼できる者についていてほしいから。他に適任者がいる？」

ジャックはペニーに目をやった。ペニーは目をあわせずに答えた。

「遠慮します。もしわたしが担当していて、あなたの身になにか起きたら、六インチ・レーザー砲で六隻を切り刻みますよ。無警告で」

「わかったわ。いまはきわめて緊迫した状況で、苛立ちは頂点に達しているわけね」

スロボ艦長はドッキングエリアから階段で上がってきたようだ。クリスは第一桟橋へ小走りに近づき、スロボもこちらへやってきた。クリスは敬礼する。スロボは返礼した。

「エスカレータを停めたのか。おかげで歩いて登ってくるはめになった」

「それほどお年ではないでしょう。体力もおありです」

「どこかの武装した赤ん坊にくらべればな」

「ハンクのお守り役、お疲れさまです」

「まったくだよ。今回はきみの管轄に、ピーターウォルドの者が侵入できるかどうかたしかめるために来させられた」

「口径五ミリの自動砲が胸を狙っていることはご承知ですね」

「優秀な者が引き金に手をかけていることを願っている」

「ジャック・モントーヤ海兵隊中尉です」

「命を預けられる男だ」

「わたしも何度も命を預けました」

「いつかきみの完全版の資料を読みたいものだ」

「今回はなぜここへ？」

「主人に命じられて来た。犬のように吠えて、反応を見るわけだ。どの時点で帰ってこいという指示はなかった。たんなる言い忘れだと思いたいが」

「ちょうど船長席の空いている船が一隻あるのですが」

「それは反乱教唆かね」

「そんなつもりはありません。帰る場所がないとおっしゃるので、ご提案申しあげたのみです」

スロボは苦笑した。

「楽しそうだ。しかしグリーンフェルド軍人としての義務は果したので、もどってかまわないと思う。代将は失望しているだろう。出てきたわたしをきみが撃てば、さまざまな選択肢が開けたはずだからな」

「そして賢明すぎる助言をする旗艦艦長もいなくなる」

それには答えず、スロボは背をむけようとした。クリスは目で止めた。

「艦長、流血の危機が迫っています。ハンクはおもちゃで遊んでいるのではない。期末レポートをずるけて他人に書かせているのでもない」

「わたしがわかっていないと思うか」

クリスは続けた。

「ここには好ましい人物が多くいます……ハンクをのぞいて。流血なしで撤退する機会を彼につくってやりたい。もしも血が流れても、早めに手を引かせたい。チャンス星を血の海にしてあの父親の所有下に組みいれさせることは避けたいのです」

「わかっている。彼は残念ながらわかっていないが」

スロボはゆっくりと階段へもどっていった。生きて帰れることがすこしもうれしくないようだ。

クリスはとって返した。司令センターにはいるとジャックが訊いた。

「むこうの目的はなんだったのですか？」

「状況に変化は？」クリスはまず訊いた。なにもないとみんなが首を振るのを見てから、ジャックにむきなおった。「スロボ艦長は人身御供として出されたのよ。立入禁止区域への侵入者をこちらが本当に撃つかどうかの実験台。散歩者はこれまでどおりに警戒しなさい。六隻から出てくる者を見張るのに兵士が何人くらい必要かしら」

「やらせてください」

監視画面席にいるピンク色のモヒカン頭の高校生が意欲的に言った。クリスは考えこんだ。仔犬を泥棒にけしかけるようなものだ。他に選択肢がないとはいえ……。

「高校生ならチラシ配りが似あうかもしれないわね。各所に自動砲があり、撃つ準備もしています〟という内容のを。ペニー、そういう文面で二百枚ほど刷って。パットン号に泊まりこんでいる若い子を何人か集めて、各桟橋で手渡しさせて」

「文面の最後は〝海兵隊員が引き金に手をかけています〟にしては？」ジャックが提案した。

「そのほうが怖いわ」とラミレス兵曹長。

「印刷をはじめました。十分後にパットン号へ持っていきます」ペニーが答える。「ところで、ベニ兵曹長は？　彼と飲み友だちはまだもどらないのかしら」

ラミレスが答えた。

「わたしが乗ってきた十一時三十分の便にはいなかったわ。今夜はタクシーがつかまらないでしょうね」

クリスはべつの心配をしていた。危険に近づかないでくれればいいが。いつものベニなら避けるはずだ。

水兵たちを乗せたランチが軌道へ上がってきはじめた。それぞれ所属艦にじかにドッキングしていく。まもなくスロボ艦長から電話がはいった。クリスを王女として呼びかけた。

「ちょっとした問題が起きているのですよ、殿下。ステーション内は立入禁止とのことだが、じつはランチには各艦の水兵がばらばらに乗ってきている。たとえばインクレディブル号の水兵は他の三隻に散らばっている。彼らが自分の寝台へ歩いてもどるのを許可していただけませんか」

クリスは貴族らしい態度で答えた。

「もちろんかまいませんわ、艦長。寄り道しないことが条件ですが」

「それは……わかっています、殿下。ただ、いまの水兵たちは疲れきっている。エスカレータを動かしてほしいのです」

ジャックがコンソールのキーを叩いて答えた。

「作動しました。ただし自動砲の管制席にだれがすわっているかはお忘れなく」

「自動砲の話は水兵たちにしたくないな」

「旗艦艦長のこの電話をハンクは聞いているのかしら」ペニーが疑問を呈した。

クリスは言った。

「ハンクは水兵たちの武装と体調を整えておきたいのよ。明日の交戦の可能性にそなえて。でも、今夜の宴会のあとでは準備しきれない。だからスロボに命じて、下手《したて》に出て頼ませたわけ」

「なのにあっさり認めてよかったんですか？」ジャックが訊く。

「今夜の艦内では寝ている水兵は少ないでしょうね。まあ、ハンクにはやりたいようにやらせればいい。こちらは彼が動いたときに盛大にこけさせればいいのよ」

クリスは時計を見た。深夜一時を過ぎている。四時間睡眠の他はアドレナリンと短い仮眠だけで動いている。戦闘状況を控えて理想的ではない。ラミレス兵曹長にむきなおった。

「わたしは休むわ。六時に起こして。状況が落ち着いているなら七時に。ジャック、ペニー、今夜の当直は交代で」

ジャックはコンソールから目を離さずにうなずいた。ペニーは、「はい」と答えて、パットン号の高校生のためのチラシを抱えた。

「どちらが先に睡眠を？」クリスは訊いた。

「チラシを配り終えたら、わたしから」とペニー。

「チラシ配りはわたしが監督するわよ」ラミレスが提案した。

「むこうの曹長クラスの兵と話をしてみたいのよ。チラシを配るだけではなくて。警戒すべきタイミングを探りたいの。ジャックが撃つことになるとしたら」

ジャックはうなずいた。

クリスはベッドにはいった。しかし、疲れているのに眠りはなかなか訪れなかった。ハンクはどう出るのか。自分はどう対応すべきか。

ハンクが動くときにその場にいたい。言うのは簡単だが、その場所はどこか。ステーションか、惑星側か。ステーションを襲えばチャンス星の頭上の宇宙を支配できる。もちろん、異星人の惑星へ通じるジャンプポイントも……。〝それを忘れるなよ、チビ助〟というトムの声が聞こえたような気がした。ああ、トムに会いたい。あの気のおけない笑顔と、こちらの先入観を砕く鋭い意見が懐かしい。

クリスは脳裏のドアを閉め、トムの記憶を追い出した。

ハンクがいまここにいる。明日どう出てくるか。

地上で暴動を起こしたがっているのはまちがいない。酒場での喧嘩をきっかけに惑星を乗っ取るのはピーターウォルド家の常套手段だ。対立が収拾つかなくなると部隊を送りこみ、要人を抹殺する。ハンク自身が部隊を率いてラストチャンスへ下りてくるはずだ。一部の〝テロリストと誘拐犯〟を撃ち殺し、傀儡政権を樹立するだろう。

クリスは鼻を鳴らした。そもそもチャンス星には惑星政府がないのだ。ハンクがラストチャンスを惑星の首都と定めて、そこを支配しても、簡単にはいかないだろう。しかし戦闘が長引けば、ハンクはチャンス星政府として救援を求められる。あとはおなじみの血塗られた道だ。レイ王の言うとおり、ピーターウォルド家は惑星全体を廃墟にしたくはないはずだ。しかしチャンス星は経済力のない弱小星だ。〝救援〟のためにそれをがれきにしても、ピーターウォルド家は痛くもかゆくもないだろう。

自分が打つべき最善手は、予備の武器をかき集めてラストチャンスに降下し、ロンを暗殺から守ることだろう。

しかし不在のあいだに、ステーションが攻撃を受けたらどうなるか。

それこそが現在の問題ではないか。

クリスは輾転反側《てんてんはんそく》した。ハンクがステーション奪取に成功する可能性はどれくらいあるだろうか。ステーションには自動砲がある。広い第一デッキに突入しても死体の山を築くだけで成功しないだろう。

ではデッキに穿孔して空気を抜くか。それが無益であることくらいハンクも知っているはずだ。重要区画はすべて独立気密設計になっている。海兵隊は桟橋からろくに離れないうちに倒される。その一方で、ステーションの六インチ砲がドックの軽巡を切り刻む。

宇宙ステーションの乗っ取りは、ビデオでは簡単に描かれるが、実際にやるのは難しい。そのことをスロボ艦長がハンクに教えさとしてくれるといいが。

クリスは枕の上で首を振った。ハンクが学ぶ？　ありえない気がする。戦端が開かれたら、自分はどこにいるべきか。第四十一海軍管区司令官としているべき場所はステーションだ。いや、尉官時代のでは、ロングナイフとしてはどこにいるべきか。

自分の居場所はどこか。トラブル将軍やレイ王ならどこにいるだろう。

彼らならどこにいただろう。

クリスはにやりとした。これも疑問の余地はない。居場所はチャンス星の地上だ。ハンクのやるレイプや略奪や火災から惑星を守るのだ。地上にいれば戦争の始まりを食い止められる。地上にいればハンクは苦しい立場になる。宇宙からの爆撃やレーザー攻撃で人々を虐殺するのは難しい。

それはべつとして、ゲリラ戦というものを一度やってみたかったのだ。そう考えをまとめると、クリスは寝返りを打って眠った。

ラミレスからの目覚ましコールは、遅い指定の〇七〇〇《マルナナマルマル》にかかった。

「スティーブ・コバールが上がってきてるわよ。シャトルは予定より早く十五分後に到着する。いちおうお耳に」

クリスはシャワーを浴び、略綬付きの白の略装を着た。そして司令センターにはいると、ちょうどスティーブが到着したところだった。髭を剃り、髪を短くしている。おなじく白の略装軍服だ。敬礼して言った。

「今日は海軍らしくしたほうがいいと思ってね」

クリスは返礼し、ラミレス兵曹長にむきなおった。

「状況は？」

「まずまずよ。昨夜の飲んだくれたちはひどい顔をしている。六時ごろに散歩者が何人か出てきたけど、ようすをかぎまわっただけでもどっていった。高校生からチラシを受け取って──」

「チラシ配りの子たちは引っこめて。ハンクは壁に穴を開けるかもしれない。全員を気密隔壁の内側に。ペニー、わたしたちの船はすべてハッチを閉鎖。防火シャッターの作動は確認してある？」

ステーションは火災や気密漏れのさいに該当区画をシャッターで閉鎖できるように設計されている。ラミレスが答えた。

「先週試験したわ。問題なし」

「もう一つ。艦隊に汚物処理サービスを提供しているわね。栈橋エリアには独立した汚水タンクがあるから、汚水は一時的にそこにためなさい。こちらの中央処理プラントには流入させないように」

スティーブが顔をしかめた。

「防衛において偏執的な用心はいい心がけだが、ステーションをそんな手段で攻略する変人がいるかな」

ペニーは笑いを噛み殺し、ジャックはやれやれと首を振った。クリスは言った。

「あとで説明するわ。レーザーの電源は、はいってる?」

「キャパシタは満充電よ」とラミレス。

それについてスティーブ・コバール退役大尉は解説した。

「レーザーはここから制御できる。それぞれ三、四発撃てる。残量について個別の注意が必要になるのはそのあとだ」にんまりとして、「移設場所は栈橋のつきあたりで、ドッキングしている船の後部を撃ち抜けるように考慮している」

「なるほどね。ジャック、軽巡の後部エンジンに照準を合わせなさい。コンソールにうっかり手をおいてもずれないように、そのまま固定。ハンクの六隻から推力と機動力を大きく奪ってやるわ」

クリスもにやにや笑いだが、ジャックはさらに大きな笑みだ。

「合わせました、残虐王女さま。トラブル将軍は孫娘の指揮ぶりを誇らしくお思いかと」

「わたしはおじいさまをかならずしも誇らしく思っていないけど」

クリスはトラブルとその……厄介事《トラブル》をやや苦々しく思い出した。しかしいまは先祖の評価を考えている場合ではない。第四十一海軍管区の元司令官にむきなおり、敬礼した。

「当ステーションの指揮と防衛を貴官に代行してもらう。くれぐれもピーターウォルド家の魔手に落ちないように求める」

スティーブ・コバール大尉は返礼した。

「屍《しかばね》になるまで防衛につとめます、司令官」

「そうならないことを望むが、いざというときにはよい心がけだ。現時点をもってあらゆる武器使用の権限をゆだねる。レーザー、仕掛け爆弾、自動砲、個人用銃器まですべてだ。使いたいときに使え」

退役大尉は命令を無表情に聞いた。二十年間の現役時代にこのような状況は一度もなかった。ところが退役したいまになって大きな責任を負わされた。

ジャックが咳払いをした。

「われわれはどのように？」

「ペニー、あなたは大尉とここにいなさい。最初の引き金はウォードヘブンの現役士官が引かなくてはならない。軍法の細目に従えば」

ペニーはジャックの席に滑りこんだ。しかし目はクリスを見ている。

「命令をうかがいます」

「できれば初弾はハンク側に撃たせたい。でも手勢が完全に配置につくまでは撃ってこないでしょうね」クリスは首を振って、「ステーションに危険が差し迫っていると判断したら、撃っていいわ」

「ピーターウォルド海兵隊の下っ端が先に撃つようにしむけたほうがいいのでは？」スティーブが訊いた。

「その初弾で犠牲になるのはだれ？　こちらの指揮命令系統は短いのよ。だれもやられるわけにいかない。老人や高校生は危険にさらせない。ペニー、あなたに判断をまかせる。できる？」

「若者や年寄りを盾にしないのは賛成です。クリス、こんな状況で先に撃つことに気持ちのとがめはありません」

「ジャック、わたしについてきて。ラストチャンスへ下りるわよ。武器庫のなかで司令官が持ち出しを許してくれるありったけの個人用と大型の武器といっしょに」

「制式以外のものはご自由に」コバールは監視画面を担当している老人の一人に声をかけた。

「レイナ、あんたがやってくれないか」

「いいわよ。五分で作業班を集めて武器庫から運び出すわ」

「頼む」

スティーブが言うと、半白の老婦人は急いで指令センターから出ていった。

「ジャック、ついていって。わたしはもうしばらくここで展開を見るから」

「追いつけるか不安だな」

ジャックはつぶやきながら、老婦人が出ていったドアへむかった。

いれかわりにはいってきたのは、ふらついたようすのベニ兵曹長だ。シャワーを浴びて髭を剃り、軍服に着替えているが、自分の葬式が近いような青い顔をしている。

「すいません、遅刻しました」

「いつ帰ってきたの？」クリスは訊いた。

「三時のシャトルです。二時出発予定だったんですけど、昨夜は混乱が広がってて」

「十一時三十分のシャトルに乗れなかったわけは？」

ベニは首をぼりぼりと掻いて、クリスから目をそらした。

「親切な二人の地元住人が酒をおごってくれたんです。〝惑星の救世主〟って持ち上げられて。それで昨夜はだいぶ飲んじゃって。ええと……」現在の頭では日時が浮かばないらしい。

「ともかく十一時頃に通信長とタクシーを探しにいったんですけど、つかまらなくて、しょうがなく店にもどって飲みなおしました。機関長のジョーとドクターはだいぶ飲んで、二回目に店を出てようやく帰ってきたってしだいで」

こんなベニを司令センターにいれたくない。

「レゾリュート号へ行って通信長を手伝いなさい。アンテナの出力を上げて、ハンクの艦隊に動きがあったら知らせなさい」

「わかりました。ベックはいいコーヒーを淹れてくれるからちょうどいいや。今朝はそれを飲みたい」

十五分後、ハンクの手勢が動きだした。

旗艦からまず二人、さらに二人の散歩者が出てきた。ペニーはまず一組目を、続いて二組目を追跡した。

「あれをやってみようかしら」ラミレス兵曹長が言った。

「やるなら早くやったほうがいいだろう」スティーブ・コバールが言った。

「こいつらがわたしのステーションをうろつくのを見て怒りをためていたのよ。叩きのめしてやる。どうやってやるかが問題だったの」

「なにをやるの？」クリスは訊いた。

夜の後半ずっと監視画面を見ていた民間人たちに交代のチームがやってきた。最初のシフトの高校生と老人たちは立ち上がって背伸びをした。

兵曹長は彼らに声をかけた。

「ねえ、当直明けの気晴らしに行かない？」

「まずちょっとトイレに。そのあとなら」老人が答えた。

「武器庫の装備が必要になるのよ」ラミレスは言った。

「在庫品はほとんどプリンセスに提供したんだが」とスティーブ。

「借りるのは地上で使わないものだけよ」

「なにがはじまるの？」クリスは訊いた。

「まあ、見てて」

ラミレスは老人とピンクのモヒカン頭の高校生を連れて武器庫へむかった。クリスが十分ほどじりじりして待つうちに、二組の散歩者は合流した。最初はステーション前端へ行って桟橋をあちこち見てまわった。やがて中央付近へもどってきたときに、エレベータが開いて与圧服姿の六人が出てきた。

コバール元大尉が声をあげた。

「やっぱりその手か。昔いろいろと奇抜な案を話しあったものだが、さて、うまくいくかな。ペニー、防火シャッターはきみの手もとで操作できるな」

「はい、司令官」

「六人が中央付近の店舗を通過したら、そこより前側のシャッターを閉めろ」

クリスは歩いていく六人を見た。先頭は兵曹長で、あとは五人がおおまかに列をなしている。アーマー付き与圧服なので、後続の五人が年寄りと高校生だとはわからない。最後の一人が店舗エリアを抜けて三メートル進んだところで、灰色の気密防火シャッターがステーション全体で下りはじめた。

六人は平然と歩いていく。対して、非番でステーション内に遊びにきたような平服の散歩者たちは反応がちがった。二人が栈橋方面へ走ろうとした。それをかろうじて上官が呼び止める。

兵曹長と五人はゆっくりと栈橋方面に近づいた。ラミレスの与圧服には外部スピーカーがあり、そこから明瞭な声で呼びかけた。

「こちらの司令官から艦隊司令官へ命令が出されているはずよ。ステーション内を無闇にうろつくことは禁止している。所属艦へもどりなさい。まもなくこの区画の与圧を抜く」

「そんなことをできるわけがない」散歩者が言った。

司令センターでそれを聞いたスティーブが指示した。

「ペニー、あの区画の与圧を軽く抜いてやれ」

「はい」ペニーは答えて、キーを叩いた。

栈橋前にいるラミレスが警告した。

「できないとたかをくっていると、泣きをみるわよ」

部下の二人がふいにまわりを見て、上官の肘をついた。上官は空気の変化に気づいたように見まわし、顔をしかめた。

「これで終わりだと思うな」

「どうかしらね」ラミレスは答えた。

散歩者たちは急いで退却し、艦隊の半分がドッキングしている第二ベイにもどった。そこでスティーブはペニーの肩に手をかけた。

「いまだ。第三ベイと第二ベイのあいだのシャッターを閉めろ」指示してから、元大尉はクリスにむきなおった。「これで、彼らがステーションに突入するには防火シャッターを破ってこざるをえない。もしそれをやったら、開戦理由になるかどうかはともかく、敵意の表示としては充分だ。こちらの大尉は心おきなく撃てるだろう」

「兵曹長たちが出たら第三ベイの与圧は抜くの？」クリスは訊いた。

「そうだ」

スティーブが答えた直後に、ネリーが言った。

「クリス、ピーターウォルド代将から電話です」

「スクリーンに出して」

複数の監視カメラ映像が表示されていた近くのスクリーンが、怒りで紅潮した男の顔に切り換わった。海軍流の無表情になったクリスに、青い軍服姿の相手は言った。

「いったいどういうつもりだ。わたしの乗組員を脅迫するとは」

「残念ながら、誤解があるようね、ハンク。ステーションの与圧維持に不具合が起きているのよ。第三ベイのどこかから空気が少しずつ漏れている。その調査のために隔壁を閉鎖したというわけ」

即興でこんな大ぼらを吹く司令官に、部下たちは無言で称賛の視線を送った。

ハンクは怒りで言葉を失っている。その画面にスロボ艦長が割りこんだ。

「このような不具合が起きる可能性については代将にお伝えしてあります。このステーションは老朽化が進行し、管理状況もよくないと」

「残念ながらそのとおりよ」クリスは認めた。

ハンクは火の出るような視線をクリスから旗艦艦長へ移した。

「あとでじっくりと話を聞こう」

ハンクは短く言った。その捨てゼリフはクリスに対してか、それともスロボに対してか。旗艦艦長はつくづく損な役まわりだ。

画面は消えた。クリスは首を振った。

「スロボは警告ずみだったようね。なのにハンクは耳を貸さなかった」

「なにしろ代将さまだ。大佐の意見など聞く必要はない」スティーブが言った。

「腰巾着の若い艦長たちよりスロボが正しいことを言うから、なおさら聞きたくなかったのかも」とペニー。

「ハンクも学んでほしいものね。無理でしょうけど」クリスは作戦画面に目をやった。そしてべつの不安をみつけた。「敵が軽強襲上陸艇に海兵隊を乗せて、他の桟橋やシャトルベイに接舷しようとしてきたら？」

スティーブ・コバールは皮肉っぽくクリスに敬礼した。

「ペニーがレーザーを誤射するだろうな。エンジンを軽く撃ち抜くだけで相手はにっちもさっちもいかなくなる。兵曹長が与圧服での作業に慣れたチームを率いていって、海兵隊の武器弾薬を回収したうえで所属艦へお引き取り願う。司令官、おなじ宙域に十年以上も放置されているとさまざまな防衛のアイデアが浮かぶものだよ」誇らしい父親のような笑みで一同を見まわす。「さあ、地上へ行ってハンクのたくらみをくじいてきてくれ。ここの守りは引き受けた」

クリスはステーション後部へ行き、武器庫をのぞいた。灰色の壁の他はロケット砲弾の箱くらいしかない。それも高校生たちが運び出していく。ステーションの懐はからっぽだ。防衛手段はスティーブたちの頭のなかにあるだけだ。

シャトルベイでジャックと合流した。積み荷の固定を手早く確認し、飛行前点検をする。一時間後には空港に着陸していた。シャトルはそのまま格納庫へ。待機したトラックが武器を積んで市内へ運ぶ。クリスは先頭のトラックに乗り、隣にジャックがすわった。

ラストチャンスを環状に巻く広く立派な高速道路をえんえん走った。おかげで五十万市民の生活ぶりを眺めることができた。商業地区、工業団地、郊外住宅地はどれも活動的で、ウォードヘブンの中規模都市に匹敵する。これをハンクの軍隊による市街戦で破壊させてはならない。

トラックは南部工業団地で高速道路を下りた。ショッピングセンター、住宅地、商業地区を通り、堤防の上の曲がりくねった道路を抜けて、小さな工場と倉庫がめだつ地区にはいる。その南端に低層の建物が並ぶ行政地区があった。

「保安担当の警備員が訓練されているのがあそこです」

運転手の指さしたのは、平屋と二階建ての煉瓦造りの建物がいくつか並ぶ区画だ。

「そのむこうが消防隊の正職員と有志の消防団員の訓練施設です」

さらにべつの煉瓦造りの建物群をしめす。アスファルト舗装の広場のむこうには七階建てのペンシルビルがある。窓はどれも黒くすすけている。あの高さに伸ばしたはしごの先から消火活動をするのかと思うと、軌道スキッフレーサーのクリスでさえ高所恐怖症になりそうだ。

「あれが裁判所と刑務所です。いまは満杯ですよ」

運転手が指さすのは、三階建ての大きな建物だ。窓は一階の高いところに細長くあるだけだ。この午後は開いている。こもった匂いが漂ってくるようだ。

トラックはやがて消防署の車庫にはいり、ドアが閉められた。奥にはロンがいた。疲れきったようすだ。いちおうシャワーを浴びて着替えていて、顔も煤煙で汚れてはいない。クリスを見ると目を輝かせ、トラックから下りる彼女に笑顔で手を貸した。勤務中の海軍士官を抱擁したのは規定違反にならない範囲。本当はキスしたそうだったが、それは控えた。

「お土産を持ってきていただけましたか？」

「驚かせようと、武器庫の余剰分をすべて運んできたわ」

「スティーブが、手放せる分はすべてあなたに持たせると言っていました」

クリスは口をとがらせた。

「ママ・サンタはわたしの独創ではなかったわけね」

トラックの後部にまわりながらロンは言った。

「いえ、独創的です。優秀な軍事的思考はおなじ結論を出したということです」

「しらじらしい」ジャックがつぶやいた。

「いいのよ。どんどん言って」クリスは巧言を奨励した。しかし仕事も忘れない。「この地域の地図はある？」

「二階のオフィスに。きみたち！」ロンは人手を呼んだ。「トラックの荷物を下ろして他の建物に運んでくれ。かならず覆いをかけて。空に目ありだ。気づかれてはいけない」

市長は隠密作戦の重要さをわかっているようだ。二階へ上がるクリスの背後で、消防用のホースなどをかぶせられた武器類が運び出された。べつのトラックがはいってきて荷下ろしが続いた。

二階の小さな会議室には、保安責任者のガソンとその技術者のピンカートンがいた。中央に長いテーブルと椅子があり、地図が広げられている。他にクリスの知らない人物が四人。地域の狩猟団体であるライフル射撃クラブと緊急捜索救助クラブの代表たちだとロンは紹介した。

「どんな銃があるの？」クリスは訊いた。

「狩猟用ライフルや競技用ライフルなどです」ロンが答える。

「補助要員を必要とする据え置き型のマシンガンや、グレネードランチャーや、アサルトライフルを扱った経験は？」

狩猟団体のうちの背の低い男が答えた。

「スティーブ・コバールのところで訓練された者や、この惑星に来るまえに従軍経験のある者が何人かいる。おれたちは無知な田舎者じゃないんだよ、プリンセス」

「いいわ。では配置計画を見せてくれる？」

すると四人は顔を見あわせるばかりだ。ロンが答えた。

「そこが問題なんですよ。手段はある。しかしやり方の見当がつかない。建物の窓にひそませて、それぞれ頃あいを見計らって撃つというくらいしか……」肩をすくめる。

「ロンが撃てというまで撃ってはだめよ」クリスは言った。〝わたしが命じるまで〟と喉まで出かけたが、そこは社交辞令になおした。「あなたたちの多くの友人や家族に不慮の死を招くことなく状況を解決することが目標だから。わかった？」

「しかしどうやって？」四人のうちの長身の男が訊いた。

クリスは彼らのあいだを抜けてテーブルによりかかり、地図を見た。衛星写真の上に等高線が重ねられ、下水道、電線網、その他の社会インフラが描かれている。

「ロン、この町を活動停止にして。ここまでの道路は混雑とまではいかないけど、一定の交通量があったわ。ハンクが空港にやってくることはまずない。高速道路を滑走路がわりにするはずよ。じゃまな車両があったら上陸艇からの射撃で排除するでしょう」

「ガソン、全市の活動停止と外出禁止を命じろ」ロンはそう言ってから、クリスにむきなおった。「といっても、全員が帰宅するまで三十分の猶予が必要です。それから……本心では市民に銃撃を命じたくないのですよ。わたしの首がかかっている」

クリスは冗談かと思ってロンを見た。しかしロンは真剣だ。

「市の憲章にしたがえば、そう命じることは可能です。しかしその権限を行使した為政者は、七十二時間以内に市の行政委員会に出頭して理由を説明しなくてはならない。委員会の理解が得られなければ、為政者は職を逐われ、四週間後の選挙で再選をめざすしかない。そしてそのような行政手法に異をとなえる対立候補に勝たねばならない」

「いい制度ね」クリスはそれしか言えなかった。

「つまり、ロングナイフに政権を譲り渡して、こいつとの戦い方を教えてもらおうってわけだ」

背の低い男が言った。ロンは反論した。

「政権は譲っていないぞ、アーニー。戦闘の心得がある彼女に助言を求めているんだ」

クリスは男たちの言いあいを放置して、地図を眺めた。

「ここより南に滑走路や大規模な高速道路がある？」

地図の外のテーブルの端あたりを手でしめした。これが作戦画面なら地図を拡大縮小できるのだが。質問にロンが答えた。

「いいえ。その先は農地、クランベリーのはえた湿地、あとは海岸まで森です」

「ではやはり、さっき走った高速道路に着陸するしかないわね」

「水兵用のランチで来るなら、そうでしょうね」

ジャックが道路を指でたどりながら言った。

「出口の看板で左折して、立派な商業地区と住宅街のあいだの道路を進軍してくるわけだ。どこで応戦しますか？」

「応戦はしない」

「どういう意味だい？」背の低いアーニーが訊いた。

「先に撃つつもりだったの？」クリスは訊き返した。

「これは惑星侵略だ。こっちには撃つ権利がある」

「侵略か軍事パレードか、まだわからない」クリスはステーションでの与圧漏れ事故の話をしてやった。「ステーションの前部区画に閉じこめたわ。むこうが仕掛けるには防火シャッターを破らなくてはいけない。それは戦争行為に近いから、こちらはもう心おきなく撃てる。つまり、いまの彼らはハイチャンスを乗っ取るには都合の悪い状況に押しこめられているのよ。だからここへ下りてきて、〝テロリスト〟に拘束された〝捕虜〟を解放しようとするはず」

「おれたちは……」

アーニーが言いかけたが、その肩に長身の男が手をかけて止めた。

「ピーターウォルドの艦隊に包囲されたときに、前面に立ってこっちの立場を主張するのはだれだ？　おまえか？」そしてアーニーの肩から上げた手をクリスに差し出した。「みんなからはウィー・ウィリーと呼ばれてる。あんたのステーションでのやり方は気にいったよ。他におもしろい作戦はないのかい？　ロングナイフの奇想天外なエピソードはよく聞くが」

アーニーはなにかぶつぶつと言ったが、クリスは無視した。

「わたしたちは帽子から鳩を出すこともあるけど、出した鳩に帽子をとられて恥をかくこともあるわ」笑いを誘ってから、クリスは地図にもどった。道路をさして言う。「敵はここに着陸するはずよ。排除するものはないはず。そして住宅地の道を進軍してくる。ここで引き金を引きたくないわね。女性や子どもたちが多い場所では」

眉を上げて見まわすが、異論は出ない。

「ハンクはやがてこの堤防の上にあがってくるわ。さっきよりましだけど、防衛線を築くには都合が悪い。そもそも対話する場所がない。やはり刑務所の駐車場まで引きこみましょう」

ロンが驚いたように口笛を吹いた。

「そんな近くまで?」

「しかしここなら多くの火線を集中できる」ジャックがまわりの建物、塔、刑務所をしめして説明した。「背後の商店街からも狙える。無警戒ではいってきたら袋のネズミというわけだ」

「のんきにはいってくるかな」ロンが疑問を呈した。

「こちらが手だしをしなければ、彼はパレードを続けるしかないはずよ」

クリスは歯をむいて笑った。ガソンがクリスの肩ごしに言った。

「だから手を出さないんですね。狙った場所に誘いこむまで」

「そうよ。少人数の男女に武装させて沿道を警戒させるのはいいわ。でもハンクの部隊は通過させる。住宅街の子どもが通りに近づこうとしたら安全なところへ誘導する。パレードを妨害しようとする市民がいたら追い払う」

「備えを軌道から見て、最初から攻撃してくるってことはないかな」とアーニー。

「簡単に見破られそうなことをした?」クリスは訊いた。

「そんなことはないはずです」ロンはゆっくりと答えた。

「対話ではどんな議論になるかしら。いま刑務所に収容されている水兵は何人?」

「四百九十六人です」ガソンが答えた。

クリスは口笛を吹いた。

「三分の二も。大変な騒ぎだったようね」

ロンが顔をしかめた。

「ビアガーデンは三軒が破壊され、一軒が放火被害。住宅数戸と大学の管理棟もやられました。レイプ犯は身許不明のままです」

「あのひどい夜は忘れられない」ガソンが言った。

「では今日の午後を、逆の意味で忘れられなくしてやりましょう」

クリスはふたたび地図を見た。そして重火器を刑務所前広場の四方に配置した。

「そこのペンシルビルにはだれが？」アーニーが訊く。

「一、二階には銃を据えたいわね。上の階には腕利きのスナイパーを。でもこのビルは真っ先に敵に狙われるはずよ」

「じゃあ、おれが何人か連れて立てこもる。おれの砦だ」

クリスはこの背の低い男を見た。ロングナイフ家に好感を持っていないだけで、臆病者ではない。そもそもロングナイフ家に反抗するのは度胸がいることだ。

五分後に作戦会議は終わった。四人は仲間を集めにかかった。

ジャックはあとに残って首を振った。

「ハンクが想定どおりに動かなかったらどうするんですか。味方を移動させる？」

「心配無用よ。銃撃を浴びながら的確に行動できるのは優秀な部隊、優秀な指揮官だけ。ハンクがプランAどおりに来なかったら、その時点で負けよ。プランBは悲惨だから」

するとロンが言った。

「ハンクを知りつくしていることが鍵を握るわけですね。元ボーイフレンドとはずいぶん親しかったようだ」

「元ボーイフレンドじゃないわよ。ハンクのヨットで呉越同舟の長い一週間をすごしたときに、彼の父親は神ではないし、完璧でもないことをわからせようとしたわ。でも彼がうなずいたのは、わたしの家族も完璧ではないというところだけだった」

「そんなにも」

そのロンの電話が鳴った。市長はしばらく耳を傾けてから、「気をつけるよ、ママ」と答えて切った。

「ランチ二十隻が降下してきているそうだ」

「軽強襲上陸艇についてはなにも？」

「それはレーダーに映りにくいはずでは」

「よく勉強しているわね」

「ハンクが星系にあらわれてからの一夜漬けですよ」

「たしかにＬＡＣはステルス性能を持っているわ。ハンクが海兵隊を連れてきているのか、惑星全体に降下させているのかわかればいいんだけど」クリスは考えこんで、ふいににやりとした。「もしハンクが軽巡を手薄にしているなら、スティーブは簡単に乗りこんで奪えるわね」

「やれやれ、狩猟団体の代表たちには銃撃戦を避けるつもりだと言っておいたのに」ロンがうめいた。

「ときどき記憶喪失になるのよ」

「ときどきですか?」とジャック。

「とにかく、高速道路沿いにカメラはある?」

「交通情報用のが」ロンが答えた。

「それでだれかに監視させて。海兵隊があらわれたらすぐ連絡を。わたしはとりあえず、べつのパズルをハンクのために仕掛けるわ」

ジャックが言った。

「わたしは銃撃隊の準備状況を見てきましょう。民間人たちに背後の警戒を教えなくては。ハンクが水兵たちを広場へ正面から行進させながら、強力な海兵隊をまわりこませてくる可能性がある」

16

刑務所方面へ歩きながら、ロンが尋ねた。

「今度はなにを?」

「収容者のリストはあるかしら」

クリスは逆に訊いた。明るい日差しから日陰へ。屋外から、汗と嘔吐物の悪臭のなかへ。

「アリが持っているはずです」

ロンはロビー脇の事務室にはいった。金髪の男が応じた。

「部分的なリストにすぎません。だれをお探しですか?」

「たしか、メインドル兵曹長といったわ」

「兵曹長以上は全員リストに載っているはずです。ありました。メインドル、三階の三A七号房です。連れてきましょうか」

「いいえ。こちらから出むくわ」

「ではそのように。スペード、ローリ、三A七号房のメインドル兵曹長を監房から出す。市長をご案内しろ。一人だけ出して、あとの者を騒がせるな」

緑の軍服に伍長の階級章をつけた二人の看守が、奥の休憩室の椅子から立ってやってきた。クリスたちを案内して階段を最上階へ上る。監房は鉄格子で閉じられ、壁はコンクリート製だ。本来は二人部屋だが、いまは六人から八人が押しこめられている。下段の寝台にすわったり、床に寝そべったり、鉄格子のそばに立ったりしている。歩いていくクリスを獰猛な怒りの目が追う。爆発寸前の不満が渦巻いている。

「鉄格子はしっかりしているんだろうな」ロンが心配した。

「昨夜の騒ぎに耐えたので大丈夫です」

ローリが答えた。そして三A七と鉄格子の上に書かれた監房のまえで立ち止まる。

クリスは声をかけた。

「メインドル兵曹長、いるか？」

「ああ」

上段の寝台に一人で寝そべっていた男がぶっきらぼうに答えた。

看守のローリが声を張る。

「囚人、中央、前へ。面会希望者がおみえだ」

兵曹長は上段の寝台から、床に寝ころぶ水兵たちのあいだに身軽に跳び下りた。看守をにらみつけたが、クリスに気づいて息をのみ、直立不動になった。

「司令官」

「この者の身柄を預かりたい」クリスは言った。

「お望みのように」看守は答えた。

兵曹長は寝台からネクタイ、ジャケット、帽子をとってきた。クリスはその軍服をさっと見てとった。年功袖章と階級章は金色。胸の飾り紐は三個の勲功章で留められている。連続艦上勤務のリボン章は四つ星だ。スロボといっしょの勤務によるものだろうか。面識があれば好都合だ。一級射手章は白線四本入り。水兵は地上の銃撃戦で無能だとジャックは推測していたが、それは過小評価かもしれない。しかし心配はあとまわしだ。

兵曹長は服装を整え、鉄格子のまえまで行進してきた。ローリは他の囚人たちをじろりと見た。数人は壁に背中を押しつけ、開く鉄格子のドアから離れた。兵曹長は直角ターンで出てきた。左脇に帽子をはさんで言う。

「メインドル上級兵曹長、まいりました」

「ついてこい、兵曹長」

「お望みのように」

儀礼どおりに返事をした。身柄は敵の手にあり、部下の水兵たちの視線を浴びている。

クリスはなにも言わずに来た道を引き返した。メインドルは廊下の姿見のまえで足を止め、襟と上着のずれをなおした。屋外に出ると帽子をかぶった。日差しのなかで息をつく。そしてロンを無視してクリスにむきなおった。

「これはただの散歩でしょうか、それともお話があるのでしょうか」

クリスは答えず、そのまま消防訓練センターへ歩いて大声で呼んだ。

「アーニー、機関銃の準備は順調なの？」

ここのペンシルビルはあきらかな攻略対象だ。銃撃戦がはじまったら、ハンクは死傷者の山を築いてでも奪取しにくるだろう。その四階の窓から背の低い男が手を振った。

「運びこみました。狙撃手も数人手配しました。もう上にいます」

「よけいなことまでぺらぺらと……」ロンがうめいた。

クリスは黙って兵曹長を見た。メインドルはゆっくりと駐車場の周囲に視線をめぐらせ、鼻をふくらませている。細めた目はまぶしさのせいではないだろう。

「ついてこい」

クリスは言って、商店の並びへむかった。到着したハンクたちにとって背面にあたる。行政施設からはげしい銃撃を浴びたら、こちらへ退がるはずだ。クリスはロンの視線を受けとめた。市長は〝正気ですか？〟と言いたげな顔だが、口には出さない。立派だ。

商店のまえに張り出した屋根の下から、ウィー・ウィリーが言った。

「いらっしゃい」

クリスは、兵曹長の頭が軽くのけぞるのを見た。ショーウィンドウの奥に土嚢が積まれ、機関銃が設置されているのに気づいたのだ。出入り口にはロケットランチャーを持った女もいる。他のショーウィンドウの奥でも男や女たちが土嚢を積んでいる。

クリスは店にはいるまえに兵曹長に注意した。

「足もとに気をつけて。地雷があるわよ」

ジャックが言った。

「クリス、ここの準備はだいたいできました。わたしは他の……」

クリスはさえぎった。

「好きにしなさい、中尉。メインドル兵曹長はわたしが連れてまわり、代将を迎える準備を見せる。あなたには他の仕事をまかせる」

ジャックは地図をたたんでむきなおり、直立不動になった。兵曹長に返礼する。

「会えてよかったといえるかどうかは微妙だ、兵曹長」

「こちらもおなじです、中尉」

「クリスティン王女は、そちらを指揮する若造をおとしいれる罠を細大漏らさず見せるつもりらしい」

「そのようですね」兵曹長は慎重に答えた。

「では失礼する。わたしは任務があり、時間はあまりない」ジャックは彼に背をむけた。

クリスはロンに頼んだ。

「市長、兵曹長を外へ案内してもらえるかしら」

「お安いことです、司令官」

ロンと兵曹長が店の外へ出ていくのを、クリスは警護班長とともに見守った。

「クリス、正気ですか？」ジャックは訊いた。

「普段とおなじ程度には。戦いたくない戦いに勝ってもいいことはない」

「しかし戦わざるをえなくなったら、負けるわけにいかない」

「そのとおり」

「とにかくわたしは堤防付近にある建物を見てきます。ハンクが海兵隊を側面部隊として送りこんできたら、そこで阻止しなくてはならない」

「そこで火蓋を切ったら早すぎるわ」

「防壁としてとどまり、側面部隊が来たら退却します。ただしこの商店より二列うしろまで来たらもう退却しない。ウィー・ウィリーの背後を守らなくてはいけないので」

「あなたにはそばにいてほしいんだけど」

「わたしもそうしたい。しかしこのにわか仕立ての組織でだれを信頼できますか？　早すぎず、遅すぎず退却できる者がいますか？」

「気をつけて、ジャック」

その言葉に警護班長は鼻を鳴らした。

「あなたこそ」そのとき、外で超音速飛行のソニックブームが轟いた。たてつづけに響き、商店は振動する。「ランチは何機も下りてきているらしい。急いで行ってきます。このあとどこへ？」

「ビルの上へ兵曹長を連れていって最初の動きを見せる。そして刑務所にもどすわ。あなたは？」

「堤防の手前に偵察隊が仮の指揮所を設営しています。混乱にそなえて通信線も張っている。

しばらくそこにいます。この地下には雨水用の放流渠があるはずなので、そこを通して部隊の移動が可能です。急にもどってくるかもしれませんよ」

「楽しみにしているわ。さあ、行かなくては。幸運を」

「あなたも、クリス。運は力ずくで引き寄せられるでしょう」

クリスは、ロンと兵曹長が待つ外にもどった。二人は空を見ている。飛行機雲が何本もこちらへ集まってくる。着陸用ランチが大気圏に次々と再突入してくるのだ。

「ロン、あなたは司令部にもどって。わたしはビルの上からじかにようすを見る。兵曹長、ついてきなさい。それとも監房へもどる？」

「刑務所の悪臭には鼻が曲がる。ごめんです」

クリスは兵曹長を連れてビルを上った。重機関銃一挺、M-6を持った銃手二人、ロケットランチャー一挺、狙撃手数人がいやでも目にはいる。

「士官を撃つつもりですか？」メインドルは訊いた。

「むこうが撃ってきたら」クリスは答えた。

最上階にはアーニーがいた。ラストチャンス市街が一望できる。頭上は真っ青な空がどこまでも広がる。降下するランチの白い飛行機雲がそこに流れる。

アーニーは自前の双眼鏡を持っていた。狙撃チームを呼んで、クリスのための双眼鏡を借りた。クリスはまず高速道路を見た。ハンクはここに着陸するはずだ。交通はなく、昼の日差しに焼かれている。市内へはいってくる道路もおなじだ。堤防の手前では商店が並ぶあいだを人々が動いている。道路脇に乗用車やトラックは一台も駐まっていない。パレードがやってきたときに掩体《えんたい》にされない用心だ。

「ここを行進してくるとしたら正気ではないわね」

クリスはつぶやいた。兵曹長は意見を控えるようす。クリスはそちらを見た。

「姓名、階級、ID番号は黙秘しているの？」

「じつは訊かれたのは名前だけです。民間人はこれだから」軽蔑的な声になった。

「愚か者がだれか、もうすぐわかる」

「負けるのはそちらです。こういう状況はよくある。グリーンフェルド軍が民間人に前進をはばまれたことはない」兵曹長はアーニーを見て、「水兵たちの一斉射撃を浴びたらすぐに腰を抜かす。たとえロングナイフの子女がついていても」

「お題目をよく憶えているようね。正しい部分もあるわ。たとえばロングナイフでもパレードは止められない。でもピーターウォルド家の放蕩息子の指揮の下で、グリーンフェルド兵士が長生きできると本気で思う？」

メインドル兵曹長は顔をそむけた。誇りゆえに嘘はつけない。建前は述べても、自分の胸に嘘をつけるか。それはできないのが彼だ。

アーニーがこれまでとはやや異なる調子で言った。

「殿下、おっしゃるとおりのところに敵が着陸してきましたよ」

クリスは借り物の双眼鏡をあてた。ランチは自走できる。先頭の一機は高速道路上をタキシングしていって、南部工業団地出口への高架区間で停止した。正装の衛兵が行進して下りてきて、地面に足をつけるとすぐに旗を広げた。そのうしろからは……。

「軍楽隊まで連れてきたのか」アーニーがあきれた。

「ただし武装しているぞ。そちらが手の内を見せてくれたので、こちらも一つ、二つ教えてやるが」メインドル兵曹長が不気味に言った。

ランチは次々に下りてきた。着陸し、減速し、右あるいは左に機首を振って駐機していく。ハッチが開くと、水兵たちは大きくかけ声をかけて右側に整列していく。クリスは双眼鏡の倍率を上げてみた。やはり。迫撃砲が水兵二人に引かれてくる。次の二人は予備弾薬を引いてくる。よく訓練されたパレードだ。

「代将は最後尾のランチにご搭乗だ」メインドルが教えた。

二十機目のランチは手前の高架をかすめて下りてきた。無事に接地し、強いブレーキをかける。最終機の滑走区間は短くなっているが、それでも十九機目よりかなり手前で減速を終えた。兵士たちが駆け寄り、機外に整列する。ハンクは暑さもかまわず青の礼装軍服で最終機から下りてきた。敬礼に返礼する。そして……。

クリスはうめいた。

「まさか。全軍を閲兵する気？　高速出口まで一キロくらいあるわよ」

「いや、ゆうに一キロ半はある。そこからここまで六、七キロの歩きだ」アーニーは時計を見た。「バスを用意してないなら到着までずいぶんかかるな」

クリスはメインドルに目をやった。兵曹長は一片の疑問もなく断言した。

「行進しますよ。グリーンフェルド軍の兵士ですから。〝行進で背筋が伸び、拳に力がこもる〟と教えられている」

「その拳のせいで昨夜はおれの友人が二人ほど入院したんだが」アーニーが言い返した。

兵曹長はすり傷のある自分の拳を見た。

「拳に拳で対抗されたからだ。それがなければ、多くの水兵たちがくさいブタ箱にいれられることもなかった」

「おかげでパレードに加わらず、安全なこちら側にいられるともいえるのでは」

クリスは言ってやった。兵曹長は悔しげにぶつぶつと言った。

アーニーは無線機のマイクを取った。

「みんな、一、二時間ほど仮眠をとっていいぞ。腹ごしらえもしておけ。お客さんが来るのは……」

そこまで言って、ふいに顔をしかめ、無線機を叩いた。

「ネリー？」クリスは自分のコンピュータに訊いた。

「途中で無線妨害がはいりました、クリス。ローカルネットワークが遮断されています。すくなくとも無線は使えません」

「そんなばかな」

アーニーがうめく。隣で兵曹長が、してやったりという顔になった。アーニーはすぐに対応した。

「しょうがない、プランBだ。ゲール、設置した通信線をここまで延長してくれ」

「やっぱり必要になったじゃない、アーニー」

「賭けの清算は今夜やってやるよ、魔性の女め」

すらりとした美女がうしろむきに階段を上がってきた。ケーブルの束をくるくるまわして延ばしてくる。そしてアーニーに軽くキスして電話機を渡した。

「用件はなに？」

「あと一、二時間は命の危険はないって話だ」

「あら、今夜はボロ布みたいになって帰ってきちゃいやよ」

二人はキスした。それからアーニーは番号を打つ。

「こちらビルだ。敵は行進をはじめた。乗り物なしで、たっぷり二時間かけて歩いてくるはずだ」相手の話をしばらく聞いて、「ああ、いるぜ」

電話機はクリスに渡された。相手はロンだった。

「そろそろそこから下りてきたほうがよくありませんか」

「ビルの上でもこれだけ離れていれば大丈夫よ。手を出せば彼らは意図をしめしてしまう。銃撃戦のカードが手の内にあることを教えてしまう。だからまったく安全よ、ロン。ジャックに代わってもらえる？」

「彼はこんな警護対象によくがまんしているものだ」

「わたしはいつもこうよ。これがロングナイフ」

「正気じゃない。ジャック、正気でない女性がお呼びだぞ」

代わったジャックが訊く。

「ついに喧嘩を？」

「恋や火遊びの対象にするにはあまり愉快でない女だと思われたようね」

まじめな話にもどって、ビルの上から観察した結果をジャックに伝えた。

「なるほど、わたしには気をつけて防衛ラインより前に出ろと言い、自分は市内でもっとも目立つ攻撃目標の最上階にいすわっているわけですか。ロンがあきれて怒るのも無理はない」

「ハンクが接近するまえに下りるわよ。それでもアーニーよりましよ。彼はお気にいりの情婦とこのビルに立てこもって、どんな予想外のことが起きるかを賭けて、今夜のベッドで上になるほうを決めるのよ」

アーニーの愉快そうに笑う顔からすると図星らしい。

ジャックは答えた。

「やはりあなたのそばにいるのは賢明でないようだ。とにかく、こちらは見張りを続けます。協力してくれる命知らずの少年を二人みつけました。ポケットには飛び出しナイフや銃や相対論兵器など、よくある武器をいろいろ持ってました。いまは堤防でスケボーで遊んでいて、ハンクの手勢が近づいたら合図させる手はずです」

「ハンクは軍楽隊をともなっているのよ」

「軍楽隊を？　それでもたまには休憩させるでしょう。この有線電話もいつまで使えるかわからない」

「スケボー少年たちによろしく。パレードが近づいたら避難するようによく言って」

電話を切って、双眼鏡でふたたび確認した。ハンクはまだ閲兵の途中だ。

アーニーがため息をついた。

「待つのがしんどいな。バスを進呈したいくらいだ」

すると兵曹長がしたり顔で眉を上げた。

「そこがプロと素人のちがいだ。何時間も待機しながら士気を維持するのは難しい。アドレナリンにまかせて一、二分ほど興奮するのは簡単だ。人類はそうやってマストドンを狩ってきた。しかし水飲み場にあらわれる獲物を辛抱強く待つのはきつい」

クリスは室内の日陰のところにすわっていた。消防の訓練による煙の匂いがする。

「家族はいるの、兵曹長？」

「妻と息子と娘が。留置手続き室の私物袋には写真をいれた財布があります。取ってきましょうか」

「結構よ。ここにいなさい。撃たれたくなければ逃走は試みないことね」

「これまでに人を撃ったことは？」

兵曹長が訊いた。アーニーはパレードのために整列しはじめている水兵の観察をやめて、クリスの顔を見やった。クリスは逆に尋ねた。

「グリーンフェルド星では、戦闘に参加した者の従軍記章に武勇のV印をつける？」

「いいえ」兵曹長は答えてから、しばらくして言いなおした。「そういえば最近の……対テロ従軍記章には、戦闘参加者を意味するVがつくようになりました。だからいまはあります」

「あなたの胸の勲章にVはないわね」

「ええ。自分は船が仕事の水兵ですから」

「わたしの勲章を見てみる？」

兵曹長は目を細めてクリスを見た。そして彼女の正面にまわり、壁のすすがつかないようにやや離れてしゃがんだ。

「若さに似あわない数をお持ちだ。そして委譲従軍章も。わたしもあの星系にいました。しこたまビールを飲んだが、Vをもらうことはだれもしなかったはずだ」

「では事務的ミスかもしれないわね」

「ロングナイフの海軍はあちこちいいかげんだという噂は聞いています」

と言いつつも、メインドルのクリスを見る目は変化していた。ただの小娘とも、金持ちの生意気なガキとも思っていない。気づいたことを訊いた。

「その金色の勲章はなんですか？」

「地球の戦傷獅子章よ」

背中を起こして壁によりかかり、じっと考えた。上着の背中をすすで汚しているのも気づかない。もう一度前かがみになり、クリスを見つめる。鋼のように鋭い視線が交差する。

「ロングナイフ家の娘だから授与されたのですか？」

「グリーンフェルド星ではハンクがピーターウォルド家の息子という理由で派手な勲章をあたえるの？」

「だとしたら？」

「グリーンフェルドはグリーンフェルド。これは自分の勲功で得たものよ」

兵曹長はふたたび壁によりかかり、しばらく沈思した。やがて背中を起こし、クリスを見た。

「水兵たちを皆殺しにするつもりですか？」

「必要なければやらない」

「ウォードヘブンを襲った海賊戦艦の水兵たちは皆殺しにされたと聞きますが」

またそのデマか。クリスは怒りをおもてにしめして反論した。

「まず、経験を積んだ上級兵曹長なら、マグニフィセント級戦艦が虚空からあらわれるわけがないことはわかるはず。建造拠点、運用拠点がいる。海賊の一党は一隻を乗りまわすのがせいぜいで、しかも普通はもっと小さな船よ。あのときやってきた相手は脅迫してきた。わたしたちは出撃し、叩いた。ロングナイフ宇宙ではそれが対処法よ」

「グリーンフェルド宇宙でもそれが対処法です」

兵曹長は眉を逆立てて応じた。憤然としていた。侮辱を受けたら軍人の誇りが先で、真相はあとまわしだ。

クリスは言った。

「あの六隻の巨大戦艦はどこから来たのか。大事な友人たちをあの戦いで殺されたわたしは、当然ながら答えを知りたいと思う」

兵曹長はゆっくりとうなずいた。

「ごもっともですね」

「だから調べようとした。ところが救命ポッドで脱出した水兵や士官はだれ一人生き残っていなかった。脱出者は相当数いたのに、全員死亡していた。死人に口なし。その沈黙はだれにとって好都合かしら」

そこへアーニーが割りこんだ。

「水兵のパレードが堤防に上がってきたぞ」

クリスは立ち上がり、双眼鏡の焦点をあわせた。

「そうね、代将が先頭を率いているわ。青の礼装の下はきっと汗だくね。他は全員白なのに。どういうこと?」

兵曹長はクリスの隣に立って見た。

「成功する服装術みたいなものを学ばれたのか、コンサルタントがいるのか。わかりませんが、明るい色のスーツばかりのあいだで暗い色のスーツを一人で着ると、カメラは自然にそこに注目するとおっしゃっていたことがあります。もともと青がお好みでもあるでしょう」

軍事情報としての価値はないが、グリーンフェルド軍の下級士官や上級下士官が陰でささやいている噂をうかがい知ることはできた。

クリスが双眼鏡で観察していると、堤防でスケートボードで遊んでいた子どもたちは、近づくパレードに手を振りはじめた。そして射程距離にはいるまえに一人残らず堤防の上から退散した。

クリスは兵曹長に言った。

「いい行進ね。ビデオで見るよりうまいわ。全員の歩調がそろっている。いえ、だいたい全員ね。代将だけずれている」

「いいえ、上官《マーム》。彼以外の全員がずれているんです」

クリスはすこし考えて、興味深い返答だと思った。とくに〝上官《マーム》〟と女性敬称を使ったところだ。

「あの海兵隊はどう動かすつもりかしら」クリスは隊列を見ながらさりげなく口にした。

「それはわたしへの質問ですか？」メインドル兵曹長は問い返した。

「いいえ。あなたがグリーンフェルド軍に帰ったときに困るようなことをしゃべらせるつもりはないわ」

兵曹長は顔をしかめた。

「刑務所の者たちは帰れるのでしょうか」

「ひどく不愉快な事態にならないかぎり、全員グリーンフェルドに帰れるはずよ。くりかえすけど、わたしは捕虜を撃ったことはないから」

「軍楽隊を聞いて彼らが暴動を起こす心配はしないのですか？」

手の内を一つ明かしてくれたようだと、クリスは意外に思った。意図してだろうか。

「じつは想定ずみよ。各階に催眠ガス弾がしかけられている。負傷はしないけど、看守の手をわずらわす心配はない。銃を拾って解放者に合流する元気もないはずよ」

兵曹長はうなずいた。クリスは双眼鏡をのぞきながら続けた。

「ああ、やっぱり。多少は頭を働かせてきたわね」

「なんのことか、よければ教えていただけますか？」

「海兵隊を側面部隊として展開してきたのよ。一部を堤防に上げて偵察と報告をさせている。アーニー、電話を貸して」クリスは発信音を確認してから、交換に頼んだ。「前線の斥候隊に」

交換を待つあいだ、メインドルのほうを見て話した。

「兵曹長、あなたがいま厄介な行動をとるなら懲らしめなくてはいけない。このまま監房へもどる？　それとも自軍と連絡を試みないと誓う？」

「脱走を試みるのは兵士の義務です」

アーニーが下の階へ怒鳴った。

「ゲール、ちょっと来てくれ。下まで護衛していってほしいやつがいるんだ」

兵曹長は続けた。

「しかしあなたを観察して知りえたことを情報部に報告するほうが、グリーンフェルド星の利益によりよくかなうとも考えられる。銃声を聞かないうちは逃げずにいましょう」

「いいわ。今回はうまくいけばどちらも一発も撃たずにすむはずだから」そして受話器にむかって言った。「ジャック、堤防に斥候が上がってきたわよ」

「把握しています。一列目の商店街から退却しているところです。ところであなたはいつまでそこにいるんですか。そろそろ狙撃されますよ。自分がもどって引きずり下ろすべきですかね」

「そろそろ下りるわよ。一列目の商店街から撤退しているのは賢明よ。ハンクは海兵隊に各所を安全確認しろと命じているだけだから。そうやって側面を守らせているのよ」

「賢明ですが時間がかかる。電話連絡が正しければハンクは二列目まで来ている。こちらは外から三列目で側面部隊を止めます。彼らの無線も妨害されていればいいんですが」

「知りようがないわ。気をつけて、ジャック」

「あなたから言われると冗談にしか聞こえない。そのビルから下りてください。よじ登って救いにいけるほどあなたの髪は長くない」

「ラプンツェルは塔から下りるわ」クリスは電話を切った。

「ボーイフレンドですか？」兵曹長は階段を下りながら訊いた。

「どうしてみんなそう思うのかしら。ちがうわ。毎日の苦痛の種。警護班長よ。ああしろこうしろと口出しされて、それに従わなくてはいけない」

アーニーがふんと笑った。

「ゲールとおなじだ。おれの言うことを聞かない」

「あんたもゲールの言うことを聞かないけどね」下から声が飛んできた。

「女は男の言うことに従うもんだ」兵曹長は言い返した。

この兵曹長の考え方を変えさせるのは無理だろう。クリスは兵曹長をともなって先頭を歩き、早足に消防訓練センターにむかった。あちこちの窓のむこうに銃手が見える。銃弾が飛びはじめたらガラスがかなり割れそうだ。

ガラスのドアの奥に土嚢を積んだ機関銃座の脇を通りながら、クリスは訊いた。

「ロンはどこ?」

「上ですよ」

二階の会議室にいた。テーブルに広げた地図と電話と窓のあいだを三角移動している。窓から道路方面はわずかに見える程度だ。クリスがはいっていくと、ロンは言った。

「いよいよ来ましたね」

「ハンクはチャンス星を銀の盆に盛って父親に差し出したいのよ」

「ええ。大学時代も彼は父親によく言及していた。当時は気にしていなかったけれども、もっと気にすべきだったようですね。おや、まだその兵曹長を?」

なにを言いたいのかはわかる。

「ええ。ハンクのための罠を見せてまわっているわ」

ロンは首を振った。

「お好きなように」

クリスとロンと兵曹長は、近づくパレードを見た。軍楽隊の行進曲が大きくなってくる。

「兵曹長、刑務所のだれかと話して暴動計画をキャンセルできる?」

メインドルは首を振った。

「わたしの命令など通りませんよ」

クリスは刑務所に電話した。

「催眠ガス弾は準備してあるわね」

「はい」

「グリーンフェルド星の収監者に対して使いなさい。彼らは軍楽隊の音がある程度大きくなったら反乱を起こすように命じられているわ」

「そのう……市長と代わってもらえますか?」

受話器をロンに渡す。ロンは断続的に話した。

「そうだ……そういうことだ。実行しろ……憲章に違反しているのはわかっている。しかし今回の騒動そのものが憲章違反なんだ。やれ。わたしは来月の再選挙に出馬する。きみは対立候補になりたいのか?」

そして電話を切った。まもなく広場のむこうで催眠ガス弾が使用される小さな破裂音が複数回聞こえた。叫びと悲鳴があがったが、やがて静かになった。ロンは額をさすった。

「刑務所などにかかわりたくありませんでしたよ、クリス」

「刑務所か、勲章か」兵曹長が言った。

ふたたびパレードを見る。

「やれやれ、一人だけ歩調がずれてるな」兵曹長はつぶやいた。

軍旗がそよ風になびき、行進曲が響き、ハンク以外の全員が足並みをそろえている。

電話が鳴った。ロンが出て、すぐにクリスに代わった。ジャックからだ。

「徐々に退却中です。海兵隊は苦労しています」愉快そうに声をあげる。「こちらは後退しながらドアを全部施錠していますが、海兵隊にはドアを蹴破る許可はまだ出ていないらしい。いちいちピックツールでこじ開けている。わたしはそちらへもどります」

クリスは電話を切ってふたたび窓を見た。ここは見通しが悪いので指揮所としては不適当だ。そもそも指揮する通信手段がない。まるで近世の戦争だ。そう思うと詩の一節が頭に浮かび、つぶやいた。

「一発の銃声が世界を変えた……」

「なるほど」ロンが言った。

兵曹長は微笑して彼女を見た。クリスは続けた。

「レキシントンだったかコンコードだったか忘れたけど、歴史的な銃声が響いたときによく似ているわね。イギリス軍が行進してきて広場に整列。酒場付近に集まった民兵と対峙した。

最初の一発をどちらのだれが撃ったのかあきらかでない。でも数年後に最後の銃声がやんだときには、新たな国家が生まれていた。ただしその日は多くの民兵が殺された」

「わたしもそう習いました」メインドル兵曹長が答えた。

ロンが電話に歩み寄ってどこかへかけた。

「グレタ、最後の命令をまわしてくれ。最初の一発はこちらから撃ってはいけないと周知徹底しろ。ああ、すでに命じてあるのはわかっている。あらためてだ。わたしからの指示として。ありがとう」ロンは窓辺にもどってきた。「さて、どうしますか？」

「じりじりしながら待つだろう」と兵曹長。

「うんざりだな」市長がつぶやく。

「だから勝つのはわれわれだ」

それからの長い五分間、消防訓練センター正面のガラスのドアをとおして、ハンクの軍が行進してくるのを見た。軍旗がひるがえり、軍楽隊が演奏を続ける。水兵たちはそれぞれの兵曹長の号令にしたがって右に左にむきを変え、きびきびと歩いて広場を埋めていく。昔から定番の軍事パレード。軍隊の高い練度を見せて、相手に畏怖と恐れを生じさせるのが目的だ。

機関銃座についた若い男女をクリスは見やった。恐怖のようすはない。クリスの目が曇っていなければ、郷土を守る決然たる戦士の姿だ。

クリスは思った。ハンク、あなたは判断を誤ったわ。あとは、その判断ミスのせいでどれだけ死傷者が出るか……。

ハンクは刑務所の二階以上を見上げている。期待したものがないという表情だ。うしろのスロボ艦長を何度も振り返り、なにごとか話している。クリスには見当がついた。二人の隣には直立不動の部隊最先任上級兵曹長がいる。

クリスは目算した。水兵は十二のブロックに分かれて整列していく。一ブロックは百人弱。そのあとから機関銃と迫撃砲が引かれてくる。列が停まると、迫撃砲は後方に、機関銃は側面についた。水兵は総勢約千人。ステーションの各艦は最小限の見張りしか残っていないだろう。スティーブに教えたい。ハンクへの口上を一部修正した。

軍楽がどこかの合図で停まった。部隊最先任上級兵曹長がハンクからの合図で命じる。

「艦隊！」つづいて、「艦！」さらに、「隊！」と完璧に続く。

「着け剣！」

力強い声に応じていっせいに金属のこすれる音がする。恐ろしい響きだ。聞くとうなじの毛が逆立つ。括約筋がゆるんでくる。

機関銃座で給弾ベルトを送る役割の若い女がささやいた。

「威勢がいいわね」

「おれがこの引き金を引いたら、どんな威勢も吹き飛ぶさ」銃手の男が答えた。

ジャックがクリスの隣にやってきた。全身がカビ臭い。クリスはお守り役が帰ってきてくれて意外にもほっとした。

「まにあいましたか？」とジャック。

「ええ。ちょうど幕が上がるところ」

ハンクが剣を抜き放ち、一歩前に出た。

「グリーンフェルド星の水兵を捕縛しているロン・トーン。貴様を法に従わぬテロリストとして宣言する。ただちに水兵たちを釈放しろ。さもなくば銀河間法廷の裁きを受けよ」

「わたしが話したほうがよさそうだ」

ロンは出ようとした。クリスはその肘をつかんで止めた。

「あなたが出たら殺される。ここにいて。わたしが出る」

ロンは振りむいてクリスを見た。

「この状況をロングナイフ対ピーターウォルドの問題にすりかえると？」

「まず最初は彼女にやらせるのがいい」ジャックが言った。

「あら、塔の上に閉じこめたいんじゃなかったの？」

「ここの塔は付近で一番の攻撃目標ですから」

ジャックはクリスのまえでドアを開けた。クリスは進みながら言った。

「兵曹長、ついてきなさい」

「いい考えだ。三は幸運の数字だ」ジャックはつぶやいた。

「盾にできると思ったら大まちがいですよ」と兵曹長。「われわれはテロリストと交渉しない」

「わたしは第四十一海軍管区司令官よ。定義上はテロリストではない。物の本にそう書いてあったわ」

「お伽噺の本ではないでしょうね。安っぽい異世界ロマンスとか」とジャック。

「そうだったかも」

三人は兵曹長をあいだにはさんで並んだ。自然と歩調もそろう。兵曹長はクリスを見て、ジャックを見た。

「なぜか死の予感がひしひしとする」

ジャックは答えた。

「この王女さまの作戦に参加してみるべきだな。出発前から死の予感がひしひしとする。なのに生きて帰れて驚くわけだ」

「静かに、二人とも。このお伽噺の王女さまに失敗は許されないのよ。号令に従いなさい。集団、敬礼！」三人の右手は完璧にそろった。四歩先でクリスはハンクとの間合いを見た。

「集団、停まれ。――……」最後はささやき声。

実包をこめた二千挺のライフルのまえで、クリスの集団は伝統の儀礼を完璧にこなした。

「代将、話がしたい」

ハンクは抜いた剣を軽く振った。一部の軍隊文化圏では敬礼にあたるようだ。

クリスは、「……二」とささやき、小集団は敬礼をなおった。

ハンクはきびしい口調で返答した。

「きみに用はない。人質をとった張本人のロン・トーンに出てこいと要求した。彼はどうしたんだ？　きみのスカートのうしろにでも隠れているのか」

「わたしは合法的に選出されたラストチャンス市長からの依頼にもとづき、予告も許可もなく当市の平穏を乱した軍隊との代理交渉を一任されている。いまのところ、さらなる治安案乱はないようだ。市長もそれを望んでいる」

「彼が拘束している水兵たちの即時釈放を求める」

ハンクは今朝まとめた台本どおりにセリフをしゃべっているようだ。しかしたいしたシナリオライターではないと、クリスはひそかに思った。すでに状況は台本からはずれているのに、気づかないのか。

ハンクの隣に立つスロボ艦長の目はクリスに惹きつけられていた。軍服姿のクリスを見るのは初めてのはずだ。胸の勲章を注視している。鼻をふくらませ、目を皿のようにして、そこに展示された従軍履歴を読みとっている。海軍海兵隊軍人章の他は従軍記章ばかりだ。勲功章や殊勲章はない。しかし、海軍海兵隊軍人章をふくむすべての記章に、戦闘参加をしめすV印がついている。例外はウォードヘブン防衛章のみだ。

「代将、わたしも水兵たちを返したいと願っているわ」クリスは丁寧な口調になった。

「ではすぐに返してもらいたい」

「あなたが帰路につくときに返すというのが地元の意向よ」

「グリーンフェルド軍はテロリストと交渉しない」

やれやれ、決まり文句しか出ないらしい。クリスはきわめて穏やかに言った。

「テロリストとの交渉ではないわ、代将。おたがいの問題を解決するための話しあいよ。あなたの問題を解決したい。そちらはどうなの?」

「とにかく水兵を釈放しろ」ハンクは要求した。

「昨夜そちらの水兵によっていくつかの建物が大きな被害を受けたわ。そのことがある」

「わが軍の水兵は紳士だ。被害と称するのは、グリーンフェルド星に悪意を持つ雇われた扇動家によるものにちがいない」

クリスはしばしハンクを見つめた。この整った顔と鋭い青い瞳の奥には、そんな幼稚な理屈しかはいっていないのか。それとも最初から銃撃戦が目的で、それをやるまで引き上げるつもりはないのか。

「水兵たちがビアガーデンを破壊し、街灯柱を倒し、壁に穴を開けたことについては目撃者がいる」

「偽証だ。金をもらった偽証者だ。まちがいない」

言うだけ無駄のようだ。

「代将、おたがいに協力して問題を解決しないと、統制不能の混乱をきたすわよ」

ハンクは言い返そうと口を開きかけた。そこへ旗艦艦長が歩み寄り、口もとに手をあてて耳打ちした。するとハンクは顔をしかめ、小さく首を振った。

「すべてこちらの見立てどおりだ」

「そうかしら、代将」クリスは言ってやった。「わたしからはそうは見えない。砲艦外交の真似事をやめて、さっさと艦に引き上げることを強くお勧めするわ」

「引き上げなければどうするつもりだ？　この大部隊を消し去れるのか？」おもしろい冗談のようにハンクは笑った。

クリスは返事をしない。かわりに、かたわらの兵曹長が旗艦艦長の視線をとらえて、無言で誘導した。むけさせた先にはライフルの列や機関銃座。スロボは口を手で隠して咳払いをし、ふたたび代将に近づいて耳打ちした。ハンクの目は武器のある場所を二カ所見て、さらにビルを見上げた。

「なにも見えないが」

やれやれ。ジャックとともに銃手たちを注意深く隠したのだが、そのせいで教えられてもわからないとは。しかたなくクリスはうしろをむいた。

「アーニー、ゲール。お客さんたちにこちらの備えを見せてやって」

さきほどの若い二人を死なせる決断かもしれないとクリスは思った。それとも二人は決然と生きようとするだろうか。

結果は後者だった。二人は立ち上がった。そして手を振ったのだ。反対の手ではライフルをしっかりと握っている。そしてふたたびしゃがみ、銃をかまえた。

「あのような者が他にもあちこち伏せていますよ」ジャックが言った。

ハンクは初めて不安げな顔になった。

「それくらいは対応できる。必要ならあの商店の並びへ退却すればいい。わが海兵隊がすでに制圧しているはずだ」

するとと後列のクレッツ艦長が軍曹をともなって早足でやってきた。

「代将、やや厄介なことに」

艦長二人と代将はしばらく鳩首した。ひそひそ声の会議の最後にハンクは声を大きくした。

「どうしてもっと早く言わないのだ！」

「隊列の先頭におられましたので。海兵隊は自力でなんとかしようとしたのです」クレッツが答える。

ジャックが警告した。

「ドアを蹴破ったら銃撃を浴びますよ。歓迎の準備はしてあります」

さらにメインドル兵曹長が説明する。

「広場から商店へ退却すると地雷にやられます。この中尉に案内されたときに敷設されているのを見ました」

ハンクは言い返した。

「早まったな、ロングナイフ。手の内を見せれば、そこにつけいるまでだ」

傲然と言い放ちたかったようだが、言葉の端々が震えている。クリスは冷静に返した。

「たしかに兵曹長にそれらを見せたわ。でもそれが手の内のすべてだと思う？　氷山の一角かもよ。この広場を血の海にする火力の準備がないと本気で思うのならどうぞ」

スロボ艦長は広場をゆっくりと見まわし、これまで気づかなかったところを慎重に確認していった。その表情が固くなっていく。戦闘の備え方を知らない素人相手という前提が変わったようだ。そしてクリスを見て、太陽の光を浴びて輝く戦傷獅子章のまばゆさに目を細めながら聞いた。

「その地球の勲章は、パリ星系での非発展的事件のあとに授与されたものかな」

「そういえるでしょう」クリスは認めた。

スロボはふたたび口もとを手で隠して、代将に長くなにごとかささやいた。ハンクの眉間の皺が深くなる。

「この場できみを射殺してもいいのだぞ、ロングナイフ」

「その直後にあなたも死ぬわよ。それよりは、おたがいを害しあう長く不愉快な人生を継続するほうがいいのでは」

「理にかなっているな」兵曹長がつぶやいた。

「水兵たちを返せ」ハンクはくりかえした。「日焼けしたくて下りてきたのではない」

空を見上げる。青の礼装は夏用布地のようだが、それでも汗じみが浮いている。

クリスはわがままな子どもに言い聞かせるようにした。

「水兵たちは返してあげるつもりよ。でもあなたたちを歓迎できない。飲ませるビールはない」

「出港時期はこちらの自由だ」ハンクは反発した。

「出ていけとは言っていないわ。でもここのレストランや商店や居酒屋はもうそちらの水兵を受けいれない。歓迎していないから」クリスはくりかえした。

ハンクはスロボ艦長を見た。旗艦艦長はうなずいた。

「民間人の権利のうちです、代将。商取引は強制できません」

その考えを強調するように、一発の銃声が響いた。

水兵たちはずっと控え銃《つつ》にしていた腕が疲れているようすで、反応は鈍かった。しかし見まわし、銃声のもとを探している。首をもたげて吠えようとする巨大な獣だ。

クリスはその空間に踏みこんだ。

「控えろ！」

女の命令口調に驚いて獣はしばし動きを止めた。クリスは両手を広げて高く上げた。両陣営を一人で分けているようだ。

「撃つな。控えろ。ジャック、発砲者を探しなさい」

ジャックはすでに警察訓練センターのほうへ走っている。クリスも発砲はそちらだと見ていた。ジャックはピストルを抜いて、ある窓へ駆け寄っている。ガラスの上下に走る亀裂と、星形に開いた穴が日差しを浴びて白く浮かんでいる。

「屋内のきみ、その男を逮捕しろ。早く」

屋内のだれかが命令に従ったらしい。その証拠にジャックは走るのをやめた。警察訓練センター全体をひとにらみして、ピストルをホルスターにおさめ、クリスのほうへもどってきた。

クリスはハンクにむきなおった。

「こんな緊張状態をいつまでも続けられないわ。そちらの水兵が暑さで倒れて隊列のなかで連射するかもしれない。こちらは多くの素人に銃を持たせ、安全装置をはずしてあなたを狙わせている。おたがいにいったん矛をおさめて話しあいましょう。でないとうっかり者に背中から撃たれかねない」

ハンクの完璧に整えられた顔は、まるでクリスマスに馬をプレゼントしてもらえないと知った子どものように不満げになった。いやだと言いたそうな顔だ。しかし地団駄を踏むかわりに、うなるように言った。

「指揮しろ、艦長」

スロボがうなずくのを受けて、部隊最先任上級兵曹長が号令を発した。「艦隊」「艦隊」と続く。「立て銃！」約千挺のライフルの銃床がいっせいに広場の舗装を叩く。「行進、休め！」千組の軍靴がその場で足踏みする。

一方への命令は発せられた。クリスは広場の自陣にむきなおった。

「安全装置をかけろ。銃口を下ろせ。配置からは動くな。いまのような事故がないように」

広場の周囲からいっせいにがやがやと声が漏れた。クリスの背後で水兵たちが見まわし、声の大きさに驚いている。不安げだ。

スロボ艦長が口もとを手で隠しながらクリスにささやいた。

「たしかにライフル千挺を配置していたようですな」

「まあ、数百挺ほど」

「機関銃はこちらが多いぞ」ハンクが主張した。

「どうかしら」クリスは否定も肯定もしない。

スロボ艦長は海兵隊軍曹にむきなおった。

「部隊指揮官に警戒体制の解除を伝達。商店の列から海兵隊を退却させ、待機させろ」

「わかりました、艦長」軍曹は敬礼し、早足で去った。

クリスはハンクに言った。

「では、静かな場所で話しましょうか」

「テロリストの巣窟にははいらないぞ」

「かまわないわ。消防訓練センターとの中間あたりで。なにしろ、火に対抗するすべを教える場所だから」クリスは皮肉っぽく言った。

正面のガラスのドアからロンとガソンが出てきた。そのさいに奥の機関銃がはっきりと見えた。クリスが案内するハンクを狙っている。

「威嚇しても無駄だぞ」ハンクは言った。

「もちろん。そんなつもりはないわ」

中間地点で市長たちとむかいあう。

「水兵たちを返せ」ハンクが要求する。

「女子大生たちをレイプした犯人を出せ」ロンは言い返した。

「わが軍の兵士はそのようなことはしない」

「そうか。では全員の口のなかを綿棒でかきとらせてもらう」

「兵士のプライバシー侵害は許さない」

両者はにらみあう。クリスは提案した。

「市長が水兵を返すことを認め、あなたは惑星から去ることに同意するというのはどう？」

「クリス、こちらの警察は有効なレイプ検査キットを持っています。犯人のDNAは採取ずみ。こちらの住民のデータとは一致しない。出所は惑星外の可能性が高い。女性たちのために正義を通さねばならない。そうでしょう？」

クリスは言葉に詰まった。自分はレイプされた経験はない。いまはまだ。レイプ犯は絞首刑にされるべきだと個人的に思う。しかし……いま、この状況でどうか。

「ではどうしたいの、ロン？　さっきの状況にもどして撃ちあいで決着をつける？」

「こちらはかまわないぞ。もちろん勝つ」ハンクは言い放った。

クリスは警告した。

「そうはいかないわよ。あなたたちのランチはいつでもロケット弾で火だるまにできる。水兵全員が地上にいるから、コバール大尉はステーションの艦隊を簡単に乗っ取れる。ここで勝っても、大局では負けよ。スロボ艦長、今回の出撃はずさんでしたね。すきだらけだわ」

「そうかもしれない」旗艦艦長は答えた。

クリスはロンにむいた。

「レイプ犯の身柄を確保するかわりに、どこまで代償を支払える？」

ロンはゆっくりと広場を見まわした。水兵、ライフル、機関銃……。歯ぎしりしてクリスに目をもどす。

「大きな代償は支払えない。それはできない」

「司法手続きなしに水兵たちを釈放する用意は？」

「周囲の水兵からレイプ犯と指摘された者をのぞいて、釈放してかまわない」

「水兵は全員連れていく」ハンクは反論した。

「レイプ犯をかばうのか」ロンは声を荒らげ、詰め寄ろうとした。

ハンクは軍剣で前を払った。ぎこちないが、ロンは鼻を切り落とされそうになった。クリスもこのときばかりは胸の小ささに感謝した。

「自分の水兵を弁護してなにが悪い！」

ハンクは声を荒らげた。誠実さを疑われたらべつの誠実さで反撃しろと教わったらしい。

「どうなの、ロン？」クリスはうながした。

「ハイチャンスには二度とグリーンフェルド星の艦船を入港させない。来てもドッキングさせない。いいな」

「残念だよ、ロン。きみとは友人だと思っていたが」

代将は剣を鞘におさめながら、弱々しく言った。ロンが大学の同窓生につかみかかろうとするのを、クリスは押しとどめた。

「一件落着よ、市長。もう荒立てないで」

「二度と来るな」ハンクはクリスにむきなおった。「大尉、きみがこの合意の保証人かな」

「そのように調整しよう」

「クリスティン・ロングナイフ王女として保証するわ。トーン市長の約束にもとづき、水兵たちはかならず返すと」クリスは一語ずつはっきりと述べた。

「よろしい。艦長、この大尉とのこまかい打ち合わせはまかせる。わたしは兵曹長とともに帰る」

クリスはスロボ艦長にむきなおった。

「高速道路のランチはいまの水兵たちが艦へもどるので満席でしょうね」

「そうだ」スロボは答えた。

ハンクは部隊最先任上級兵曹長に歩み寄ってうなずき、広場の外へ行進させはじめた。しかし自分は声の範囲にとどまり、代理人の合意内容を聞いている。

「では出港準備ができたらランチ十隻をよこしてください。そちらがステーションの桟橋から離れはじめたら、刑務所の水兵たちを乗せたランチを離陸させるように手配します」

「そちらが最初のランチを離陸させたら、旗艦を離岸させよう」

「最後の艦が最後のもやいを解いたときに、最後のランチが滑走路を走り出すようにします」

スロボは肩ごしに見て、代将がうなずくのを確認した。

「了解した、殿下」

スロボは敬礼した。クリスは返礼した。メインドル兵曹長が旗艦艦長に歩み寄って敬礼。二人は代将にむきなおり、合流していった。

水兵たちは隊ごとに行進していく。クリスは最後尾が遠ざかるまで見守り、あとはジャックをビルの最上階へやって見張らせた。広場に歓声が沸きかけた。

「やめなさい」クリスは制した。「まだ終わっていないわよ。ガソン、下士官かそれにあたる部下に伝令をまわさせなさい。最後のランチが離陸するまで状況は終わっていないと」

ガソンは上司である市長を見た。

「そうしろ」ロンは言った。

保安責任者は命令どおりに小走りに去っていった。

「ごめんなさい。責任者を忘れているわけではないけど」

「この場の仕切り役がだれだったかは明白です、クリス。ガソンは建前を忘れていないことを目でしめしただけでしょう」

「わたしがはいると指揮命令系統がかならず猫の遊んだ編み糸のようにこんがらがるのよ」

ロンは消防訓練センターの階段を一段上がって、最後の水兵が広場から去っていくのを見送った。

「とうとうレイプ犯を見逃す結果になってしまった」

「まだわからないわ」

「刑務所の水兵たちを返すことに同意したのでは？」

「そうよ。でも返す条件については言っていない」

　ロンはけげんな顔になった。

「なにをするつもりですか？　あなたはいま戦争を阻止した。ロングナイフらしくないことに。そのあとすぐにべつの戦争を？」

「まさか。ゴーントレットを知ってる？」

「手甲ですか。強力な手袋のようなものでしょう。耐火性能があるとか」

「それとおなじ綴りの古い刑罰があるのよ。棒を持った善人を二列に並ばせて、そのあいだを罪人に走らせ、みんなで叩く。ここの裁判所でもやればいいのに」

「この場合の善人にはだれを立たせるつもりですか？」

「レイプ被害者の二人。その男女の友人たち。他にやりたい人がいるかしら」

「希望者が殺到するでしょうね」ロンはため息をついた。

「高速道路の最後のランチが離陸したら、すぐわたしは上へもどるわ。そして艦隊が離岸しはじめたら知らせる。刑務所の水兵たちを迎えのランチに乗せるまでの手配はまかせるわ」

　ロンはうなずいて去った。クリスの隣にはジャックが残った。

「被害者の女子大生たちがしりごみすることを期待しているでしょう。水兵たちを叩かないほうに」

クリスはどうだろうと考えた。水兵に怪我をさせたらまた厄介だ。やらないほうがいいだろうか。彼らはレイプ犯の同僚たちを叩きたいと思うだろうか……。

「わたしなら、あなたを傷つけた者を鉄パイプで殴りますけどね」ジャックは言った。

クリスはその顔を見た。結果がどうなろうと、お守り役の考えを一つ聞けたのは収穫だった。とてもよかった。

17

インクレディブル号が最後のもやいを解いてステーションから離れるのを見ながら、クリスは複雑な感情におそわれていた。ハンクが去ろうとしているのはよろこばしいことだ。一方で、水兵たちの乱暴狼藉を一地球ドルも償わずに逃げようとしているのは、惑星の金融市場的にきわめて不愉快だ。

レイプ被害に遭った女子学生たちは、水兵たちへの仕返しを辞退した。その件でもクリスにはもやもやした気持ちが残った。クリス自身は革の太い鞭を持って打擲《ちょうちゃく》の列に加わりたかった。その一方で、五百人の水兵たちのなかにレイプ犯はわずか二人。その二人も最初の晩に放免された水兵にまじって逃げのびている可能性が高い。グリーンフェルド星の水兵を打ちすえる場面を想像すると……メインドル兵曹長の顔が浮かんでしまう。彼の妻と二人の子どものことも考えてしまう。

「不愉快な後始末が終わってよかったわ」クリスはつぶやいた。

今回のことはロングナイフ家の家訓の一つが初めて該当した。悪い選択肢ばかりのときはそのなかでましな選択肢を選べ、というものだ。トラブルおじいさま、ロングナイフ家の一員として学ぶべきことは他にもあるの？

一隻目のランチがインクレディブル号に収容された。ランチは次々にやってくる。ハンクの艦隊は慎重に間隔をあけて続く。収容プロセスを終えるたびに水兵は五十人ずつ増える。レゾリュート号、ワスプ号、さらにパットン号のセンサー群は注意深く観察していた。艦隊のどこかにわずかでも敵意の兆候があらわれたら、クリスはハンクに怒りの電話をかける。即座に満足できる回答がなければ、ステーションの六インチ・レーザー砲で艦隊を切り刻む。この至近距離からの六インチ・レーザー砲の威力は絶大だ。もちろん、応射でステーションも無事ではすまないだろう。

いつ最悪の事態になってもおかしくない。

クリスは立って見張りながら手をつねにマイクのそばにおいていた。ジャックは兵器管制席にすわって発射ボタンのそばから親指を離さなかった。今日はすべてのレーザー砲台に人員が配置されている。キャパシタは満充電。標的を常時追尾している。クリスはスロボ艦長から通話がはいるのを待っていた。しかし艦とステーションの通信チャンネルは事務レベルのやりとりだけで平穏だ。

艦隊のしんがりをつとめるマックス・ゲックル艦長のイーガー号がもやいを解き、桟橋を離れて、最後のランチのほうへむかっていった。クリスはささやいた。

「さあ、いまがいちばん危険なときよ。敵は全兵力をとりもどし、こちらは手の内のカードを使い切った」

スティーブが通信席から報告した。

「ハンクは艦隊に対し、旗艦に続けと命じた。こちらの船のセンサーに敵性行動の反応はない」

ステーションの前司令官で、近ごろ一時復帰した元大尉は……ジーンズ姿だった。養鶏場経営者の恰好にもどっている。

「レーザーの照準は各艦のエンジンに固定」クリスは指示した。

「そうしています」ジャックが小声で応じる。

宇宙では軽巡が整列していく。戦闘隊形だ。クリスは息を詰めた。

「旗艦より発信」スティーブが報告した。しかしその安堵の口調から内容を予測できた。

「これより一G減速にはいる。減速……開始」

艦隊は軌道から離れていった。

ステーションのブリッジは歓声に包まれた。規律は一時的にゆるみ、人々は隣人と……あるいは二人と……三人と抱きあった。しかし雰囲気に流されない者もいた。クリスは屹然とし、軌道変更していく各艦を注視している。隣にすわったジャックはコンソールを見つめ、変化の兆候に目を光らせている。しばらくたって、艦隊がある程度遠ざかったところで、ジャックは顔を上げずにクリスに求めた。

「警戒解除をお願いします」

クリスは異状なしを確認するために一呼吸おいた。不審な変化はない。

「警戒解除を許可する、中尉」

ジャックはまわりで祝福しあう人々を見まわした。そしてクリスに手を伸ばし、その背中を軽くなでた。クリスはぴくりとした。ジャックの手はすぐに離れる。ねぎらいとして〝背中を軽く叩く〟のとはややちがっていた。

「やりましたね、クリス。この惑星を大きな危機から救った。ピーターウォルド家の攻勢を止めた。しかも一人も死なせずに。トゥランティック星のときよりよかった」

「みんなの応援のおかげよ。ロンが協力してくれた。それでもレイプ被害者が二人出たわ。建物が何軒か焼けた」

「クリス、こういう場合に満点はありえませんよ」

「ご命令を聞かせてください、殿下」やってきたスティーブ・コバールが言った。

「命令などないわ。そもそもチャンス星はウォードヘブンの貴族に敬服しないでしょう」

「そうだとしても、あなたには敬服する。どうぞご命令を。それとも敬礼すべきかな？」

「むしろ膝を折ってのお辞儀だな」ジャックが言った。

「海兵隊に助言を求めるほど愚かではないぞ」

クリスは割ってはいった。

「やめて、二人とも。いまようやく戦争を一つ止めたのよ。次のを起こさないで。スティーブ、部下たちに警戒解除を伝えて。今夜はステーションでなにを注文してもいいし、映画館でなにを観てもいい。勘定はステーションが持つ。各センサーを見張る最小限のスタッフを残して。レーザーは充電状態を維持。このブリッジはあと六時間、全員持ち場で待機。ハンクがジャンプポイントへ直進するのを見届ける……どのジャンプポイントを使うかも」

コバールは今度こそ敬礼した。正式ではないが、敬意がたっぷりとこもっていた。

「了解しました、司令官。ところで失礼ですが、だいぶお疲れのようだ。きみもな、ジャック。すこしお休みになってはいかがですか。当直はわたしが。なにかあったらすぐに知らせます」

「二十四時間眠れそう」クリスは大あくびをした。

「わたしもです」

ジャックはクリスの手を引いて立たせた。司令センターから出るあいだもその手はずっとクリスの背中にあった。いいことだ。そうやって操縦してもらわなくては寝室にたどり着けなかっただろう。

ジャックがドアを開けてくれた。部屋で一杯どうかと招くことを考えた。しかしベッドが視界にはいると一直線に歩み寄って倒れこむエネルギーしかなかった。ジャックの手で靴を脱がされるのを感じた。あおむけになると、アビーが視界にはいってクリスは微笑んだ。メイドはゆっくりと軍服を脱がせた。その途中でクリスは眠りに落ちていた。

かなり時間がたってからクリスは目覚めた。むかいの壁の時計を見ると八時。六時間眠ったのか。急いで船内服に着替えて靴を履き、司令センターへ行った。ラミレスの姿をみつけて訊いた。

「こんなに早くからどうしたの？」

「べつに早くないわ。むしろ、こんなに遅くにどうしたのと返したいくらい。こちらはスティーブに頼まれて当直の後半を代わってあげたのよ。眠くてしかたないからって」

クリスはコンソールを見た。

「午後八時でなく、午前八時なのね！　ハンクは？」

「小ガモを連れて飛んでいるわ。平和がもどったこの星系から出ていこうとしている。とうぶん姿を見たくないわね」

「どのジャンプポイントへ？」

「むかっているのはアルファ。奇妙ね。ベータから帰ると思ったのに」

クリスは元兵曹長の隣の席にすわってコンソールをざっと見た。たしかにハンクの艦隊は方向転換し、いまはジャンプポイント・アルファへむけて進んでいる。

「たしかに妙ね。どこへ行くつもりかしら」

「さあ。あの悪党どもに無線で訊くわけにもいかないし。訊いてみたい？」

「いいえ。他に当直中の者は？」

「みんなこれまで働きづめだったからね。レーザー砲のキャパシタは電力を一般用途に流してる。反応炉も出力を抑えて、あの連中がいるあいだ延期されてたメンテナンスをやってるわ。運び出した弾薬類も、鍵のかかる安全な武器庫にもどしてる」ラミレスは苦笑した。

「ところが爆弾の箱がいくつか余ってるのよ。あなたの個人的な荷物じゃないかしら」

「メイドのアビーに連絡して。紛失物かどうか見ればわかるはずだから」

「そうしておくわ。ところでおなかは？」

「ぺこぺこよ」

「昨夜せっかくだれかさんが飲食無料を宣言してくれたのに、わたしは食べてないのよ。あなたもでしょう。ステーションの予算が底をついたらトニー・チャンはあなたにつけをまわすと言ってたから、遠慮することないわ」

クリスは苦笑して兵曹長についていき、ビュッフェ形式の朝食を堪能した。二日分の空腹を埋める勢いで腹を満たすと、ステーションの視察に出た。あちこちの仕事ぶりをほめ、努力を称賛した。司令官として全員にねぎらいと感謝の気持ちをしめしてまわった。階段の仕掛け爆弾や自動砲の給弾ベルトが取り外されているのを自分の目で確認した。ステーションのすべてを常態にもどした。司令センターのコンソールでだれかがなにかを誤って押しても、無邪気な高校生が爆発で黒焦げにならないようにした。

実際にステーション内には子どもたちがたくさん歩いていた。パットン号博物館は中高生の一泊見学ツアーの予約が一カ月先までいっぱいだった。整備にたずさわる老人と高校生たちは、自分たちの船の仕上げに余念がなかった。

その指揮にかかりきりなのがペニーだ。クリスはそのペニーを無理やり夕食に連れ出した。

「あの老朽艦の変貌ぶりをぜひ見にきてください」

ペニーはメニューを見もせずに言った。パットン号の中身は完全に現役の機能をとりもどしている。古い外観の軽巡からレーダー照射を受けた旗艦のスロボ艦長が驚愕していた話をクリスはしてやった。

「作業員たちに聞かせておきます。いえ、あなたから聞かせてやってください。殿下からじかに。そうすればさらに千時間分の奉仕作業をしてくれるはずです」

「それじゃ、みんなどうやって生活していくのよ」

「あなたは海軍生活を謳歌しているでしょう?」

「でも彼らはウォードヘブン軍や知性同盟軍に入隊できるわけじゃない。チャンス星を自分たちで防衛するだけよ」

「変わりつつあるんですよ。わたしも彼らのおかげで変わりました。いろいろわかるようになった……」ペニーは目をそらした。「心がばらばらになったあとも人生は終わりではないと」しばらくメニューを見て、「パットン号で働いている老人たちの半分はつれあいを亡くしています。そして今回の大騒動のさなかでも、二人が意気投合して三日前に結婚したんです。人生は続く。みんなその流れのなかにある。抵抗するにしても身をゆだねるにしても流れのなか。それがいやなら……生きるのをやめるしかない。でもそれはトムに怒られるわ」

「わたしだって怒るわよ」クリスはメニューをおいた。「あの老人たちと気があったのね。でもパットン号ではなくワスプ号の改修に力をいれていたようだけど」

「たしかにパットン号の作業員の一部をワスプ号の整備にまわしました。ドラゴ船長の部下たちを数時間乗せて、どちらの船も運用できるように訓練しました。じつはドラゴからレゾリュート号とワスプ号を交換してくれと要求されているくらいで」

「そういう話はこちらに持ってくるべきよ。交換なんて認めない。高性能な船がほしければ資金を用意してくれないと」

そんなふうに夕食は進んだ。冗談とまじめな話と少々深い話がそれぞれあった。デザートを二人とも断り、そろそろ席を立とうとしたペニーが、思い出したように言った。

「そういえば、休暇旅行から帰ってきたときにずいぶん興奮したようすでしたね。話の途中でハンクの艦隊がジャンプしてきて、それっきりになっていたけど」

「その話ね」クリスは椅子にもたれて店内を見まわし、聞かれる範囲にだれもいないことを確認した。「あなたは大金持ちになるわよ、もうすぐ」

「給料チケットを見るかぎり、ほど遠いようですけど」

クリスは、レゾリュート号の乗組員と自分のチームに守秘を誓約させ、口止め料を支払っていることを説明した。

「その仲間にいれてもらえるのはうれしいですけど、そもそもなにを発見したのか知らないし、仲間になる資格があるとは思えません」

「ペニー、あなたがここで砦を守っていたからこそ、わたしは探険に出られたのよ。そして……」身を乗り出し、声をひそめる。「異星人の宝箱をみつけたわ。レイおじいさまがサンタマリア星を発見したとき以来の巨大なお宝を」

「異星人?」ペニーも身を乗り出し、さらに小声になった。

クリスはうなずいた。

「惑星まるごとよ。それも二つの惑星。一方は荒廃して自然に還っている。もう一方は完全な状態をとどめている」

「完全な状態ですって？」

「完全すぎるくらい。防衛システムがまだ機能しているのよ。おかげで吹き飛ばされそうになったわ。簡単には近づけない。生きてたどり着くのが最初の難関」

「そんな重大な秘密を、ハンクがいるあいだ、おくびにも出さなかったなんて！」

「おかしなそぶりは見せられないでしょう。〝人類宇宙で最大のニュースをウォードヘブンに知らせてくるから、帰るまで付近を嗅ぎまわらないでちょうだい〟なんて言える？」鼻を鳴らして、「なにくわぬ顔をしていたわよ。ハンクがこの星系の外へジャンプしたら、わたしはすぐレゾリュート号でウォードヘブンへいったん帰るわ。不在中の砦をまたお願い」

「もうお手のものです」ペニーは腕時計に目をやった。「そのハンクがそろそろジャンプする時間ですね。パットン号から眺めましょうか」

クリスはトラブルの昔の乗艦に足を踏みいれた。元気な高校生や闊達な老人たちと挨拶をかわす。高校生たちは喜々として艦のセンサーシステムを操作してみせた。ハンクの艦隊をメインスクリーンに映し出し、ジャンプポイントに近づくようすを眺めた。

インクレディブル号はジャンプポイント手前でぎりぎりまで減速していた。クリスよりも慎重なアプローチだ。しかしこの状況でハンクはなにに慎重になっているのか。

と思っていると、インクレディブル号はいきなり方向転換し、ジャンプポイントに背をむけた。そしてブイを砲撃で粉砕した。

「司令センターに通話呼び出しがはいっています」ネリーが言った。

「当然ね」クリスはつぶやいた。そしてパットン号のブリッジ全体にむけて大きく言った。「静粛に。見てのとおり、攻撃的な客がもどってくるわ。プロらしく気を引き締めなさい」

仕事の顔にもどる自分を意識した。隣でもペニーが目を細め、唇を引き締めている。こちらも仕事の時間だ。ブリッジを見まわすと、若者たちはクリスの変化に驚いている。そして、攻撃的ではないものの、おなじ真剣な表情になっている。

「パットン号がただの飾りでないことは見せてやったわ。彼らは警戒している。それを解かせないように。ネリー、司令センターにかかった通話をこちらのブリッジに中継して」

スクリーンにハンクの完璧な容貌が映し出された。実物より大きい。カメラの画角を絞って、背景のブリッジのようすを見せないようにしている。

「そのちっぽけな軽巡で無為な遊びをしているようだな。わたしを叩いたあとはべつのお楽しみというわけだ」

「あなたにはなにもしていないわ。そちらが自分で失敗しただけよ」

「わかっているんだ。きみは惑星全体をだました。しかしピーターウォルドの情報収集能力を甘く見るなよ。きみが小旅行でみつけたものは知っている。その秘密のためにチャンス星の全住民を危険にさらしたことも」

「なんのことかわからないわね」すくなくとも話し方が婉曲的すぎる。

「どうした、ロングナイフ。異星人のお宝を発見したことをまだ認めないのか？　住民たちをカモにしたことが露見すると反発が怖いか？」

「あなたがレイプ犯を隠す卑怯千万な輩だから住民たちは立ち上がったのよ。わたしはなにもしていない。自業自得よ」

「あきれたものだ、ロングナイフ。お家のじいさま方とおなじだな。八十の惑星に対して統治と称する暴政をおこなっている老人たちのことだ。しかし今回のきみはしくじった。孤立無援だ。手の内は見切った。ゆっくり料理してやる。ここはピーターウォルド宇宙に組みいれる」

「無援ではないわよ、ハンク。ごらんのようにこの惑星の住民たちはあなたを恐れていない。さて、悪いけどわたしは仕事が山積みで忙しいのよ」

「待っていろ。その宇宙ステーションを切り刻んでやる。きみが乗っている廃船ごと」

叫ぶハンクをクリスは途中で切った。しばらく黙って気持ちを静める。

「スティーブ、いまの通話を記録した？」

「コピーを地上に送信した。ロンと話すかい？」

「いいえ。彼は彼でいま忙しいはずよ」

クリスはパットン号のブリッジを見まわした。意欲的な目にかこまれている。若者たちの澄んだ瞳。老人たちの灰色や眼鏡の奥の瞳。みんなこちらを見ている。老人の一人が言った。

「殿下、パットン号はたしかに古いが、廃船じゃない。それを見せてやろう。そうだろう、みんな！」

同意する叫びが艦内に響いた。しかしクリスは唇を噛んだ。熱情にかられた人々に現実を見せるのはあとだ。いずれそのときは来る。

「ありがとう。コバール司令官と話しあうわ。ペニー、来て」

クリスはパットン号の連絡橋へ急ぎながら、ベニ兵曹長とレゾリュート号の通信長を起床させるようにネリーに指示した。二人は同時に顔を見せた。

「厄介なことが起きたわ」クリスは言った。

「聞いてます」二人は声をそろえた。

「ジャンプポイント・ベータのブイを機能停止させなさい。通信と交通を両方向とも遮断する。そのあとバッファを解析して、この三日間にハンクからの通信を転送しているかどうか調べて」

「そのブイは監視していました。なにも送られていません」ベニが答える。

「破壊されたアルファのブイは？　ハンクの通信を中継していた？」

「いいえ、なにも。ハンクは艦隊を移動させただけで、メッセージは一本も送っていません」

「再確認して。とても重要なことよ」

「秘密保持のボーナスが吹っ飛んだらまずいぞ」通信長が言った。

早足で司令センターにはいった。当直とパットン号の緑の船内服を着た高校生が数人ずついる。

「コバール司令官と内密に話したいから」

クリスは人払いを命じ、彼らの退出を待った。コバールは言いにくそうにしている。

「きみとの通信チャンネルを、その……つないだままにしていたんだ。パットン号の作業員たちが勤務を志願しているのが聞こえた。しかしウォードヘブンの騒動のあと、きみは志願した民間人の多くの葬式に参列したと言っていなかったかな」

クリスはうなずき、星系内の状況をしめす作戦ボードを見た。ハンクの軽巡は二隻がジャンプポイント付近にとどまり、残り四隻が二G加速でこちらへむかっている。一日で着くだろう。備える時間はあまりない。手持ちの駒も少ないが。

「司令官、あなたの協力が必要よ」

コバールはうなずいた。クリスは続けた。

「見てのとおり、戦力比は二対一。ワスプ号とレゾリュート号をどちらも定員いっぱいに乗り組ませ、戦闘に参加させたとしてね」

「軽巡四隻に対して民間船一隻とコルベット艦一隻ではもっと差があるんじゃないかな」

「かもね。ステーションに氷装甲はない。レーザー砲台は軽巡からの攻撃で配線を切られたらおしまい。防衛は難しいわ。総員避難を指示せざるをえない」

コバールは無言でうなずいた。

クリスはペニーにむきなおった。

「あなたとアビーがドラゴ船長と結んだ契約の有効範囲は？ 戦闘に参加させられるかしら」

「どうでしょう。本人に訊いてみないと。あれから前提条件も変わっていますからね、ご存じのようにいろいろと」

「ネリー、ドラゴ船長を探して。挨拶のあとに、司令センターに来るように指示を。ところでジャックは？ 普段ならとっくにそばに張りついているはずなのに」

「警護班長はあなたの部屋です。アビーもいます」ネリーは答えた。

「わかった。次に立ち寄る先はそこね。コバール司令官、ステーションからの避難を指揮してもらえるかしら」

「ステーションについてはご希望どおりにできるだろう。パットン号はどうする？」

「わたしがなんとかする」クリスはペニーを見ながら言った。「彼らの王女への敬意をうまく使って、楽天家たちの死を防ぐわ。そのまえに、ペニー、ジャックがわたしのメイドになにをしているのか見にいきましょう」

クリスの部屋では、アビーは背もたれの高い椅子にすわり、ジャックとむきあっていた。

「いつハンクに話したんだ？」ジャックは詰問している。

「ハンクにはなにも話していない」

「なにを彼に話したんだ？」すぐに訊く。

「彼にはなにも話していない」

「なぜ彼に話したんだ？」

「彼にはなにも話していない」くりかえしだが、アビーは毅然と答えつづける。

「彼からいくらもらっている？」

「あんな利己的なやつからは、はした金も受け取らないわ」

ジャックは振り返ってようやくクリスに気がついたようだ。

「あなたのメイドだ。ご自分で絞ってやってください」

尋問の専門家のペニーもいるが、こちらはクリスのベッドに腰かけて静観の構えだ。クリスはアビーのむかいの椅子にゆったりとすわり、脚を組んだ。

「ハンクはレーザー砲を充電してもどってきているわ」

「そうらしいですね」

「異星人の惑星についても知っている」

「奇妙ですね」

「ドラゴ船長はどんな裏取引をしているの？」

アビーは意外そうな顔になった。

「契約にサインしたのはペニーです。そちらに訊いてください」

「あなたとドラゴが結託しているという強い印象を持っているのよ。塩と胡椒というよりも、ニトロとグリセリンのように」

アビーの口の端にかすかな笑みが浮かんだように見えた。しかし下唇は心配げにゆがめている。

「本人に尋ねるべきです。彼の乗組員全員に。当時彼らがサインした契約と、現在の行動は別問題でしょう」

クリスはうなずいた。

「そうかもね。ではジャックがこだわっている問題にもどりましょう。ハンクはわたしたちの秘密をどこから知ったのかしら？」

「わかりません。わたしからでないのはたしかです」

ジャックがクリスの肩ごしに訊いた。

「メッセージを送ったんじゃないのか？　われわれがセントピート号でこの星系にジャンプしてきた直後にメッセージを送ったように」

「送っていません」

「それはハンクに送っていないという意味？　それともセントピート号から送っていないという意味？」クリスが質《ただ》す。

「ハンクにメッセージは送っていないと申しあげました。ネリー、セントピート号から発信されたメッセージの暗号は解読できていないのよね？」

「はい、未解読です」やや沈黙してから、「おっと、いまの答えは明かすべきでなかったでしょうか」

「もう関係ないわ、ネリー」アビーが言った。「その暗号化にわたしはけっこうな金額を払ったのだから、あなたでも簡単に解読できなくて当然よ」

「そんな強力な暗号をかけてどんな内容を送ったんだ？」ジャックが訊く。

アビーはクリスを見る。クリスは眉を上げてジャックの問いに同調する。

「プリンセスは無事にチャンス星に到着した、と」

「それだけ？」クリスとジャックの声が重なった。

ペニーがベッドから身を乗り出した。

「それがあなたのお小遣い稼ぎなのね。社交界の消息筋への報告が」

「お嬢さまのようなお金持ちにはなれません。老後のたくわえを増やす程度」

「わたしの動静をこっそり伝えていたということ？」

「いずれメディアの社交欄に載るようなことだけです」アビーは落ち着いて答えた。

「社交スパイ……というわけか？」ジャックは納得できないようす。

「むしろいままで気づかなかったのが驚きです」ペニーは言った。「わたしは昔、その手のレポートをいつも見ていました。いまレポートを書かされていないのは、じつはこういうものがあるから。手間がはぶけてありがたいほどです」

「知ってたの？」クリスは腰を浮かせた。

「クリス、使用人が……雇い主の噂話で小銭を稼ぐのは昔からの伝統ですよ。そしてわたしたち情報将校にとってそれを入手するのは基礎訓練の一部。いまはこうしてその情報提供者といっしょに働いているので、あまり必要ありませんけどね」

ジャックは反論した。

「しかしうっかりしたことを漏らせば……そのせいでクリスが死ぬことも……」

クリスは立ち上がり、メイドをにらんだ。アビーは自分の両手を見つめている。目を上げずに言った。

「雇い主の安全を害することや、その可能性があることを漏らしてはいません」

「でも意図せずそういう結果になる場合はあるでしょう」クリスは言った。

アビーは顔を上げた。

「はい。わたしが言ったことと他の二人が言ったことをかけあわせて、さらに普段の情報筋以外からの話を加えて、一部の人々が知りたいことを知ったケースが過去に一度あります」

クリスは首を振った。

「この件はあとでよく考えましょう。アビー、あなたを軟禁下におく。外部に連絡しないように。暗号化のいかんにかかわらず」

クリスはドアにむかった。その背中にむけてアビーは言った。

「お嬢さま、わたしはあのときおそばにいました。そしてお守りしました。お嬢さまを害する行動は一度もしていません」

クリスは答えずにドアへ進んだ。ジャックとペニーも続いた。廊下で顔をそろえる。

「見張りを立てますか？」ジャックが訊く。

クリスはまだメイドの言ったことを考えていた。

「人手に余裕がないわ。そもそもアビーをだれが止められるの？　あなたが見張りに立つならともかく」

「わたしはあなたを守るのが仕事だ」

ネリーが割りこんだ。

「ドラゴ船長が司令センターにおみえです」

しばらくして司令センターにはいると、ドラゴ船長は席の一つでコンピュータ相手に複雑なゲームをして遊んでいた。クリスがはいってくるのを見て立ち上がる。

「おれに用があるとスティーブから呼び出されたんだが」

「ハンクがジャンプポイントでUターンしたことは知ってるわね」

「もちろん」

「あなたは短期的にどう行動するつもりか教えて」

「ジャンプポイント・ベータへ行って、その行き先をスルワンに調べさせるつもりだった。そこへピーターウォルドがね。ピーターウォルドか……うーん、ピーターウォルドかと。そこでそれはやめた」

「契約ではどうなっているの？」

「ジャンプ用ブイの点検と設置が契約上の仕事だ。そちらの大尉さんからはそう言われてる。

しかし契約を読みなおしてみると、肝心なところがあいまいだ。現状でいちばん気にいらない部分がね」

「ハンクとわたしはまもなく戦う」

船長の顔に安堵が広がった。

「ああ、それがいい。おたがいに武器をとって対決するんだ。チャンス星のどこか広いところで。そして雌雄を決する。どちらが雌でも雄でもかまわないが」

「とにかくピーター＝ウォルド家対ロングナイフ家よ」クリスは無表情に言った。

「それだ、それ。本人同士が生身でな。宇宙ではよくない。やつの艦隊と、あんたがかき集めたもので戦おうなんて考えないほうがいい。たしかに、お嬢さん、あんたはかき集めるのが得意だが、いくらなんでも勝ち目はない。おれのレゾリュート号は老朽民間船だし、ワスプ号は乗組員がいない。無理だ。戦うどころじゃない。自殺行為だ」

「パットン号を使うつもりはないわ」

「そうだな、そのほうがいい」にっこり笑顔。それがしだいに消える。「パットン号は……使わない……。なにに？」

「これからの戦いでよ。わたしが乗るワスプ号と、あなたが乗るレゾリュート号の二隻だけ」

「お嬢さん！」

「異星人の秘密を守りとおして報酬をほしい？　ほしくない？」

「お嬢さん、そいつはきつい取り引きだ」ドラゴ船長は呻吟した。「乗組員と話させてくれ」

「ついでにワスプ号に乗り組む希望者も募っておいて」

大股に歩き去る船長の背中にむけて言った。それからスティーブにむきなおる。司令官はコンソールを見ている。

「ロンから電話だ。ここでとるかい？　それとも部屋で？」

クリスはその場で受けた。

「地上のようすはどう？」

「路上で歓喜の踊りをしている者から、あわてて庭にシェルターを掘る者までいろいろですよ」ロンは答えた。どちらも極端な例だといいが。「異星人の秘密についてハンクが知った経緯がつかめてきましたよ」

「どう推測しているの？」

「推測どころかはっきりしています。市南部の小さな居酒屋でバーテンダーから話を聞きました。二日前、レゾリュート号の乗組員の何人かとあなたの部下の兵曹長が連れ立って飲みにきています」

「聞いた気がするわ」クリスは答えた。ジャックもうなずいた。

「あの夜、われわれが右往左往していたときに、べつの二人の客が来店して彼らのテーブルに酒をおごったらしい。その二人は、身なりは地元風でもバーテンから見て違和感があったようです。兵曹長と水兵一人が店を出たあとで、見知らぬ二人と残った二人は本格的に飲みはじめました。話は小声で、バーテンが近づくとさらに声をひそめたと。しかしある単語が何度か聞こえてきたそうです。それが〝異星人〟……」

クリスはきわめて王女らしくない表現でののしった。

「ええ、わたしもおなじ気分ですよ」

「とにかく、わたしのメイドへの疑いは晴れたわ。おかげで知りたくないことまで知ってしまったけど。地上の実情はどうなの？」

「だいたい予想どおりですよ。一部の実業家は今後の政策で儲けようと動いている。食糧や武器弾薬が必要になると思って買い集めている者もいる。ピーターウォルド家に乗っ取られた惑星はたいていニュースの話題から消えてしまう。チャンス星もハンクに乗っ取られたら観光客が来なくなるでしょうね。ゼロに近くなるはずだ」

「そうならないようにするわ」

「ロングナイフとしての約束ですか？」

「そうよ」

「約束は守れるものだけに」

「わかってるわ。さて、これからわたしは忙しい。レゾリュート号の一部の乗組員から話を聞いて、パットン号の楽天家たちに老朽艦で戦うのは無理だと説明して、そのあと自分の戦闘準備をする。今回は待たされる心配はないわね。ハンクは二Gで接近中だから」

「パットン号についてはよろしく」ロンは言って、電話は切れた。

クリスは司令センターを出ようとして、足を止めた。

「スティーブ、シャトルを四機用意して。パットン号の作業員たちを乗せるのに」

「二時間以内に六機上がってくる。たりるかな」

「たぶんね」

クリスはチャーターした設標船にむかった。レゾリュート号ではペニーがすでに尋問をはじめていた。すぐに確認できたのは、ベニ兵曹長と通信長が当夜は早めに居酒屋を出て深夜のシャトルに乗ったことだ。残ったのは機関員と船医。二人とも午前様で帰ってきて、親切な地元住民となにを話したのかほとんど憶えていないという。異星人の件についてあらためて訊くと、そういう話題が出たかもしれないが、話していないか、あるいは記憶がないと述べた。そもそも他の話題すら憶えていないのだ。

ドラゴ船長はブリッジにクリスを連れていって訊いた。

「やっぱりうちの連中が漏洩元なのかい？」

クリスはうなずいた。ドラゴは続けた。

「ハンクって野郎と戦うんだな？」

「惑星を乗っ取らせるわけにはいかない。地上の住民たちはゲリラ戦の準備をしている。わたしたちはせめてその上空を守ってあげないと」

船長は首を振り、ブリッジを見まわした。スルワン・カンは肩をすくめる。ほとんどの乗組員は逃げ出したそうな顔だが……。

「わかった、おれたちも戦うよ」ドラゴは言った。

「ありがとう。さて、悪いけど、これからわたしは楽天家たちの頭に水を浴びせなくてはいけないわ」

「しかし支援はすこしでもほしいぜ」

「あれはなくてもいっしょよ」

クリスは船長の反論を聞かずにレゾリュート号をあとにした。

パットン号の栈橋でクリスは足を止め、艦内にはペニーを行かせた。ペニーは作業員全員に栈橋前エリアへの集合を命じた。クリスは後甲板に正対して休めの姿勢をとった。最初はちらほら、やがてぞろぞろと作業員たちは出てきた。船内服は緑も青もいる。緑の高校生たちは駆け足で、青の老人たちは杖をついてゆっくり、よろよろと歩いてくる。クリスのまえに整列した。最初はゆがんだ列だったが、老人たちは要領を忘れておらず、高校生たちは飲みこみが早い。しかし優秀なだけにクリスは心苦しかった。

最後に二人の女が連絡橋を渡ってきた。灰色の髪を束髪にし、杖をつきながらもきびきびと歩いている。二列目と三列目のあいだでクリスにむきなおり、直立不動。右側の女が敬礼した。

「乗組員、整列しました、司令官。どうぞご命令を」

「乗組員を楽にさせろ」

クリスは命じた。隊列に休めが命じられた。

これから演説すべきことをクリスは脳裏で再確認した。不慣れな部隊を鼓舞して銃撃戦をさせたことは一度ならずある。船全体を結束させて反乱や戦闘にむかわせたこともある。しかし今回それらの経験は役に立たない。戦いたがっている者に戦うなと説くのだ。

「諸君はすばらしい仕事をした。航法上の障害物を、動く船に変えた。しかも驚くべき短期間でやりとげた」各列は誇らしげに声をあげた。「司令官が期待する乗組員の最良の例になってくれた」大きく同意の声があがる。「しかしいま、四隻の軽巡が接近している。わずか一日の距離だ」

「やっつけよう！」

列のうしろで声があがった。歓声が続く。それに対してクリスは言った。

「これを言わなくてはならないのは、わたしにとってもつらい」

作業員たちは静まりかえった。

「軍艦の真髄は鉄と歯車、レーザーと乗組員、そして訓練である。その戦闘訓練だけはさすがに時間がなかった。今後もない」

全体に休めを命じた老婦人が、沈黙のなかで眉をひそめた。

「イティーチ戦争では、あたしらのほとんどは、ろくに訓練を受けずに怪物と戦いました」

「そのためにきわめて多数の犠牲者を出した」クリスは即座に反論した。「英雄的なビデオのストーリーには最適だろう。しかしわたしは曾祖父の目を知っている。その命令を下した状況を思い出すとき、それによって死んでいった人々の顔を思い出すときの、苦悩に満ちた目を」困惑顔の人々を見まわす。「わたしは諸君の顔をそんなふうにまぶたの裏に刻みたくない。だから、この時代物の艦を戦場には出さない」

「しかしあたしらは戦いたいんです、殿下」老婦人は言った。「あなたのおじいさまがかって乗った艦のなれの果てだと思っておいでかもしれない。でも実際はもっと立派です。使えますよ、司令官。自分たちは老人と子どもかもしれない。でもこの艦を動かす準備はできてる。やれます」

クリスは深呼吸して、しばし目を閉じた。しかしそれが失敗だった。ある一家の顔が脳裏に浮かんだ。彼らは所有する系内船でやってきて、それをミサイル艦に改造し、クリスたちの高速パトロール艦のおとりとして働いた。そして他の多くの系内船とおなじくウォードヘブン防衛戦の塵と消えた。

クリスはゆっくり、慎重に言葉をついだ。

「諸君の半分は本当に老人だ。パットン号は被弾を避けるために二G、三Gで方向転換する。高いGでつねに回避機動をする。その荷重に老骨が耐えられるとでも?」

「耐えられます」白髪頭が答えた。

「残念ながらそうは思えない。重要な場面で一人がつまずいただけで、全員の命が犠牲になる。年少の乗組員がひとつ失敗しただけで、全員が死ぬ。戦闘は過酷だ。わたしは肌で知っている」

「あたしだって知ってます」老婦人はそう言って見まわした。「ここにいるだれも、もう二度と戦場には行きたくないと思っていた」半白の頭、あるいは禿げた頭がいくつもうなずく。「ところがこんなことになった。チャンス星があたしらを必要としてる。普通ならもう家族のために血と汗を流す年齢じゃない。孫娘にはあたしらの若いころのような経験はさせたくないと思ってました。でもこんな状況になった。孫娘は訓練を終え、チャンス星のために戦いたいと言ってる。それをあたしにだめだと言わせるんですか？　あなたはだめだと言えるんですか、クリス・ロングナイフ？」

筋のとおった意見だ。不愉快だが、最後の根拠によるしかない。

「わたしは第四十一海軍管区司令官である。諸君の背後の艦はわたしの管轄下にある。諸君が立つこのステーションはわたしの指揮下にある。諸君はウォードヘブンの領土に侵入している。退去を命じる」

人々は愕然とした。老婦人は言った。

「命令に逆らうこともできるはずですね。あなた自身そうした経験がある」

「たしかにある。諸君が退去しないなら、わたしは命令を出さない。戦闘宙域に迷いこんだ無関係な船。それは自身とまわりの艦を危険にさらすだけだ」

「なんて強情で頑固なの」

「わたしはロングナイフ。やるべきことをやる。さあ、乗組員たちに命じてシャトルベイに行進させなさい。十五分後に地上行きのシャトルが来る」

「最初からそうすると決めていたんですね」

「そうよ。楽天的な素人の葬式めぐりを一年に何度もやりたくない」

「気持ちはわかります。でも今回はまちがいよ」老婦人はまわれ右をし、杖で姿勢を正した。

そして何年も眠っていたらしい太い声で命じた。「乗組員、左むけ左。乗組員、前列から順に。行進、進め！」ややおいて、「右斜め前へ前進。緑の組は階段を。青の組は必要なら列から離れ、エスカレータを使用せよ。シャトルベイへむかう」

「ジャック、高校生数人が列から抜けて艦内へもどっていったわ。ペニーといっしょに艦内をまわって違反者を探して」

「おおせのとおりに、大尉」ジャックは仏頂面で答えた。

「どうしたの？　さっきの老婦人に賛成なのね」

「あなたが志願者を拒否したのが意外だっただけです」

「これからは慣れなくてはいけないわ」クリスは陰気に答えた。

「帰らせて正解ですよ」とペニー。「これからきびしい事態になるんですから」

クリスは答えず、その場に背をむけた。パットン号を出た乗組員たちを追う。桟橋エリアから出るところで列が分かれていた。階段の上で足踏みをし、エスカレータ組の合流を待つ。それからふたたびよたよたと行進していった。士官学校の教練担当軍曹が見たら癇癪を起こしそうだ。しかしこれはこれで賢明といえた。

クリスは並んでゆっくり行進した。先頭に追いつくと引き返した。列の顔は困惑、怒り、反発などさまざまだ。それでも行進する。シャトルベイに下るところではふたたび階段組とエスカレータ組への分離と合流があった。ベイでは待機しているシャトルにむけて女性指揮官が列を組みなおそうとしたが、二度ともうまくいかなかった。

「できません。やってみてくれませんか」女はクリスに小声で頼んだ。

「列ごとにシャトルに搭乗する」クリスは命じた。「列を左右に折り返して縦隊をつくれ」

見ていると、列の先頭が「続け」「止まれ」と命じながらきれいに縦隊をつくっていった。よく訓練されている。レーザー砲の扱いもこれほど訓練されていればよかったのだが。

「前進、進め」クリスは命じた。

「前進、やめろ」クリスの背後の第一デッキから大声が響いた。

シャトルに乗ろうとしていた縦隊は、相反する命令を同時に聞いて混乱した。クリスが振り返ると、階段の上に立っているのはスティーブ・コバール大尉だった。クリスが口を開くまえに疑問に答えた。

「昇降口では下りる人が優先だよ、殿下。そのシャトルの機内にはまだ乗客がいる」

クリスはふたたび振りむいた。そして……めまいをこらえた。シャトルから続々と下りてくるのは、兵曹長や兵曹の軍服姿の老人たちと、青の船内服の若者たち。一部は緑の船内服の年少者もいる。

クリスは急いで階段を上り、下りてくるスティーブと中間で顔をつきあわせた。

「彼らはなに？」

「退役した第四十一海軍管区の兵士たち、当時のボランティア職員、その兄弟姉妹、ついでに犬や猫だ。もとの職場にもどってきたのさ。ステーションと三隻の艦船を動かすとなるとそれなりの人数がいる」口に手をあてて咳払い。「たしかにきみの海軍管区施設における人員配置に口を出す筋合いはない。しかし、だ。この人々を一人残らず帰すのは考えなおしてほしい。特別に高齢の者と特別に年少の者は地上にいたほうがいいだろう。しかし全員はどうか」

クリスは怒りにかられた。

「言ったはずよ。無防備のステーションや博物館の遺物を足場にして戦うつもりはない。人々を無駄死にさせるだけ」

「大尉、この軌道の領土を失ったら、あとは地上の絶望的なゲリラ戦でわたしは多くの友人を失うことになるんだ。クリス、チャンス星は絶対に占領されない。ハンクのようなやつの支配下にはいらない。彼は宣戦布告してきた。まぎれもない侵略戦争だ。こういうときはまず軌道の領土で戦い、次にシャトルの着陸する場所で戦い、さらに市街で、山野で戦いつづける。どこかで読んだとおりだ。だれの言葉かは忘れたが、この戦いにそのままあてはまる。わたしにいわせれば、きみの仕事は現存兵力を指揮することだ。ハンクは二Gで接近中で、時間の猶予はない。手駒の優劣を議論している場合ではないだろう」

「狂気の沙汰よ」

「敗北より狂気のほうがましさ」

そこへジャックとペニーが、緑の船内服の男女六人を行進させてきた。ジャックはシャトルベイのようすを見まわし、眉を上げた。

「ふむ、この血気盛んな志士たちをどのように？」

クリスも見まわした。新規到着組は兵曹長の命令で、もとのパットン号の乗組員たちとむかいあって整列している。

「どうするつもり？」クリスはスティーブを見ずに訊いた。

「兵曹長と兵曹にはパットン号の乗組員を取捨選択する許可をあたえている。使えそうなやつを抜き出して、緑の船内服は新兵扱い、青の船内服は助手扱いとする。そしてステーションとあの軽巡に配置して戦闘準備をさせる」

クリスとしては、「なにを簡単そうに」と言ってやりたかった。不可避の結果から手を引きたかった。しかし海軍士官は逃げるわけにいかない。あきらめて直立不動になった。

「提案のとおりに認める」

スティーブは敬礼した。

「許可をいただき感謝します、殿下」

クリスは返礼した。

「続行したまえ。わたしは司令センターにいる。終わったら報告を」

ペニーは手を振って志士たちを他の乗組員に合流させた。士官の許可を聞いた彼らはそのニュースを伝えに走った。

ジャックとペニーはクリスのまえにもどった。

「結局こうして、かき集められるかぎりの材料で戦うことになりましたね」とジャック。

「またしてもね。一度くらいまともな訓練をした水兵とまともな装備の艦で戦ってみたいと思うでしょう」

「なくても平気な王女さまのところへ、わざわざ艦隊はよこさないでしょう」

クリスは虚を突かれた。何度も帽子から奇跡をとりだすうちに、帽子だけやればいいと思われるようになったのか。そうでないことを願いたい。トラブル将軍が厄介事の種ならクリス王女はいったいどうなるか。

そのまえに今回の帽子のトリックを生き延びなくては。

「あなたはどの艦に？」ペニーが訊いた。

クリスは考えながら答えた。

「スティーブはステーションで戦いたいでしょう。ドラゴは慣れたレゾリュート号がいい。わたしはパットン号を指揮するわ。火力は大きく、氷装甲もある。実戦に耐えられるのであればこれがいちばんよ。その改装を長く手がけたあなたの意見では、使えそう？」

「先週、十数センチ厚の氷装甲でおおいました。もっと追加したほうがいいでしょう。レーザーは使えるはずですが、試射はしていません。エンジンも動きそうですが、これも実際に推力を出したことはありません。もやいを解いて試験航行させる必要があります。なるべく早く」

クリスはうなずいた。

「両方いっしょにできるわね」

「司令官がパットン号に乗るとしたら、ワスプ号は？」ペニーは訊いた。

「あなたでは？」

「クリス、あなたがパリ星系でタイフーン号の乗組員に解説したことは、任務で詳しく調べました。トゥランティック星とウォードヘブン星ではそばで見ました。小規模な戦闘部隊くらいなら指揮する自信があります。たしかにわたしは情報将校としてのキャリアをずっと歩んできました。でも下級士官として自分の部隊を指揮したいという気持ちはおなじように持っています」

クリスはその希望を聞いて考えた。ワスプ号を指揮できる経験と能力の持ち主は他に見あたらない。ペニーにレゾリュート号をまかせて、ドラゴに大きなワスプ号を指揮させるか。しかし直前の変更はよくないだろう。やはりペニーにワスプ号がいい。

しかし、彼女に耐えられるだろうか。もしパットン号がやられたら、心の傷の癒えない未亡人が最強の戦力をゆだねられることになる。本人の言葉どおりの指揮がとれるか……いざというときに混乱して友軍を誤射しないか。命令に服するか……夫を殺した黒幕の息子であるハンクに対して、われを忘れて突進しないか。

ペニーにワスプ号をまかせるのも、他のだれかにまかせるのも、いずれもよい選択肢ではない。しかしいま賭けるしかない。

「ワスプ号の戦闘準備は？」

ペニーは、レゾリュート号の桟橋へ下りるエスカレータに近づくまで黙って考えた。

「艦そのものは使えます。ドラゴに交渉して人手を借りるべきでしょうね。スティーブのところからも何人か。でも命令があれば、ワスプ号はあらゆる行動をできます。パルスレーザー砲を満充電にして」

「ではあなたに預けるわ。よろしくね」クリスは心から微笑んだ。「まだローンを払い終えていないけど」

「なるべく塗装を傷つけないようにします」

エスカレータを下りてレゾリュート号へむかった。ジャックが訊く。

「アビーに電話して禁足解除を伝えますか？」

「しばらく放っておきなさい。わたしの身辺情報をニュース屋に売っていたのが気にいらないわ。ニュース屋は嫌いなのよ。彼らと自分のメイドが組んでいたなんて腹が立つ」

「しかしこの状況では働いてほしいのでは？」ペニーが指摘した。「例の自走式トランクを十二個持ってきているんですよね。いいものがはいっているかもしれない」

「あとで自分で話すわ。いまはスタッフの割り振りが先よ」

ドラゴ船長は乗組員の引き抜きを聞かされて、いい顔はしなかった。その代償として要求したのは、興味深いことにワスプ号の所有権ではなく、クリスのスマートメタルだった。クリスは残り全部をレゾリュート号の装甲に使うことを認めた。

司令センターにもどると、クリスは態度を軟化させてジャックをアビーのところへ行かせた。疑いが晴れたことを説明し、軟禁状態を解くのだ。

「連れてきますか？」ジャックが訊く。

「あなたが判断して。共有すべき有益なアイテムがあるか……または既存のアイテムが共有に値しないと考えられるなら」

ジャックがアビーを連れてもどってきたとき、スティーブも司令センターに到着した。

「こちらのスタッフの配置は終わった。船で人手がたりないところがあるかい？」

ペニーはワスプ号の欠員と、レゾリュート号から引き抜いた人員のリストを転送した。スティーブはそれらを見て答えた。

「なんとかなるだろう。ヒラリー！」

呼ばれて、緑の船内服の少女が司令センターにはいってきた。スティーブはペニーのリストをプリントアウトして渡した。

「これをラミレス兵曹長に確実に届けろ」

少女は敏捷に駆けていった。

「常勤スタッフの選に漏れた連中を伝令として何人か待機させてるんだ。ハンクに傍受されない通信手段だ。足の速さがとりえの連中を活躍させてやろうじゃないか」

「常勤スタッフは何人いるの？」クリスは訊いた。

「パットン号の作業員の半分以上には兄や姉がいて、かわりに乗りたいと希望してきた。ハウ・ママが認めたら採用している。伝令はそのついでに集めた。戦闘がはじまるまえに避難させるよ、殿下」

「ハウ・ママって？」

「さっききみが怒鳴りあいをしていた老婦人さ。達者だよ。人工股関節をいれてからさすがに歩きが遅くなったが、杖一本でまだしっかりしている。彼女をふくめて多くの老人たちをステーションに配置した。ここなら高Gの心配はない」

「動けないステーションでどう戦うつもり？」

「ステーションが動けないとだれが言った？」

「ステーションは動かないからステーションというのよ。ハンクの軽巡が積む六インチ・レーザー砲は最大射程六万キロ、有効射程二万キロよ。視界にはいったらたちまち穴だらけにされる」

スティーブはコンソールの席にすわり、背中を倒して足を上げ、両手を頭のうしろで組んだ。

「この管区が攻められたらどうしようと十年以上心配してきた。リム星域でいちばんのひねくれ者が十年悩んだら、それなりにおもしろいアイデアが出るものさ」

クリスもべつの椅子にすわり、背中を倒して楽にしてみた。

マーブ・スロボ艦長は耐G座席を上官のほうへ移動させた。

「代将、きたるべき戦闘にそなえて加速を一Gにゆるめるのが適当かと思います」

ヘンリー・スマイズ‐ピーターウォルド十三世代将、すなわちハンクは答えた。

「ロングナイフの審判の瞬間を遅らせろというのか？」

「兵士たちはすでに丸一日、耐G車椅子に縛りつけられています。戦いにそなえて温かい食事をあたえ、英気を養わせる必要があります。機材も点検しなくてはなりません。そのためには一G環境が適当です、代将」

第三十八小艦隊司令官は、こうべをめぐらせて旗艦艦長を見た。

「本艦隊は長期航行の経験を積んでいると聞いている。貴官は四カ月連続勤務中に高G演習をやらなかったのか？」

「もちろんやりました、代将」スロボ艦長は批判を受け流した。不愉快だが、慣れつつある。

「しかし艦隊の乗組員は、半数以上が建設現場へ異動になったり再就役した艦艇に配置換えされたりで、交代しています。現在は教練所を出たての新兵がかなり混じっています。彼らは過酷な一日をすごしています。ロングナイフ大尉に全力であたらせるためには、一定の休息で疲労を回復させる必要があります、代将」最後はかならず敬称だ。

若い代将は下唇を噛んだ。

「それでは到着が遅れ、ロングナイフの小娘に準備の猶予をあたえてしまう」

「準備といってもたいしたことはありません。代将がご指摘なさったとおり、むこうにあるのは壊れた軽巡と、チャーターされた設標船と、先祖が乗っていた廃船です」

ハンク自身の言葉を引用するのは有効だ。しかし機嫌をそこねる場合もある。代将はそっぽをむいた。

「ロングナイフは信用ならない。父からは第一にそれを教えられた。〝ロングナイフを信用するな。金になると思えば容易に翻意するやつらだ〟と」

ピーターウォルド十二世に言及された場合は反論しないほうがいい。代将はしばしば父親の教えに沿って態度を急変させる。

「ロングナイフはどう出てくると思うか、マーブ？」

めずらしい質問であり、同時に答えにくい問いだ。スロボはいくつか返事を考えたうえで、その一つを口にした。

「読みにくいところです。常識的な人間であれば、われわれの到着時には惑星の裏に隠れ、そこからジャンプポイントへ一目散に逃げるでしょう」

「ロングナイフは常識人ではない。戦いを挑んでくるだろう。どんな手で来るか。艦長、きみは軍事を二十年学んでいる。考えを聞きたい。話せ」

この若者は不安になっているのか。それともこれは新たな罠か。旗艦艦長はあえて任務に忠実になった。

「敵陣がなにをもって挑んでくるかによります。ステーションは十数門のレーザー砲台をそなえています。しかしステーション自体は脆弱であり、短時間で沈黙させられるでしょう。老朽軽巡は不明な点が多い。六インチ・レーザー砲を九門そなえていますが、そのうちのどれだけが正常に動くでしょうか。船体は氷装甲で全面おおわれているはずですが、エンジンはプラズマの封じ込めが不完全かもしれません。桟橋から離れようとしたとたんに爆発する可能性もある。レゾリュート号は、最近不可解な動きをしています。十二インチ・パルスレーザー砲二門を隠しているとみるべきでしょう。ワスプ号はまったく不明です。しかしロングナイフが〝スズメバチ《ワスプ》〟と命名するくらいですから、刺す針は持っていると思われます。やはりパルスレーザー砲二門くらいは」

そして肩をすくめ、続けた。

「わが艦隊には六インチ・レーザー砲が三十六門、二十一インチ・パルスレーザー砲が二十四門あります。敵陣がどんな備えで挑んできても、短時間の戦闘で終わるでしょう」

「ロングナイフにとっては血まみれの戦闘にな」代将はその響きが気にいったようだ。「あの女と、それに付き従う愚か者たちが血の海に沈むことになる」拳の端をかんで、「父上にいい土産を持っていこう。今度はわれわれの勝ちだ。その勝利をわたしが手にいれる。わたしが」

「はい、代将」他に言うことはない。

「艦隊を減速しろ、マーブ。航法士は新しいコースを計算。きみの提案どおりにステーションに接近する軌道にいれろ。弱いクリスが相手とはいえ、こちらの弱点の艦尾をさらす必要はない」

「了解しました、代将」

スロボ艦長は艦隊司令官の指示に従いはじめた。内心では、ロングナイフがこの猶予を利用してくれることを願っていた。ステーションの軌道に出て、スカートをからげてジャンプポイント・アデーレへ脱出してくれればいい。この青年代将は戦闘が発生せずにがっかりするだろう。しかしピーターウォルド家の嫡子がロングナイフ家の子女を殺したら、人類全体にとって大きな災厄になる。

この二人は不倶戴天なのだ。

クリスはパットン号の艦長席でベルトを締め、コンソールを確認した。やはりゼロGは気持ちいい。センサー類は起動している。兵曹長、青の船内服の老人一人、緑の船内服の若者二人がブリッジにいる。ハンクの艦隊が最終アプローチにはいるようすを追尾している。順調だ。

ハンクはいったん軌道に乗って、それからステーションに接近してくるようだ。おそらくそうなる。こちらに逃げる猶予をあたえる意図かもしれないが、ロングナイフは逃げないとハンクはわかっているはずだ。

その猶予でクリスはパットン号の氷装甲の仕上げをした。艦首は一メートル厚、その他は五十センチ厚で、反射率向上のために表面にアルミ粉末を吹きつけた。氷はハンクからの提供品だ。艦隊はステーションを離岸するときに汚水を残していった。それを再処理した水がいまクリスの鎧になっている。

汚水タンクの中身を処理プロセスへ出す過程で、高性能爆弾を二個発見したことをラミレス兵曹長はくすくす笑いながら報告した。どちらも放出時にメタンガスと接すると爆発するように設定されていた。パットン号はそれを射撃試験の標的に使った。レーザー砲九門のうち一回目から作動したのは七門。残り二門は再整備にはいった。

五基のエンジンの超伝導体はさいわいにも正常にプラズマを封じこめた。パットン号は大爆発を起こさなかった。いまは第七栈橋に係留されている。スティーブに移動先として指示されて、この栈橋の意義をクリスは初めて理解した。ここに係留すると、ちょうどステーションの後端中心に軽巡のエンジンがつく形になる。これからの計画に理想的だ。

いまクリスはそのタイミングを待っていた。スティーブがステーションから報告する。

「敵艦隊は五分後にチャンス星の裏にはいる。レゾリュート号、先に離岸しろ」

レゾリュート号は出撃して当然の艦なので、出港を見られても手の内を明かしたことにはならない。数分後にはワスプ号が離岸した。二隻はステーションからやや離れてとどまっている。

「ステーションのバランスを修正」

ステーション内部を水が移動し、船が離れたことによるバランス変化を補正する。

「敵艦隊はチャンス星の裏にはいった。バランスよし。旋回開始」

ハイチャンスの小型姿勢制御ジェットが噴射し、パットン号の機動用エンジンも補助して、ステーションは旋回した。やがてパットン号のエンジンが軌道方向にむく。

「航法士、コース設定は？」

クリスが訊くと、スルワンはにやりとした。

「針の穴でも通せるよ」

「自分のカウントで実行して。ステーション、軌道変更を待機」

「待機中」スティーブが報告する。

「軌道燃焼……開始」

スルワンの声とともに、クリスは背中が軽く座席に押しつけられるのを感じた。パットン号がハイチャンスを減速させ、低い軌道へ遷移させていく。

こんな運用はステーションのマニュアルにない。しかしハイチャンスはこの百年間に建設されたなかでもっとも小型のステーションの一つだ。そのおかげで他ではできないことができる。構造上の弱点はスティーブの時代に補強されていた。耐えられることがいま証明されている。

もちろんそのためには、パットン号の五基のエンジンは完全に均等な燃焼を続けなくてはならない。ドッキングクランプが荷重ではずれてはならない。第七栈橋がステーションの重心を正確につらぬいていなくてはならない。他にもクリスが思いつかない条件がいくつもあるはずだ。

条件はなんとか満たしているらしい。ハイチャンスはばらばらにならずに高度を下げていく。やがて近地点へ来たら、ふたたびエンジンを噴射して軌道遷移を終わらせる。ステーションは低い軌道で安定する。

クリスはコンソールを見まわした。六番レーザー砲が充電を開始した。後部の七番レーザーは停止したまま。しかしハンクには艦首をむけて戦う予定だ。


「小娘はどこだ？」代将は訊いた。

マーブ・スロボ旗艦艦長は、その問いがステーションの位置や敵戦力についてでないことを理解した。〝小娘はどこだ？〟と訊いている。代将が敵の女性司令官に敵愾心《てきがいしん》をあらわにするのは初めてではない。戦闘に個人的憎悪を持ちこむことは指揮幕僚学校ではいましめられる。この若者は座学がたりないようだ。

スロボは艦長席で身を乗り出した。通常は艦隊司令官は独立したブリッジと席を持つ。しかし今回は代将と艦長は同室で指揮することが上層部で決められていた。そのせいでスロボの胃が痛むことは考慮されていない。

「たしかにステーションもその艦船も先刻の位置にいません。興味深い初手だ」

「いないことを答えるな。どこにいるかを答えろ」

「センサー担当、報告を」

「イオン化した燃焼残留物があります。かなりの量です」

「ステーションを移動させたか。興味深い」

「きっと月へ行ったな。あのときもそうだった。あの女はウォードヘブンへの……」代将が言いかけたところで、スロボは鋭い視線をむけた。表現に注意を。「……侵入者を月の裏から迎撃したんだ」

スロボは自分の作戦画面を見た。チャンス星の一個だけの月へ行くのは無意味だ。距離はたいしたことなく、艦船なら行ける。しかしステーションをそこまで動かせるだろうか。

「それはどうでしょうか、代将」

しかしピーターウォルド代将はさっさと命令した。

「月へむかって加速。おなじ手を使うつもりだ。あの……やつらを迎撃したときと」

「その場合は減速していったん低軌道にはいることになります。状況把握が困難になります」

「言うとおりにしろ。あの女のことはわかっている。単細胞だ。問題の解決策を一つみつけると、それに固執する。柔軟性がないんだ」

それは自分のことだろうとスロボは思ったが、口には出さなかった。

「航法士、月へのコースを出せ」

「はい、艦長。すでに計算ずみです」

「それにそって月へむかえ」若者は年長者に命じた。

「はい、代将」

もちろん、本当にロングナイフは月へ移動したのかもしれない。かりにそうでなくても艦隊が危険にさらされるわけではない。そのあいだにこの若者に理を説くことができるかもしれない。難しいが、可能性はある。

クリスたちがチャンス星の裏側にいるあいだに、地上の観測拠点から報告がはいった。

「四隻は月へむかっただと？　餌に食いついたな」スティーブが言った。

「ウォードヘブン防衛戦でわたしたちは月の裏をまわって戦艦隊を攻撃したのよ。おなじ手を使うと思ったのね」不正解だ。クリスは指示した。「ネリー、ハンクが一Gで月へ行ってもどってくる予想コースを計算して。そのもどってきたところへ、こちらがチャンス星の裏から出て攻撃できるコースも」

ネリーは答えた。

「敵がまっすぐもどってくると仮定すると、こちらは高度百四十九キロの軌道にいる必要があります」

「スルワン、行ける？」

「なんとかね。すぐに燃焼開始するわ」

パットン号はステーションを上の軌道へ押し上げはじめた。

「いい仕事よ、スルワン、ネリー。よくやったわ」

スロボ艦長についてのクリスの見立てが正しければ、それでいいはずだ。スロボは真っ向勝負する性格だ。相手の尻を追いかけたりしない。数時間後に答えはわかる。

座席にもたれる。コンソールを見ると、いまは二番と六番レーザー砲が停止している。逆に七番レーザー砲が起動している。そういう日だ。

「センサー担当、ジャンプポイント・アルファに注意しておいて。二日間通信途絶させているから、だれかが不審に思いはじめるかもしれない。そのはずよ。事情を調べに戦艦を二隻ほどよこしてくれるかも」

「了解、司令官」元兵曹長が答えた。

ジャックは全体がよく見えるように操舵手のそばの席についている。

「むこう側にロングナイフがいると思ったら、わたしなら戦艦のみならず艦隊をまるごと送りますけどね」

「その程度でたりると思ったら大まちがいよ、中尉」

ジャックは振りむいて艦長席をにらんだ。

「部下の評価は不当だわ」クリスは言った。

兵曹長が割りこんだ。

「いまグリーンフェルド艦隊からレーダー照射を受けました」

「さて、どんな展開になるかしら」クリスはにやりとした。

「わたしは自室にいる。いい話があったら呼べ」

代将はそう言って、ブリッジから大股に出ていった。

スロボ艦長は見送り、上官の背中が消えてからほっと息をついた。ブリッジ全体に安堵が漂う。スロボは任務にもどった。

「どうやってこのロングナイフを戦闘に引きこむか……」そのうえで、いずれか一方が不利をさとったら離脱できるようにしなくてはならない。「航法士、月往復が終わったら、ステーションとは反対まわりの軌道に乗りたい」

「反対まわりですか？」

「そうだ。ボールのまわりで追いかけっこなどしたくない。反対まわりなら一周に二回撃ちあえる。こちらの射程をもってすればかなりの回数撃てる。敵は何度かは避けることができても、永遠に避けつづけるのは無理だ。急所に何発かあたれば終わりだ」

そしてこの艦隊のどの艦も砲手は優秀だ。

「わかりました、艦長」

18

クリスはステーションを狙いどおりの軌道に乗せていた。仕様よりはるかに低い高度で、パットン号もステーションも微量の大気との摩擦熱を感じそうなほどだ。低く、速い。みつかりにくく、撃たれにくい。一方で水上のカモ同然ともいえる。漁師は射程の長い鉄砲を持っている。漁師の夕飯にならないようにするのがクリスの仕事だ。

そのためにはステーションから離れて、先行する二隻と合流しなくてはならない。

「ステーション、ドッキング解除を願う」

「それが、ちょっと問題が起きてる。さっきからがたつく音がしてないか？」

「べつに」

「こっちには聞こえてる。係留クランプを載せている台車がレールからはずれてるんだ。これを動かせないとドッキング解除できない」

離岸できなければ、撃てないレーザー砲二門のかわりに五基のエンジンの噴射炎を使うこともできない。

「スティーブ、ステーションに鼻を突っこんだままでは、ハンクを威嚇できないわ」

「修復を試みてる」

「正常に出られないなら、砲撃で破って出るわよ」

「逆の立場できみにそんなことを言うやつはあまりいないだろうな」

「何人かいたわ」

クリスは艦長席に背中を倒してコンソールをにらんだ。いまは後部砲台である七番、八番、九番レーザー砲がすべて停止している。やれやれ。撃てるレーザーがある方向はステーションにふさがれ、無防備な尻を外に突き出している。

司令官は泰然自若として乗組員を鼓舞しなくてはならない。クリスは唇の内側を噛んで表情をつくろった。

しばらくしてスティーブが頼んできた。

「クリス、姿勢制御ジェットを後進方向に軽く噴いてみてくれないか。あまり強くやるなよ。ステーションはあっというまに軌道からはずれてしまう」

「戦闘宙域からもはずれるわ。操舵手、聞こえたわね。軽くよ、軽く」

艦首付近でひどい騒音が響き、全体が揺れた。

「やれやれ、軽く噴けといったのに」スティーブの声。

「これ以上弱くできません」操舵手は反論した。

「いいのよ。スティーブ、なんとかして」

そこへセンサー担当が割りこんだ。

「艦長、敵が月の裏から出てきました。このコースだとチャンス星を時計まわりにめぐる軌道に乗るつもりのようです。反時計まわりのうちとは逆です」

「すれちがいながらの一斉射撃になるわね」

コンソールの作戦画面を呼び出した。六インチ・レーザー砲は射程二万キロから照準が正確になりはじめる。ワスプ号とレゾリュート号のパルスレーザー砲に、この距離から有効な被害をあたえはじめる。しかしどちらにしてもこの場合は関係ない。この低軌道でははるか手前で地平線に射線をさえぎられる。結局、至近距離から撃ちあいになる。ところがクリスはこのままでは撃ちあいに参加することさえできないのだ。

「スティーブ、なんとかして離れないとまずいわ。ペニー、ドラゴ、予定どおりに展開して。こちらはあとで行く」

「了解」

声がいっしょに返ってきた。ステーションが移動するあいだもすぐそばを離れず飛んでいた二隻だが、ここで軌道を変えはじめた。うまくいけばハンクへの陽動になるだろう。

スティーブの声がはいった。

「そちらをつかんでいるクランプがはずれたかもしれない。もう一度後退してみてくれ。ただしゆっくり」

「操舵手がやるわ」

しかしだめだった。しかも、クリスは頬を風がなでるのを感じた。いやな記憶が蘇る。艦内通信のボタンを叩いた。

「全員、それぞれの持ち場周辺を点検。艦体に穿孔があるかもしれない」

若い緊張した声が返ってきた。

「じつはそうです。一番レーザー室で、いま補修中です。いちいち報告するまでもないと思いまして」

「どんなことでも報告しなさい。穴の大きさは？」

「たいしたことありません。氷が剝がれたときに溶接部に亀裂がはいったんです。すでにパテで埋めて、いま板状のパッチをかぶせているところです。終われば空気は漏れません」

この老朽艦の溶接がそんなに簡単に裂けてしまうとしたらゆゆしき問題だ。

「補修を続けて。あなたたちは与圧服を着てるの？」

「いいえ」

「着なさい」通信をステーション側へ切り替える。「スティーヴ、艦体に穴が開いて与圧漏れしてるわ。力ずくで後退するのは無理。そちらで切り離せないなら、やはり砲撃で破るしかない。他に選択肢がある？」

「一つある。ジェントル兵曹長がクランプを爆破する準備をしている」

「温厚《ジェントル》な兵曹長が爆破!?」

「そうだ。そんな名前の爆破技術者とはいいだろう。お似あいだ。やってみるか？」

クリスはセンサー類を確認した。ハンクの接近まで約一時間。このままでいけば、彼らが軌道にはいるときに射撃距離に近づく。

「それしかないわね」艦内通信に切り替える。「全員に通達。ひっかかっているクランプをこれより爆破する。艦首付近の者は与圧服を着るか、後部に退避せよ。まだ救命ポッドは使いたくない。気密ハッチを閉じて祈るように」ステーション側にもどして、「スティーブ、爆破十秒前からカウントして」

「では一分前だ」

長い一分間になりそうだ。

「操舵手、カウントゼロになったらもう一度軽く後進噴射をかけてみて。クランプを引きちぎるのに最後の一押しが必要かもしれないから」

「艦首の溶接部は大丈夫でしょうか」

「その心配はわたしがする。あなたは桟橋から退がるときにぶつからないように操縦すればいい」

操舵手は前かがみになって、海軍のこの女の部下でなくてよかったとぶつぶつつぶやいた。いまは自分の仕事に専念しようとも言っている。クリスは、彼らが軍人ではなく民間人の有志であることを思いだした。耐えてほしいと祈った。艦も、乗組員も。

「カウントダウンをはじめる。十、九、八、七、六、五、四……」

「操舵手、スタンバイ」

「二、一……」

「噴射！」クリスは命じた。

艦体が振動し、騒音が響く。ブリッジの人々の体が前方に傾いた。パットン号は後退してステーションから抜け出た。

「損害報告」クリスは要求した。

コンソールで点灯している区画は一カ所。一番レーザー室の補修パッチがはずれたらしい。再修理している。亀裂自体は広がっていない。小さな損傷は他にもあちこちあるようだ。八番、九番レーザーが充電を開始し、逆に一番と六番が七番と同様にオフラインになった。

ジャンプポイント・アルファへむけて逃げ出したい誘惑が頭をよぎる。しかしロンとの約束がある。ロングナイフは逃げない。その伝統を破るわけにはいかない。パットン号をあとの二隻の先頭へ移動させた。ハンクを迎え撃つ準備だ。


「上から接近して、一回目でステーションを切り刻めるな」

ピーターウォルド代将は旗艦艦長の作戦画面を見ながら言った。

スロボ艦長はいちおう同意した。

「そうすればたしかに敵戦力の一つをつぶせます。しかし、放置した三隻がこちらの艦尾にまわりこんで、弱点のエンジンを狙われる危険があります。それにステーションを残して惑星を奪取したほうが、お父上はよろこばれるのでは」

「あんな低軌道ではいずれ落ちる」

「はい。しかし彼らが軌道を下げたように、上げることもできます」

「ではロングナイフのポンコツ船を先に狙えということか。それも悪くないな」

スロボはそういうつもりで言ったのではなかった。また敵をみくびる司令官の態度も愉快ではない。寄せ集めの部隊が多勢の敵を打ち破った例は戦史にいくらでもある。そのいくつかはロングナイフによるものだ。

「やや高い軌道を通れば、速度は遅く、より長く標的を撃てます」

「そうしろ、艦長」

ピーターウォルド代将は短期的な圧勝を予想して、早くも悦に入っている。

損害管理システムが一番レーザー室の与圧を再開したころに、クリスはパットン号を小さな艦隊の先頭位置につけた。できれば二隻にレーザー砲の準備状況を尋ねたい。しかしにわか仕立ての通信システムは傍受されているおそれがある。パットン号よりましだろう。この老朽艦は現在、レーザー砲四門が機能停止していた。

さらに悪いことに、チャンス星の裏側の観測所から受けた報告では、ハンクの艦隊は高度を下げていた。ステーションを攻撃する気だ。クリスとスティーブは、商業的価値の低いステーションではなく軍艦を狙ってくると予想していた。それが論理的だし、すくなくとも利益目的にかなう。クリスは歯がみしつつ、予想は変えなかった。わずかにコースと加速を変えれば艦隊はこちらへ接近する。スロボ艦長ならそうするはずだ。むこうの主導権を握っているのはだれなのだろう。

そのとき、チャンス星の裏側の観測所から最新情報がはいった。クリスはほくそ笑み、艦内通話にむけて言った。

「敵は高い軌道に上がってきたわよ。砲手、レーザー砲の発射準備をして」

ジャックはクリスのそばの席に移動した。クリスはパットン号に防護回転を開始させた。艦は氷装甲におおわれているが、レーザーにあたると氷はすぐ溶ける。そこで大型の軍艦は推進軸を中心に毎分二十回転する。艦体に達するまえに新しい氷の層で防ぐことを狙っている。うまくいくかどうかは運しだいだ。

ジャックは副センサー管制席を全体表示に変更した。同時にクリスは自分のコンソールをタップし、艦長用の全体表示から砲術集中管理用に変えた。この艦で砲撃戦の経験があるのはクリスだけなのだ。今日は二人分の仕事をしなくてはならない。さいわいジャックが片方の仕事を補助してくれる。スルワンは攪乱用のチャフを操作しつつ、操舵手のバックアップもやる。みんな二役だ。

しかしクリスには三つ目の役割もあった。通信ボタンを押して、保護されたチャンネルを選び、呼びかけた。

「ハンク、話があるわ」

「話などない」ハンクの返事はある意味で予想どおりだった。

「本当に話があるのよ」

「どんな話だ。もう言葉でごまかそうとしても無駄だぞ」

狙いはそうだが、話の内容はべつだ。

「わたしたちが戦うのは好ましくないと思うの」

「いや、いいことさ、ロングナイフ。きみを倒すんだからな」

「それでいったいなにが手にはいるの？　よく考えてみて」

「きみが手にはいる」

ジャックがわきでつぶやいた。

「あの男はそれしか考えてないのか……」

「いいわ、ハンク。その線で考えてみましょう。あなたはほしいものを手にいれているのに、それでも地上の都市を爆撃するの？　楽しむためにわたしを殺すの？」

「ごまかすな、クリス。きみは負けた。惑星住民も負けた。彼らは降伏すればよし、そうでないなら爆撃する。きみは逃げるか降伏するかどちらかだ」

「そこをよく考えて、ハンク。こちらは三隻が戦闘準備をしている。撃てる電力が残っているうちは逃げない。地上の住民たちも徹底抗戦する。倒れるまで戦うし、木陰から狙撃するかもしれない。わたしたちが負けても、あなたも負ける。けして勝てない」

「わたしは勝ったんだ、ロングナイフ。わたしの勝ちだ。きみは逃げるしか道はない。負けだ。さっと逃げたらどうだ」

「ハンク、これは路地裏のバスケットボールの試合じゃないのよ。チェスなのよ。住民たちが負けて去ることはない。あなたとわたしの対決になる。正面からぶつかるコースをたどっている。数分後にはおたがいの地平線上にあらわれて殺しあいをはじめる。そんなことのためにここへ来たの？」

やや沈黙があった。

「いいや、もうごまかされないぞ。刑務所の広場では言葉でだまされた。わたしが恐れをなしたと思っただろう。本当ならこちらの勝ちだった。成功だったはずだ。今回はだまされない。ロングナイフ、きみを宇宙の塵にしてやる。きみの目的もわかっているんだ」

「異星人のことね」クリスはため息をついた。

「そうだ。独占はさせない。今度は絶対に」

「ハンク、あれは独占などできないわ。チャンス星の人々はわかっている。わたしもわかっているし、あなたもわかっている。みんなの共有物よ」

ハンクは鼻を鳴らした。

「ふむ。わたしがそれを信じるとでも？」

「信じていいはずよ。論理的に考えれば、わたしたちが殺しあい、両家の抗争が続くよりいい」

「ちがう。今回は言いくるめられないぞ。きみの言い方はスロボとおなじだ。できるならおなじ監房にいれてやりたいくらいだ」

どうりで旗艦艦長の声がしないはずだ。軽巡同士が地平線上に姿を見せて戦闘の火蓋が切られるまであと数秒しかない。

「ハンク、これは戦いにならないわ。心中とおなじよ。狭い物置のなかで手榴弾を投げあうのに近い」

「ちがうな、ロングナイフ。もう口車には乗らない。心中ではない。死ぬのはきみ一人だ」

四隻の軽巡が地平線の上に出てきた。センサーの反応はまだ大気にじゃまされてはっきりしない。ピーターウォルドの軽巡四隻は一斉射撃してきた。六インチ砲、二十一インチ・パルスレーザー砲、四インチ副砲だ。

パットン号はそれまで推力ゼロで軌道飛行しながら、艦首をハンクにむけ、右へ軽くドリフトしていた。スルワンはハンクの艦隊が地平線上に見えるやいなや、強く左へ振り、姿勢制御ジェット全開で下へ押しこんだ。同時にそれまでドリフトしていた方向に攪乱用のチャフを散布した。チャンス星の人々はロケット弾を撃ったことはないが、狩猟経験は豊富だ。その散弾や氷の破片や金属片が、ハンクの砲手を攪乱するために使われた。インクレディブル号とフューリー号から放たれた大量のエネルギーは、パットン号の右側を通過していった。いや、すべてではなかった。四インチのレーザー二発がパットン号艦首の一メートル厚の氷をえぐった。

(ネリー、ハンクの艦を追尾してる?)

(直線的に接近してきます。ばかにしている)

(発射)

パットン号前部で作動する五門の六インチ砲がハンクの旗艦にむけて砲撃した。三発が命中し、はげしく蒸気を噴き出させた。

(二発がはずれた理由は?)

(照準の調整不足です。角度調整用の砲耳が劣化しています。補正を試みます)

「五インチ砲列、隊列の二隻目を狙って撃て」

パットン号の副砲がフューリー号の装甲をけずった。六インチと五インチは大差ないように思えるが、実際には主砲の命中エネルギー量は副砲の倍になる。一方で六インチ砲が再充電しているあいだに、五インチ砲は二、三回撃てる。射程の差はこの近距離では無関係だ。

「ワスプ号、レゾリュート号、隊列の一つずつうしろの艦を狙え」

ワスプ号は三隻目のドミナント号に砲撃し、レゾリュート号はゲオルグ・クレッツ艦長のサプライズ号を撃った。嫡男のいない艦長が装甲の薄いレゾリュート号に手荒な応射をしないことを願うしかない。

ワスプ号とレゾリュート号のパルスレーザー砲は射程が短いが、今回は関係ない。問題は基本的に単射兵器として設計されているところだ。再充電に四、五分かかる。そこでペニーとドラゴは、ネリーの協力でソフトウェアを改修し、パルスレーザーの出力を十分の一や四分の一に落とした。これなら、砲撃をやめて再充電しているあいだも敵艦を威嚇できる。そうやって次の接近の機会を待てるわけだ。

それまで回避が成功し、生きて接近できればの話だが。

一回目の一斉射撃のあとは、レーザーの再充電を待たねばならない。飛行しながらの砲撃戦では、六インチ・レーザー砲は通常十秒。四インチないし五インチ副砲はその三分の一の時間がかかる。しかし現状のクリスたちは推力を出していない。核融合炉で大量につくられ、エンジンを経由して宇宙に放出されるプラズマがない。したがって超伝導体のコイルと磁石のあいだを流れて発電するプラズマも最小限だ。

これはスローモーションの戦闘だといえる。それぞれの軌道から動けないからだけでなく、キャパシタの再充電に一定の時間がかかるからだ。プラズマ走路の拡張によって発電量が増えているおかげで、クリスの六インチ砲はなんとか二十秒後に再発射可能になった。二回目の砲撃。四発命中。ハンクの氷装甲からさらに蒸気が噴き出し、軌道上に滞留した。

「スルワン、しばらくコース一定。回避機動は待機」

クリスは低く命じた。経過秒数をにらむ。ハンクは再充電に三十秒はかかるはずだ。ネリーにハンクの艦の再充電時間を問い合わせると、コンピュータなりに肩をすくめるようにしてこう答えた。

「変数が多すぎます。しばらく観察しないと」

勘と度胸でやるしかない。ハンクの一回目の一隻射撃から三十秒後に命じた。

「上と右へ」

「機動」スルワンは答えながら、チャフを放出した。

「次は左」

方向をランダムに指示するのはネリーだ。その声を待つ。ハンクの再充電時間がわかればいいのだが。

「上」

そのとき、六インチ・レーザー二発にパットン号の右側面を削られた。ハンクは再充電してすぐに撃ったのか。それともクリスを出し抜こうとしばらく待ったのか。知るすべはない。

さらに四インチ・レーザーがパットン号に当たり、あちこちで蒸気が噴き出した。クリスの足もとで艦体が低く震えた。リアクションマスが移動して艦のバランスをとりなおしているのだ。重心がずれると回転がよじれて氷装甲が剝がれ、ハンクの攻撃に無防備になってしまう。

「スルワン、姿勢制御ジェットの出力を上げて。回避機動をもっと速く」

「小型ジェットに、この重い艦体は荷が勝ちすぎなんだけどね」

スルワンは言いながらも指示に従った。パットン号は軌道上でゆらゆらと位置を動かした。スルワンは数秒ごとにメインエンジンも噴いて、軌道から移動し、狙われている空間から離れた。ほとんどゼロGでたいしたことはない。ウォードヘブンで被弾を避けるためにやった二Gや三Gの軌道は過酷だった。今回はパットン号が耐えられないだろう。軌道にとどまり、敵の砲手をごまかす程度の回避機動にとどめるしかない。

しかし五基のエンジンに断続的にプラズマを通したおかげで充電時間が短縮された。射撃可能になった五門から先に撃った。四発命中。ここにいたってようやくハンクは回避機動をやりはじめた。やはりスロボ艦長は拘禁室かどこかにいれられているのだろう。ハンクはクリスから実戦で学んでいるわけだ。

ハンクの後続艦もようやくならいはじめた。クリスの側ではレゾリュート号が一発、二発と被弾した。

「艦尾の砲手、サプライズ号が射界にはいるようだったら、何発か撃ってレゾリュート号を支援してやって」

艦尾レーザー砲は二門しか機能していない。それでもスルワンがパットン号を左に振ったときに、二門はどちらもサプライズ号に命中させた。一発はその氷装甲に長い切り傷をつけた。

「どうだ、驚《サプライズ》いたか！」艦内通話ネットに砲手の声が響いた。

今度はクリスの砲列が充電された。ハンクがジグザグに動くのを見ながら、ネリーに分析させ、それから五門を撃った。また命中。ハンクは自分の頭で回避パターンを考えているようだ。こちらのパターンはネリーが生成し、スルワンと二隻に伝えている。近距離なのでそれでも被弾を避けられないが、ハンクが自分で考えているのよりましだ。

「彼は上と右が多いですね」ネリーは言った。

クリスは五インチ砲でフューリー号を叩いた。その若い艦長はしきりにパットン号を狙っているが、めったにあたらない。いいことだ。しかしクリスはかならずしもいい気分ではなかった。若手はやがて学習するだろう。そして彼らの砲撃タイミングの遅れから、クリスは不愉快なことに気づきはじめていた。敵はパルスレーザー砲を充電して温存している。両艦隊が最接近したときに主砲を撃つつもりなのだ。

スルワンは涙滴形のパットン号の艦首をつねにインクレディブル号にむけていた。被弾に耐える一メートル厚の氷を敵にむけ、エンジンは危険にさらさない。クリスはハンクのエンジンの一基に命中させていた。ペニーもドミナント号のエンジンを一基つぶしている。推力を出していない状況ではたいした変化はない。それでもハンクはいまになって各艦を回頭させ、艦首の砲台だけで撃つようにしはじめた。

両者は時速五万五千キロ超で接近する。それぞれの軌道上で回避機動をしながら、再充電するやいなや撃つ。パットン号から噴き出した蒸気が再結晶化し、霞となって後方へ流れる。チャフの残留物も浮遊し、各艦にむけて放たれるレーザーを鮮やかに輝かせる。霞はセンサーに悪影響をあたえ、照準が不正確になる。しかし射角がゼロに近づけばさほど問題ない。

「スルワン、大きな回避機動を準備して」クリスは小声で指示した。一斉射撃をしてハンクの氷装甲を溶かしたが、明確な損害はあたえられない。「もうすぐ最接近する。敵は二十一インチ・パルスレーザー砲を温存しているわよ」

それを五発、十発とくらったらこの艦がどうなるか。言わずもがなだ。

パットン号がもともと積んでいたパルスレーザー砲四門がないのが惜しかった。リム星域に配備するにあたって取り外されたのだ。おそらく新造艦に移植されたのだろう。その新造艦に罰があたればいい。

スルワンはエンジンを噴射してパットン号を大きく動かした。すぐに反転させてチャフを散布する。また反転。スルワンは何回も往復させた。間隔は一秒のときも二秒のときもある。三回目の途中でパットン号の艦体が大きく振動した。クリスのコンソールであちこち警告が点灯する。パットン号は震え、揺れる。ポンプが反応材を移動させてバランスをとろうとするが、まにあわない。

「一番レーザー室が与圧喪失」それはなかば覚悟していたが。「装甲を貫通された」

一メートル厚の氷が切り裂かれ、削られ、溶かされて、とうとう艦体が露出したのだ。パットン号は軌道上で動きが鈍くなり、そのため次々と被弾した。

「スルワン！」

「艦体が耐えられるかどうかわかんないけど、噴射！」

パットン号のエンジンが急激に噴き、クリスの背中は座席に押しつけられた。ジャックのコンソールに赤い点滅が見えるが、無視する。インクレディブル号を狙い、四門のレーザー砲を撃った。ハンクの艦が蒸気を噴いた。

いつまでもちこたえられるだろう。

旗艦艦長のスロボは、ブリッジにもどりたくてももどれなかった。馬の耳に念仏ということを年齢と経験から知るべきだった。進言は怒りをかうばかりで、結局、拘禁室に放りこまれた。ここにいては戦闘時の艦体回転や回避機動を指示することもできない。怒鳴るだけ無駄だ。

照明の陰るようすから、戦闘がはじまってインクレディブル号が一斉射撃をしていることがわかった。それからだいぶたって、ようやく艦体は回転をはじめた。ただし防護に有効な回転速度の半分にすぎない。さらにあとに軌道上でジグザグに艦体を揺らしはじめた。

「ダンスのステップをロングナイフの娘から教わっているようですな」

スロボがつぶやいたときに、監房のドアが開いた。

「ブリッジに来ていただきたいとのことです」

あの娘以外からも学習する気になったらしい。回転やジグザグの機動、さらに急激な加減速によって、脚を折ったり頭を割られたりしないように注意しながらスロボはブリッジへむかった。なかばよろめき、なかば泳ぐようにブリッジへはいったスロボを、ハンクの声が迎えた。

「ついにやったぞ、ついにやった」代将はうれしそうに振り返った。「この戦いはわたしの勝ちだ。おまえに来てもらうまでもなかったな」

旗艦艦長のスロボは無表情のまま、「それはようございました」と述べてから、急いで自分の座席にすわった。ベルトを締めるのと同時に、惨事が起きた。

スティーブ・コバール元大尉は、自分のおかれた状況があまり気にいらなかった。いい面としては、ステーションはまだ敵の攻撃を受けていない。撃たれるまで撃つなとクリスから釘を刺されていた。ステーションの商業的価値が最高の防備として働いている。

悪い面としては、ひたすら受け身の立場であることだ。降伏するか、勝ち目のない戦いに挑むかの決断をまもなく迫られる。しかし海軍軍人たる者、戦わずして降伏はしない。とすると、自分とステーション職員の死は確定的だ。

クリスたちの小艦隊の状況を調べると、形勢はよくなかった。パットン号はさきほどの一斉射撃でかなり被弾した。まだ戦っているが、長くはもちそうにない。レゾリュート号は派手に飛びまわりながらも、次々と被弾している。スマートメタル装甲もいずれ破られるだろう。せいぜいもってあと一、二発。無事なのはワスプ号だけだ。

スティーブはステーションからハンクの旗艦までの距離を調べた。最接近時には二百キロ以下。八門の改造六インチ・レーザー砲の出番はここだろう。

「ハリエット、反応炉の出力を上げろ。ありったけの電力をくれ」

「出力上げました」

レーザーを発射しながらキャパシタに充電するのは、法的書類を何枚も書かされる行為だ。しかし砲台の機能を確認する機会でもある。

「射界にはいる砲台はすべて旗艦を狙え」ややおいて、「発射」

「ああ、神様……」

ブリッジでだれかが祈った。しかしクリスにそんな暇はない。保護チャンネルのボタンを押した。

「ハンク、あなたはまな板の上の鯉よ。停戦を受けいれなさい」

「まさか。きみこそもう終わりだ」

レーザーが飛び、回避しようとしたパットン号を叩いた。

「しかたないわ」クリスはつぶやき、チャンネルを切り替えた。「ペニー、撃てる？」

「いくらでも。どこを狙いますか？」

「ハンクのエンジンと動力源」

「位置はわかります」

「発射」

クリスは命じて、パットン号のありったけのレーザーも撃った。

インクレディブル号は蒸気を噴き出し、酔漢のようによろめいて横転した。そして沈黙した。

スロボ艦長のコンソールは命令を受けてともった。しかしすぐに赤く点滅して消えた。まわりの照明も落ちていく。しかし直前に恐ろしい状況が見えた。奥の壁に大穴が開き、センサー班とその席が閃光とともに消えたのだ。急激に空気が抜けていく。

「救命ポッド！」

スロボは叫んで、自席の下のハンドルを引いた。瞬時に救命ポッドの壁が立ち上がって包まれる。透明なので破壊された艦内が見えた。さきほどまで余裕綽々だった代将は、パニック状態で手探りして、ようやくハンドルを引いた。救命ポッドに包まれる。スロボは安堵の息をついた。

しかしすぐに恐怖に襲われた。ヘンリー・スマイズ＝ピーターウォルド十三世もおなじ恐怖を味わったにちがいない。

スロボのまわりの他の救命ポッドは注気され、救難信号がともった。ところがハンクのポッドだけは暗いままなのだ。

クリスは保護チャンネルにあわせた通信リンクを叩いた。

「ハンク、聞いてる？　もう充分でしょう。停戦を提案するわ、ハンク」

返ってくるのは雑音だけ。しばらくして声がした。

「こちらはクレッツ艦長、現状の最先任艦長だ。停戦提案を受けいれる」

「そんなことは許さないぞ」ハンクのべつの艦長が叫んだ。

「権限はある。受けいれる」クレッツは言い返した。「合意を破る艦の艦長は軍法会議にかける。ピーターウォルドのパパのまえで、その息子を助ける努力を充分にしなかったと証言したいのか？」

すると反論は消えた。クレッツは続けた。

「戦闘状況は終了した。旗艦の周囲に集まり、可能なかぎり救助活動をおこなえ」

六時間後までに、あまり多くは救えなかったことが判明した。

クリスはパットン号の傷だらけの艦首で押してハイチャンスをいくらか高い軌道に押し上げた。数カ月はとどまれるはずだ。しかし最終的にはもっと高い軌道へだれかに引き上げてもらう必要がある。

その軌道修正をやっているときに、ジャンプポイント・アルファから三隻の船があらわれた。三隻はヘルベチカ連盟から来たと名乗り、状況を尋ねた。

フューリー号に移ったスロボ艦長は、ささいな誤解から起きたことだと釈明し、救援を要請した。クリスとスティーブはそれぞれの政治母体を代表してその説明に同調した。

船団は説明を聞き、状況を見て、一隻を内密の報告のためにジャンプポイントへ送った。そして二Gでチャンス星へやってきた。翌日ドッキング。続いてスロボも生き残ったグリーンフェルドの軽巡三隻を慎重に入港させた。

ヘルベチカ連盟のクァン・トゥ中将がクリスとスティーブと会見していると、スロボ艦長は閉じたままの救命ポッドとともに第二桟橋に出てきた。

「まさかそれは……」

クリスが訊くと、スロボはため息をついた。

「残念ながら、そのまさかです。一基だけ作動不良だった救命ポッドがあり、それがヘンリー・ピーターウォルド十三世のものだった」

あとの二隻から代表団が下りてくるのを待って、自分の艦の技術者に救命ポッドを開けさせた。ジャックとベニはできるだけ近づき、レコーダーとセンサーをかまえた。

しかし機械で確認するまでもなかった。ハンク・ピーターウォルドの彫刻的に整った顔と体は完全に死んでいた。

「どうやら彼は、わたしよりも敵が多かったようね」クリスは感想を漏らした。

「お手伝いすることが？」トゥ中将が訊いた。

「いいえ」スロボは答えた。「残念ながらこれは殺人事件です。以後はグリーンフェルドの保安部が捜査を仕切ります」

硬い表情の男たちが進み出た。その一部にクリスは見覚えがあった。一人はステーションの反応炉室に侵入しようとした男だ。まちがいない。全員の顔を記録している。

スロボ艦長がクリスを見た。

「ジャンプポイント・バービーの通信再開を命じてもらえないだろうか。本部に連絡して命令を受けたい」

クリスはすぐに希望どおりにした。

ヘルベチカ連盟のトゥ中将は、中将ほどの高級士官が重巡三隻という小編成の分艦隊を率いてわざわざチャンス星系へやってきた理由を説明しないまま、しばらく滞在する用意と、さらに艦隊が来る可能性について話した。戦艦をまじえた艦隊であることも示唆した。

クリスはコバール大尉を別室へ呼び、自分がウォードヘブンへ急いで連絡に行くあいだ、この星系における知性連合の利益を守ることを依頼した。ネリーは法規を調べて、海軍管区司令官が現場の判断で司令官昇進を承認できるという、イティーチ戦争時代にさかのぼる古い権限委任条項をみつけだした。クリスは笑顔でスティーブを自分より上の地位に昇進させた。そして海軍人事局が対応に苦慮するはずの書類をほくそ笑みながら送信した。

　クリスが出発準備をしていると、スロボは先にハンクの艦隊の残りを率いて出港し、〇・五Gのゆっくりとした加速でジャンプポイント・バービーへ去っていった。

　クリスは自分のチームを率いてレゾリュート号へむかった。スティーブも見送りに同行した。するとロンとチャンス星の六人の市長が待ち受けていた。

「クリス、あなたの行動にはいくら感謝してもしきれない。しかしなんとか形にあらわしたい。チャンス星では戦闘参加者のための勲章を出したことはこれまでなかった。しかし今回あなたとともに戦った人々はそれに値するでしょう」

　そしてクリスは、銀星章付きチャンス殊勲十字章の第一号が授与された。ジャックとペニーは銀星章、ベニとアビーは青銅星章があたえられた。地上でビールを提供した人々には椰子葉章が贈られたという。実際にはこれはチャンス星の危機に立ち上がった人々全員へのものだろう。

　スティーブが笑顔で教えた。

「きみの勲章はすべて従軍記章ばかりだという話を彼らにしたんだ。現地へ行って、任務を遂行して、標的にされたという意味だけだと。だから今回は十字章にあえて銀星章をつけさせた」

クリスはスティーブを抱擁した。ロンにも抱擁すると……キスされた。

「もうしばらくここに滞在するつもりはありませんか？　もっと親しくなって、いずれ書かれる回想録の重要な一章になりたいものですが」

ロンの背後には母親もいる。クリスは答えた。

「ウォードヘブンに重要な知らせを届けなくてはいけないのよ。ハンクの死についても知らせ、説明しなくてはいけない」

レゾリュート号が桟橋を離れたあともロンは手を振っていた。

ジャンプポイント・アルファを抜けて、ニューバーン星のブイの管制下にはいるとすぐに、アビーがクリスの部屋のドアをノックした。

「雇用主にこれから送信する報告書があります」

「そろそろ来ると思っていたわ。異星人について言及しているの？」

「いいえ、それは伏せています。書いてもお金になりませんので」

「他にわたしが困るようなことが書いてある？」

「世間的な評判はともかく、お立場をあやうくすることはないはずです」

「世間的な評判はとうに地に落ちているわ。送信していいわよ」すこし考えて続けた。「コピーを一部ジャックに。わたしが今回の報告を書くときに参考にさせてもらうから」

「いまお読みにならなくていいのですか？」

「いいわ。信用しているから、アビー」

「信用はしていらっしゃらないでしょう、クリス」

「してるわよ」あらかさまな反論に眉をひそめた。

「ロングナイフはだれも信用しないという意味で、わたしたちを信用してはいらっしゃらないと思います。今回も異星人の調査が目的であることを、そのときまでだれにも教えられませんでした」

「それでもあなたの自走式トランクには必要なものがはいっていたけど」

「はい。しかし、いつもとはかぎりませんよ」

アビーが去ると、クリスは異星人の遺物をまた調べはじめた。しかし五分たってから、おなじ遺物を九回も調べていることに気づいた。〝信用していらっしゃらないでしょう〟というメイドの言葉が脳裏にこだましていた。

アビーはクリスの私的情報を売っていたのだ。信用しなくて当然だ。しかしクリスもジャックにジャンプポイントについて知らせていなかった。ペニーにも。一方でハンクがこの宙域をうろついていることもだれも教えてくれなかった。

ロングナイフはだれも信用しない……。

帰路のクリスはそのことを考えつづけた。

19

いつもならハイウォードヘブンに入港してから、マクモリソン大将の呼び出しがあるまでしばらく待たされる。しかし今回はちがった。レゾリュート号でチームそろっての朝食が終わるまえに、通信長が電文用紙を手にやってきた。

「マックって人はお知りあいですか？」

たぶん知っているとクリスは同意した。

「ドッキングしたら可及的すみやかにオフィスに来てほしいとのことです。すごく謎めかしたメッセージなんですけど、わかります？」

クリスはため息とともにリンゴの芯を皿においた。

「惑星外から帰るとかならず面接があるのよ。マックはわたしのサインをいれるだけに整えた辞表を用意していて、わたしはそれを破り捨てる。そこから話がはじまるの」

「それ、マクモリソン大将のことですか？　ウォードヘブン軍統合参謀本部議長の？」

ペニーが訊いた。そんな高級将校をクリスがニックネームで呼ぶのが信じられないという顔だ。ジャックが教える。

「その人だ。わたしは待合室で長時間すわっているはめになる。相手が警護対象に身体的危害を加えようとした場合に、阻止すべきか称賛すべきか迷いながらね」

「迷うのがあなた一人でよかったわ」とペニー。

「とはかぎらないわよ。ジャック、あなたはもちろん来て。ペニー、あなたも」食堂を見まわす。アビーは隅のテーブルでひっそりと朝食中だ。「そしてあなたもよ」

「わたしまで？」メイドはわざとらしく驚いた。

「報告内容を創作する必要があるかもしれないから」とクリス。

「話が高く売れるかもしれないぞ」

「あたりまえの話などだれも買いませんよ」アビーは鼻を鳴らした。「自走式トランクのことがあります。ヌー・ハウスのお部屋まで運ばなくてなりませんが」

クリスは見まわした。船医といっしょにワッフルをかじっているベニが目にはいった。

「兵曹長こそは海軍の要《かなめ》よ。われらがベニ兵曹長はトランクの列をしっかり誘導してくれるにちがいないわ」

「なにを、どうやって？　なぜぼくが？」

かわりにジャックが答える。

「なにをどうやるかはアビーに訊け。なぜおまえかはわたしにもわからない。上流もしくは上品な人々とお近づきになる機会かもしれないぞ」

クリスはジャックとペニーに白の略装への着替えを指示した。船医はベニに、「やっぱりおまえは士官学校にはいるべきだ」と勧めていた。

軌道エレベータを下りると、ヌー・ハウスの長年の使用人で運転手のハーベイが待っていた。こちらの立ち寄り先はすでに把握している。荷物を運ぶトラックはその最年長の孫娘が運転してきていた。運転年齢に達していることを証明するために、〝写真うつりが最悪の〟運転免許証を見せた。クリスはその子に言いふくめた。

「ここに十二個の自走式トランクを先導した兵曹長がやってくる。迎えだと簡単にわからせてやる必要はないわ。でも過剰におろおろしないようにしてやって」

孫娘は大人をからかうのが大好きだった。今回は、からかえという命令なのだ。祖父のハーベイは、「くれぐれもやりすぎるな」と釘を刺した。

海軍本部の場所は変わらない。ガラスとコンクリートの威圧的な建物だ。統合参謀本部議長の根城はその奥深くにある。面会時間の指定はなかったが、秘書はすぐクリスを案内した。

ジャックは待合室の椅子二脚を女性二人にしめし、自分は壁ぎわに立った。クリスはドアを開け、いつものように行進して入室しようとした。しかしはたと動きを止めた。

マックはいつものデスクのむこうにいる。しかしその手前の一方の客用椅子に、べつの人影があった。多くの人々にとってはレイモンド王、クリスにとってはレイおじいさまだ。もう一方の椅子にはウォードヘブン軍情報部長モーリス・クロッセンシルド中将がすわっている。

クリスはしばらくじっと彼らを見た。彼らも視線を返す。だれも沈黙を破らない。クリスは陰気に首をふると、うしろ歩きでオフィスから出た。そして待合室にむけて言った。

「三人、いっしょに」

驚きと困惑が強かったのは、大将のオフィスか、それとも待合室のほうか。ロングナイフの目ににらまれたジャックとペニー、最後にアビーはしかたなく指定の位置へ出てきた。

三人はドアを抜け、オフィスに居並ぶ人々を見て驚愕した。ジャックは鼻をふくらませた。ペニーは恐怖で逃げ出したいようすだが、アビーが真後ろにいるのでできない。そのアビーは、銃殺隊のまえであえて毅然とするような表情だ。

室内側の驚きぶりは興味深かった。レイ王は唇を結び、ゆっくりとうなずいている。マックは頭にわずかに残った髪を引き抜きたいような顔をしつつも、両手をデスクの上にとどめ、厄介きわまりない部下の新たな反乱行為を見ている。クロッセンシルドだけがゆっくりと笑みを浮かべている。なぜかクリスは驚かなかった。

どこへ足を運ぶべきか判断しかねて、クリスたちは部屋の入り口にかたまっていた。やがてクリスは意を決して、コーヒーテーブルの下座の端の席についた。王と軍司令官に正対する位置だ。腰を下ろしながら、「ジャック」と右のソファをしめし、クロッセンシルドと自分のあいだをさえぎるようにすわらせた。自分よりも中将の身の安全のためだ。ペニーとアビーにはそのむかいのソファをしめした。こちらは曾祖父とのあいだにはいらせる。まずペニーがクリスに近い側にすわった。アビーは浅黒い肌を奇妙なほど青ざめさせて、他のすわる場所を探しているようだ。しかしクリスが、「アビー」とあらためてしめすと、指示に従った。

配置は決まった。だれかがこの会議の口火を切るのをクリスは待った。脱水症状で死ぬまで待つつもりだった。結局、レイ王が長い沈黙を破った。

「ピーターウォルドの息子を殺す必要があったのか？」

クリスは用意した答えをすぐに述べた。

「ハンクは本気でわたしたちを撃ってきました。死ぬのは彼かわたしかという選択に迫られ、彼を選んだということです。しかし本人の救命ポッドが工作されていなかったら、ハンクはいまも生きていたはずです。だれが工作したのでしょうか？」

クリスはクロッセンシルドをひたと見据えた。中将は口を開いた。

「きみ自身の言葉どおり、きみよりも敵の多い者がいたわけだ」

それはクリスの発言のやや不正確な引用だ。

「わたしが言ったことをご存じということは、アビーの報告書をごらんになったのですね」

「もちろん読んだ。報酬を払って書かせているのだからな」

クロッセンシルドがアビーの報告書の届け先の一人だというのは納得できる情報だ。

「そのコピーをお見せください。この場で！」

クリスの凛とした声に、クロッセンシルドは片方の眉を上げた。大尉から命令された中将の反応がそれだけかともいえる。脇へ目をやり、王がほんのかすかにうなずいたのを確認した。腕を上げ、リストユニットのいくつかのキーを叩いた。

「ジャック、受け取った？」クリスはすぐに訊いた。

「はい」

「アビーから受け取ったものと照合しなさい」

「作業をはじめました」ジャックが言った。

「こちらも」ネリーも言った。

アビーはまっすぐにすわり、天井を見ている。クッキーの瓶に両手をつっこんだまま、すまし顔をしている三歳児のようだ。

しばらくしてネリーが結果を言った。

「異星人への言及はありません」

「異星人だって！」

デスクの側の三人がきれいに声をそろえた。クリスは応じず、ジャックを見た。警護班長はようやく自分のリストユニットから目を上げた。

「クロッセンシルド中将の版は語句がランダムに変更され、やや気どった文体になっています。アビーから受け取ったオリジナルより読みにくいですが、基本的な内容はおなじです」

「でしょう」アビーは鼻を鳴らした。

「今後はオリジナルのほうをくれるとありがたい」クロッセンシルドはアビーに言った。

「ところで、異星人とはなんのことだ？」レイ王が問うた。

「ハンクとわたしが争った原因です」

クリスは、ネリーがみつけたジャンプポイントとその三つ先での発見について説明した。

「これは驚いた」クロッセンシルドがつぶやいた。

「アルナバに連絡しなくてはいかんな。サンタマリア研究所をたたんで、もっと楽しい研究フィールドに移ってこいと」レイ王も言った。

ジャックが警告した。

「引っ越しはぜひ用心深く。現場は自動兵器で防衛されていて危険です。自分たちもやられそうになりました。二度まで」

「わたしが同行すれば助言できます」クリスは提案した。

「リム星域のあのあたりでは、もう暴れてくれなくていい」とレイ王。

「ネリーはあのチップを持っています。謎の解明に役立ちます」

「その件だが、アルナバとトゥルーはおまえとネリーからの報告書を長く待たされるのに嫌気がさして、新たなチップをトゥルー自身のコンピュータに組みこんだ。もう自分たちで調査できる」

(ひどい!)

(黙ってて、ネリー)クリスはコンピュータが議論に割りこまないようにたしなめた。(わたしたち抜きではなにもできないことをすぐにわからせるから)

(そうですとも)ネリーは同意した。

クリスのまえではレイ王とマックとクロッセンシルドが黙然とすわっていた。世界の運命を無言で協議しているようだ。やがてマックが首を振った。

「やはりチャンス星をあなたの連合に組みいれるしかないでしょうな」

レイ王はうなずいた。

しかしクリスはゆっくりと首を振った。

「それはいい考えではありません。チャンス星はよそ者から口出しされるのをいやがります。ハンクはそれを最悪の形で思い知らされました。その過ちに学ぶべきでしょう」

「とはいえ宙ぶらりんにしておくわけにはいくまい」とマック。

「宙ぶらりんではありません。彼らはヘルベチカ連盟と手を組むはずです」

「異星人技術への入り口をピーターウォルドの手で押さえられるわけにはいかないぞ。きみとハンクの砲撃戦を受けて、ハリーは全力で圧力をかけてくるだろう」

マックはそう言って、渋面で壁の星図をにらんだ。

「知性連合ではやらないでしょう。圧力をかけるなど」

クリスは言いながら、王にほうを見て眉を上げた。

「例外はあるものだ」

レイ王はつぶやいたが、目はクリスを見据えていた。

「べつのやり方を試してみては?」クリスは言った。

「他にどんなやり方があるというんだ」マックが訊き返す。

「海軍の財産を使うのです。第四十一海軍管区は小規模とはいえ現地拠点です。チャンス星の人々はそこでの海軍の権利を認めている。いわばこのゲームへのわたしたちの参加料です。そこに将官級の人物をおいてはどうでしょうか。交渉や調停にたけただれかを。適切な兵力もつけて。ヘルベチカ艦隊を補完しあえる構成が望ましいでしょう。協力して彼らの平和を守る。地元と対立しても得るものはないでしょう」

クリスは肩をすくめて続けた。

「わたしの知るかぎり、こちらの望みと、チャンス星住民およびヘルベチカ連盟の望みは一致しています。すなわち平和と繁栄です。やり方を押しつけるのではなく、彼らを後押しするべきだと思います」

「楽観的だな」マックは不機嫌に言った。

「これまでにこの子を放りこんだ場所を思い出せば、楽観的にもなるだろう」レイ王は苦笑した。

「意外にうまくいくかもしれませんよ。ロングナイフさえ送らなければ。交渉と調停において評価の高い人物を昇進見込みリストから探せばいい」クロッセンシルドが意見を言った。

「それでしたら、まさにわたしがやってきたことです」とクリス。

「残念ながら、ロングナイフ家への一般的評価というものがある」レイ王が言った。

マックは暗い声で言った。

「せめてピーターウォルドの嫡男を殺していなければな。大変なことになるぞ。二十世紀に起きた第一次世界大戦という戦役のきっかけは知っているだろう。あるヨーロッパ王家の世継ぎとみなされていた人物が暗殺された。そのせいで戦争の世紀がはじまった」

「ハンクを殺したのはわたしではありません」

クリスは大事なことを指摘した。二回目だ。ジャックが補足した。

「救命ポッドが正常に機能していれば彼は生き延びたでしょう。まちがいありません。じかに見ましたから」

「誤作動の原因は？」レイ王がジャックに訊いた。

ジャックは言葉を選びつつ答えた。

「当時手もとにあった検査機器ではわかりませんでした。グリーンフェルド側も遺体とポッドをあまりゆっくりとは調べさせてくれませんでした。旗艦艦長は遠征出発前に自分でポッドの動作を確認したと言っていました。ヘルベチカ宇宙を巡回した一カ月あまりに妨害工作がなされたのだろうと。しかしその期間、ブリッジにはつねに当直がおり、監視カメラが作動していました。いったいどうやったのか……」

ジャックは肩をすくめた。レイ王はつぶやいた。

「ピーターウォルドの保安部が徹底追及するだろう。旗艦の生存者たちはご愁傷さまだ」

そのときふいにクロッセンシルドが背中を起こした。自分の左耳を指さし、そこの小さな装置に一同の注意を集める。

「レイ、旗艦の生存者たちはそれどころではないようです。しばらく……」

全員が無言で見守るなかで、クロッセンシルドは天井を見つめながら一心に聞いていた。

「ハンクの遺体と旗艦の生存者たちを乗せた軽巡洋艦は、グリーンフェルド星への帰路において、ジャンプポイント接近中に急に側方スラスタを噴射。通信は途絶し、さらに高G加速をしながらジャンプポイントにはいったとのことです。複数の僚艦がむこうへ抜けたときには、その艦だけ姿がなかったと」

「ジャンプ失敗か」

レイ王はつぶやいた。マックはゆっくりと首を振った。

「ハリー・ピーターウォルドには埋葬する遺体すら還らなかった。今回の事件が宮廷陰謀劇なのか、それともウォードヘブン軌道の救命ポッドで死んだ乗組員の遺族による復讐劇なのかという真相も、闇に消えた」手を横に振って、「むろん、あの戦闘の生存者はわれわれが射殺したというのがむこうの公式見解だ。しかし、救命ポッドが死の罠だったという噂はグリーンフェルド星でもひそかに流れているのだ。そうだな、クロス？」

クロッセンシルドはうなずいた。マックは続けた。

「しかしハリーは、息子が死んだのがわがほうとの交戦中であったことは明確に知るだろう。相手がきみだったことも な、クリス」

「しかたなかったのです。孤立無援でした。自分の力と多くの勇敢な住民たちの協力だけを頼りにハンクに対抗しなくてはならなかった。むこうの旗艦艦長のスロボも、不可解な状況だと首を傾げていました。わたしの存在を事前に知らず、説明も受けなかった。わたしたちも彼らの来訪は不意打ちでした。ハンクの艦隊が巡回しているとは聞いていなかった。この点はいかがですか、クロッセンシルド中将？」

「彼がチャンス星に寄るとはわれわれは承知していなかった」情報部長は無表情な仮面だ。

「われわれ、ですか」クリスは吐き捨てるように言って、レイをにらんだ。

王は答えた。

「われわれだ。われわれは非常事態にある。ウォードヘブン事件以来、どの星も艦隊の駐屯を希望するようになった。可能なかぎり対応しているが、第四十一海軍管区の優先順位は低かった」

「そこへわたしは厄介払いされていた……」クリスはため息をついた。「だから支援はなし。頼みは自分と、ロングナイフのそばから逃げることを知らない数人の愚か者たちだけ。悪く思わないで、みんな」

「いいんですよ」

ジャックが答えた。ペニーはただ悲しげな顔。アビーはつとめて存在感を消している。

「支援は送ったのだ」クロッセンシルドが言った。

「どのような？」

「レゾリュート号さ」レイ王が言った。「状況が悪くなった場合の脱出手段として送りこんだ。軽巡を上まわる速度が出せる。なぜ逃げなかったのだ？」

ジャックが王を見て、二の句を継げずにいるクリスを見た。

「差し出口で申しわけありませんが、この女性が〝不退転《レゾリュート》〟という名の船に乗りつつ戦闘から逃げ出すと本気でお思いですか？　曾孫娘をよく理解しておられると思っていましたが、どうやら考えちがいだったようです」

「船名を変えておくべきだったかな」クロッセンシルドが言った。

レイ王はクリスを強いまなざしで見た。

「ロングナイフであっても、ときに分別を心得るのが武勇のうちだ。チャンス星の一件は手痛い教訓になっただろう」

クリスは鼻を鳴らした。

「異星人の件はあとから？」

「そうだ。なにが起きてもチャンス星程度の話だとわれわれは思っていた。ところがおまえが賭け金を途方もなく引き上げた」

クリスはうつむいた。

「ハンクは帰りかけていました。チャンス星であらゆる手を封じられて。ところが寸前で賭けの大きさに気づいた。こちらが無血勝利を手にいれかけているのを知った。すると今度はこちらが逃げ道を失ったんです。グリーンフェルド宇宙に通じるジャンプポイント・アルファとベータに、彼は軽巡二隻をおいてふさいだ」

「すまなかった、クリス。すべて計算ずくのつもりだった。おまえにふさわしい任地のはずだった。困難になった場合の逃げ道も用意していた」

「なにもかも予想外の展開になりましたけどね」

その思いで全員の雰囲気が暗くなった。長い沈黙のあと、マックがレイを見て、それからクリスに目を移した。

「きみを第四十一海軍管区司令官の職務から解く。いまは適当な任地がないので、しばらく辞令を待つように」

きっとかなり長く待たされるだろう。


通りに出て、クリスは早朝の木漏れ日を浴びながら、交通の流れをしばらく眺めた。都会の空気だ。熱く、濃密。父親が改善の努力をしているが、有害物質も混じっているはずだ。するとがない。未決定のことが山ほどある。落ち着いた場所で考えたい。

ハーベイが車を寄せた。みんないっしょに乗りこんだ。

「どちらへ？　お屋敷へお帰りになりますか？」

「どうしようかしら。頭のなかを整理したいのよ。ジャック、前回あなたに案内してもらった店はなんていったかしら」

「〈密輪業者の巣窟〉ですか？」

「そこよ。マックとレイはここにいるから、店で出くわす心配はないわ」

「そのお店は存じています」ハーベイは車に入力した。

〈密輪業者の巣窟〉の看板は朝日を浴びていた。軌道エレベータの影は反対方向に伸びている。古びた工業地区はクリスの父親が進めている市街地再開発計画にいつ組みこまれてもおかしくない。しかしそうなるのは残念な気がした。赤い煉瓦はほころび、補修用の色の異なる煉瓦でつぎはぎになっているが、いかにも築二百年の雰囲気がある。ウォードヘブン最初期の建物の一棟なのだ。

ハーベイは三人の仲間とともにふぞろいの階段を下りた。ところが急にハーベイは妻の用事を思い出したと言って引き返していった。クリスは最後の段を下りて、運転手の逃亡理由を理解した。昼どきの二時間前の店内はがらんとしている。しかし……無人ではない。奥のテーブルにトラブルがすわっていた。曾祖父は彼らにむけてビールジョッキをかかげた。クリスはにらみつけた。

「おごってもらえるんでしょうね」

「自分も」ジャックが言った。

「全員におごらねばならんようだ。バーテン、このだまされやすいお人好したちにこの店で最高の飲み物を出してやってくれ。やあ、アビー。来てくれてよかった。かぶっていた羊の皮を剝がされてしまったようだな」

メイドは知らん顔で肩をすくめた。どうとでも解釈できる。クリスはあとで追及することにした。

「知ってたのね」クリスはトラブルを非難した。

「もちろん知っていたとも」トラブル将軍は悪びれるどころか、むしろ誇らしげだ。そこでしかめっ面になった。「わたしはいろいろと知っている。老獪だからな。おまえはまだわたしの罪名を申し立てていないが、いまならすべて白状してやる。法的な証拠能力はない形で」

クリスは椅子にすわった。握った手を挙げ、まず一本指を立てる。

「わたしがジャックを警護班長に採用すれば、生活がんじがらめになることはわかっていたはずね」

トラブルはにやりとした。

「そうだ。勤務状況はどうだ、若者よ」

ジャックはため息とともに答えた。

「まだ生きています。ご本人も。あれだけ無茶をしながら。あなたのご子孫は常識というものをそなえないのですか？」

「期待するだけ無駄だ。かくいうわたしも常識人ではないが」

「そうよ」

クリスは自分の手に目をやり、二本目の指を立てようとした。するとトラブルがその上に手をかぶせて、指を押しもどした。

「そうあわてるな。バーテン、呼んだのに遅いぞ」

「近ごろ耳が遠くなりましてね。怒鳴られてばかりで」そういうバーテンは、百歳を超えるトラブルの半分くらいの年齢だ。せかせかとやってきてテーブルを拭いた。「最高の飲み物とのご注文ですね。種類は？」

「ピルスナーを。ただし客が増えた。きみたちもどうだ。クリス、たまにはビールを飲まないか？」

「おじいさま、不眠症で夜中にこっそり酒の戸棚をあさっていたころも、ビールだけは嫌いだったわ。飲んでも楽しくなれない。いまのわたしが人を殺してでもありつきたいのはミルクシェイクよ。濃厚でクリーミーな、つくりたてを。アイスクリームを半分溶かしたまがい物じゃなくて」

ジャックがバーテンに警告した。

「この女性が殺すと口走るときは言葉のあやではないから、気をつけるように」

白髪まじりの男は自信たっぷりに答えた。

「それならこの店に来て正解ですよ。〈密輸業者の巣窟〉のシェイクは地球のガーンジー島の次にくる逸品だ。フレーバーも最高級。ご希望は？」

「チョコレート。ダブルで」とクリス。

「わたしもシェイクをいただきます」とアビー。「ストロベリー味を。生イチゴかしら」

「ちょうど旬だ」バーテンは請けあった。

「クリスとおなじものを。ダブルのチョコレート」とペニー。

ジャックは心配げな息を漏らした。

「最高級のフレーバーだって？　高そうだな。一介の中尉の懐にはきびしいかも。これは将軍のおごりでしょうか？」

「薄給の軍務に無理やり就かせてしまった手前、うまいビールを一杯おごるくらいはやぶさかでないさ。しかしこの悪名高い三人の女性の飲み代ともなると勘定書におびえざるをえない」

バーテンはメニューをしめした。ジャックは目を走らせて口笛を吹いた。

「シェイク一杯でビール全員分に相当しますよ」

「ジャックのはわたしが払うわ」とクリス。「フレーバーの分をね、警護班長。命を守ってくれたから」

「バナナ味を」ジャックは即答した。

「おや」アビーが口を出した。「お嬢さまを不慮の死からお守りした者がもう一人おりますのに。シェイクをごちそうされる資格があるのでは。薄給に甘んじているのも同様です」

クリスは手を振ってバーテンを去らせた。

「ちょうど訊きたいと思っていたわ。その給料をあなたは何人から受け取っているの？」

アビーはたちまち隣のテーブルを飛びまわるハエに興味を移した。

クリスはかまわず、また手を挙げてかぞえはじめた。

「内訳をみましょうか。トラブルおじいさまへの話はまだ終わっていないからそのつもりで。先にこの隠しごとだらけのメイドを追及するわ。まず母からの給金ね」

「雀の涙です。つつましい暮らしが精いっぱい」

クリスは反論せず、二本目の指を上げた。

「そして正体不明の情報ブローカーからの契約料。あなたの頭に湧いた低俗なゴシップを、クロッセンシルドやその他大勢に読ませて大金を搾り取っている」

アビーは例によって鼻を鳴らした。

「そうやって得た莫大な利益を、こちらの労働の代価として充分に還元してくれません。この身と命を危険にさらして、お嬢さまの敵から逃げまわっていますのに」

「そしてあの自走式トランクの謎がある」クリスは三本目の指を上げた。

「待ってました」ジャックは歯をむいて笑った。

クリスは続けた。

「あなたの報告書がクロッセンシルドからおそらく倒錯君主ヘンリー・ピーターウォルド十二世にいたるまで広く読まれているとしても、そんな歪んだ興味の対象の生き死にで情報ブローカーは右往左往しないはずよ。もちろんわたしはそんなメディアに目を通していないけど」

「安っぽいものです」とジャック。

「そうです」ペニーも同意した。「無残な死のストーリーは一時的に売れるでしょう。でも人々の興味は移り気。昨日の有名人などすぐ忘れ去られます」

「なにも存じません」アビーは言って、懐疑的な四人を見まわした。いや、三人だ。トラブルだけはビールの泡をじっと見つめている。アビーは続けた。「本当に知らないんです。この仕事を引き受けた直後に匿名の人物から連絡がありました。ブローカーから聞きおよんだとのことでした。わたしが身のまわりのお世話を担当するクリス・ロングナイフというお嬢さまに対して、追加サービスを提供する気はないかと持ちかけられました。危険をともなうことはお断りだと釘を刺しつつ先方の提案をうかがった結果が、あれです」

「それを信じろと。でもそれ以上話すつもりはないんでしょうね」

アビーはまばたきせずにクリスを見据えた。クリスはどちらが先に目をそらすかの勝負はしないことにした。勝っても無益だ。

「その契約の裏にだれがいるのか見当はつかない？」

アビーは首を振った。

「興味はありません。申しあげておきますが、それがわたしの最大の収入源です。その契約の第一条件が、お嬢さまの身に危害がおよぶ行為はいっさいしないということです」肩をすくめて、「他の二つの契約といささか衝突するのですが。両手をタールで汚してお帰りになったときには、その条件があったために、やりたい仕事を半分もできませんでした」

クリスは爪掃除の苛烈な痛みを思い出して両手を振った。

トラブルが目を輝かせた。

「その話を詳しく聞きたいな」

「メイドの報告書に書いてなかった？」

「孫娘のスキャンダル文書など読まない。だれしもプライバシーは必要だ」

「ほとんどないけど」

ジャックがアビーに訊いた。

「契約のせめて第二条件には、クリスの安全を守れと書いてあるんだろうな」

「この柔肌を危険にさらさないかぎりという但し書き付きよ」

「黒幕を本当に推測できない？」

クリスは重ねて訊いた。強く見つめられて、アビーはゆっくりと認めた。

「人数についてなら。給与を増額されたことがあります。トゥランティック星から帰った直後に。五十パーセント増になりました」

ペニーが数字を読んだ。

「それまで二人組だったところに一人が加わったという上がり方ね。あるいは四者に二者が加わったか」

クリスはゆっくりと言った。

「とりあえず三者ということにしましょう。わたしを死なせまいと裏で活動しているのは……だれ？」

「お父上では」とジャック。

「父ができることはウォードヘブンの法律の枠内にかぎられるわ。その一つがあなたを張りつけることだった」警護官兼海兵隊中尉を見る。「その他にやるとなると……」

「クロッセンシルドの裏資金から拠出するか」とペニー。「でももし表沙汰になったら……」

クリスはトラブルを見た。あいかわらず目のまえの黒ずんだ液体に湧く微細な泡にたいへんな興味と関心をしめしている。レイとトラブルの二人の曾祖父は孫娘をどれだけ日常の話題にしているのだろうか。その身を心配しているのか。

「じつはクロッセンシルドはわたしに情報員として働かないかと持ちかけてきたことがあるわ。トゥランティック星へ行く直前。闇の手下の一人にしておけば資金投入を正当化できると考えたのかも……」

思案して、このルートに〝クリスの保護者一号〟のラベルを貼った。

「アルおじいさまはどうでしょうか」ジャックが訊いた。

「ポケットマネーでできる立場にあるわね。資産はありあまっている。でもトゥランティック星の直後といえば、わたしがアルをスラム街の帝王と非難した時期よ」

「手を引いてもおかしくないですね」ペニーは同意した。

「あなたは地球から来たのよね」クリスはアビーに対してゆっくりと言った。

「そこでお母上に雇われました」

「地球のだれかがクリス・ロングナイフの生死に利害を持っているということは？」

ジャックが訊く。するとペニーが声をひそめた。

「ハンクを殺したことで厄介な状況になったわ。地球のだれかがロングナイフ家とピーターウォルド家の抗争を見て、緊張がこれ以上高まらないように投資をしているのかも。あなたまで不慮の死を遂げると、なにが起きるかわからないから」

「どれもありえるわね。そしてどれも推測の域を出ない」

クリスは同意して、トラブルを見た。曾祖父は目をあわせず、グラスの泡の観察を続けている。身近な友人たちさえ信用できないのに、海千山千の老将軍を信用できるわけがない。なにを隠しているのか。

そこへミルクシェイクが到着した。

バーテンはしばらくテーブル脇に控えていた。全員が味を見て称賛するのを聞き、トラブルがうなずくのを見て退がった。

クリスはクリーミーなチョコレートシェイクを楽しみながら、頭のなかの考えを評価した。確実にわかっていることは……あまりない。推測は……そればかりだ。

トラブルがなにか隠しているのはまちがいない。信用して命を預けられるのか。トラブルはかつてクリスをアルコール依存症のゾンビ同然の状態から救ってくれた。その意味では命の恩人だ。とはいえ、この場での推測がまちがっているけれども、死に直結するほどのまちがいではないとしたら、あえて訂正するだろうか。クリスは脳裏で否定した。自分の推測は、昼のニュースで聞いたら即座に笑い飛ばすようなことばかりだ。

これがロングナイフの日常だ。慣れるしかない。

ジャックがストローをくわえたまま言った。

「クリスがこれほど大金持ちたちに守られているとなると、自分はなんなのだろうと思いますね。もはや無用かも」

クリスはその言葉を考え、本人の目の表情を見て、恐怖を感じた。ジャックのではなく自分のだ。

クリスの目が曇っていなければ、ジャックは自分に疑問を持っている。クリスのために銃弾や炎をかいくぐる必要があるのか。いつも守ってもらえると信じて無茶ばかりするお姫さまのために、自分が命をかけつづける必要があるのか……。

クリスは大きく息を吸って、シェイクのグラスを押しやった。

「本気で言ってるの？」

「そりゃそうでしょう。アビーは魔法の帽子を持っている。われわれが危機に瀕したときにかならずそこから必要なアイテムを出してくる」肩をすくめてストローをしばらく吸った。

「わたしはどんくさい銃器の運び屋にすぎない。ただのラバだ。ラバでもできる仕事だ」

「やはりビールを飲みたい気分らしいな」トラブルが言ったが、あとは口をつぐんだ。

「たとえば給与がアビーと同額になれば満足する？」ペニーが訊く。

「まさか。給与の問題じゃない。仕事の問題だ。せめて行き先を教えられ、自分の仕事に必要な道具をそろえられればいい。クリスの無鉄砲な旅での危険を見通して、そなえる機会があればいい。跳びこむウサギの穴について拒否権がなくても」

給与の問題を軽く片付けるつもりはなかったが、ジャックのプロとしてのプライドが傷ついているのは想像にかたくない。旅先でいつもアビーにアイテムの提供を請わなくてはならないのだ。武器や防具、医療機器などなどを。

「ジャック、わたしたちが危険に巻きこまれるときに、アビーがいつもいないのは気づいてる？」

「いつもいないわね」ペニーも同意する。

「たまにはいますわ」本人は主張した。

「ジャック、あなたは宣誓したわね。〝身を挺して銃弾を防ぎます〟と。わたしを狙った銃弾を、あなたは防いでくれる。アビーにとってこれはただの仕事よ。でもあなたにとっては任務。宣誓にもとづく信頼関係よ。あのワスプ号の機関長を憶えてる？　船を自爆させるという契約条項の実行を迫られて、彼は言ったわ。〝給料の金額の問題じゃない〟と」

クリスは眉を上げた。ジャックは苦笑した。クリスは続ける。

「求めているのが金額でないのはわかってる。あなたがついてきてくれる理由は、わたしよりあなた自身がよくわかっているはずよ。わかっていてほしい。そうでなかったらこのわたしはどうなるかわからない。いざというときにまわりを見て、守ってくれるあなたがいないなんて想像できない」

ジャックは鼻を鳴らすように息を吐いた。

「一発目の銃弾でわたしがやられなければの話ですけどね。でもクリス、これはもう笑ってすませられる範囲を越えている。最初はたしかに冗談だった。アビーはいつも必要なものを持っているとあなたと話して笑っていられた。しかしいまはちがう。アビー、きみのトランクの中身を知らないわけにいかない。いったいきみはチームの一員なのか、それとも……」

クリスは割りこんだ。

「それ以上言わないで、ジャック。今日以降は変わるから」

「お待ちください、お嬢さま」アビーが口を出した。「いくらお給金をはずんでいただいても、身を挺して銃弾を防ぐなんて、わたしはやりませんよ」

「その点は変えられない。でも理解を徹底させることはできるわ。まずわたしの身辺警護については、ジャックがナンバーワン。あなたはあくまでナンバーツーよ。そして情報を彼と共有しなさい。トランクの中身をジャックに開示し、そのすべてについて承認を得なさい」

アビーは嵐が荒れ狂っているような顔になって、ジャックとクリスを交互ににらんだ。

クリスは続けた。

「そしてジャックと意見がぶつかるようなら、不同意の旨をわたしに申告しなさい。わたしは自分の身辺警護の方針について、トラブルおじいさまに相談するから」

言いながらさっと老兵をにらんだ。

「待て待て、わたしは関係ないぞ」トラブルは言いかけたが、視線はクリスにとらえられている。今回のクリスは目をそらさなかった。トラブルは……そらせなかった。「わかった、輸送上の論争についてはわたしが介入することにしよう」

アビーは首を振った。

「そう簡単にすむことではありませんよ、お嬢さま」

「それならそれで、このおじいさまにかけあうわ」

「どうしてわたしへ持ってくるんだ」

トラブルは穏やかに抗議したが、それ以上は言わなかった。

クリスは溶けかけたミルクシェイクにもどった。グラスの底に近づいてきてから、ふたたび話した。

「ハンクを殺さずにすめばよかったと思うわ。チャンス星付近にわたしはとうぶん出禁でしょうね。あの異星人の惑星を探険したいのに」

「わたしもです」ネリーが悲しげに言った。

「いずれほとぼりは冷めるさ」トラブルが言った。「あの生意気な息子について同情する気はないが」

クリスはさっと曾祖父に目をやった。

ハンクの死から惹起されるさまざまな問題を、この老将軍はだれよりよくわかっているはずだ。トラブルはその視線を受けて続けた。

「ああ、わかっているさ。あの嫡子の死を人類宇宙が安んじて受けいれるわけがない。すでにいろいろと聞いている。わたしも動くつもりだ。レイの求めるところで防壁として働く」ビールを一口飲んで、「とはいえハンクがやったことはまったく愚かしい。戦争の犬たちをああして解き放ったら、無用の騒動が起きるのは目に見えている。しっかり紐をつけておくのが賢明な者のすることだ」

表現は乱暴だが、トラブルの評価に疑問をはさむつもりはなかった。クリスたちは黙ってストローを吸いつづけた。クリスは飲みおえて、大きな息をゆっくりと吐いた。

「とにかく、ヘンリー・ピーターウォルドは世継ぎをなくしたわけね。それによってこの二年間わたしの命を狙っていた黒幕がみずから出てこざるをえなくなる」

トラブルは謎めいた笑みを浮かべた。

「その推測に反対はしない。ただ……ピーターウォルドの世継ぎがいなくなったわけではない」

クリスは混乱した考えを押さえこむまでに四回まばたきした。

「ハンクは一人っ子だったはずよ。本人からそう聞いていたけど」

「そのような表現をするのも不思議はないな。グリーンフェルド社会における女子の扱いを考えると」

「姉か妹が？」全員が声をあわせて訊いた。

「双子だ。ある意味で」トラブルは特有のひねくれた笑みで一同を見まわした。「完璧な遺伝子調整をほどこしたハンクを母体にもどしたとき、その子宮には自然な先客が着床していたか、その準備中だったらしい。関係者は驚き、非難が集中した。しかし意外にも自然な胎児は順調に育った。通常は生き延びられないものだが、この女児は生まれるまえから生命力旺盛だったようだ。そして九カ月後にハンクが生まれ、数分遅れてビッキーが誕生した」

「ビッキー？」クリスは訊いた。

「母親の意趣だな。娘を〝勝利《ビクトリア》〟と名づけた」

その話が頭にしみこみ、根を張り、現実として認識できるようになるまで、だれもが一定の時間を要した。

「そのビクトリアについて他にわかっていることは？」クリスは訊いた。

「あまり多くない。彼女はグリーンフェルド星の後宮にあたるところに隠された。ハンクが教育の一環としてあちこち旅をしたのとは対照的に、ビッキーの動静は不明だ。しかし警戒にはおよばないだろう」トラブルは横目でクリスを見た。「しょせんはグリーンフェルドの女子だからな」

クリスは鼻を鳴らした。

「そうね。わたしもかつては兄の選挙運動マネージャーにすぎなかったけど」

二年前の時点で首相の二人の子を見て、妹のほうが危険な存在になると考えた者がどれだけいるだろうか。

トラブルのポケットで着信音が鳴った。クリスの曾祖父はリーダーを取り出して目を走らせ、首を振った。

「トラブルになにかやらせるとトラブルになるということを、どうしても学ばない者がいるようだ」

「どんなトラブルを？」クリスは訊いた。

「おまえの新しい任地が決まった。しかし臆病者どもは面とむかって通知するのが怖いらしい。そこで……代理でわたしに通知しろという。まったく偉そうに」

「どこに行けって？」高望みはしていない。

「買い物は好きか？」

予想外も予想外の問いだ。

「買い物なんて大嫌い」

「今回はきっと気にいるぞ。次の任地はリム星域とは正反対、ニューエデン星のウォードヘブン海軍購買部だ」

「人類最初の植民星ですか！」ジャックは懸念の顔でクリスを見た。

「そうだ。工場と銃規制と警察の星。退廃と享楽の都だ」トラブルは言った。

「なにを買うの？　もしかしてレーザー砲や電子ガジェット？」クリスは希望にすがった。

トラブルは無情に首を振る。

「いいや。ペーパークリップその他の一般的事務用品だ」

「冗談でしょう」体をそらせて椅子にもたれた。

「本当だ。ジャック、きみは大使館警備部と地元警察との連絡役として同行しろ。ペニー、きみも駐在武官とともに情報収集をやってもらう。そしてピーターウォルド家の復讐からクリスを守るためにそれぞれの役割を果たしてくれることを期待する」

クリスはテーブル側にもどって、グラスを取り上げた。本当に空っぽだ。わずかな滴が底にへばりついているだけ。やられた。このシェイクの残りの一滴のように、手も足も出ないところに閉じこめられた。いや、まだわからない。

「追加の同行スタッフを要求して。ベニ兵曹長を、品質管理担当として」

「ペーパークリップの?」ペニーはクリスを見て眉を上げた。言葉より雄弁だ。

「なに担当でもいいから」指摘されてむっとしたふりをした。そのほうがましだ。

メイドのアビーが言った。

「みなさん、存分に楽しんできてください。わたしは人類宇宙でニューエデン星だけは二度と足を踏みいれないと決めていますので」

クリスは顔を上げた。

「あら、あなたも行くのよ。新しい雇い主の命令で、拒否は許さない。給金は応相談だけど、今後は明確にわたしの雇い人として働いてもらう。あなたはお金しだいで動くと自分で認めたわね。ではお金で買えるかぎりにおいてあなたはわたしのものよ」

「こりゃおもしろい」ジャックが言った。

訳者あとがき

お待たせしました。〈海軍士官クリス・ロングナイフ〉シリーズの第四巻です。王の曾孫であり、富豪の孫であり、首相の娘でありながら、海軍の下級士官として最前線に立つクリス。行く先々で戦火にみまわれ、愛と勇気と戦闘能力と、超高性能秘書コンピュータの情報処理能力と、多少の財力を駆使して難局を切り抜けていくさまは、本人視点と読者の視点では痛快そのものです。

しかし……。

彼女を部下とする中間管理職のおじさまがたにとってはいかがなものでしょうか。頭痛の種にほかなりません。しかも第三巻のウォードヘブン防衛戦においては、王家の権利をふりかざして、大尉の分際で全軍の指揮権を握るという暴挙をやらかしてしまいました。結果的に惑星の運命は守られてめでたしめでたしでしたが、組織における責任問題はべつの話です。軍の上層部はどんな顔をすればいいのか。始末書を書かせてすむ問題ではない。

というわけで。

クリスは干されることになりました。

本巻での赴任先は第四十一海軍管区、肩書きはなんと司令官。管区司令官といえば将官クラスのポストです。栄転かと思うとさにあらず。第四十一海軍管区がおかれたチャンス星は辺境の農業惑星です。田舎も田舎でなにもない。地元住民はハッピーに自給自足していますが、農産物以外にたいした輸出品目はなく、鉱物資源もありません。ジャンプポイント航路の要衝でもない。争って奪うほどの富がなく、軍事的価値もないので、この八十年、どこの帝国主義者からも狙われたことがありません。だからものものしい軍備など無用の長物。

歴史的には、地球を中心とする人類協会の崩壊後、クリスの故郷であるウォードヘブン星の保護下に移管されています。しかしこれまでずっとどちらからも放置され、無視されてきました。地球でいえば太平洋のはしっこの孤島のようなものでしょうか。

そんなうらさびれた第四十一海軍管区。

前任司令官もクリスとおなじ大尉でした。そして二十年間、一階級も昇進することなく、大尉のまま退官しました。

その後任になるわけです。

栄転などとんでもない。二十年干しコース。

二十年ここにいたらクリスは何歳？　まあ、そうなるまえに辞表を書けというのがもちろん軍上層部の意向なわけです。

管区司令部がおかれているのは軌道上の宇宙ステーション、ハイチャンスです。ウォードヘブン星やトゥランティック星のステーションは軌道エレベータ上に設置されていましたが、ここにそんな豪華設備はありません。軌道をまわって浮いているだけ。安くてしょぼい。規模も小さい。

クリスといつもの仲間たちはそこに到着します。

普通はささやかながらも歓迎式典があったり、前任司令官から引き継ぎのために施設の案内を受けたりするものです。ところがなにもない。それどころか、ひとっこひとりいない。ステーション全体がもぬけの殻。反応炉も停止して太陽電池パネルでスタンバイ電源が流れているだけ。まるで幽霊屋敷。

もちろん地上には住民たちがいます。下りて事情を聞いてまわると、無理もないことでした。ウォードヘブンの海軍本部は、こんな平穏な農業惑星の防衛に兵力を割くのは無駄とばかりに、司令官一人を残して部隊をすべて引き上げていたのです。予算も最小限。前任者は現地採用の予備役とボランティアで切り盛りしていました。しかし愛想も小想《こそ》も尽きはてて、クリスたちが来るまえにステーションごと閉鎖してしまったのですね。

ステーションは海軍の拠点なのに軍艦が一隻もありません。いえ、あることはあるのですが、与圧漏れが止まらないような老朽艦が一隻、飾り物として係留されているだけです。ちょっとでも動かすとすぐに気密事故で死人が出そう。クリスたちは民間船に乗ってきたので、本当になにもありません。

兵隊もいなけりゃフネもない。軍事的に丸裸。これでどうやって惑星を防衛しろと。だれも攻めてこないけど。

かくしてクリス・ロングナイフ大尉の平和で退屈な日常が五百ページ続く……。わけはありません！　クリスの行く先々にはかならず波乱が起きます。ロングナイフ家の人間がやってくると、平和な農業惑星にもキナくさい軍事的状況が迫ります。だれも望んでいないのに危機を招く。だからロングナイフ家は嫌われる！　そしてクリスはいつものように愛と勇気と戦闘能力と、超高性能秘書コンピュータの情報処理能力と、多少の財力を駆使するはめになります。

その八面六臂の活躍を期待してページをめくってみてください。

ジョン・スコルジー

老人と宇宙《そら》
内田昌之訳

妻を亡くし、人生の目的を失ったジョンは、宇宙軍に入隊し、熾烈な戦いに身を投じた！

遠すぎた星　老人と宇宙《そら》2
内田昌之訳

勇猛果敢なことで知られるゴースト部隊の一員、ディラックの苛烈な戦いの日々とは……

最後の星戦　老人と宇宙《そら》3
内田昌之訳

コロニー宇宙軍を退役したペリーは、愛するジェーンとともに新たな試練に立ち向かう！

ゾーイの物語　老人と宇宙《そら》4
内田昌之訳

ジョンとジェーンの養女、ゾーイの目から見た異星人との壮絶な戦いを描いた戦争ＳＦ。

アンドロイドの夢の羊
内田昌之訳

凄腕ハッカーの元兵士が、異星人との外交問題解決のため、特別な羊探しをするはめに！

カート・ヴォネガット

タイタンの妖女

浅倉久志訳

富も記憶も奪われ、太陽系を流浪させられるコンスタントと人類の究極の運命とは……?

プレイヤー・ピアノ

浅倉久志訳

すべての生産手段が自動化された世界を舞台に、現代文明の行方を描きだす傑作処女長篇

母なる夜

飛田茂雄訳

巨匠が自伝形式で描く、第二次大戦中にヒトラーを擁護した一人の知識人の内なる肖像。

猫のゆりかご

伊藤典夫訳

シニカルなユーモアにみちた文章で描かれる奇妙な登場人物たちが綾なす世界の終末劇。

ローズウォーターさん、あなたに神のお恵みを

浅倉久志訳

隣人愛にとり憑かれた一人の大富豪があなたに贈る、暖かくもほろ苦い愛のメッセージ!

フィリップ・K・ディック

アンドロイドは電気羊の夢を見るか?
浅倉久志訳
火星から逃亡したアンドロイド狩りがはじまった……映画『ブレードランナー』の原作。

〈ヒューゴー賞受賞〉
高い城の男
浅倉久志訳
日独が勝利した第二次世界大戦後、現実とは逆の世界を描く小説が密かに読まれていた!

ユービック
浅倉久志訳
月に結集した反予知能力者たちがテロにあった瞬間から、奇妙な時間退行がはじまった⁉

〈キャンベル記念賞受賞〉
流れよわが涙、と警官は言った
友枝康子訳
ある朝を境に〝無名の人〟になっていたスーパースター、タヴァナーのたどる悪夢の旅。

火星のタイム・スリップ
小尾芙佐訳
火星植民地の権力者アーニイは過去を改変しようとするが、そこには恐るべき陥穽が……